PREMIO NACIONAL
a la mejor labor editorial
en literatura infantil y juvenil 1982

Gran Angular

Emilio Ortega

100

Gran Angular

ediciones sm Joaquín Turina 39 28044 Madrid

Joaquín Turina, 39 - 28044 Madrid

Comercializa: CESMA, S.A. - Aguacate, 25 - 28044 Madrid

ISBN: 84-348-2914-2
Depósito legal: M-36534-1989
Fotocomposición: Grafilia, S.L.
Impreso en España / *Printed in Spain*
Imprenta SM - Joaquín Turina, 39 - 28044 Madrid

Presentación

Ediciones SM *publica* 100 Gran Angular *al llegar al número 100 de esta colección, iniciada en 1979.*

Indudablemente, el logro ha sido importante, en sí mismo considerado. Y especialmente teniendo en cuenta los hábitos lectores de los destinatarios principales de la colección. Todos los que nos encontramos comprometidos en la tarea de publicar para jóvenes sabemos muy bien los problemas de todo tipo que encierra el empeño.

En uno de los apartados de 100 Gran Angular, *Francisco Cubells hace un detenido análisis del talante con que la juventud se enfrenta al libro de lectura. Y de las reticencias con que en ciertos sectores educativos son recibidas las obras de literatura con un destinatario juvenil.*

Ediciones SM ha pensado, desde el inicio de la colección, que el sector juvenil, a partir de los catorce años, merece ser atendido de una forma especial. Que a su entidad generacional específica le corresponde, entre otras realidades, una manera muy puntual de aproximación a la literatura.

El campo no está deslindado con tanta nitidez como en el caso de la literatura infantil, pero, indudablemente, existe.

Los 100 títulos responden a esa convicción.

En la **primera parte** *de* 100 Gran Angular *aparecen unos estudios relacionados con el libro de lectura y los jóvenes. Mercedes Gómez del Manzano analiza la colección Gran Angular; Francisco Cubells justifica la existencia de la misma; Pedro González Blasco hace un análisis sociológico de la lectura y los jóvenes; Moisés Ruano nos abre una ventana al nuevo Bachillerato y la lectura, y Seve Calleja insiste en la necesidad de una literatura específica para los jóvenes, si queremos hacer de ellos lectores, meta de todos nuestros esfuerzos en el campo de la literatura y la formación lingüística.*

En la **segunda parte**, *la más extensa, se da la ficha de cada libro.*

Hemos contado con la colaboración de los autores, que nos han mandado sus biografías. *Es claro que cada uno de ellos nos habla de los aspectos que, a su juicio, son más relevantes en su vida. La mayoría de ellos han querido verse a sí mismos como personas, antes que como autores. También nos cuentan muchos por qué han escrito la obra en cuestión.*

Tras las biografías de los autores vienen los argumentos *de las obras y el interés de las mismas, con su temática fundamental.*

En la **tercera parte** *aparecen unos apéndices que ayudarán mucho al usuario de la colección para moverse cómodamente en ella. Son cinco:*

- *el cronológico de aparición de las obras;*
- *el alfabético de autores;*
- *el alfabético de obras;*
- *el temático de las 100 obras de la colección;*
- *el que relaciona la colección con los programas de BUP y COU.*

Padres, educadores, bibliotecarios, libreros, animadores de grupos juveniles, los mismos lectores jóvenes... encontrarán un apoyo en este libro que les ofrece Ediciones SM.

EMILIO ORTEGA
Octubre 1989

PRIMERA PARTE

Estudios teóricos relacionados con la colección

- *Líneas literarias de la colección Gran Angular*
  Mercedes Gómez del Manzano
- *Por una literatura auténticamente juvenil*
  Francisco Cubells
- *La lectura en el marco del nuevo Bachillerato*
  Moisés Ruano
- *Formas de leer*
  Seve Calleja
- *¿Leen los jóvenes españoles?*
  Pedro González Blasco

Líneas literarias de la colección Gran Angular

EN JULIO de 1979 aparece el número primero de la colección Gran Angular. Aborda un tema candente en la década de los setenta y aún hoy: el conflicto anglo-irlandés. La novela se titula *Los muchachos de Dublín* y está escrita por Jean-Claude Alain, autor que se caracteriza por la destreza estructural y la armonía de las descripciones. Los personajes protagonistas son tres jóvenes, perfectamente descritos desde las características comportamentales y caracteriológicas. Alcanzan gran relieve el poder de concentración para actuar responsablemente, la capacidad de riesgo y de reflexión, el arte de saber escuchar, las condiciones elegidas para entablar la lucha por la libertad y por la justicia.

Diez años más tarde, en 1989, Gran Angular cumple los cien títulos. Y para el número 100 ha elegido una novela de un autor que ya les resulta familiar a los lectores. Jordi Sierra i Fabra es español y tiene publicados en esta colección otros seis títulos, además de *... en un lugar llamado Tierra*, premio Gran Angular en 1982. Jordi Sierra i Fabra ha elegido, para este número 100, protagonistas jóvenes inmersos en una perspectiva psicosocial, la del mundo del *rock*. La música *rock*, los creadores y consumidores de esta música, la trayectoria personal de los componentes del «conjunto», los interrogantes que a la juventud de este fin de siglo le plantean el consumo, la insolidaridad, el poder, el éxito y la dependencia que generan la drogadicción y el triunfo, son temas que interpelan al lector desde las páginas de *Balada de Siglo XXI*. Así se titula el número 100, que cierra una década editorial.

La colección Gran Angular ha recorrido ya un camino y ha logrado un nombre con su buen hacer. A su favor tiene el haber sondeado el interés lector y el haber respondido amplia y agudamente a la demanda. Para ello ha elegido algunos de los títulos más significativos de la producción europea y mundial; ha promovido nuevos escritores; ha dado lugar a un premio cotizado en el extranjero, como lo demuestra el haber sido seleccionado en dos ocasiones consecutivas —1985 y 1987— para la Lista de Honor del Premio Europeo de Literatura Juvenil Pier Paolo Vergerio, que otorga la Universidad de Padua.

La colección, en su conjunto, es original y responde al título que ostenta de Gran Angular. La amplitud de los temas, la pluralidad de técnicas narrativas, el modo de enfocar la fantasía y el realismo, las perspectivas de comunicación y el valor simbólico de algunos de los títulos son hitos que nos permiten confirmar la originalidad y la apertura como notas claves en el camino recorrido por la colección, y como razones de la comunicación que ha logrado en la conjunción equilibrada de temas y en la elección de técnicas y estructuras narrativas.

Horizonte en la complejidad temática

La principal línea literaria de la colección es la que se refiere a la complejidad de los temas que ofrece. Es un horizonte significativo, si tenemos en cuenta el destinatario.

Los **temas sociopolíticos y psicológicos** son prioritarios. Muchas veces aparecen entramados con situaciones familiares y mundos complejos de la cultura. Ambos subrayados apuntan a una comunicación significativa en torno al descubrimiento de los ambientes y espacios relacionados con los aspectos de inculturación que los textos ofrecen.

En estos relatos predominan la calidad estética y la armonía entre las descripciones ambientales y los procesos de diálogo. Todo ello obliga al lector a crear sentido desde la actividad que genera el lenguaje literario. Títulos de excepción pueden considerarse *Senén, Cosecha en el desierto, El valle de los cerezos rotos, El último verano miwok, La blusa roja sin botones, Pupila de águila.*

El planteamiento de los **temas históricos** cubre un arco interesante, que va desde la historia antigua hasta nuestro hoy más inmediato. El lector se pone en la pista de indicios, referentes y síntomas utilizados por el autor cuando sus personajes encarnan vivencias universales, y cuando los mundos que requieren la aventura o la acción entrañan perspectivas socioeconómicas o culturales de momentos significativos para las coordenadas de crisis propias de nuestro momento histórico y cultural.

Poseen estas novelas históricas una clara voluntad constructiva. Hacen referencia al lector implícito, que es el receptor de la realidad ficticia entregada por el autor en el texto. Realidad que se hace presente interpelante desde las coordenadas del espacio y del tiempo. Las señales están referidas al contexto y sitúan el tema en una coyuntura desde la que el lector experimenta la catarsis de la función estética.

Son novelas abiertas a la interpretación y a la reflexión. Los enfoques abarcan desde el acontecer cotidiano significativo, en *Krochmalna, n.º 10,* por ejemplo, hasta la multiplicidad de planos en interdependencia psico-afectiva que sirven de soporte a la historia bien trabada de individuos y pueblos en *Hubo una vez otra guerra* (premio Gran Angular 1988).

La comunicación literaria de estos textos cumple las particularidades que Riffaterre plantea en torno a la función lúdica de la literatura. El texto aparece programado y ofrece, al mismo tiempo, un control asegurado por la palabra. Es un juego lingüístico que requiere ser jugado por el lector, al que le incumbe remontar el hábito de la comunicación ordinaria y adentrarse en la representación que la obra explicita. En definitiva, son libros que, en palabras de Dámaso Alonso, triunfan sobre la inercia del destinatario. Libros activos que facilitan la penetración en el valor completo del texto y desencadenan la participación simpatética del lector con el objeto estético, porque el libro lo despierta a estados interiores y lo solicita desde lo más comprometido de su personalidad.

Los **temas de anticipación, ciencia ficción o fantasía**, aunque en la colección no están suficientemente tratados, sí constituyen un bloque significativo. Esta literatura permite descubrir el montaje que el escritor realiza cuando desea que la comunicación se convierta en lugar de relaciones mediante la interacción de signos. La literatura fantástica y de anticipación sirve para establecer un contacto cognoscitivo con la realidad y para entablar un juego intelectual entre forma y contenido. Las intertextualidades utilizadas abren a una comprensión relacional en la que, junto a las relaciones de desviación, afinidad o contemporaneidad, procedentes de fenómenos de civilización y cultura, coexisten las que provienen de la implicación de las estructuras, la polifonía de los lenguajes o la heterogeneidad de las voces que el escritor hace recurrir en el texto.

Cheyenes 6112, Belledonne, habitación 16 o *... en un lugar llamado Tierra* confirman cómo reacciona el lector joven cuando las perspectivas de la fantasía inciden en el acontecer diario y distienden las situaciones habituales en las que muchas veces la personalidad vive agazapada. El proceso metafórico sobre el que se construyen estos relatos ofrece un modelo de comunicación en el cual el lector, en el acto de leer, además de aportar su personalidad, sus motivaciones y su competencia literaria —si la tiene—, soporta los efectos que la lectura desencadena.

La dinamización del texto literario que poseen las novelas de Gran Angular confiere a la palabra la capacidad del aprendizaje por la reciprocidad. Cumplen un papel importante la hipercodificación textual y la hipocodificación lectora, que desde la polisemia, originada por el lenguaje en sí mismo, y por la estructura, generalmente lineal, abocan a la multiplicidad de lecturas dependientes de las posibilidades de descodificación que posea el lector. Subrayo este aspecto por ser importante el papel de los códigos lectores, puesto que el texto literario tiene capacidad para actuar de forma y manera diferentes, en conexión con los distintos códigos lectores que lo interpretan.

Recursos de la narración en primera persona

La presentación del relato en primera persona confiere al texto un grado de verosimilitud que, entendido desde la función del personaje —protagonista en este caso—, desencadena en el lector joven un proceso de identificación asociativa basado en el comportamiento estético, cuando dicho comportamiento realiza su función en el mundo cerrado e imaginario de la obra literaria. No importa la edad del protagonista. Títulos como *El zarpazo de la fiera, La sombra sobre el banco de piedra, Cuaderno de bitácora* o *Habla mi viejo* provocan en el lector una identificación admirativa.

En otros casos, como en *La encrucijada, Ponle bridas al viento, El mundo de Ben Lighthart, La piedra de toque* o *Sosala*, la emoción estética desencadenada produce una identificación simpatética.

En la lectura de *El barril de pólvora, La llamada del muecín, La jangada, La estrella de los cheroquis, El joven Lennon* o *Los ojos del ciego* se logra una identificación catártica.

Espacio y tiempo en armonía con el personaje

En todas estas identificaciones se inicia un proceso de autonomía ante la obra de arte literaria. Inicio, al mismo tiempo, de una situación crítica y reflexiva.

Los planos de las objetividades, referidos al acontecer, al tiempo y al modo de explicitar el espacio y la tipología de los personajes, son indicios a los que es importante estar atentos.

La literatura juvenil publicada en Europa a partir de los años ochenta privilegia la conjunción de los personajes con el tiempo y el espacio, capta la función psicológica de estos conceptos y genera en el tratamiento de la aventura una sugerente perspectiva en la que tiene un significado excepcional la tensión que se produce entre el «héroe y la naturaleza».

En Gran Angular, títulos como *La puerta, El zulo, Tres veces Eleazar, Jaque a la deuda, Barrotes de bambú, El caballo de oro, Destino: la Plaza Roja, El cazador de la luna* o *La huida* unen al tiempo físico y cronológico, exterior y objetivo, un tiempo subjetivo, interior y psicológico, que hace especialmente incisivo el punto de vista. En otros casos, como en *El cazador* (primer premio Gran Angular), los espacios relacionados con la naturaleza subrayan o encuadran la acción del «héroe», convirtiéndose en una intensa y extensa metáfora que condiciona el discurso narrativo. En todos estos casos, la espacialización y la temporalización confieren al texto un grado de certeza que le da consistencia, al mismo tiempo que lo autentifica.

El binomio público-creación

Un binomio de excepcional interés, siempre que se trata de colecciones, es el que se origina en la relación creación-público. La sociología de la literatura le ha prestado especial atención. Reconoce como factores claves de la política empresarial la editorial y la distribución. En este caso, Ediciones SM es conocida de todos y posibilita la fácil distribución del producto y la difusión-promoción realizada satisfactoriamente desde el primer número.

En la **producción,** la atención se centra en el emisor de la obra literaria: el autor. A este respecto, la colección Gran Angular cuenta con autores extranjeros de gran prestigio en su país e internacionalmente —55 nombres reconocidos—, y con algunos autores nacionales —17 en total— importantes, aunque no suficientes para poder hacer un cómputo de hacia dónde va la literatura juvenil en España.

En la **distribución** importa el mensaje literario. Y en este aspecto sí es significativo el balance general de los títulos.

Siete ediciones alcanzan libros como *Cinco panes de cebada* y *Los escarabajos vuelan al atardecer*; seis han alcanzado *Los muchachos de Dublín;* cinco, *Invierno en tiempo de guerra, Belledonne, habitación 16, El abrigo verde, Cruzada en «jeans», Querido Tim* y *... en un lugar llamado Tierra.* En este conjunto están representadas las líneas del realismo, de la fantasía, del simbolismo y del humor. Diecisiete títulos han alcanzado cuatro ediciones; dieciocho, tres; treinta y cinco, dos, y entre éstos hay varios editados a partir de 1989; veintidós con sólo una edición, pero basta destacar entre ellos el título *El protocolo,* número 53 de la colección, volumen doble, puesto que los demás se han publicado durante los años 1988 y 1989. De estos datos se colige que la publicación y la distribución del producto confirman la atención y el esmero que caracterizan a la colección. Por ello, en momentos oportunos se han rectificado portadas o se ha suprimido el rótulo de «juvenil», adelantándose Ediciones SM en la decisión a las últimas apreciaciones acerca de los libros «para jóvenes».

Sin menoscabar las líneas de acción y de interés que hemos venido apuntando, se observa que la situación actual de la juventud requiere en su literatura un tratamiento que conjugue las limitaciones propias de los procesos de configuración y los avances técnicos literarios. De ellos depende el consumo. Ante ellos reacciona el público al que la colección se dirige. Por tanto, producción-distribución-consumo se influyen mutuamente e influyen en la marcha de la literatura de un país y en un momento dado.

Es una realidad que a todo escritor le interesa crearse un público. Pero no lo es menos que el público manda y, en cierta manera, ejerce su tiranía. La demanda proviene de líneas concretas que al incidir sobre un producto determinado deciden el fracaso o el éxito del mismo. Si se consigue la aceptación mayoritaria, como en este caso, asistimos al fenómeno de las reediciones, a la creación de un premio propio y a la orientación de un estilo, el cual hace que la Gran Angular se distinga de las otras colecciones juveniles en el mercado. La armonía entre la comercialización, la distribución y la difusión ratifican el prestigio de Ediciones SM y de la colección concreta.

La Gran Angular está atenta a las vías de reclamo que provienen de la crítica, de los premios, de las campañas de difusión y de otros factores relacionados, más o menos directamente, con el sistema educativo. Si nos atenemos al análisis temático realizado, la Gran Angular ha superado el problema encuentro/desencuentro entre texto y lector. Los autores se sitúan en el proyecto de lector orientado claramente al asentimiento del público joven.

El camino recorrido en estos primeros cien títulos es un camino ancho, abierto, indicativo y sugerente. Autores y títulos ofrecen a los lectores la posibilidad de poseer los libros y ganarlos palmo a palmo.

MERCEDES GÓMEZ DEL MANZANO
Catedrática de Literatura Contemporánea
Universidad Complutense de Madrid

Por una literatura auténticamente juvenil

JUSTIFICAN la existencia de una literatura infantil la escalonada evolución psicológica —en especial la de la inteligencia—, la existencia de etapas en la adquisición y uso del vocabulario y la paulatina socialización del niño. Si no faltan voces discordantes —aunque cada día menos numerosas— ante la legitimidad de esta literatura infantil, mucho más difícil será distinguir de la literatura de adultos otra específica para los jóvenes, los cuales no ofrecen dificultades ni léxicas, ni comprensoras, ni cosmovisivas. No hay duda de que son muchos los adolescentes y jóvenes que a partir de los 14 años —algunos antes— leen indiscriminadamente cuanto les viene a las manos, procedente de compras, regalos, préstamos o de la biblioteca familiar. No obstante, en las declaraciones de asambleas, seminarios y jornadas de juventudes no es raro que aparezca la denuncia de que la literatura de adultos no aborda la problemática específica de la juventud.

Podríamos, por tanto, caracterizar como juvenil no aquella literatura que leen los jóvenes o adolescentes o que se quisiera que leyesen, sino la que aborda problemas específicamente juveniles o también de la adolescencia, dada la prolongación que actualmente se da en esta etapa bisagra de la vida.

Pero el público potencial de esta literatura juvenil, ¿es muy numeroso?

Según una encuesta publicada en octubre de 1987, uno de cada cinco jóvenes españoles dice que le gusta leer, y las edades más lectoras se sitúan entre los 23 y los 25 años. Se señala, además, como causa de abstención lectora entre los 15 y los 24 el impacto de los medios audiovisuales e informáticos. En recientes estudios del mercado del sector editorial infantil-juvenil, llevan la peor parte las colecciones para mayores de 14 años. Sortea este menosprecio alguna colección de «clásicos», infantiles o no, que, acompañados de estudios sobre autor, época y argumento, vienen a aumentar el colosal rimero de los libros de texto. Es preocupante este desinterés del adolescente por la lectura hasta el punto de urgirnos a la búsqueda de un eficaz remedio. El problema, sin embargo, no es de fácil solución.

Cuatro posiciones frente a la lectura

Respecto a la lectura, podríamos establecer cuatro grupos de adolescentes y jóvenes: *a)* el de los buenos lectores, en quienes perdura una afición consolidada en la infancia; *b)* el de los lectores deficientes que no llegaron a dominar los mecanismos básicos de una lectura comprensiva; *c)* el de quienes fueron buenos lectores y abandonaron este hábito; *d)* el de aquellos que tardíamente acceden a la lectura asidua o regresan a la misma después de una deserción más o menos prolongada.

a) Los clasificados en el primero de estos cuatro grupos permanecerán en su afición lectora en la medida en que vayan alcanzando niveles más altos en el goce y comprensión de lecturas cada vez más exigentes en cuanto a la estética o a la profundización del pensamiento. Sólo así se mantendrán inasequibles a cuantas diversiones y pasatiempos distractivos les vaya lanzando la sociedad de consumo.

b) Los del segundo grupo necesitan superar su estado de subdesarrollo respecto a los niveles elementales de comprensión y aun de fluidez lectoras. Esta recuperación es prácticamente imposible una vez abandonada la escuela, de no surgir una motivación poderosísima que apremie a adquirir con rapidez unos hábitos lectores no asimilados a su debido tiempo.

c) Los del tercer grupo, los lectores que se desmotivaron, sólo podrán ser recuperados si se acierta a neutralizar las causas de su deserción. Una de las más frecuentes es la falta de tiempo para la lectura. Los recargados programas de nuestro Bachillerato no permiten margen al alumno corriente para sus aficiones, en especial si le suponen esfuerzo similar al que exigen sus estudios, como es el caso de la lectura. Las buenas colecciones destinadas a adolescentes y jóvenes suelen ofrecer obras extensas, cuya lectura fragmentada aniquila o degrada el goce de la misma, en el caso de que el olvido no haya hecho perder el hilo de la narración. ¿No será sintomático que las editoriales que lanzan colecciones de volúmenes breves sean las que cuentan actualmente con mayor número de títulos en el mercado? Es una pena que el contenido de éstos se reparta casi exclusivamente entre el *western* ramplón y la novela negra estomagante.

d) Respecto al cuarto grupo, el de los que no leen a pesar de estar dotados para ello, es necesario un estudio de sus intereses más dominantes y, a través de ellos, introducirles el gusto por determinadas lecturas.

¿Qué lecturas prefieren los jóvenes?

Puede orientarnos acerca de posibles intereses lectores a despertar las preferencias de aquellos que, poco o mucho, leen. Encuestas llevadas a cabo en Francia dan el siguiente orden preferencial para adolescentes:

BACHILLERES		ESCUELAS TÉCNICAS
Chicos	*Chicas*	
1. Novelas de aventuras. 2. Humor. 3. Juegos y deportes. 4. Policiacas. 5. Historia. 6. Biografía. 7. Descubrimiento del mundo viviente. 8. Geografía y viajes. 9. Novelas psicológicas. 10. Problemas humanos.	1. Novelas psicológicas. 2. Novelas de aventuras. 3. Relatos históricos. 4. Humor. 5. Problemas humanos. 6. Geografía y viajes. 7. Obras de medicina. 8. Descubrimiento del mundo viviente. 9. Biografías. 10. Juegos y deportes.	1. Novelas psicológicas y sociales. 2. Relatos o novelas históricas. 3. Novelas de aventuras. 4. Obras científicas o sobre el conocimiento del mundo. 5. Policiacas. 6. Juegos y deportes. 7. Humor. 8. Poesía y arte. 9. Varios.

En una reciente encuesta realizada por Demoscopia en 1987 entre jóvenes españoles de 15 a 25 años, los libros que aparecen en los primeros lugares, tanto de los que se están leyendo como de los que les han impresionado más, no son, ni mucho menos, los de las colecciones calificadas como juveniles. La presencia de éstas es muy minoritaria a lo largo de estas listas preferenciales. Sólo *Momo,* de Michael Ende, mantiene el quinto lugar en lo que a lecturas actuales se refiere, y un octavo entre los libros que más han gustado o impresionado. Entre estos últimos, le corresponde un décimo lugar a *Veinte mil leguas de viaje submarino.* Su autor, en cambio, encabeza la lista en las respuestas a: «¿Qué autor es tu favorito o te inspira una especial admiración entre los que has leído o conoces?». Los demás libros de esta última lista, encabezados por *El nombre de la rosa,* de Umberto Eco —con excepción del *Quijote,* con un modesto sexto lugar, y *El árbol de la ciencia,* de Pío Baroja, en el decimotercero—, son, precisamente, los que han figurado en las listas de agraciados con mayor número de ventas de estos últimos años. Se ha dicho que «los jóvenes compran libros y los muestran sólo para causar asombro». También se especuló sobre si habían leído *El hombre unidimensional,* de Marcuse, todos los que en el mayo de 1968 lo ostentaban en las manifestaciones. Los autores de la encuesta del *Informe de la Juventud en España,* publicada en 1985 por el Ministerio de Cultura, dudaban de la veracidad de los jóvenes que afirmaban en un 70 por 100 leer habitualmente y, de ellos, un 43 por 100 diariamente. En el informe declaraban que si se comparaban estos índices con los adultos, resultaba o que éstos leían menos o, simplemente, que no mentían tanto... A esta ambigüedad de la alternancia —aunque minoritaria— de unas lecturas que se podrían suponer superadas con otras que podrían considerarse destinadas a lectores adultos, se añade la sorprendente respuesta a otra encuesta de 1984, en la que jóvenes españoles de las mismas edades señalaban qué tipo de revistas leían con más frecuencia. Un 47 por 100 de los encuestados (un 40 por 100 respondía que no leía ninguna) se decidían por las revistas del corazón (un 14 por 100 los chicos y un 48 por 100 las chicas). Las generales y políticas se llevaban un 24 por 100 (un 26 por 100 los varones y un 13 por 100 las chicas). De las otras, encabezaban el orden las de *cómics* de humor, con un 7 por 100 en los chicos y un 3 por 100 para las jóvenes, seguidas de las musicales, con un 3 y un 4 por 100, respectivamente.

A estas encuestas quiero añadir una hipótesis que he formado a la vista de los numerosos títulos que mantienen en el mercado las llamadas literaturas de quiosco. *Westerns* facilones, novela negra truculenta, espionaje con sexo, gángsters, mafia, misterio y terror constituyen las principales líneas de una tan abultada producción. Nombres representativos de esta especialidad, como Marcial Lafuente Estefanía, Pedro Guirao Hernández y Antonio Viader Vives (estos dos bajo abundantes seudónimos), mantienen actualmente en venta más de setecientos, quinientos y cuatrocientos títulos, respectivamente. Otros como Mallorquí, José Moreno García y M.ª Victoria Rodareda Sayo (ésta con multitud de seudónimos masculinos) cuentan cada uno con más de trescientos títulos en el mercado. Sobrepasan los doscientos Francisco José Íñigo Martín, Enrique Montoro Sagristá, Jesús Rodríguez Lázaro, Enrique Sánchez Pascual y cada uno de los dos hermanos Vera Ramírez. También es abundante la oferta de volúmenes breves de novelita rosa o de tema erótico. Toda esta literatura de quiosco, por su corto número de páginas y su bajo precio, es posible que cuente entre sus lectores un número no pequeño de jóvenes, dado su escaso poder adquisitivo y el exiguo tiempo para sus lecturas que les dejan disponibles, a unos, los programas escolares sobrecargados; a otros, una agitada vida social de vagabundeo pandillero.

A la vista de este cuadro de preferencias lectoras, confirmadas o probables, que se dan en los jóvenes españoles, cabe preguntarse de nuevo si tiene razón de ser una literatura específicamente juvenil para quienes mantienen su afición a la lectura no utilitaria más allá de los 14 años.

Y, a pesar de los pesares, me decido por la afirmativa.

Radiografía del joven lector de hoy

Sentada, siquiera como postulado, la definición de literatura juvenil arriba formulada —una literatura que aborda problemas específicamente juveniles—, cabe enumerar cuáles son esos problemas peculiares del joven y del adolescente de hoy. Problemas que tienden a homogeneizarse en toda la redondez del globo sin distinción de sexos, clases y nacionalidades. En la última encuesta de DATA sobre la juventud española 1984 se apreciaba como una «difusividad» en lo que a objetivos, concepciones sociales y cosmovisiones se refiere. Sólo se detectan las diferencias condicionadas por la edad, las cuales afectan a creencias religiosas e ideologías políticas, al desarrollo social y cultural, en fin, a cuanto supone práctica y funcionamiento. Los sexos ya no son dos bloques, pues sus distancias psicosociales se han acortado. Según Juan J. Linz, se da hoy una cultura juvenil mundial, común a todos los países civilizados, aunque sus formas estructurales sean distintas en cada uno de ellos. Algo así como sucedió cuando el romanticismo, el cual, a pesar de ser único, adoptó modalidades diversas en Lord Byron y en Espronceda, por no citar más de dos ejemplos. De aquí que jóvenes de todos los países lean y comprendan los mensajes de las literaturas juveniles de otras lenguas y culturas, como puede apreciarse en la abundancia y variedad de traducciones extranjeras que figuran en cualquier colección de carácter exclusivamente juvenil o mixto.

El sociólogo Miguel Beltrán Villalba, a la vista de una serie de encuestas sobre la juventud española entre 1975 y 1982, apreciaba el apaciguamiento del radicalismo político estudiantil americano y europeo de los años sesenta y su derivación hacia una subcultura nueva, hedonista o narcisista, que en muchos casos, privatizándose, habría abandonado cualquier militancia. Subcultura que está muy relacionada con el síndrome de actitudes de aquellos que el sociólogo Seymour Martin Lipset llama *renunciators*, hasta cierto punto coincidente con el «pasotismo». Su radicalismo político se ha refugiado en lo que Amando de Miguel llama «radicalismo cultural antiheroico», centrado en las relaciones personales, ajeno a la acción organizada y a toda pretensión transformadora de carácter general. Otros jóvenes recanalizan su militancia hacia la ecología, el pacifismo, el feminismo, etc. Efectivamente, la literatura juvenil actual sólo se radicaliza en contra de los totalitarismos, especialmente el nazi y el franquista, y abunda en temáticas o referencias pacifistas, igualadoras del varón y la mujer y protectoras de la naturaleza. Si bien los jóvenes se muestran contrarios a la violencia, justifican ésta en las protestas ecologistas y contra la guerra y el armamento nuclear. En cambio, no la ven justificada en la defensa de los valores morales.

Será conveniente exponer de un modo sucinto los caracteres predominantes en la juventud de hoy según los datos estadísticos, los cuales dan por supuesta la existencia de minorías divergentes. En multitud de libros juveniles subyace o se patentiza esta manera de ser joven en el último tercio del siglo XX.

Esta cultura juvenil que se ha calificado de hedonista y narcisista presenta los siguientes componentes:

a) Un interés por el **autoexamen personal**. Desean descubrir por sí mismos quiénes son y cómo son y no aceptan lo que al respecto les dicen curas, médicos, filósofos, la publicidad, etc. En lo referente al profesorado y a su liderazgo, la casi totalidad de los estudiantes encuestados por DATA en 1984 se pronunció en el sentido de que «lo que enseñan los profesores en sus materias debe tomarse en serio por los alumnos, pero sus opiniones en cuestiones religiosas, morales o políticas no son más que sus opiniones personales, y los alumnos deben someterlas a crítica y no dejarse influir indebidamente porque sean las de sus profesores». Esta actitud antimanipuladora puede reducir y hasta anular la eficacia de aquellas presiones directas o indirectas que el autor de una novela juvenil ejerciera con intención de adoctrinar a sus lectores.

b) Una preocupación por su **realización personal**. Ésta lleva a los jóvenes a una autoexpresión, a una búsqueda de autenticidad, más impulsiva o de pose que reflexionada. Esta misma preocupación de autorrealización los mueve a reclamar una satisfacción inmediata de deseos, necesidades y expectativas. Otro ingrediente en la autorrealización es una actitud lúdica y hedonista que coloca el placer en un lugar muy elevado de su escala de valores, aun por encima de la laboriosidad y del trabajo.

c) Lo que Daniel Bell llama «espíritu biológico consciente», es decir, una viva **atención al cuerpo,** a la salud y al sexo. De aquí una ruptura respecto al concepto espiritual de la personalidad, con una identificación totalizante con el propio cuerpo: «Somos nuestro cuerpo». De donde se deriva la exigencia de una vida más natural, con la condena del tabaco, del alcohol y de la contaminación, con la vuelta a la medicina precientífica y al gusto por cocinar y la adición a determinadas dietas y, sobre todo, a la permisividad respecto a la moral propia y ajena.

De la mencionada encuesta de 1984 resulta que los jóvenes tolerarían como vecinos a gente de otra raza, a trabajadores inmigrantes extranjeros, a madres solteras y a extremistas de izquierda antes que a gente dada a la bebida, a sujetos emocionalmente inestables, a familias numerosas y a extremistas de derecha. Respecto a la droga, ven más problema en ella que en encuestas anteriores. Se muestran, en cambio, más tolerantes y comprensivos con la prostitución y con las llamadas conductas sexuales marginadas. Con más de un 50 por 100 aceptarían un alboroto o follón en un lugar público sin degenerar en violencia física. Respecto de uno mismo, la permisividad aumenta en las áreas de la moral sexual y familiar y en los reductos de la vida personal (con excepción de la eutanasia y el suicidio, quizá). Dan, no obstante, la primacía al amor sobre el sexo o se muestran partidarios del sexo con amor —lo que no implica un rechazo de la libertad sexual—, frente a una minoría que se decide por el placer de las relaciones sexuales en el momento que sea y de la manera que sea. A pesar de este biologismo totalizante, se conserva —según la misma encuesta— un segmento de espiritualidad: la creencia en el alma y en una vida después de la muerte. Sin embargo, se cree algo menos en Dios, en el demonio, en el cielo, en el pecado y en la existencia de una verdadera religión, lo que no obsta para que tres cuartas partes de los jóvenes encuestados se sigan considerando a sí mismos como católicos.

Dentro de la vida familiar, estos jóvenes acusan una mayor ruptura con la normativa tradicional. Las directrices y opiniones de sus padres no son compartidas, por lo que la vía familiar es transmisora de menos normas, valores y actitudes. Todo esto se compagina, sin embargo, con un clima familiar algo más armónico y con unos sentimientos de amor filial un poco superiores a los de la encuesta de hace tres años. Pero esta juventud tan emocionalmente «familista» no admite restricciones a sus libertades personales: a la libertad de ejercicio sexual, o a que una mujer soltera pueda tener un hijo sin mantener una relación estable con un hombre.

Lecturas más o menos alienantes

Esta problemática de la juventud de hoy salta al libro juvenil que no es de pura evasión. A este último tipo de libro alienante pertenecen los que utilizan procedimientos no literarios para cautivar al lector. Con todo, al lector joven siguen cautivándole los libros de evasión, aun los de pura evasión, y aún es corriente que estos libros hagan también las delicias del lector adulto. Todos conservamos algo de niño: no se desvanece del todo la afición por los temas de la primera etapa lectora (los del superrealismo humorístico o del «no-sense»), los de la segunda (lo maravilloso y lo fantástico) y los de la tercera (el mundo de las aventuras). La mezcla de esta triple temática algunas veces da lugar a un «best seller» o algo similar, como *El Señor de los Anillos*, de Tolkien, o *La historia interminable*, de Michael Ende. Aun jóvenes de exquisito gusto literario no desdeñan los clásicos y notables de la aventura, de la intriga, del misterio, de la ciencia ficción. No es, pues, de extrañar que se editen colecciones como La Ballena Blanca, en la que figuran obras de Fenimore Cooper, Stevenson, Jack London, Julio Verne, Karl May, Rudyard Kipling, Hermann Melville... En colecciones de autores modernos destinadas a jóvenes y adolescentes aparece también esta temática, incluso la mixtificación de fantasía y realidad con elevada dosis de misterio. Pero esta literatura juvenil actual suele encerrar un simbolismo que apunta hacia los problemas de los jóvenes y de los adolescentes. A veces es una leyenda —o sus imitaciones— que adopta caracteres de parábola, como en *El lobo blanco*, de Käthe Recheis; *Sosala*, de Carlos Guillermo Domínguez; *El rey y el cabeza de turco* y *Los escarabajos vuelan al atardecer*, ambos de María Gripe.

Mucho más abunda la ciencia ficción, en la que el joven atisba nuevas culturas, posibles suplantadoras de las hoy establecidas, que son objeto de su disconformidad y su rechazo. Están en esta línea las novelas de Ch. Grenier y W. Camus, *Cheyenes 6112* y *Una india en las estrellas*; la de J. R. Townsend, *El castillo de Noé*, y la trilogía de Jordi Sierra i Fabra, *El ciclo de las Tierras*. Abunda, asimismo, la novela histórica, que adopta también características de ciencia ficción, si consideramos que la máquina del tiempo de Wells, como en *Cruzada en «jeans»*, de Thea Beckman, permite explorar el pasado a los hombres de nuestros días. Como el yanqui en la corte del rey Arturo, pero sin su sentido del humor, actúan muchos personajes de estas novelas cuya mentalidad de hoy, pasando de cualquier anacronismo, juzga acontecimientos del ayer lejano y orienta actuaciones propias, ajenas o colectivas, en las que ellos jamás intervinieron. Los problemas del joven o del hombre de hoy son interpolados en las mentalidades más o menos peculiares de una época del pasado, cuya historia se pretende desmitificar. Pueden servir, no obstante, estas novelas para penetrar en ambientes de civilizaciones pretéritas, cuando el protagonismo lo comparte el héroe con el pueblo, si no se lo traspasa enteramente. En la colección juvenil Gran Angular, tienen destacada representación novelas de este tipo, como: *La fortaleza*, de Mollie Hunter; *Atacayte*, de Carlos Guillermo Domínguez; *Hijo de meteco*, de Suzanne Sens; *Tres veces Eleazar*, de José León Delestal; *Quizá dentro de 300 años*, de Tilman Röhrig; *Sangre en las murallas*, de Peter Carter; *La jarra rota*, de Jacqueline Cervon. También la historia contemporánea figura con cierta frecuencia en esta colección, como: *Los muchachos de Dublín*, de J. C. Alain; *Barril de pólvora*, de Jacqueline Cervon; *Invierno en tiempo de guerra*, de Jan Terlouw; *Año de lobos*, de Willi Fährmann; *Guerra sin amigos*, de E. Hartmann; *La huida*, de K. Lasky; *El zulo*, de Fernando Lalana; *La encrucijada*, de Montserrat del Amo; *Destino: la Plaza Roja*, de Carlos Villanes Cairo.

Problemática juvenil en la novela

Pero la narrativa destinada a jóvenes y adolescentes se distingue de las demás de su género porque no se limita a argumentos de evasión, sino que contiene temas o mensajes que interesan grandemente al lector de estas edades. Es a saber: temas que le ayuden en la búsqueda de su propia identidad, en el conocimiento del mundo y de los demás, en la formación de una filosofía de la vida, en plantearse problemas y responsabilidades sociales. La inseguridad del adolescente frente al futuro y el miedo a descubrir ésta a los adultos consultándolos, le mueven a buscar orientación para su problemática en aquellos libros que consiguen situarse en los niveles de sus experiencias y de sus emociones. Cuando contienen problemática social, se requiere, además, que sea reconocida como tal por el lector. Problemas como la contaminación y el alcoholismo existían desde tiempos más o menos lejanos, pero sólo en la actualidad han conseguido atraer la atención como lacras de nuestra sociedad. De aquí su presencia en las novelas dedicadas a la juventud.

Pero el joven desea, además, libros en los que se le comprenda y se le acepte como es, libros que reflejen sus inquietudes, que desarrollen su imaginación en muy diversas situaciones, que le den respuesta a aquellas preguntas que no se atreve a dirigir a los adultos, y algunas ni a sus iguales; pero libros que además le entretengan; libros cuyo lenguaje, aunque lo exige preciso —por su ansia de concretez y realismo—, sea lo suficientemente literario como para no causarle aburrimiento.

En estos libros también los acontecimientos de la vida real suelen adoptar carácter parabólico para clarificar situaciones problemáticas, tanto del lector como del mundo y la sociedad en que éste vive. Doble puede ser la clasificación de su temática: la relacionada con sus problemas íntimos y la que atañe a la proyección social de su persona.

Pertenecen a la primera: la búsqueda problemática de la propia identidad; la difícil comunicación con el otro; resolver si hay que dar un sentido a la vida; la voluntad de progreso en la autorrealización y las limitaciones de ésta; el sentido también de la muerte...

Son clasificables en la segunda temática los libros que abordan problemas como los que plantean: la convivencia familiar y en grupos, el descubrimiento del amor, la amistad, el inconformismo, el rechazo de los convencionalismos, la insolidaridad, la violencia, la delincuencia juvenil, el consumismo, la lucha contra la opresión y todas las marginaciones, en especial la de la mujer, la de la subnormalidad y las derivadas del racismo.

Todos estos y otros problemas son abordados por separado, o más de uno, en libros que figuran en colecciones destinadas a los jóvenes. Veamos algunos ejemplos. En busca de su propia identidad va Fredrika en *El abrigo verde*, de María Gripe. Gómez Cerdá lleva a Tomás y Juli a encontrar este sentido en *La casa de verano*, aquella que fue de Brahms. Como también lo hallan Frederic, Joce y la anciana Jeanne en un campo de trabajo, para cosechar, en pleno desierto, cereales para los leprosos iraníes. La autorrealización tiene sus limitaciones, que hay que superar. Serán una súbita ceguera introducida en *El mundo de Ben Lighthart*, de Jaap ter Haar, y hasta una parálisis congénita en *La piedra de toque*, de Montserrat del Amo. La muerte está presente en estos libros, como en *Belledonne, habitación 16* y *El pasado quedó atrás*, ambos de Anke de Vries; *La locura de Finn*, de Ivan Southall; *El mundo de Ben Lighthart*, de Japp ter Haar; *La llamada del muecín*, de Helen Keiser.

Los problemas de una difícil convivencia familiar son abordados unas veces indirectamente; otras constituyen la temática del libro. Entre otros muchos, en *La familia Kao*, del escritor chino Ba Jin; *El amo de Seijala*, de Hélène Vallée; *El abrigo verde*, de María Gripe.

El grupo juvenil, aparte de constituirse a veces como protagonista, presenta su peculiar dinámica intrínseca, sus barreras y sus fobias colectivas para sujetos declarados no gratos. Carmen Kurtz, en *Los mochuelos*, presenta las luces y sombras de un grupo de universitarios, y Fernando Lalana, en *El zulo*, las vicisitudes de un club de teatro de aficionados que en Guadalajara se encuentran envueltos en una acción de activistas políticos en los últimos años del franquismo.

El descubrimiento del amor, unas veces rosáceo, como

en *Cinco panes de cebada*, de Lucía Baquedano, y en *Adiós, Álvaro*, de Miguela del Burgo, en otras se sobrepone a cualquier otro valor: en lucha contra prejuicios ancestrales aparece en *La llamada del muecín*, de Helen Keiser, y hasta venciendo el condicionante político de una familia holandesa colaboracionista con los nazis, en *Guerra sin amigos*, de Evert Hartmann. En *Barril de pólvora*, de Jacqueline Cervon, la amistad entre el griego Stavros y el turco Turhan supera odios raciales y encontrados nacionalismos, en los días de la sublevación chipriota contra Makarios. Un inconformismo insobornable permanece, abandonando el pasotismo, en el protagonista de *Embarque puerta 9*, de Juan Ignacio Herrera.

El problema de la insolidaridad social centra el argumento de *El castillo de Noé*, de John R. Townsend. La drogadicción y su problemática tienen su tratamiento literario en *Habla mi viejo*, de José Luis Martín Vigil, y en *La herencia de los Bisnenti*, de Alexandra Jesi Soligoni.

La lucha, hasta la violencia, es admitida contra la guerra, la opresión y el deterioro de la naturaleza, como en *Hrenki*, de Erich Wustmann. La guerra es presentada desde la retaguardia, donde sufren su cruel zarpazo seres inocentes que ni la quisieron ni en ella participaron. Así aparece en *Año de lobos*, de Willi Färhmann, y en *Invierno en tiempo de guerra*, de Jan Terlouw. Las marginaciones y odios raciales se centran en *Un hueso en la autopista*, de William Camus, y *La encrucijada*, de Montserrat del Amo. La difícil aceptación e integración social del delincuente regenerado es tema de *El pan perdido* y de *La jangada*, ambos de Pierre Pelot. La situación de los emigrantes lo es de *María de Amoreira*, de Luce Fillol. La aceptación del subnormal es tratada en *El camino del Arco Iris*, de Othmar Franz Lang; en *Piedra de toque*, de Montserrat del Amo, y en *Delfines en la ciudad*, de Bo Carpelan.

Objetivo: hacer lector al joven que no lee

Habida cuenta de estas condiciones a reunir por la novela capaz de atraer al joven y al adolescente, se hace imprescindible una estudiada actuación por parte de la publicidad, del círculo familiar y amical y también de los educadores. Es difícil la colaboración de estos últimos, pues a diferencia de nuestros profesores de EGB, pueden contarse con los dedos de las manos los de nuestro BUP que leen obras destinadas a adolescentes. Difícilmente podrán despertar la afición a las mismas en su alumnado.

En muchos profesores de literatura el rechazo se convierte en un desprecio olímpico, tanto mayor cuanto mayor es su ingenua fe en los comentarios lingüísticos y literarios de los clásicos como medio de conseguir buenos y asiduos lectores. Los clásicos, acaso, podrían conseguir adeptos para la lectura si el profesor convenciera a sus alumnos de que estos autores los ayudarán a formar su propia visión del mundo y de sí mismos.

Otra vía de acceso del no lector al libro de narrativa podría partir de sus propias aficiones, cuando éstas son perfeccionables por medio del libro: conocimiento de la naturaleza, juegos, deportes, manuales para iniciarse en la interpretación musical o en la producción artística o artesana. La información bibliográfica orientaría hacia esos libros. El paso siguiente consistiría en darles a conocer la existencia de libros de narrativa para jóvenes o adolescentes relacionados con estas aficiones. Esta información podría hacérseles llegar por medio de guías de lectura temáticas pluridisciplinares, que indicaran una serie de libros relacionados con un personaje, un centenario, un acontecimiento histórico o actual, un serial televisivo, etc.

Aparte otros procedimientos más conocidos, como el libro-fórum y las exposiciones y presentaciones de libros, no puedo dejar sin mencionar el ejercicio de redacción como un gran estimulante de la lectura. El alumno que se aficiona a escribir, aunque sea su propio diario íntimo, si pasa de aquí a hallarle gusto a la expresión cuidada de sus ideas y sentimientos, acabará por convencerse de que la lectura asidua de buenos modelos le proporcionará la perfección necesaria para que su escrito adquiera categoría de obra de arte, aunque de momento sólo sea de arte menor.

FRANCISCO CUBELLS
Experto en Literatura Infantil
Crítico literario

La lectura en el marco del nuevo Bachillerato

1. A modo de principios básicos

(Ideas generales / Situación de la lectura en EE. MM. / Funciones de la lectura / Fundamentación: lectura comprensiva y aprendizaje significativo)

Hablar de lectura es hablar de estrategias, de habilidades, de instrumentos imprescindibles que prolongan el don maravilloso de la palabra oral y de la palabra escrita.

Hablar de lectura es reconocer las posibilidades de comprender el mundo, entenderlo y trabajar para hacerlo más vivible.

Hablar de lectura es enfrentarse armónicamente al otro modo semiológico que ofrece la imagen, el gesto, la moda o la publicidad.

Hablar de lectura, y aquí, en concreto, es acercarnos al uso y la práctica que los alumnos/as realizan y pueden realizar a lo largo del Bachillerato.

Sería necesario admitir, aceptar o, al menos, indicar en nuestro alumnado qué nivel de aprendizaje poseen, qué uso de lectura comprensiva, qué dominio instrumental, qué bagaje lector en títulos y obras, qué géneros estiman.

Hablar de lectura en estos niveles educativos no es sólo hablar de lectura literaria. Son los textos diversos, según materias, los que hacen que el lector asuma la tradición cultural y, en muchos casos, aquello que entendemos por saber, ciencia, cultura.

Hablar de lectura es situarnos junto al receptor, posibilitarle instrumentos, recursos que faciliten una decodificación correcta, creativa, crítica y, con más intención, lúdica.

El libro, los libros son en la adolescencia un claro y asumido instrumento que satisface sus curiosidades: descubrirse y entenderse, vivirse y vivir con los demás, encontrar respuestas a aquellas preguntas que los acercan a la madurez.

Hoy, más que nunca, podemos decir que las circunstancias que rodean al libro se han dirigido hacia el mundo infantil y juvenil. Son muchas las editoriales que se preocupan por el hecho. El ofrecimiento es amplio. Son también muchos los autores que proyectan su creatividad en este campo. Nos estamos refiriendo a la literatura, cuando lo que se escribe puede ser literatura.

Publicidad, buenas colecciones, adaptaciones de clásicos, reediciones de literatura universal, recordatorio publicitario en la pequeña pantalla y, sin embargo, los estudios sociológicos manifiestan que los españoles no leemos, que compramos bastantes libros, que disponemos de medios, pero que no los utilizamos.

Profesionales de la enseñanza se quejan a menudo del nivel instrumental del alumnado. Se habla del fracaso escolar y se busca con frecuencia la causa en el bajo índice de lectura. De vez en cuando oímos hablar de analfabetos funcionales en un número exagerado y preocupante.

Los profesores de matemáticas, los de ciencias, aducen que, en ocasiones, el alumnado no llega al aprendizaje por no entender el problema, por no poseer una lectura comprensiva completa. Del mismo modo ocurre con la filosofía y otras asignaturas que requieren el empleo de materiales y recursos escritos.

En general, hay profesionales que se atreven a describir la situación de la lectura en EE. MM. con términos inquietantes y, posiblemente, ciertos:

«Generaciones enteras de bachilleres han obtenido, a la vez que su título, una especie de licencia para no leer nunca más» (Rodríguez Almodóvar, 1988).

Los alumnos leen poco o no leen. No es éste el momento de analizar causas ni de dar soluciones. Constatar el hecho puede ser un buen principio. Y al hablar de la lectura no nos estamos refiriendo a la lectura como placer, ocio, entretenimiento.

Si hablásemos de literatura sí que podríamos recordar

algunas causas que con frecuencia hemos descubierto en nuestro trabajo con adolescentes:

- Clases aburridas de lingüística e historia de la literatura.
- Desconocimiento de la evolución psicológica, afectividad y motivación. Rupturas incoherentes con la experiencia lectora de la infancia. (De lo mágico, imaginativo y fantástico, al ofrecimiento de literatura adulta sin los respectivos puentes que cualquier aprendizaje significativo exige.)
- Alejamiento de su nueva sensibilidad. No es cuestión de proyectarse. Es cuestión de entender y trabajar conociendo a los alumnos. Es cuestión de orientar e incidir en sus aprendizajes, en sus experiencias. Es cuestión de comprender, finalmente, su forma de acercarse a la literatura, porque ellos y ellas sí entienden su literatura y escriben versos y narran sus hechos en el diario, o en un relato, o en una novela que comparten y releen...

Causas, evidentemente, incompletas que nos obligan a tomar partido, a intervenir.

No queremos olvidar las funciones que la lectura desempeña en el trabajo diario de adolescentes que cursan o cursarán el nuevo bachillerato, y que el profesor tiene que conocer, favorecer y entrenar.

El para qué viene determinado por la motivación y los valores generales del ejercicio de la lectura. Ambos aspectos han de estar presentes en el ámbito de la lectura y en el ámbito vital del alumnado. Con nuestra ayuda los descubre, los interanaliza y los pone en práctica.

Leer, para todos, es una habilidad que nos sirve para comunicarnos (comunicación), para disfrutar (placer), ejercitar trabajos (tarea) y, finalmente, estar informados (información)

Son, pues, estas cuatro funciones (comunicación, información, placer y tarea) las que tienen que estar presentes en nuestro trabajo como profesores, como mediadores del aprendizaje.

Sin descartar las nuevas tecnologías que poco a poco van introduciéndose en la escuela, para el alumnado del nuevo Bachillerato la lectura es la herramienta, la habilidad imprescindible de su aprendizaje.

Y la lectura no es descifrar. La lectura, en todas sus funciones, es comprensión. Así lo entiende la psicología actual y, más en concreto, aquellos estudiosos del conocimiento y sus procesos.

Si como profesores-profesionales no somos psicólogos profesionales, sí es conveniente que conozcamos cuáles son los procesos de aprendizaje de nuestros alumnos/as. Cómo se construye el pensamiento, cómo son los aprendizajes significativos. Sobre estas bases tenemos que fundamentar el desarrollo de la comprensión lectora y la serie de actividades que organicemos.

Conocer al sujeto que aprende, dotarle de recursos y habilidades, intervenir en el entrenamiento de estrategias, pero con la sencillez que exige nuestra actuación, y sin «aparatos» que desmotiven y dejen de lado el placer personal de la lectura.

2. El marco general del nuevo Bachillerato

(Finalidades / Objetivos / Estructura)

Ciñéndonos a los aspectos concretos del Bachillerato, según la propuesta de estructura del nuevo sistema educativo presentado por el MEC, podemos entresacar algunos rasgos que nos recuerdan la función, el papel que puede desempeñar la lectura, teniendo en cuenta los principios con anterioridad expuestos.

Observamos, en primer lugar, las intenciones que se pretenden: «Una función básica del Bachillerato es establecer los aprendizajes instrumentales y de contenidos necesarios para cursar con éxito un currículum universitario o acceder al nivel de educación técnico-profesional. Esto supone que en el Bachillerato el estudiante adquirirá un conjunto de conceptos, técnicas, estrategias de análisis y de conocimientos que, además de su valor intrínseco, sirvan para la enseñanza superior. Por otra parte, en consonancia con el valor terminal de esta etapa, ha de proporcionar también contenidos de conocimiento y de cultura, actitudes racionales y críticas, valores como la responsabilidad y la solidaridad e instrumentos conceptuales y expresivos suficientes para formar ciudadanos capaces de incorporarse a su medio sociocultural y transformarlo de forma activa y creadora» (12.4).

En segundo lugar, algunos objetivos formulados como capacidades a los que ha de llegar el alumnado, y su relación con la lectura en todos sus aspectos: comunicación, información, placer y tarea:

- Utilizar las técnicas principales de trabajo intelectual.
- Emplear de forma fluida y coherente la lengua oral y escrita.
- Realizar estudios o trabajos que impliquen la integración, elaboración y asimilación de informaciones provenientes de fuentes variadas.
- Analizar críticamente informaciones y situaciones cotidianas.
- Conocer la sociedad en la que vive y estar preparado para participar en la misma de forma responsable y democrática.
- Respetar las formas de cultura, costumbres y creencias que no son las propias.

Y, finalmente, la estructura (modalidades, disciplinas...) que de modo esquemático nos presenta un marco general y concreto de la serie de materias que utilizan como instrumento y habilidad la lectura. El siguiente esquema puede favorecer nuestra información:

ESTRUCTURA DEL BACHILLERATO SEGÚN LA PROPUESTA DEL LIBRO BLANCO

1. **Alumnos:** entre 16 y 18 años. Haber aprobado la Secundaria Obligatoria.
2. **Carácter:** no obligatorio/Propedéutico y terminal/Tronco y optatividad.

3. **Duración:** dos cursos.

4. **Modalidades:** tres básicas, pudiéndose añadir una cuarta *(musical y artística).*
   a) *De humanidades y ciencias sociales.*
   b) *De ciencias de la naturaleza y de la salud.*
   c) *De tecnología.*

5. **Disciplinas:**

   Bloques de disciplinas COMUNES (*Tronco Común* a las tres modalidades, pudiendo figurar en dos cursos o sólo en uno):

   - Lengua y Literatura Española.
   - Lengua y Literatura de la Comunidad Autónoma.
   - Idioma Extranjero.
   - Mundo Contemporáneo.
   - Filosofía.
   - Educación Física.
   - Religión (voluntaria).

   Por MODALIDADES *(asignaturas específicas):*

   a) • Historia y Geografía de España.
   • Latín 1 y Latín 2.
   • Historia del Arte.
   • Sociología y Psicología.
   • Filosofía.

   b) • Matemáticas.
   • Física.
   • Química.
   • Ciencias Naturales.
   • Filosofía (Teoría de la Ciencia).

   c) • Matemáticas.
   • Física y Química.
   • Tecnología.
   • Filosofía (Teoría de la Ciencia).
   • Dibujo Técnico.
   • Introducción al Diseño.

   (Podrán figurar en los dos cursos o en uno solamente.)

   MATERIAS DE LIBRE ELECCIÓN

   Optativas para todas las modalidades:

   - Informática.
   - Segundo Idioma Extranjero.

- Educación Física.
- Economía.

Optativas por modalidad:

a)
- Griego.
- Lengua y Literatura Universal.
- Matemáticas.

b)
- Biología.
- Geología.

c)
- Automática.
- Tecnología II.

(Posibles materias optativas vinculadas a Módulos Profesionales posteriores al Bachillerato impartidos en el propio centro.)

(Distribución horaria de las materias de libre elección: dos materias en el primer curso, tres materias en el segundo curso, con tres horas semanales cada una.)

6. **Horario:** treinta horas semanales en sus dos cursos.

7. **Titulación:** única, con la expresión de la modalidad cursada. Dará acceso a cualquier carrera universitaria.

8. **Acceso a la Universidad:** prueba de madurez.

9. **Centros:** centros de educación secundaria que desarrollen todo ese nivel educativo y ofrecerán, al menos, dos modalidades y módulos profesionales del nivel 3 en línea con las modalidades de Bachillerato.

10. **Profesorado:** profesores de secundaria / Titulación universitaria con grado de licenciado o equivalente / Actuales profesores de EE. MM.

COMUNES	ESPECÍFICAS SEGÚN MODALIDADES		MATERIAS DE LIBRE ELECCIÓN (OPTATIVAS)	
	Modalidad	*Asignaturas*	*Para todas las modalidades*	*Por modalidad*
• Lengua y Literatura Española • Lengua y Literatura de la Comunidad Autónoma • Idioma Extranjero • Mundo Contemporáneo • Filosofía • Educación Física • Religión (voluntaria)	**Bachillerato de Humanidades y Ciencias Sociales**	• Historia y Geografía de España • Latín 1 y Latín 2 • Administración y Gestión • Historia del Arte • Sociología y Psicología • Filosofía	• Informática • Segundo Idioma Extranjero • Educación Física • Economía	• Griego • Lengua y Literatura Universal • Matemáticas
	Bachillerato de Ciencias de la Naturaleza y de la Salud	• Matemáticas • Física • Química • Ciencias Naturales • Filosofía (Teoría de la Ciencia)		• Biología • Geología
	Bachillerato de Tecnología	• Matemáticas • Física y Química • Tecnología • Filosofía (Teoría de la Ciencia) • Dibujo Técnico • Introducción al Diseño		• Automática • Tecnología II

3. Sugerencias, tareas, recursos

(Tareas del profesor / Proceso en la realización de actividades / Referencias a nuestra formación)

Este tercer apartado de nuestra reflexión se encamina, sobre todo, a sugerir aspectos concretos en tres direcciones: tareas del profesor, proceso en la realización de actividades y referencias a nuestra formación permanente.

Las TAREAS del profesorado se dirigen hacia:

1. El tener en cuenta los valores de la lectura y compartirlos con los alumnos/as:
   - Enriquecimiento de la experiencia.
   - Afirmación de la personalidad mediante identificaciones con el texto.
   - Apropiación de recursos lingüísticos que favorecen el código personal.
   - Expresión escrita por incitación sugeridora.
   - Aprehensión socializante de la cultura de transmisión escrita.
   - Consecuencias positivas para el desarrollo de las actividades de aprendizaje en el trabajo escolar.

   El orden de estos valores responde a un proceso que parte de lo individual y se va ampliando progresivamente hacia la socialización. Para cada uno de los mismos existe bibliografía justificativa.

2. Conocer diferentes estrategias lectoras según las funciones. En este sentido, conviene recordar la conveniencia de:
   - Fijar los mecanismos lectores en la doble dirección de EXPERIENCIA (identificación, reacción, evocación, recreación, goce...) y COMPRENSIÓN (sujeta a enseñanza-aprendizaje).
   - Diferenciar entre lectura comprensiva, silenciosa, rápida.
   - Manejar la motivación (intrínseca y extrínseca) y el contexto sociocultural de la misma (ambientes, recursos de animación...).

El PROCESO en la realización de actividades, que lleva consigo:

— Partir del:

- Conocimiento del alumno y su experiencia lectora.
- Conocimiento teórico-práctico de lo que supone la comprensión lectora, los diferentes modelos, los entrenamientos, estrategias y evaluación. Lo que sabe el lector, lo que ofrece el texto.
- Conciencia de la lectura como comunicación, placer, información y tarea, y en función de estas finalidades favorecer, crear estrategias y procedimientos que provoquen su realización y que sirvan indiferentemente a la motivación del alumnado.
- Conocimiento y utilización de recursos personales y estructurales en el centro, en la familia y en el territorio.

— Para diseñar actividades que tengan que ver con la lectura:

- Técnicas de comprensión de textos: el comentario de textos, el libro-forum, la lectura creadora, el método Camilli.
- Ampliación y fijación de las técnicas de trabajo intelectual: esquemas, mapas, redes, resúmenes, síntesis...
- Recursos estructurales: organización del seminario, potenciando en sus funciones las actividades relacionadas con la lectura (semanas de la lectura, concursos literarios...)
- Recursos generales: biblioteca del centro, periódicos, revistas colegiales, aula especializada de Lengua y Literatura.
- Recursos de aula: listas de libros, exposiciones y comentarios de bibliografía, teatro leído, poetas en el aula, revista hablada, mural de novedades, modalidades de textos, aula de poesía, estrategias de comprensión lectora, literatura y lectura, música y literatura, técnicas de lectura en grupos, cine y lectura, teatro, poesía y canción, poesía e intimidad...

Las REFERENCIAS a nuestra formación continua.

— Señalamos, finalmente, algunas líneas hacia donde se dirigen en la actualidad las inquietudes del profesorado de EE. MM. La bibliografía es cada vez más amplia y las fundamentaciones más científicas. La psicología cognitiva, los estudios sobre el aprendizaje inciden una y otra vez en esta habilidad.

— Nuestra preocupación ante el diagnóstico observado nos encamina al conocimiento de ciertos trabajos organizados temáticamente:

- Comprensión lectora: modelos, estrategias, evaluación.
- Motivación lectora en la adolescencia: el mundo de los libros y el mundo de los adolescentes.
- Lectura y literatura: elecciones, bibliografía, debates sobre el qué y para qué leer, clásicos o coyunturales.
- Explotación de recursos para la animación a la lectura.
- Análisis de experiencias prácticas realizadas por profesores de Lengua y Literatura en centros de EE. MM.

MOISÉS RUANO MARTÍN
Profesor numerario de FP
F. de F. en Lengua y Literatura

Formas de leer

1. *En pro de una lectura juvenil*

Tal vez sea cierto que la literatura no precisa adjetivos, y que no hay una literatura adulta y otra juvenil, sino formas de leer literatura. Y si esto se admite, si se acepta que hay una forma juvenil de leer, se entenderá mejor por qué el joven muestra su predilección por un tipo de libros, aunque éstos no hayan sido escritos intencionadamente para él. Libros en los que la acción domina en el relato y cuyos temas, personajes y situaciones consiguen, sin pretenderlo tal vez, el interés de un tipo de lectores. Abundan, al respecto, ejemplos en la historia literaria. Y es de ese tipo de libros, de sus secretas claves mágicas, de los que luego se han ido haciendo categorías, géneros, colecciones. Oportunas o no, tales agrupaciones atraen hacia sí no sólo a una determinada categoría de lectores; también a autores y editores particulares, responsables, acaso más que aquéllos, de que hoy se esté hablando de una literatura infantil y juvenil contrapuesta —y no necesariamente enfrentada, aunque sí, a veces, desvirtuada— a la otra con mayúsculas. Porque lo que sí existe hoy más que nunca es una buena cantidad de libros pensados para los jóvenes y leídos muy particularmente por ellos: una literatura, quiérase o no, especial, que está presente no ya sólo en los estantes de un cuarto juvenil, sino también en los grandes escaparates feriales, con sus premios y concursos, y con sus editores, que trazan linderos, y que en su empeño por compartimentarla agrupan en torno a ella a autores y a lectores en niveles de lectura. Una literatura, en fin, que aun a riesgo de perder sus mayúsculas en los manuales de historia literaria, puja y se abre camino entre los libros, y tiene una especial manera de leerse o, lo que es lo mismo, a un lector preconcebido, tal vez estereotipado, pero sin el cual, y es lo más evidente, esa literatura no existiría. De ahí que, en la medida en que el joven lector consuma una porción cada vez más importante de esa literatura, tendremos que aceptar que sí, que existe una **literatura juvenil**, es decir, una literatura leída, asimilada, vivida de una forma especial por el joven lector, e impulsada también, especialmente desde el ámbito escolar, espacio lector y/o antilector por excelencia.

2. *Leer en el aula*

En efecto, es el aula, y acaso hoy más que nunca, el lugar preferente de lectura. Nadie duda que la contagiosa onda de una didáctica activa arrastra consigo un interés por promover la lectura, no ya sólo como instrumento, sino como actividad placentera y lúdica. Una literatura atractiva y actual, que al margen de los clásicos o de las preceptivas antologías cerradas, compendio de fragmentos, va haciendo hueco en las aulas a surtidas propuestas de lectura con las que el escolar puede elegir de entre una cada vez mayor y más variada oferta de títulos, autores, series, colecciones, a partir de lo que luego plasman, en el peor de los casos, sus impresiones en una preceptiva y rígida ficha de lectura, y, en el mejor, trabajan con lo leído, enredándose entre los personajes del relato, que se dilata y se transforma con su audaz capacidad creadora.

Participan así los escolares de lo que se conoce como animación a la lectura, y que no es sino el despliegue de las sugerentes actividades con las que promover el hábito y el placer por los libros; esto es, convertir el acto de leer en experiencia placentera y atractiva, para que un libro lleve al lector a otros libros, y la lectura, lejos de ser uno más de los mecanismos de aprendizaje, un ejercicio de dicción, un mejor instrumento académico, se transforme en vivencias, en horizonte y en hábito. Por eso conviene establecer formas de leer, si la lectura ha de acomodarse al lector. O llámense, si se prefiere, niveles de lectura.

Y es que, más allá de la adquisición lectora que un primer estadio escolar implica, y más allá todavía de fomentar el hábito y el gusto por los libros —fin primordial de cualquier técnica de animación—, podría situarse el nivel de la lectura crítica y comprensiva. A través del libro, el lector deja ya de ser un voraz consumidor de relatos para hacerse evaluador de lo leído, capaz de analizar y de juzgar el libro desde diferentes perspectivas. Habituado a los libros, el lector aprende ahora a situar cada obra en su contexto cultural, a extraerle cualidades. Porque el libro, a partir de aquí, ya no es sólo argumento; es también técnica, es lo que tradicionalmente se ha entendido por «obra literaria» y, por consiguiente, susceptible de ser **comentada** en clase.

Y sólo a quien antes ha pasado por los niveles precedentes, a quien sabe leer, como Bastián de *La historia interminable*, se le podrá pedir, más tarde, que analice un libro. Pues es pedirle que evalúe o, mejor, que valore lo leído desde sus propias vivencias, que se «enfrente» a un libro, como conocedor de libros, familiarizado con ellos. El resto son quimeras.

Qué lejos de los habituales análisis escolares caducos con los que hasta era posible comentar un texto —casi siempre un fragmento escogido, pero nunca por el lector—, despiezarlo y hasta desfigurarlo artificiosamente sin haber leído el libro. Es lo que ocurre a menudo con los clásicos, lecturas preceptivas en la clase y casi siempre distantes y, por lo mismo, áridas, aunque, eso sí, impuestas por programas académicos fuera de toda posible revisión. Cuántas veces el lector virtual —a una edad en la que leer bien podría resultar actividad gozosa por el amplio horizonte de sugestión que la lectura entraña—, cuántas veces se hace un antilector, y aborrece los libros, a pesar de haber adquirido ciertas técnicas de análisis, conforme a esos programas académicos. Es entonces cuando fichas o exámenes, habituales fórmulas de evaluación, se vuelven contra el lector potencial. Y es entonces cuando el ámbito escolar, el responsable de haber estrangulado en muchos jóvenes su predisposición favorable hacia la lectura por culpa de una metodología desenfocada, despliega, paradójicamente, toda suerte de destrezas y propuestas de esa llamada animación a la lectura. Pero no son los hábitos metodológicos, por audaces y atractivos que parezcan, sino los objetivos didácticos los que se hace preciso revisar. Y esos objetivos han de señalar claramente qué se pretende lograr con la lectura, y qué espacio y grado de importancia cobran los libros en el programa, y qué tipo de libros son dignos de figurar en él.

Es palpable tanto la creciente oferta libresca diseñada para el lector joven como el desconocimiento que de ella tienen gran parte de los intermediarios entre los libros y los lectores, es decir, sus educadores. Desde luego, no es fácil siempre conocer de entre esa vasta oferta aquellas obras más idóneas para cada lector virtual, a pesar de que se prodigan guías orientadoras en muchos de los casos y nacen importantes espacios de difusión y crítica antes inexistentes. Pero, en definitiva, ese intermediario está obligado, como tal, a conocer aquello que sugiere. O, de otro modo, permanecerá anclado en los escuetos e inamovibles repertorios de clásicos-más-o-menos-idóneos-para-chicos, que cada nuevo curso reaparece, de espaldas, por supuesto, a ese otro rico y sugerente escaparate de libros nuevos, de los que, sin embargo, el lector suele tener ligeras referencias fuera del aula. Y es así como queda establecida la dicotomía entre literatura para el estudio y una literatura para el ocio, cargada además, e injustificadamente, esta última de connotaciones peyorativas con las que queda descalificada como literatura y termina relegada del aula. Y de esta forma nos parece tan absurdo haber apartado de los libros ociosos al escolar de antaño como mantener al de hoy al margen de ese aluvión literario escrito para él.

3. *Para una lectura crítica*

Revisados, pues, los objetivos didácticos respecto a la lectura, y programados unos contenidos librescos según los distintos y progresivos niveles de lectura, puede tener sentido una metodología activa y permisiva mediante la cual favorecer encuentros reales entre el lector juvenil y los libros. Y, más aún, poder situar a ese lector en el nivel de **lectura crítica,** ya no meramente consumista, próxima a la de los programas académicos convencionales. Porque el joven, cuya consustancial actitud crítica se posa en casi todo, no va a dejar de hacerlo ante los libros si éstos **le interesan.** Ésa es, me parece, la primera premisa: la elección personal del libro.

1. No imponer una obra única, sino presentar —es decir, preseleccionar un conjunto de posibles títulos—, brinda al grupo de alumnos de un aula la posibilidad de elegir por sí mismos. Y tal preselección puede estar apoyada en el conocimiento e impresiones que al profesor le vienen dadas en los medios especializados y por las preferencias de los mis-

mos alumnos, además de por su conocimiento directo de los libros.

2. La **ficha de lectura**, planteada como instrumento de análisis abierto y amplio, es decir, propuesta como una actividad mediante la que el lector comente, valore y juzgue la obra, con la que él evalúe y no se le evalúe a él, puede ser método válido en ese nivel de lectura crítica en el que el lector juvenil sabe ya situarse. Porque sólo cuando la ficha de lectura deje de ser rígida en su enfoque y permita al lector explayarse en consideraciones personales —como lo haría un adulto— hará servicio a quien lee y a la propia actividad lectora. Lo demás se parecerá al examen y, como tal, repercutirá desfavorablemente en la actitud del joven ante el libro.

Planteada, pues, la ficha como instrumento de análisis al servicio del lector, ésta se convierte en expresión de juicio de valores, en actividad personal y lúdica; indirectamente, en referencia para el profesor de los gustos y preferencias de sus alumnos. Porque a través de la valoración plural de un grupo de lectores es como mejor puede conocerse la predilección por ciertos libros, lo cual brinda valiosas pautas para la selección de posteriores lecturas.

3. Tres podrían ser los bloques en que una ficha puede quedar estructurada:

a) La presentación de la obra, con la determinación del género, el tema, la síntesis argumental, el perfil de los personajes, la delimitación de época y lugar de la acción, rasgos típicos de toda ficha convencional.

b) El juicio crítico desde los aspectos parciales: la justificación del título, el comentario de asuntos y pensamientos más destacados, la selección de un fragmento representativo, así como las referencias al autor: su perfil biográfico, bibliografía y tendencias de sus obras, la valoración del estilo...

c) La evaluación personal y las sugerencias suscitadas con la lectura del libro: impresiones personales sugeridas en el tema, en la actitud de determinados personajes o del autor, y la calificación personal del libro.

Por lo general, la ficha de lectura tiende a limitarse a los aspectos del primero de estos puntos —la ficha técnica— y la síntesis del argumento, como demostración de que el libro se ha leído. De esa manera es el alumno el que es evaluado en relación a su obligación de leer. Pero sólo cuando él ha de verter sus valoraciones razonadas es cuando llega a sentirse realmente partícipe en la evaluación del libro —apartado b—. Y más aún cuando el libro es sugeridor de impresiones, susceptibles luego de ser contrastadas en el grupo mediante el debate o el coloquio, esto es, cuando las propias vivencias pasan a ser comentadas —de ahí el dar cabida a las sugerencias y a la calificación de la obra—, es cuando el lector llega a sentirse comprometido con la obra, y, sobre todo, porque sus opiniones no quedan en un simple escrito mudo, sólo útil al profesor. La ficha, entonces, actúa de guión personal ante los demás y adquiere su auténtico sentido.

4. Más allá, y junto al libro leído, hay un espacio ilimitado para la creatividad en el que el lector, cómplice ya de la obra o de sus personajes, capaz de entrar y salir de su trama, sabe recrearse en lo leído, que es, nos parece, la forma más preciosa de leer: imaginando encuentros con su autor, diálogos con sus personajes, dilatando en figurados capítulos añadidos la obra, viajando imaginariamente al tiempo o al lugar de lo narrado, todo lo cual irá dando lugar a la expresión escrita del que lee. Con ello se consigue forzar la unidireccional autor-obra-lector y este último se verá transformado en coautor, coprotagonista, cómplice, en suma, del relato. Y será entonces cuando el libro adquiera su auténtica dimensión de lugar de encuentro, y cuando leer puede convertirse en una forma de pensar, de imaginar, de sentir..., en una forma de convivir dentro y fuera del aula con los libros.

SEVE CALLEJA
Profesor de Literatura
Crítico literario

¿Leen los jóvenes españoles?

EN EL plano cultural, podemos cuestionarnos en qué medida leen los jóvenes, siendo el de los libros un campo a través del cual la juventud capta la cultura vigente en la sociedad que se le ofrece.

En nuestro estudio hemos incluido varias preguntas sobre este aspecto: si han leído algún tipo de literatura juvenil, los motivos que les llevan a leerla o no y la cantidad de dinero que suelen emplear anualmente en este capítulo, lo que nos puede dar noticia de su interés práctico por este tema.

Pues bien, en conjunto, la mitad de los jóvenes españoles no han leído «algo» de literatura juvenil (51 por 100). Es decir, se limitan a sus libros de texto, suponemos, pero no leen libros fuera de lo que les dictan sus obligaciones estudiantiles. Los chicos parecen ser menos dados a esas lecturas que las chicas, y a medida que crece su edad van alejándose de esa literatura, aunque es cierto que en la etapa universitaria suben los porcentajes de los que dicen leer «otro tipo de libros».

Por niveles religiosos, parece apuntarse una ligera tendencia a ser más «lectores» los católicos muy practicantes o los ateos, mientras que políticamente no se detectan diferencias significativas en cuanto a lecturas, aunque se apunta una menor tendencia en el sector de jóvenes que se sitúan en la extrema derecha, no así en los autoposicionados en la derecha sin más (51 por 100 dicen leer). La clase social sí parece que influye en los hábitos de lectura en el sentido de reducir el porcentaje de lectores de libros juveniles al descender la clase social. Por el contrario, son los jóvenes con más capacidad de liderazgo los que aparecen como más gustadores de los libros *(ver tabla 1)*.

Los jóvenes que se identifican como no lectores de literatura juvenil parece que son tales consistentemente,

TABLA 1

Porcentaje de jóvenes que dicen haber leído algo de literatura juvenil, por sexo, edad, nivel de estudios, autoposicionamiento religioso y político, clase social y tipo de liderazgo.

	Sí	*No*	*NS/NC*
Total (100 %)	48	51	1
SEXO:			
Hombre	45	54	1
Mujer	51	47	2
EDAD:			
15-17	52	47	1
18-20	46	53	2
21-24	47	52	1
NIVEL DE ESTUDIOS:			
Primarios	42	56	2
Secundarios	56	43	1
Primer ciclo universidad	52	47	1
Segundo ciclo universidad	61	38	2
AUTOPOSICIONAMIENTO RELIGIOSO:			
Católico muy practicante	50	49	1
Católico no muy practicante	48	50	1
Católico no practicante	46	50	1
Indiferente	48	50	2
Ateo	50	48	2
AUTOPOSICIONAMIENTO POLÍTICO:			
1-2 Izquierda/Extrema izquierda	50	49	1
3 Izquierda	50	48	2
4 Centro izquierda	49	50	1
5 Centro derecha	46	53	1
7 Derecha	51	48	2
8-10 Derecha/Extrema derecha	45	53	1

HA LEÍDO ALGO DE LITERATURA JUVENIL

	Sí	*No*	*NS/NC*
Total (100 %)	48	51	1
CLASE SOCIAL OCUPACIONAL:			
Alta/Media alta	53	46	2
Media	50	49	1
Baja	45	54	1
LIDERAZGO:			
Muy débil	43	56	1
Débil	47	52	1
Normal	48	50	1
Fuerte	49	50	1
Muy fuerte	50	48	2

pues las «razones» que alegan para no leer no parecen circunstanciales, sino meras disculpas o afirmación rotunda de que «no les gusta leer». Así, de ese grupo de no lectores, en conjunto el 32 por 100 afirman no gustarles leer, y un 36 por 100 adicional aduce el «no tener tiempo u ocupación», lo que no pasa de ser, en nuestra opinión, más que unas meras evasivas exculpatorias. Los hombres no lectores se muestran más explícitos en confesar su no gusto por esas lecturas (37 por 100), frente a las mujeres (26 por 100), que se justifican por otras razones-disculpas. Es alentador contrastar que al ir avanzando en la edad, aún dentro del período de juventud que comentamos, la razón de «no gustar leer» va perdiendo fuerza, y aumenta el porcentaje de los jóvenes que dicen «preferir otras lecturas», lo que puede también detectarse, lógicamente, al ir avanzando en el nivel de estudio.

Los jóvenes católicos no practicantes y los que se autocalifican como indiferentes afirman en mayor porcentaje que «no les gusta leer», mientras que son los católicos muy o no muy practicantes los que en mayor porcentaje (aproximadamente un 40 por 100) parecen esgrimir evasivas de no tener «tiempo u ocasión» para leer.

Los jóvenes de extrema izquierda y centro derecha son los que afirman más claramente su no gusto por la lectura de esa literatura juvenil, aunque tampoco se muestran inclinados a otro tipo de lecturas. La clase social sí parece influir en los razonamientos esgrimidos para no leer esos libros. Según baja el nivel de la clase social se muestra menos gusto por leer, y al ascender la clase social de los jóvenes hay un deslizamiento claro a preferir otras lecturas que las propiamente juveniles *(ver tabla 2).*

Otra aproximación a este tema nos la aporta el dinero que se emplea en la compra de libros. Aproximadamente uno de cada tres jóvenes no gasta nada en todo el año en libros, es decir, no compra un solo ejemplar. Sin embargo, también se constata que un 51 por 100 de jóvenes emplean entre dos y cinco mil pesetas al año en esos libros de literatura. Aun un 8 por 100 de los jóvenes gastan más de cinco mil pesetas anuales en eso. Como media podemos calcular unas cinco mil pesetas al año en la adquisición de libros, lo que, suponiendo un costo medio de mil cien pesetas por volumen, nos resulta que, en conjunto, los jóvenes españoles adquieren unos cinco libros por año. Económicamente, los hombres dicen gastar más que las mujeres, aunque, como hemos señalado anteriormente, estas jóvenes dicen leer más que los chicos. Quizá los libros llegan a ellas por vías diferentes de la compra directa y personal de los libros, o bien adquieren libros más sencillos, más baratos. Lo mismo puede ocurrir entre los que se autoposicionan como católicos muy practicantes: dicen gastar menos, pero leer más que los no practicantes. Son más coherentes los resultados de «lectura» y «gastos» según edades y nivel de estudios. Las clases más altas, coherentemente con lo indicado antes, gastan más en libros, y algo semejante ocurre en el caso de los jóvenes que muestran un perfil de liderazgo más fuerte.

En conjunto, pues, no puede afirmarse que nuestros jóvenes lean mucho —de hecho, casi la mitad dice no hacerlo—, y de la motivación se deduce que incluso a una buena parte no le gusta leer una literatura propia para ellos. Es, sin embargo, esperanzador el que al elevar su nivel de estudios y avanzar en edad esa afición a la lectura, sea o no juvenil, se va incrementando. El nivel de respuesta juvenil a la oferta cultural adulta concretada en una literatura para ellos no es alto, es más bien mediocre.

TABLA 2

Motivos por los que dicen no leer literatura juvenil, según diferentes variables

		Sexo		*Edad*			*Nivel de estudios*			
	TOTAL	*Hombre*	*Mujer*	*15-17*	*18-20*	*21-24*	*Primar.*	*Secund.*	*1.er ciclo univ.*	*2.º ciclo univ.*
No le gusta leer	32	37	26	40	32	25	33	31	24	16
No tiene tiempo	18 } 68	16 } 31	20 } 41	14 } 35	17 } 33	20 } 37	14 } 37	12 } 32	14 } 31	13 } 29
No tuvo ocasión	18	15	21	21	16	17	23	20	17	16
Prefiere otras lecturas	27	27	28	18	32	31	22	30	45	53
Otras razones	0	0	0	0	0	0	0	0	0	0
NS/NC	6	5	7	8	4	6	8	6	3	5

		AUTOPOSICIONAMIENTO RELIGIOSO					*AUTOPOSICIONAMIENTO POLÍTICO*					
	TOTAL	*Muy ca-tól. prac.*	*No muy prac.*	*No prac.*	*Indife-rente*	*Ateo*	*1-2 izq.*	*3 I.*	*4 C.I.*	*5 C.D.*	*6-7 D.*	*8-10 Ext. dcha.*
No le gusta leer	32	29	27	36	36	30	36	29	31	33	28	28
No tiene tiempo	18	15 } 40	19 } 41	20 } 33	14 } 32	16 } 27	12	18	19	19	21	15
No tuvo ocasión	18	25	22	13	18	11	13	22	14	18	18	17
Prefiere otras lecturas	27	27	27	26	26	39	31	25	31	25	30	32
Otras razones	0	0	0	0	0	0	0	0	0	0	0	0
NS/NC	6	6	6	6	7	6	9	7	5	5	6	8

TABLA 2 *(continuación)*

		Clase social ocupacional			*Liderazgo*				
		Alta/Media alta	*Media*	*Baja*	*Muy débil*	*Débil*	*Normal*	*Fuerte*	*Muy fuerte*
(Base: No literatura jóven)	*2.304*	*344*	*784*	*1.176*	*197*	*542*	*852*	*517*	*196*
No le gusta leer	32	26	28	36	33	32	30	33	32
No tiene tiempo	18	12	19	19	14	15	20	18	18
No tuvo ocasión	18	20	19	16	22	20	16	18	16
Prefiere otras lecturas	27	39	29	23	25	27	28	28	25
Otras razones	0	0	0	0	0	0	0	0	0
NS/NC	6	4	6	7	8	7	6	3	10

TABLA 3

Dinero gastado en la compra de libros (12 últimos meses)

	Total
Nada	31
Hasta 2.000 PTA	29
2.000-5.000 PTA	22
5.000-10.000 PTA	102
10.000-15.000 PTA	4
15.000-25.000 PTA	2
25.000-35.000 PTA	1
35.000-50.000 PTA	0
Más de 50.000 PTA	1
NS/NC	1

	PTA /año (media)	*PTA/mes (media)*
Total	5.480	457
SEXO:		
Hombre	5.730	477
Mujer	5.250	437
EDAD:		
15-17	4.230	352
18-20	5.680	473
21-24	6.400	533
NIVEL DE ESTUDIOS:		
Primarios	4.020	335
Secundarios	4.840	403
Primer ciclo universidad	5.730	477
Segundo ciclo universidad	7.980	655
AUTOPOSICIONAMIENTO RELIGIOSO:		
Católico muy practicante	4.710	392
Católico no muy practicante	4.950	412
Católico no practicante	5.390	494
Indiferente	6.480	540
Ateo	7.410	617

	PTA/año (media)	*PTA/mes (media)*
AUTOPOSICIONAMIENTO POLÍTICO:		
Extrema izquierda	6.880	
Izquierda	5.990	
Centro izquierda	4.720	
Centro derecha	5.080	
Derecha	5.520	
Extrema derecha	6.360	
CLASE SOCIAL OCUPACIONAL:		
Alta/Media alta	6.010	
Media	5.670	
Baja	5.090	
LIDERAZGO:		
Muy débil	4.880	
Débil	5.320	
Normal	5.120	
Fuerte	5.880	
Muy fuerte	6.760	

PEDRO GONZÁLEZ BLASCO
Catedrático de Sociología
Universidad de Zaragoza

SEGUNDA PARTE

Análisis de los 100 títulos de la colección

1 *Los muchachos de Dublín*

JEAN-CLAUDE ALAIN

1979. 180 páginas

AUTOR. Jean-Claude Alain nació en Francia. Pasó su infancia en la Costa Azul. Al mismo tiempo que se educaba en la danza clásica, estaba muy integrado en las actividades organizadas por la catedral de rito ruso ortodoxo de la zona. Perteneció al coro de la misma.

Viajó a Marruecos, Suiza, Inglaterra, Italia, España, Portugal, Finlandia, Escandinavia, Austria, etc.

Ha escrito 47 novelas, traducidas a casi todas las lenguas europeas. Esta actividad literaria le ha valido el premio francés más importante otorgado a un autor de literatura infantil y juvenil. En 1956 fundó una gran asociación *scout*, *Les Scouts d'Europe*. Ha sido su responsable directo a nivel internacional durante muchos años. En la actualidad sigue trabajando en el movimiento *scout*.

Vive en París, pero viaja con frecuencia a los tres países que más le entusiasman, y a los que considera como otra patria suya: la Laponia finlandesa, por cuya tundra helada viajaba este mismo invierno en *skooter* para la nieve; Irlanda y Escocia. Tiene también una secreta ternura por Italia.

En París todavía hace muchas cosas: se ocupa de adolescentes con problemas, escribe para distintas revistas, ha creado algunos programas para la televisión, el más importante, *Orthodoxie*, y ha asegurado durante diez años en la radio la presentación de la emisión de la Iglesia ortodoxa. Ha organizado campañas en favor de los disidentes soviéticos y ha dirigido una película con el guión de una de sus novelas.

Éstos son sus rasgos característicos: jamás se toma en serio a sí mismo. Es entre alegre y mal carácter; no aguanta la mentira ni la hipocresía y tiene la mala costumbre de decir todo lo que piensa; o se le detesta o se es incondicional de su persona; odia la política; no da demasiada importancia a todo lo contingente; ama la libertad y lucha por ella como valor supremo; fiel a sus amigos, no tiene hora para comer y dormir; piensa que la vida es algo maravilloso —sin duda es uno de los pocos afortunados que pueden decirlo—, y no olvida que para algunos la existencia es una realidad que arrastran con dolor. Le encantan los gatos, aunque no tiene ninguno.

«Si he empezado a escribir novelas para adolescentes es porque tenía algo que decirles. Porque había descubierto en mis viajes, en mis encuentros con hombres y mujeres, en mis visitas a distintos países, cosas que me parecían importantes y que deseaba compartir. Y además sabía, y las numerosas cartas de lectores me lo han confirmado, que el héroe de un libro sincero y auténtico puede convertirse para el lector en un auténtico amigo, lejano y muy cercano a la vez, que puede serle útil en algunos momentos difíciles de su existencia y, sobre todo, ayudarle a sobreponerse a un cierto sentimiento de soledad, que es el peso que tienen que aguantar muchos jóvenes.

He tratado de transmitir la importancia que tiene la amistad, que, contrariamente a lo que ha sucedido con el amor, no ha podido ser devaluada. También he querido dejar claro que los seres sencillos, humildes, no siempre muy inteligentes, pueden llegar a igualar a los que han recibido más de la vida por medio de una buena educación, posición social o situación económica.

He querido, finalmente, presentar unos jóvenes muy semejantes a los que van a interesarse por las vidas de esos jóvenes protagonistas, que han querido ser honrados a toda costa.

He intentado llegar a comunicarme con los solitarios, esos que difícilmente se integran en una comunidad.

Los héroes de mis libros entran en su intimidad, les hablan al corazón, pueden —y he tenido testimonios abundantes de ello— ayudar a los que son distintos de los demás a tener confianza en ellos mismos, a sentirse más fuertes para cumplir con el duro trabajo encomendado a sus vidas.»

ARGUMENTO. El relato se desarrolla a comienzos de la segunda década del siglo XIX, época en la que Irlanda lucha por independizarse de Inglaterra.

Una noche lluviosa, seis militantes del Sinn Fein, organización irlandesa que recurre a la violencia para poner término a la ocupación inglesa, se presentan en casa de los Cuttin con el cadáver de su hijo Evie, abatido por las balas inglesas. Su hermano Eamon, un adolescente de unos quince años, decide proseguir la lucha de Evie y, sin despedirse de su padre, se dirige a Dublín con Christy, un muchacho de apenas doce años. Allí, los dos se alojan en casa de la señora Gruffy, donde había vivido ya Evie. Los tres hijos mayores de la señora Gruffy pertenecen al Sinn Fein y ayudan Eamon y Christy a encontrar trabajo y los ponen en contacto con la citada organización clandestina. A partir de ese momento, los recién llegados y los hijos mayores de la señora Gruffy alternan su trabajo diario con la colaboración en acciones de la guerrilla.

INTERÉS DEL LIBRO. Se trata de una novela histórica que, si bien se centra en los sucesos de 1921-1922, recoge hábilmente los principales acontecimientos de la historia de Irlanda sin caer en el didactismo. El relato tiene una cierta tonalidad épica y presenta a los jóvenes protagonistas interviniendo en acciones arriesgadas y heroicas, circunstancias que resultarán particularmente atractivas para los adolescentes y facilitarán su identificación con los personajes de la novela.

El autor narra los hechos desde la óptica irlandesa y describe como una gesta la lucha de Irlanda por su independencia. Además, tanto el prólogo como la nota histórica final reflejan una postura frente a la lucha actual de los católicos en los seis condados del norte, contra la opresión y la injusticia social por parte de los protestantes de origen inglés. Sólo el gesto final del mayor Peter, que pese a su perversidad no pone fin a la vida de Christy cuando se entera de que el muchacho ha descubierto su condición de agente secreto de Inglaterra y la sede del servicio de información británico, refleja que los ingleses no son intrínsecamente malos.

El tema es de palpitante actualidad, pues la lucha de Irlanda contra la ocupación inglesa puede considerarse como un caso paradigmático de la lucha que muchos pueblos, incluida la propia Irlanda del Norte, mantienen hoy por su independencia. En el caso concreto de Irlanda, el autor se muestra partidario de la lucha armada, y sólo en algunos incisos se alude a los horrores de la guerra.

2 *El pan perdido*

PIERRE PELOT

1979. 191 páginas

AUTOR. Nació en Saint-Maurice-sur-Moselle (Francia). Cuando acabó el bachillerato, inició estudios de formación profesional. Los dejó a los tres meses. Luego hizo un curso de dibujo a distancia. Y comenzó a escribir *cómics* y trabajó como escenógrafo. Finalmente, a los veinte años comenzó a escribir profesionalmente. Ha tenido éxito con libros de aventuras, novelas sobre problemas actuales, ciencia ficción y policiacos. También cultiva el género del Oeste.

En 1978 alcanzó el Premio de Ciencia Ficción francés. Por sus novelas juveniles se le concedió el diploma a los mejores libros juveniles en 1970. *El pan perdido* fue filmado para una serie de la televisión francesa. Sus libros han sido traducidos a doce idiomas. Gran parte de sus obras tienen una frontera sutil entre lo juvenil y lo adulto. En ellas se refleja la personalidad rebelde y sensible del autor. *El pan perdido* fue escrito en 1974.

ARGUMENTO. Lou vuelve a su pueblo tras once años de ausencia. Ha estado en la cárcel porque mató a un hombre en una pelea. Sabe que su antigua novia tuvo un hijo de él y posteriormente se casó con otro. Sabe también que su madre está en un asilo. Desea ver a sus viejos amigos y, sobre todo, quiere conocer a su hijo.

Sus amigos más íntimos lo rehúyen: él es un ex presidiario porque había matado a un hombre. Sólo hay uno, Pataloca, alguien en quien Lou no había reparado demasiado, que lo saluda con verdadera alegría. Sus deseos se ven frustrados respecto a su objetivo fundamental, conocer a su hijo, porque en aquellos días estaba en un campamento de verano.

INTERÉS DEL LIBRO. Se trata de una novela profundamente realista. Lou desea volver a su pueblo para reencontrar las raíces. Allí están su tierra, su casa, sus amistades, su familia... Pero pronto descubre que ya no le queda nada de todo eso. Sus enemigos queman la casa, los amigos de antes le dan la espalda, la madre vegeta en un asilo y ni siquiera reconoce a Lou cuando éste va a visitarla. Además, Lou comprende que es inútil intentar recuperar a un hijo que nunca ha sido suyo, que pertenece mucho más a su padrastro: éste ha sido quien lo ha cuidado, quien lo ha protegido. Lou, en cambio, es tan sólo un héroe para el chico. Y seguramente, si ahora lo conoce, perderá también esta aureola.

El «pan perdido», plato típico de la zona de Francia donde se sitúa la acción, es el recuerdo de una infancia dichosa. La guerra de Argelia «planea» a lo largo de toda la obra. Los franceses quedaron profundamente marcados por la contienda argelina.

En Lou también hace mella este sentimiento. La primera vez que se marchó del pueblo fue para ir al frente, y cuando volvió, ¡qué distinto de la segunda ocasión!, todos lo consideraron como un héroe.

Junto a Lou destacan dos personajes más: Pataloca y Mélin, el padrastro del hijo de Lou. Ambos son, quizá, los de mejores sentimientos de toda la novela. Pataloca quiere a Lou, siempre lo ha idolatrado, aun estando alejado de él. Ha grabado en su mente cada momento pasado con él y le cuenta a Lou cosas de su vida que ni éste recuerda. Por su parte, Mélin ama profundamente a su hijo y teme perderlo; pero, sin embargo, no odia a Lou.

El autor ha escrito un libro donde se entremezclan el antes y el ahora con poesía. La obra está llena de *flashes*, de ráfagas de belleza. Los distintos personajes dicen siempre menos de lo que piensan, y serán los lectores quienes, a la manera de psicólogos, desentrañarán los porqués más recónditos de sus mentes.

3 *Danièle en la isla*

EVE DESARRE

1979. 218 páginas

AUTOR. «Nacida el uno de mayo de 1926 en Sarrebruck (Sarre), Francia, llegué a París en 1935, cuando el Sarre fue anexionado a Alemania.

Después de una infancia turbada por la inmigración y la guerra, tuve que interrumpir mis estudios para unirme a la Resistencia francesa.

Hablo, leo y escribo con fluidez el alemán y el inglés.

En 1948 hice mi licenciatura en Ciencias de la Información. He hecho reportajes en prácticamente el mundo entero. He publicado mis reportajes, lo mismo que mis fotografías, en numerosos periódicos y revistas francesas y alemanas.

He publicado una veintena de libros, la mayoría para adolescentes, lo mismo que álbumes ilustrados para niños.

Entre mis novelas, la primera, *Vacaciones en torno al campanario*, obtuvo el premio Ciudad de París. También he escrito un ensayo biográfico.

Como autora de guiones radiofónicos, mis obras han tenido una difusión importante en emisoras francesas, alemanas y suizas.

He escrito esta novela con un marcado acento de reportaje, género en el que me desenvuelvo muy a gusto. Mis obras están basadas en hechos reales y vividos. En esta novela, a partir de una trama imaginaria, he contado hechos de los que he sido testigo en Martinica y Guadalupe, donde las supersticiones locales subsisten todavía.

Me propuse, a la hora de escribir esta novela, ganar algún dinero que ayudase a mi econonía, compaginándolo con mi placer por escribir y mi posibilidad real de comunicarme con la juventud.

He intentado transmitir las realidades sociales y los hechos de la vida diaria en países lejanos.

Mis novelas para adolescentes figuran, en su mayoría, en las bibliotecas de todos los centros escolares de Francia.»

ARGUMENTO. Danièle vive en París con su madre. Su padre se marchó hace años con una mujer a la isla de Guadalupe, en las Antillas. La joven no es feliz: su madre no olvida la huida del esposo y trata a su hija con excesiva dureza. Ambas tienen una pelea y Danièle se marcha a casa de sus padrinos. Allí recibe la noticia de que la madre ha tenido un ataque al corazón; muere en el hospital y Danièle se queda sola. Entonces toma la decisión de viajar a Guadalupe para conocer a su padre, al que siempre ha considerado casi como un héroe.

Pero la imagen real de Guadalupe es muy distinta de la que Danièle se había forjado en su imaginación. Se trata de una tierra en donde dominan la miseria, la discriminación, el clima adverso. Además, el padre de Danièle dista mucho de ser un héroe de película. Más bien se trata de un ser de carne y hueso, con más vicios que virtudes. Sin embargo, en medio de toda esa desolación, Danièle conoce el amor, encarnado en la figura de Aristide, el maestro negro de la aldea.

INTERÉS DEL LIBRO. La novela, de corte realista, intenta acercarnos a un mundo profundamente desconocido para los europeos, y hacerlo desde un prisma verídico. La isla, en donde transcurre la acción, no es un lugar paradisíaco, propio de folleto turístico, sino un enclave de difícil acceso, en el que reina el caos más absoluto.

El libro trata en profundidad el tema de la discriminación racial, pero vista desde el otro lado al que nos tienen acostumbrados libros y películas: aquí no son los blancos los que discriminan a los negros. No sólo, al menos. Por encima de todo, son los negros antillanos los que no desean contacto alguno con los blancos.

Entre un negro —Aristide— y una blanca —Danièle— va naciendo y haciéndose cada vez más fuerte un vínculo amoroso que hace estallar la chispa. Los ánimos, ya airados de por sí, tienen la excusa para avivar más el rescoldo del odio.

Por otra parte, la autora hace hincapié en la dificultad que existe en las relaciones humanas. A Danièle le es difícil relacionarse con sus padres, con sus abuelos, incluso con los negros antillanos, a los que no acaba de entender. Romper barreras, crear afectos, comprender... son tareas que no resultan fáciles para ninguno de los protagonistas. No lo son en absoluto para Danièle. Pero tampoco para su padre, acostumbrado como está a la soledad. Es complicado para él abrir sus sentimientos, demostrar el cariño que siente por su hija. Superar esa timidez es algo que ambos personajes —padre e hija— deben conseguir al unísono.

Sólo hay una relación que parece sencilla desde el primer momento; sencilla para los «afectados» —Danièle y Aristide—, desde luego, pero no para los espectadores. Desde el principio parecen predestinados el uno para el otro.

Esa especie de fatalismo es seguramente la causante de que el amor se desboque. Sobre todo, teniendo en cuenta el breve espacio de tiempo en que suceden los hechos. La descripción de la relación entre la pareja es posiblemente lo más irreal de toda la novela. Es casi impensable que tantos infortunios, tantas zancadillas como ponen la propia naturaleza y los habitantes del pueblo, acaben sin más en boda. Pero en las novelas todo está permitido. Todo sirve, por muy fantástico que sea, si provoca la delicia del lector.

4 *El mexicano*

SERGE DUROUSSEAU

1979. 204 páginas

AUTOR. «Nací en Compiègne (Francia), de una familia de clase media baja. Mi padre trabajaba en Correos y mi madre primero fue modista y luego se dedicó a sus labores domésticas. Éramos cuatro hermanos, de los cuales yo era el pequeño. Me quedé huérfano a los doce años.

Hice el bachillerato en Letras, y realicé luego mis estudios universitarios en la Facultad de Pedagogía, estudios que completé con la especialización en Educación Física. Llegó luego la Segunda Guerra Mundial y la ocupación alemana. En 1940 mi casa fue destruida por un bombardeo. A los dieciocho años se me obligó a incorporarme a la organización nazi Todt, encargada de construir las rampas de lanzamiento de los V1 y V2 en el norte de Francia. Era un trabajo durísimo, una auténtica esclavitud, aunque logré fugarme.

Contraje matrimonio en 1948. Mi esposa era secretaria de un director de empresa. Por aquel entonces ignoraba por completo que, con el tiempo, yo me dedicaría a escribir y que mi esposa mecanografiaría mis originales, siendo al mismo tiempo mi primera lectora y mi crítica literaria y consejera.

Profesor, fui nombrado director de un grupo escolar.

La lectura es mi afición preferida.

Soy autor de varias obras, entre ellas una dedicada a la enseñanza y la lectura de la lengua francesa, de la que se han vendido 600.000 ejemplares.

También han tenido gran aceptación y premios importantes ocho novelas mías para jóvenes: Gran Premio de Literatura Juvenil del Salón de la Infancia de París, Sindicato Nacional de Editores... En 1972 se me otorgó el segundo premio de Literatura Juvenil de la Comunidad Radiofónica Internacional. En 1976, el Premio de la Academia Francesa de Novela Juvenil le fue concedido al conjunto de mi obra. También he recibido la medalla de bronce del Ministerio de Educación Nacional.

Estoy persuadido de que todo creador, ya sea pintor, escultor, ebanista, ceramista... o escritor, trabaja por pura satisfacción.

Yo lo hago por el placer que representa escribir, componer personajes; a veces, tener que obedecerlos a continuación; vivir con ellos, en ellos, durante algunos meses.

No he pretendido transmitir valor alguno. No me gustan las novelas de tesis o con mensajes. Sin embargo, los críticos en sus reseñas, los lectores a lo largo de nuestros encuentros resaltan ciertos valores humanos o morales. Entonces me doy cuenta de ellos, pero no había pensado incluirlos en mi relato. Nacen del encuentro de los personajes, de su propia existencia, de sus peripecias.

Jamás olvido que escribo para chicas y chicos de todas las clases sociales, para los que viven en el campo y los que viven en la ciudad. Releo con cuidado mis escritos para eliminar el mínimo detalle que pudiera chocarles, desilusionarlos por cualquier motivo: creencias, raza, tradiciones, opiniones, educación...»

ARGUMENTO. Un joven conoce en París a un mexicano, que le cuenta la historia de Rufino y su banda.

En una de las incursiones, Rufino, Miguel y Vicente asaltan el rancho de doña Clarisa. Descubren que todos los trabajadores se han marchado y la dueña ha quedado sola con Catalina, una niña a la que ha recogido. Los demás han huido de los guayaberas, los indios de las mesetas, que se han rebelado contra los blancos. Rufino se apiada de Clarisa y Catalina y decide llevárselas consigo hasta el puesto de San Carlos. Los guayaberas les siguen los pasos. Por el camino se encuentran a dos indios: Texalurec y el joven Zapotori. A partir de entonces los dos también los acompañarán. Llega un momento en que sólo hay una manera de huir: que dos hombres se sacrifiquen por los demás. Y eso hacen. Rufino y Texalurec van a una muerte segura a manos de los guayaberas. Mientras, los otros cinco consiguen ponerse a salvo.

El mexicano se despide del joven. Ha olvidado un periódico que el francés conservará para siempre.

INTERÉS DEL LIBRO. La estructura del libro es, ya de por sí, original. Hay un narrador oral que nos cuenta la historia. Ese narrador es el mexicano. En él bulle todo el amor hacia los de su raza. Se siente orgulloso de ser mexicano y con su relato demuestra al francés —que está, sin duda, interesado por el país americano, pues sabe de él numerosos datos tanto geográficos como políticos— que los mexicanos están hechos de una madera muy especial. Es la desmitificación del mexicano vago y cachazudo. En este caso, cada miembro del grupo se preocupa por los demás, colabora en beneficio del bien común.

El grupo protagonista es realmente heterogéneo. No hay un personaje que sobresalga de los demás. Se trata, sin duda, de una novela de grupo. Los miembros del colectivo son absolutamente dispares: dos indios, tres bandidos, una mujer y una niña. Y junto a ellos, los mulos y una cabra de nombre Juguete. ¿Qué tienen en común? Sólo su decisión de escapar de los guayaberas, alcanzar la libertad. Y ese deseo los lleva a aliarse, a solidarizarse unos con otros. Nace un vínculo entre ellos, que ya será imposible romper. La fuerza de ese vínculo queda patente en el sacrificio final. ¡Con qué entereza caminan hacia la muerte Rufino y Texalurec! Hasta hace poco, dos desconocidos; ahora, compañeros en el viaje final.

El carácter de Rufino, el jefe, es ciertamente interesante: bandido de profesión, pero no asesino. Heredó el oficio de su padre y de su abuelo, y es para él un orgullo que lleva con dignidad. Para Rufino es vital, en todo momento, estar a la altura del abuelo.

Destaca también la ternura de Catalina en sus relaciones con los demás: con Clarisa, con Rufino, con Zapotori, por supuesto e incluso con la cabra. Su suavidad parece atenuar la tensión de de todos. Catalina está presente siempre a una cierta distancia de los demás, pero haciendo que afluyan los mejores sentimientos de cada personaje.

5 *La jarra rota*

JACQUELINE CERVON

1979. 235 páginas

AUTOR. «Nací el 6 de julio de 1924 en una aldea del centro de Francia de la que he tomado el nombre como seudónimo. Mi padre era ebanista. Gran lector, me transmitió el gusto por los libros y, sin duda, a él le debo haberme lanzado a escribir.

Hice estudios de Letras en París, donde me licencié en La Sorbona en Lenguas Clásicas y en Francés.

Me casé en 1945 y me fui a África oriental, a Djibouti, donde nacieron mis tres hijos. Allí hice periodismo y secretariado, dedicándome también a la enseñanza.

De vuelta a Francia, después de diez años en África, me dediqué por completo a la novela.

Me han publicado cuarenta libros y algunos han obtenido premios literarios y otras menciones honoríficas. Entre los que personalmente más aprecio está el Premio Sobrier Arnoud, de la Academia Francesa. *La jarra rota* nació de un viaje a la república de Benin. Allí me cruzaba constantemente con restos del pasado: palacio del rey Agadja, y otros reyes de Dahomey, en Abomey. En Ouidah y en otros lugares subsisten cantidad de recuerdos de la trata de negros. Esto invita a enterarse a fondo del problema de la esclavitud. Reuní, sobre el terreno mismo, la documentación más completa posible.

A esto se unió la fascinación ejercida por el pueblo Fons, antiguo Dahomey: gente alegre, chispeante, brillante.

He sentido la necesidad de saber más, cada vez más, sobre esa época, y luego hacer una novela lo más ajustada posible a la realidad, para que mis lectores, jóvenes o menos jóvenes, tengan una base de reflexión suplementaria al abordar algunos problemas que se dan hoy en África y que son una secuela de aquella trata de negros. En el continente africano nunca han cicatrizado aquellas heridas.»

ARGUMENTO. Empieza la acción de la novela en Dahomey, en el año 1724. Una muchacha negra de doce años, Mesedé, se atreve a burlar la vigilancia del palacio del rey Agadja, caprichoso y cruel, con la intención de liberar a los esclavos de una tribu vecina. Vencidos en la guerra, iban a ser sacrificados el día de la Fiesta de las Costumbres.

Se encuentra casualmente con el joven Agoro. Le impresiona su dignidad, hecha de impasibilidad o de un tremendo fatalismo. Le entrega una lima. Al cabo de dos días se entera de que gracias a su ayuda han logrado huir unos cuantos prisioneros esclavos.

Las consecuencias de este hecho son nefastas para Mesedé y su familia cuando se descubre la procedencia de la lima. No puede ser más que del taller de un trabajador del bronce, su padre. Mesedé termina entre las esclavas de Agadja, a su entero capricho. Agoro no puede olvidar a Mesedé.

Los blancos intrigan a placer, aprovechando las rivalidades tribales de los reyes africanos. Loëdic, un comerciante blanco, se enamora de Mesedé. Con ella va a tener un hijo, Étienne. Pero pronto se cansa de aquella mujer que, por las grandes diferencias culturales y por los prejuicios raciales de sus compañeros, le causa infinitos problemas.

Las vidas de Mesedé y Agoro parece que están destinadas a cruzarse fatalmente en los momentos más cruciales. Siguiendo una costumbre bastante común, a pesar de ser la mujer que comparte la vida con Loëdic, un blanco, Mesedé termina siendo vendida como esclava. Entra en el lote de esclavos que un comerciante canjea por Agoro.

El barco, cargado con la mercancía de ébano, entre ellos Mesedé y Étienne, hijo de ésta y Loëdic, se hace a la mar. Las penalidades del viaje son tan horribles que entre otros muchos esclavos muere Étienne. Mesedé llega a Santo Domingo y allí es vendida a un plantador. La falta de protección legal hace que Agoro termine siendo vendido como esclavo en la misma isla.

Cuando se entera Loëdic de la suerte corrida por Mesedé y su hijo se embarca para Santo Domingo, con la esperanza de poder comprarlos y quizá llegar a recuperar el amor de aquella esclava a la que tanto quiso. Al fin, en una fiesta organizada por los negros en la que reviven sus raíces africanas, se van a encontrar en trágicas circunstancias los tres protagonistas: Mesedé, Agoro y Loëdic.

INTERÉS DEL LIBRO. La novela nos traslada en el tiempo a un continente africano destrozado por guerras tribales y lacerado por la esclavitud. Sus habitantes representan para los negreros la famosa «carga de ébano». Se nos recuerda la historia de Dahomey, uno de los centros fundamentales de provisión de esclavos. Y dentro de las muchas tribus, se fija especialmente en dos: la de los *yorubas* y la de los *huemas*.

Las guerras tribales, el capricho de los reyezuelos, las intrigas de los europeos, que procuraban favorecer al mejor postor; sus nulos escrúpulos ante la esclavitud, un negocio rentable para muchos de ellos; el viaje tremendo de los esclavos camino de los mercados... nos pintan un cuadro realista de un fenómeno no tan lejano en el tiempo. Se puede profundizar en el tema de la esclavitud, el ambiente que lo hizo posible... Es seguro el rechazo por parte de los lectores de la obra de aquel momento tan triste de la historia de la humanidad.

6 *Barril de pólvora*

JACQUELINE CERVON
1979. 194 páginas

AUTOR. La biografía aparece en la página 67.

La autora nos dice qué motivos la impulsaron a escribir esta obra:

«Al hacer estudios superiores de griego me he impregnado de la cultura helénica. Un viaje a la Hélade me ha afirmado en la simpatía que siento por ese pueblo.

Cuando mi marido me sugirió un primer viaje a Turquía en 1965, cuando el turismo no había hecho prácticamente acto de presencia en el país, me mostré reticente, puesto que la historia de Turquía tiene una leyenda negra en la que la violencia es un componente importante.

Al fin me decidí. Además, sobre la costa occidental de Turquía, tanto tiempo impregnada de presencia griega, he encontrado tantas semejanzas entre los dos pueblos enemigos que he querido dar testimonio de ello. Un símbolo: estos dos chicos, que son la copia el uno del otro.

Este libro es una reflexión sobre el absurdo de las luchas fratricidas.

La obra apareció con un título distinto y por ella me concedieron un premio literario y una mención en el Premio Europeo de la ciudad de Caorle, Italia.»

ARGUMENTO. Stavros, un joven griego, naufraga y aparece

desvanecido en la costa turca. Al problema del naufragio se añade la difícil situación política que se vive en la zona. Griegos y turcos están enfrentados por el problema de Chipre.

Turhan, uno de los pescadores de esponjas del caique que manda Berduk, impone su buen criterio y quiere ayudar a Stavros. El extraordinario parecido físico entre ellos dos le va a ayudar muchísimo a conseguirlo. Conoce el peligro que corre un griego en Turquía en aquellos momentos tan delicados.

Berduk, el patrón del caique, se muestra inhumano con Stavros, haciéndole trabajar hasta la extenuación, pero en algo que normalmente se reserva a las mujeres: pisar las esponjas en los estanques secos, preparados para ello, operación que se hace siempre a pleno sol. Poco a poco, Stavros va haciendo valer su sentido común, su capacidad de trabajo y sufrimiento. Gana las simpatías de la mayoría. Y ante el problema de Turhan, que por haber sido confundido con él ha recibido una tremenda paliza de Berduk, le sustituye en el durísimo y peligroso trabajo de hacer inmersiones para buscar esponjas, a veces a profundidades imprudentes.

Al fin la policía descubre la personalidad de Stavros. Éste tiene que volver a Rodas, de donde ha salido por desavenencias con su tío, con el que trabajaba. Vuelve, efectivamente, pero ya no será el mismo. Sus experiencias le han cambiado radicalmente, le han madurado como persona.

INTERÉS DEL LIBRO. La estructura de la novela es sencilla. La autora ha querido destacar a lo largo del relato la belleza de la zona marítima entre Turquía, Grecia y Chipre. Pero no es precisamente éste su objetivo fundamental, aunque también lo haya conseguido perfectamente. La guerra entre griegos y turcos es un hecho importante en la obra. Pero va a servirle simplemente para destacar el absurdo de la misma.

Barril de pólvora es fundamentalmente una obra en la que se analiza la psicología de dos pueblos a través de unos protagonistas que encarnan las virtudes y las limitaciones de los dos. Griegos y turcos se ven reflejados principalmente en Stavros y Turhan. Y para que destaque más el absurdo del enfrentamiento de los países, la autora señala el enorme parecido entre los dos protagonistas.

Se nos va llevando suavemente en la obra a un mensaje de esperanza: siempre es posible cambiar. Aun los enemigos aparentemente más irreconciliables, representados en el brutal Berduk, pueden llegar a cambiar de actitud. Así lo hace, efectivamente, ayudando a Stavros a llegar hasta Rodas. Lo mismo que Ismet, padre de Turhan, que cambia su intransigencia de musulmán respecto a los cristianos.

Subyace constantemente en la novela un llamamiento a la paz, a la construcción de una comunidad humana a todos los niveles, más acogedora, que sea capaz de resolver los problemas que se plantean a diario o en circunstancias particulares.

La dura experiencia que ha vivido Stavros le ha madurado profundamente como persona. Ya nunca pensará sobre la vida y sus problemas de la misma manera. Se siente comprometido, además, en la construcción de un mundo donde reinen la justicia y la paz.

7 *María de Amoreira*

LUCE FILLOL

1980. 219 páginas

AUTOR. Nace en Argelia en 1918, descendiente de viticultores establecidos en ese país desde 1848. Estudia en la Escuela Normal Femenina de Constantina, dedicándose a la enseñanza en distintos pueblos del territorio argelino.

Su obra *47 bis de la rue des Trembles* fue seleccionada para el Gran Premio de Literatura Juvenil del Salón de la Infancia.

Siguieron otros libros, que gozaron siempre del favor de los críticos. La televisión se ha interesado también por alguna de sus novelas.

Su obra *Prune* se convierte en un *best-seller,* que obtiene el premio Francia Joven y le hace figurar en la lista de honor del Premio Hans Christian Andersen.

Al mismo tiempo que lleva una vida social activa, es animadora y responsable del Centro de Animación Social y Cultural de Draveil durante diez años; creadora responsable de la biblioteca, participa a menudo en encuentros y debates sobre libros para jóvenes en bibliotecas, institutos y colegios privados en Francia, Bélgica, las Antillas y la isla Reunión.

Sus libros, inspirados en temas variados, como el mar, la niñez, relaciones entre jóvenes y adultos, la guerra, el trabajo, la familia, el racismo..., son siempre novelas de esperanza en las que intenta ayudar a los jóvenes a encontrar respuestas a las preguntas que se plantean.

Ha sido traducida al castellano, portugués, italiano, japonés y catalán.

La autora juzga así su obra:

«Creo que es difícil dar una opinión personal de cada uno de mis libros. He publicado hasta este momento unas treinta obras. Entre mis preferidas, *María de Amoreira.*

Conocí a María en el Centro de Animación Social y Cultural de Draveil, del que estaba yo encargada por aquel entonces. En realidad la chica se llamaba Otilia. Era una joven portuguesa que había llegado a nuestra región a los catorce años sin conocer una sola palabra de francés. Tres años más tarde recibía el certificado de estudios primarios. Es un dato revelador de su inteligencia y voluntad. Simpatizamos. Ella me contaba su vida, sus dificultades y su increíble aventura para entrar en Francia.

Decidí visitar su país con mi marido. Conocía de oídas todos los sitios de los que hablo. Podría haber hecho un reportaje periodístico. Todos los detalles puntuales que doy son verdaderos.

Escribí *María de Amoreira* porque pensaba que en Francia se hablaba mucho de los trabajadores inmigrantes, de sus problemas de integración, etc. Pero si hay un solo punto en este terreno del que no se tenga una clara conciencia, jamás habrá voluntad de resolverlo.

Es lo que he intentado ofrecer a mis lectores. Una vida de coraje, amor, dignidad dejadas al otro lado de las fronteras. A menudo se ignora todo esto. Su descubrimiento tiene que llevar, necesariamente, a un gran respeto, comprensión, amistad.»

ARGUMENTO. María es una muchacha de dieciocho años, la hija mayor de un matrimonio que tiene dos hijos más y con el que vive una tía anciana. La vida de la familia se desarrolla en Amoreira, aldea situada en las tierras altas y áridas de Portugal. El padre, como la mayoría de los hombres de Amoreira no emigrados al extranjero, es jornalero eventual y pasa largas temporadas, sobre todo en invierno, sin encontrar trabajo. Por eso, la familia vive con grandes estrecheces, por otra parte habituales en la mayoría de los hogares de Amoreira: no tienen luz eléctrica, visten casi andrajosamente y se alimentan básicamente de pan y patatas, pese a que todos los miembros de la familia contribuyen con lo que pueden a los gastos generales de la casa.

No obstante, esta existencia llena de pobreza y de penurias tiene también sus alegrías: la solidaridad de las gentes del pueblo, a pesar de las pequeñas rencillas y envidias, y el calor de la vida familiar, que contrasta con la soledad de las familias con miembros emigrados.

María, en concreto, ayuda a su madre en las labores de la casa, trabaja a jornal en el campo; cuando tiene oportunidad, hace ocasionalmente faenas en casas ajenas; pasa una temporada sirviendo en una pensión de Guarda y vive con la esperanza de encontrar un gran amor que la redima de su vida pobre y sombría. Y el gran amor se enciende en la noche de San Juan; pero terminará en una decepción que llevará a María a buscar el olvido emigrando a Francia.

INTERÉS DEL LIBRO. Se trata de una novela social que describe con gran realismo la vida en las regiones portuguesas subdesarrolladas, los avatares de la emigración clandestina y el aislamiento, la penuria y la decepción de los emigrantes sin preparación cultural ni formación profesional. El amor y el afán de superación de María proyectan un rayo de esperanza sobre este cuadro sombrío y dramático. El estilo, sobrio y cortado, se ajusta perfectamente al dramatismo de los hechos que se narran.

Los personajes están descritos con claridad y justeza. Tía

Luisa y Otilia personifican la resignación triste ante el destino y el miedo al cambio. María y su novio Manuel encarnan la esperanza en un futuro nuevo. Manuel, más cultivado, sueña con un Portugal mejor y tiene algunas ideas al respecto. María recuerda de vez en cuando unas palabras del cura de su pueblo: Cristo no predicó la resignación, sino el valor.

La obra refleja una problemática de gran actualidad en las zonas deprimidas de España y entre los emigrantes españoles hace un par de décadas. Algunos planteamientos podrían trasladarse a los emigrantes africanos que trabajan en algunas regiones de España.

Como temas de coloquio cabría sugerir la solidaridad entre los aldeanos y entre los emigrantes, la discriminación racial y social —los turistas sospechan de los portugueses; tía Luisa, de los hombres de ciudad, etc.— y la soledad y el aislamiento de los trabajadores extranjeros.

8 *Cheyenes 6112*

CHRISTIAN GRENIER-WILLIAM CAMUS
1980. 190 páginas

AUTOR. CHRISTIAN GRENIER: «Nací en París el año 1945. Empecé a escribir cuentos desde que fui capaz de juntar las letras. ¿Para qué? No lo sé, pero seguramente porque me aburría: vivía en el quinto piso de un edificio y no me daban permiso para jugar en la calle. Mis padres, actores, no habían comprado todavía un aparato de televisión. Pasaban muy poco tiempo en casa.

Yo también quería ser actor. Mis padres nunca aprobaron mi incipiente vocación. Pensaban que el trabajo de actor era inseguro, difícil y mal pagado. Me hice profesor, lo cual es otra forma de estar siempre frente a un público.

Era un escritor impenitente, aunque lo hacía por pura satisfacción personal. Mis amigos me hicieron descubrir la ciencia ficción en 1968. Y me persuadieron para que presentara mis manuscritos a un editor.

He escrito hasta ahora alrededor de veinte novelas, cincuenta cuentos y varias obras de teatro. He hecho una serie de *cómics* para la revista *PIF* y escrito numerosos guiones de dibujos animados para la televisión, entre los que cabe destacar quince episodios para *Les mondes engloutis.*

Mis novelas han sido traducidas en muchos países: España, Brasil, Alemania, Checoslovaquia, Japón... Han obtenido premios importantes en Francia, que no cito por no ser familiares al lector español.

Vivo en Epinay, cerca de París. Escribo en el *bunker* de mi despacho, donde no veo a nadie ni nada me estorba. Apenas llega el sonido del *rock* duro procedente de la cadena musical de mi hijo, las amigas de mi hija y el gato, que maúlla siempre para que le deje entrar o salir de mi despacho. Solamente el teléfono me distrae. Y cuando se pone excesivamente pesado, me voy al campo. Allí tengo una casa donde no hay ni chicos, ni gato, ni teléfono.»

WILLIAM CAMUS nos cuenta de él mismo lo siguiente: «Un día me prometieron un viaje en barco. Mi madre vino a buscarme. Embarcamos en un gran navío, que jamás habría imaginado. Así fue como me encontré en Joinville-le-Pont, descubriendo, al mismo tiempo, las luces de la ciudad, los coches... Tenía once años. Había comenzado para mí una nueva vida».

Su padre era iroqués; su madre, francesa. Nació en 1923, en el noroeste de Canadá. Su literatura se nutre, en gran parte, de los recuerdos de su niñez.

Su lema continuo es que los indios deben ser dueños de su propio destino. Lucha por ese ideal, aparte de que siempre en sus obras los indios son los protagonistas. No solamente los indios del norte, sino los de toda América del Sur.

Destaca siempre en sus obras las virtudes fundamentales de las tribus indias. La solidaridad es un aspecto importante, por encima de todos los demás.

Salen a la luz alrededor de seis libros suyos al año. Escribir es su vocación y tiene la suerte de ganarse la vida haciéndolo.

No escribe precisamente para los jóvenes, aunque éstos le lean muy a gusto.

Grenier relata así su encuentro con Camus:

«El día que me encontré a William Camus me propuso escribir con él una novela.

—Pero ¿qué novela? —le dije—. Yo escribo novelas de ciencia ficción y tú sobre pieles rojas.

—Bueno, una novela de ciencia ficción sobre los pieles rojas.

—Eso es absurdo. Jamás se ha hecho.

—Por eso mismo. Nosotros lo haremos.

Confío siempre en llegar a un gran número de lectores. Un público que tenga fe en el futuro y en el hombre y la esperanza de transformar el mundo. Si mis lectores tienen esa fe, esa esperanza, y si al mismo tiempo gozan leyendo mis relatos, es, quizá, porque son jóvenes. ¡Qué suerte!»

ARGUMENTO. A raíz de la *Gran Polución* que siguió a la Era del Petróleo, fue preciso «proporcionar a los hombres una atmósfera respirable». En el año 6112, época en que se desarrolla la acción narrada en la novela, todos los habitantes de la Tierra viven en cuatro burbujas, que están aisladas del mundo exterior y que se comunican entre sí por medio de transportes eficaces, rápidos y variados. Dentro de ellas la vida está supertecnificada, tanto en los sistemas de alimentación como en los de trabajo y comunicación. Desde hace varios milenios han desaparecido las guerras, el hambre y las enfermedades, palabras que ni siquiera figuran ya en el diccionario.

Los habitantes de las burbujas creen que fuera de ellas no hay ningún ser viviente en todo el planeta. No obstante, un pequeño grupo de cheyenes ha sobrevivido a la *Gran Polución*. También ellos se creen los únicos seres humanos de la Tierra y viven aislados: habitan en un claro rodeado de bosques y piensan que tales bosques se hallan poblados por animales feroces a los que no se atreven a hacer frente. Pero, a diferencia de los habitantes de las burbujas, los cheyenes han sufrido una evolución regresiva: ahora ni siquiera conocen los utensilios de sílex y se alimentan de plantas silvestres y de las alimañas que pueden cazar.

Unos sucesos inesperados van a turbar la vida pacífica y anquilosada de las burbujas y del claro del bosque y van a forzar a sus habitantes a enfrentarse con sus tabúes, a revisar sus creencias y a salir de su aislamiento.

INTERÉS DEL LIBRO. Se trata de una novela de ciencia ficción, pero el elemento estrictamente científico está reducido al mínimo.

El relato se desarrolla básicamente en forma de diálogo y resulta ágil y apasionante. En los primeros capítulos alternan los episodios de las burbujas con los del claro del bosque, circunstancia que da variedad a la narración. El lenguaje es transparente; los términos de ciencia ficción son escasos y fácilmente inteligibles.

Los personajes están descritos de forma bastante esquemática. Más que seres de carne y hueso, son expresión de determinadas actitudes y encarnación de ciertas ideas. Concretamente, tanto en las burbujas como en el claro se enfrentan los que se aferran al pasado y temen romper los tabúes con los partidarios de recurrir a medios nuevos para afrontar los nuevos problemas. En el claro, los jóvenes desean adentrarse en el bosque en busca de recursos nuevos, mientras que los ancianos temen los riesgos de tal empresa e insisten en la necesidad de atenerse a la costumbre.

Contra lo que puede parecer a primera vista, hay más elementos para un coloquio sobre la dialéctica entre tradición y progreso que para unos planteamientos ecológicos, pues la *Gran Polución* ha ocurrido ya al comienzo de la novela y sólo se describe la situación resultante de ella.

Como valores éticos pueden destacarse la solidaridad, el amor y el coraje para asumir riesgos.

9 *La jangada*

PIERRE PELOT
1980. 178 páginas

AUTOR. La biografía aparece en la página 60.

ARGUMENTO. Roe ha escapado de la cárcel, pena a la que había sido castigado por un delito que no había cometido. Ahora, además, se le acusa de asesinato, y Bentday, el verdadero culpable, le acosa incansablemente. En su huida, el joven va a parar a un campamento de jangaderos, formado por unos cuantos hombres dedicados a transportar troncos por los ríos. El jefe del equipo le da trabajo, y enseguida Roe aprende a hacerse respetar y admirar por sus compañeros.

El comprador de la madera acepta cerrar el trato del transporte del que habla la novela si el cargamento llega a su fábrica antes de una fecha determinada. Hay muy poco tiempo para transportarla y los jangaderos deben bajarla por un río con gran cantidad de rápidos y, al final del curso del mismo, helado. En muchas ocasiones será necesario utilizar la dinamita para liberar el amasijo de troncos y hacer que éstos sigan río abajo. Roe se integra plenamente en el grupo y les confía su pasado. Cuando ya han logrado superar la parte más ardua de la tarea, reciben una visita inesperada: Bentday ha dado con Roe.

INTERÉS DEL LIBRO. En el libro se relata a la perfección el estado de tensión que provoca en Roe el acoso de Bentday. Llega un momento en que Roe está más preocupado por éste que por la policía.

Sin embargo, Bentday pronto queda relegado al olvido. Hay un problema más inmediato y, por serlo, más importante: ¿conseguirá la jangada llegar a tiempo?

Todos los trabajadores se emplean duramente y Roe se convierte en uno más del equipo, se solidariza plenamente con los demás, ayuda, colabora, se siente integrado. Su vida tiene de nuevo sentido: hay una meta que alcanzar, un porqué que lo lleva a trabajar con ahínco, con verdadera entrega. De esta manera encuentra también la amistad: comprende y se siente comprendido, y puede por fin hablar, comunicarse con aquellos hombres rudos pero llenos de buenos sentimientos.

En la novela destaca la ayuda mutua. Todos son una piña, un conjunto en donde nadie sobresale. Incluso Malouin, el jefe, trabaja como el que más y en los sitios de máximo peligro. Gracias a esa unión, se consigue vencer al río y Roe supera su problema. Puede, finalmente, enfrentarse a los hechos, tomar una resolución y dejar de huir. Es inútil seguir escapando por un delito que no ha cometido. Lo mejor es saldar cuentas con la policía.

En un momento del libro se intuye que Roe desea vengarse de Bentday, pero cuando se encuentran frente a frente Roe parece recapacitar, y Bentday obtiene su merecido al herirse con una sierra eléctrica en la cara.

El problema del miedo está también presente en la novela. Ese miedo cerval que el dinamitero debe superar día a día, y lo consigue gracias a la colaboración de todos los miembros del equipo, al constante apoyo de los suyos.

En un segundo término aparecen las mujeres, siempre acompañando a los hombres, protegiéndolos incluso. En ese sentido, el breve monólogo de María resulta antológico.

A través de la novela el lector se familiariza con una forma de vida desconocida para muchos. Los personajes principales desempeñan un oficio muy importante en la historia del Canadá y que actualmente, por desgracia, se va perdiendo. Resulta demasiado artesanal, demasiado lento para el ritmo trepidante de hoy.

La novela posee una hermosa forma literaria. Rico vocabulario y precisión a la hora de describir la naturaleza son características de su autor. El traductor alcanzó con esta obra el premio del Ministerio de Cultura a la mejor traducción de literatura infantil.

10 *El castillo de Noé*

JOHN R. TOWNSEND

1980. 202 páginas

AUTOR. Nació en Leeds (Gran Bretaña) en 1922. Estudió Lengua y Literatura en Cambridge. Trabajó como periodista en distintos periódicos ingleses. Ha dado conferencias sobre literatura infantil y desde 1969 trabaja como escritor. Ha obtenido diversos premios, entre ellos uno de la Asociación de Escritores Ingleses.

Se interesa, sobre todo, por los problemas sociales, por la solidaridad de los niños y los jóvenes entre sí. Además de las obras infantiles y juveniles ha escrito libros de conocimientos y un estudio histórico de la literatura infantil inglesa en el año 1965, completada en el 1976 con una segunda parte, sobre tendencias, corrientes... Unos años más tarde escribió una obra de análisis sobre distintos escritores de literatura infantil en Gran Bretaña.

El castillo de Noé es del año 1975.

ARGUMENTO. En una ciudad inglesa, en un tiempo indeterminado, vive una familia. La forman seis miembros. Norman Mortimer, el cabeza de familia, toma la decisión de cambiar de residencia. Mortimer ha comprado, en una zona retirada, un caserón sólido, pero casi tétrico y con señales evidentes de haber estado abandonado durante cierto tiempo. Pero aquel edificio conviene perfectamente a los planes de su comprador.

En Inglaterra empiezan a escasear todos los productos de consumo, hasta los más elementales. Es una crisis grave e imprevista. Mortimer es previsor y va almacenando en el sótano del caserón que ha comprado cantidad de productos. Tiene la seguridad de que pronto será imposible encontrarlos en el mercado a ningún precio.

El hambre empieza a ser el pan de cada día para los habitantes de la ciudad. Ante este hecho se puede ir catalogando a los ciudadanos de acuerdo con sus reacciones: los acaparadores, los pasivos por falta de imaginación, los que no tienen más remedio que esperar la asistencia pública, los organizadores de instituciones asistenciales... Y entre éstos, los violentos y los moderados. Por miedo a los violentos, Mortimer se arma y protege su casa. De arca de Noé se convierte en castillo de Noé.

El gobierno, ante la grave situación, tiene que tomar cartas en el asunto. Aprueba unas disposiciones por las que se castiga gravemente a los acaparadores.

INTERÉS DEL LIBRO. *El castillo de Noé* se plantea en el terreno de la hipótesis, que no es del todo imposible. Y tampoco la reacción de los personajes.

Es un relato corto en el tiempo: dura solamente unos meses, los más duros del año, aquellos en los que se pueden sentir todas las miserias juntas. El hambre se hace más imperiosa cuando se le añaden los rigores del frío.

Mortimer, antiguo militar, está definido como un carácter rectilíneo, totalmente bloqueado en sus ideas, incapaz de reflexionar sobre el conjunto de una necesidad social. Quiere a los suyos, pero aislados de un contexto social. Y dentro de su misma familia se encuentra con la resistencia de quienes son más sensibles a la realidad circundante.

El libro pinta maravillosamente la posibilidad de que haya gente capaz de ser feliz en medio de situaciones trágicas, como la familia de Terry, el mismo Clifford, el ayudante de Mortimer en su trabajo...

El autor nos hace ver que quienes suelen reaccionar más positivamente y con mayor generosidad ante situaciones límites suelen ser los jóvenes. Todos los que trabajan en las organizaciones de ayuda desinteresada lo son.

En cambio, quienes más se aprovechan de ellas son tipos maduros o endurecidos por la vida. Un ejemplo claro es el de Holloway, prototipo del individuo hecho para desenvolverse como pez en el agua en el mercado negro. O el chantajista y parásito Gerald, que luego se convierte en un delator.

Pinta muy duramente las condiciones en que se ven obligados a vivir los ancianos, totalmente desamparados, sin fuerzas ni recursos para reaccionar.

La posición de la familia de Mortimer se va haciendo insostenible. Y no sólo por la actitud del gobierno o las denuncias previsibles de algo que al fin no se puede ocultar. Es que dentro de la misma familia la situación se hace cada vez más tensa. Al final, Mortimer se queda solo en casa con su hijo Geoff, con el que ha preparado la operación desde el principio.

La primera en irse de casa es Nessie, para quien el ambiente se había hecho irrespirable. La siguen Ellen y su madre. Al final, ante las delaciones de los que intentan vender en el mercado negro las reservas de Mortimer y el miedo a las acciones de los violentos, Barry opta por otra solución: avisar a una de las organizaciones gubernamentales de ayuda. Queda con ellos una noche para que puedan retirar del sótano todas las mercancías allí acumuladas.

Aquella misma noche se encuentran en la casa, y con las mismas intenciones —apoderarse de las mercancías—, los tres grupos a los que se ha hecho referencia.

11 *Un hueso en la autopista*

WILLIAM CAMUS
1980. 199 páginas

AUTOR. La biografía del autor aparece en la página 76.

ARGUMENTO. En una reserva india del estado de Arizona se dan unos suicidios que nadie logra entender. Se trata de chicos jóvenes. La única explicación razonable es que, sometidos a unas presiones psicológicas anormales, no encuentran la posibilidad de contrarrestarlas de alguna manera. Los indios han perdido todo signo de identidad y esperanza.

Se produce un hecho totalmente inesperado, que en principio no tiene demasiada importancia. Se está construyendo una autopista junto a la reserva. Alguien descubre un hueso cerca de las obras. Es un simple hueso de caballo. Pero los indios dicen que sus antepasados tenían la costumbre de hacerse enterrar con sus caballos. Cochise y Jerónimo bien pueden estar enterrados allí. Se oponen terminantemente a la construcción de la autopista.

La conciencia india despierta. Como un solo hombre, se deciden a protestar contra aquel atropello. Vigilan para que las máquinas no continúen trabajando. Alertan a los medios de comunicación. Llegan hasta allí todo tipo de personas para unirse a los indios en su protesta.

Se paran los trabajos de momento. Luego, con mimo, los expertos criban la tierra de aquel pequeño espacio, reclamado como antiguo cementerio de la tribu, para retirar los posibles huesos humanos.

El joven Pequeño-Caballo piensa que todo ha sido un juego de un espabilado. Por eso se decide a seguir el camino de todos los que han querido, antes que él, abandonar la reserva: caer en la tentación de la gran ciudad. Él va a Tucson, la ciudad más próxima.

Primero se siente deslumbrado. Luego empieza a conocer el fondo de miseria que encierra aquella ciudad. Logra encontrar trabajo en una estación de servicio. Allí, el Pelirrojo le explota miserablemente, lo mismo que a su compañero Ricky, un negro.

Se hospeda en casa de un indio de la tribu que ha cambiado de nombre para poder trabajar en la ciudad. Es lo que tiene que hacer el mismo Pequeño-Caballo. De la noche a la mañana se convierte en Joe Brown y pierde su larga cabellera.

Al final, su conciencia acaba de despertar ante la tremenda injusticia de que es objeto.

Al volver a la tribu encuentra que han cambiado en ella muchas cosas gracias a la astucia de quien empezó a hablar de aquel hueso en la autopista. Para Pequeño-Caballo todo va a ser diferente, especialmente cuando encuentra el amor de Sombra de Vida.

INTERÉS DEL LIBRO. La novela está dentro del género que con tanta maestría y frecuencia ha cultivado William Camus.

La reserva india siempre ha sido para él símbolo de la opresión de los indios por parte de los blancos. Hace ver el estado de miseria y abandono cultural, sanitario, de perspectivas de trabajo en que se encuentra el indio en esas reservas. En ellas, el suicidio es una salida normal. El mismo Pequeño-Caballo se la ha planteado más de una vez.

De muy poco sirven los argumentos religiosos que débilmente esgrime el padre José para paliar la desesperada situación psicológica de la reserva. Y menos todavía las grandes promesas de los políticos. Los indios quieren sentirse integrados, con su idiosincrasia, en la sociedad americana, respetados como los blancos, porque ellos sí que son los auténticos americanos.

Esta deseada integración no se va a conseguir por las vías por las que lo están intentando unos cuantos: ir a trabajar, como elementos aislados, a la gran ciudad. Serán totalmente absorbidos por ella. Terminarán en el alcohol como consuelo a sus desventuras. Sólo la educación, como apunta William Camus al final de la obra, es la que elevará la condición real del indio en la sociedad americana, dominada por los blancos. Es la salida a la desesperación con que se abre el libro, donde se entona el canto más triste ante los suicidios de los jóvenes de la tribu.

Ese panorama sombrío inicial viene perfectamente ambientado por la tormenta que abre las primeras páginas, que son de una gran calidad literaria.

12 *El amo de Seijala*

HÉLÈNE VALLÉE

1980. 204 páginas

AUTOR. «Nací en Chalon sur Saône, en Bourgogne, Francia. Mis padres no se ahorraron ni atenciones ni recursos para tratar de darme una esmerada educación. Y creo que en buena parte acertaron. Luego, yo, por mi parte, he intentado coronar aquel esfuerzo que hicieron conmigo.

Considero los años 1944-1948 como claves en mi vida. Marcan mi matrimonio, el nacimiento de mis dos hijas y un serio perfeccionamiento en mis investigaciones sobre la lectura y los jóvenes.

Me inicio como escritora en el año 1959. Será en el año 1975, que marca una auténtica madurez como escritora para jóvenes, cuando aparecerá mi libro *El amo de Seijala.*

Siempre me ha asombrado esa especie de troquelado impresionante que representa el país de los mil lagos. Me sedujo la originalidad de la vida que llevan sus habitantes.

Después de una visita al cónsul de Finlandia, de mirada fría como un témpano, jamás dulcificada por un atisbo de sonrisa, fui acogida calurosamente en la casa de Finlandia por finlandeses que hablaban perfectamente el francés. Me he encontrado con ellos a menudo y siempre he admirado su infinita paciencia ante la avalancha de mis preguntas.

Una tarde recibí una llamada telefónica desde Finlandia. Habían organizado una mesa redonda sobre mi libro. No estaban demasiado de acuerdo con el matrimonio de un sueco con una finlandesa, heroína fundamental de mi obra. Y me lo hicieron saber finamente.

¿Algo más que añadir?

Que es una maravilla vivir varias vidas a través de la propia creación y descubrir cada día la de los demás.»

ARGUMENTO. En Seijala, en pleno corazón de Finlandia, vive una familia que tiene a gala conservar las tradiciones de la tierra amada. El cabeza de familia, Karl, el amo de Seijala, es todo un patriarca enamorado de los suyos, sobre todo de su hija menor, Nora.

Su carácter firme le impide dar su consentimiento al noviazgo de Nora con un extranjero, un sueco, que además dedica su tiempo a la pintura y al periodismo. Karl, siempre apoyado por su fiel esposa Kate, se niega a aceptar lo que él considera abandono de su hija: entre vivir con ellos y casarse con Lars, el sueco, Nora ha elegido esto último.

Sin embargo, ambas familias continúan siendo vecinas, y es lógico que en un momento dado las miradas de padre e hija se encuentren.

INTERÉS DEL LIBRO. Con un lenguaje adaptado al joven lector, la autora nos presenta una historia que, aunque ambientada en un país exótico, refleja un problema muy de hoy.

El carácter de los distintos personajes está perfectamente dibujado, sobre todo el del protagonista absoluto, el amo de Seijala.

El orgullo, el amor a la tierra, a las tradiciones, hacen de este hombre un ser muy de carne y hueso. A simple vista parece un ser sin sentimientos, pero está profundamente encariñado de los suyos. Nora, su hija, está hecha de la misma pasta que el padre. Es fuerte, orgullosa, emprendedora, pero al mismo tiempo fiel al pasado, a la historia, a la institución familiar. Sus caracteres tan similares son los causantes del choque entre ellos. Karl es la tradición; Lars, el futuro. Nora no ve necesaria la ruptura, pero su padre la propicia al negarse a dialogar.

Sin embargo, la ira de Karl se atenúa con la entrada en escena de un personaje secundario, pero de importancia en el libro: Gosta. Es amigo de Lars, es también sueco y, pese a eso, consigue la amistad de Karl.

A través de Gosta, Karl comprende que los extranjeros son también personas. La admiración que siente el anciano por el joven le llevará a regalarle su tesoro más preciado: el libro que recibió en herencia del herrero Simo.

En la novela se ponen de manifiesto las costumbres de una tierra desconocida, Finlandia. La vida difícil en medio del casi constante frío, las noches de seis meses, la importancia de la naturaleza y, junto a ello, viejas canciones, trajes típicos, leyendas, instrumentos como el *pukko* —cuchillo típico finlandés—, que pasan de padres a hijos.

En definitiva, un acercamiento a otro mundo muy alejado de nosotros, pero muy interesante.

Se trata de una novela realista. El carácter de las personas no cambia en un día. La evolución, si la hay, no se produce de la noche a la mañana. En el último capítulo Karl no recibe con los brazos abiertos a su yerno. Ése sería un final muy de novela rosa, y la vida no es así. Pero sí comprende que su hija Nora es feliz. Eso y el intuir la muerte cercana le llevarán a aceptarla en casa.

La novela, que narra un período de aproximadamente veinticinco años, se lee con gusto. El estilo es conciso y ágil.

13 *El zarpazo de la fiera*

JACQUELINE CERVON
1982. 202 páginas

AUTOR. «Desde 1970, casi anualmente, acompañada solamente por mi esposo y a bordo de un Land-Rover preparado para largas travesías, me dirijo a África: Sahara, Sahel, África negra.

En cada travesía del desierto me he enterado de los dramas sangrantes que tienen lugar allí: jóvenes mal preparados que se pierden y mueren. He encontrado muchos de esos equipos que se dirigen claramente hacia la catástrofe a poco que les falle la mecánica.

Y, sin embargo, la aventura gratifica completamente a quien toma las debidas precauciones para librarse de sus trampas. La belleza de los lugares, las huellas visibles de la evolución, la formación de nuestro planeta, la calidad de los hombres que viven en él, toda una filosofía de la vida... Es una especie de revisión de las dimensiones del hombre. Y, además, un mejor conocimiento de uno mismo.

Detrás del relato de los jóvenes imprudentes de la novela se pueden leer, entre líneas, muchos consejos: lo que hay que hacer o evitar para disfrutar, sin demasiados riesgos, la fascinación que tiene esa fiera que se llama desierto del Sahara.»

ARGUMENTO. Sergio y su mujer están a punto de emprender un viaje a través de una parte del desierto del Sahara. Al enterarse, una vecina, la señora Gentil, hace una visita al matrimonio. Su hijo, con un amigo y Dominique, se ha lanzado a la aventura de un viaje similar al que ellos van a comenzar. La señora Gentil tiene motivos para sentirse intranquila: su hijo Michel le prometió enviarle noticias con cierta periodicidad. Han pasado tres semanas y no sabe nada de él ni del resto de los expedicionarios.

Sergio y su mujer, especialmente esta última, prometen a la señora Gentil que harán todo lo posible por descubrir el paradero de los jóvenes, que han emprendido el viaje con un Citroën 3 CV. Han bautizado el vehículo con el nombre de una flor: Mejorana.

Ambas expediciones se llevan tres semanas de diferencia. Por eso el matrimonio se encuentra siempre con noticias, algunas muy vagas, de los jóvenes aventureros, pero no logran alcanzarlos. Se enteran, sí, del viaje que Dominique había emprendido con Willy, un inglés, en un momento en que Mejorana tuvo que hacer una parada de varios días por averías mecánicas.

Al final se van a encontrar con los restos de Mejorana y el diario de Dominique. Nos cuenta lo que ha significado en su vida la irrupción de Willy, con el que cree haber alcanzado su amor.

INTERÉS DEL LIBRO. El desierto del Sahara es una de las pocas aventuras que hoy entrañan cierto riesgo. Por eso tiene tanto interés anualmente el rallye París-Dakar.

Jacqueline Cervon nos ayuda con esta obra, en gran parte autobiográfica, a hacer una buena parte de ese rallye París-Dakar, pero menos sofisticado. De su mano nos vamos adentrando en la impresionante geografía del desierto, donde cualquier pista falsa puede ser una trampa mortal. Y las pistas auténticas desaparecen en pocas horas por las tormentas de arena.

Nos presenta los problemas que hoy sufre el *Sahel:* una progresiva desertización que causa la muerte a animales y personas. Los tuaregs son los habitantes de ese desierto lleno de peligros, pero también de encantos para quien tenga el sentido del riesgo calculado.

Es una de las cosas en las que la autora insiste: el Sahara encierra graves peligros para quien no se prepara a conciencia para atravesarlo. La solidaridad humana en él es muy fuerte, pero hay muchos momentos en los que cada equipo se tiene que defender por sus propios medios.

El viaje psicológico de Dominique al encontrarse con Willy,

el aventurero inglés, está tratado en unas pocas páginas, pero es de una gran profundidad. Los caminos del amor se han abierto para ella totalmente, y quizá también, y a la vez, los de la muerte. Es el gran interrogante que flota al final del impresionante relato.

14 *Invierno en tiempo de guerra*

JAN TERLOUW

1980. 217 páginas

AUTOR. Jan Terlouw nació en 1931 en un pequeño pueblo holandés en el que su padre era el pastor de una congregación religiosa protestante. Estudió Física y Matemáticas en la universidad de Utrecht, Holanda. Se doctoró en Física Nuclear.

Después del servicio militar trabajó trece años en el campo de la investigación en Holanda, en el MIT, Cambridge, Massachusetts y en el Royal Institute of Technology de Estocolmo, Suecia.

En 1971 fue miembro del parlamento holandés, como integrante del partido demócrata. Fue jefe del mismo partido desde 1973 hasta 1982.

En 1981 y 1982 desempeñó los cargos de viceministro y ministro de Economía.

Durante sus años de vida política su interés se orientó gradualmente desde el mundo puramente científico al de la economía, las industria y las finanzas.

En 1983 fue nombrado secretario general de la Conferencia Europea de Ministros de Transporte, con sede en París, cargo que ocupa en la actualidad.

Jan Terlouw está casado y tiene cuatro hijos. Aparte de gran número de artículos científicos, de economía y política, ha escrito una novela para adultos y algunos guiones para la televisión. Sin embargo, se le conoce más por sus libros para jóvenes de doce años en adelante. Hasta ahora ha escrito diez novelas, que en la mayoría de los casos se han convertido en *best-sellers* en Holanda. Han sido traducidas a veinticinco idiomas.

Ha obtenido dos veces el premio al mejor libro juvenil holandés del año y ha recibido muchos otros premios nacionales e internacionales.

«Escribí *Invierno en tiempo de guerra* cuando mis hijos se iban acercando a la misma edad que yo tenía el último año de la Segunda Guerra Mundial, es decir, doce años. Por entonces yo vivía en una aldea de Holanda y fue un año bien triste y duro para mí, de hambre y de violencia. Mis hijos, al enterarse de los hechos de aquella guerra terrible, querían saber cómo era yo entonces, qué sentía, cómo logré sobrevivir. Me imaginé que habría cientos de miles de niños que preguntaban a sus padres cosas parecidas y me decidí a escribir mis recuerdos de aquel período en forma de novela para chicos de la edad de los míos.

El mensaje que he querido transmitir a través del libro es que la guerra nada tiene de romántico ni emocionante, que esencialmente es miedo y dolor. Aunque hay que reconocer que uno madura rápidamente en momentos semejantes, y hasta los niños tienen que enfrentarse a responsabilidades de gran importancia.

En realidad, el mensaje fundamental que intento que se capte en mis novelas es que madurar significa saber responder a las responsabilidades. Los personajes fundamentales de mis libros no son héroes, sino jóvenes que al final hacen lo que tienen que hacer.

Es el fin más importante de la educación: ayudar a los chicos a crecer como personas conscientes de la responsabilidad que tienen sobre sus propias vidas y del coraje con que deben cumplir con su deber.»

ARGUMENTO. Transcurre el invierno de 1944 a 1945. En Vlank, un pueblo de Holanda ocupado por las tropas alemanas durante la Segunda Guerra Mundial, reina un ambiente dominado por el frío, el hambre, el terror a las detenciones, la clandestinidad, las deportaciones...

Allí vive con su familia Michel van Beusekom, que pronto cumplirá dieciséis años. Su amigo Dirk, comprometido en la Resistencia, le confía en secreto que van a realizar un asalto y pone en sus manos una carta que deberá entregar a un tal Bertus en el caso de que el ataque fracase y él no regrese. Así sucede, en efecto, y cuando Michel va a entregar la carta constata que Bertus ha sido ya detenido por los alemanes. El muchacho se queda perplejo: ¿quién habrá sido el traidor? Ahora se siente él mismo destinatario del contenido de la carta. Una vez leída, se entera de que Dirk tiene oculto a un piloto inglés herido, del cual tendrá que responsabilizarse.

Algunas semanas más tarde aparece el cadáver de un soldado alemán. Las represalias no se hacen esperar: diez hombres del pueblo son detenidos y algunos, posteriormente, fusilados, entre ellos el alcalde, padre de Michel. A partir de ese momento una nueva responsabilidad recae sobre las espaldas del muchacho: se siente ahora el jefe de la familia. A raíz de la muerte de su padre, Michel toma una decisión: hacer todo lo posible para contribuir a la derrota de los alemanes y prestar su ayuda a quienes sean perseguidos o maltratados por el enemigo, sobre todo a los judíos. Pero lo que no sabe Michel es que el enemigo... está a su lado.

INTERÉS DEL LIBRO. En la novela se combina el realismo histórico con la acción y la intriga, y el interés va creciendo a medida que el relato avanza hacia su desenlace.

Los personajes están muy bien delineados en sus actitudes y mundo interior, a lo que contribuye el uso de la técnica del flujo de conciencia. Destaca sobre todos Michel, en el que se opera una verdadera transformación a lo largo de la obra. Son también dignas de mención las figuras femeninas: la madre de Michel, mujer fuerte y entregada a su familia, comprensiva y respetuosa con su hijo, al que ve madurar e independizarse. Erika, aparentemente superficial, pero que, llegado el momento, también sabe dar pruebas de coraje y colaboración. La baronesa Weddik Wansfeld es un modelo de entereza y valentía, pues antes que rendir su casa, en la que había acogido a los que huían de los alemanes, prefiere quedar sepultada bajo sus escombros.

Respecto a la temática, se puede decir que toda la novela es un alegato contra la guerra, para la que no hay ningún tipo de justificación. También se ofrece la tesis de que las circunstancias difíciles en las que puede verse envuelto el ser humano le llevan a poner de manifiesto lo mejor de sí mismo.

A lo largo de la novela, que tiene una estructura lineal, se alternan, en forma proporcionada, la narración y el diálogo. El lenguaje es sencillo, pero ágil, al servicio del clima de acción que caracteriza al relato.

15 *Primer reportaje*

María Halasi
1981. 179 páginas

AUTOR. María Halasi, recientemente fallecida, fue una escritora húngara que se inició como tal a través del periodismo. Escribió novelas para la juventud y la infancia con enorme éxito. Fue muy conocida como periodista por sus reportajes. Escribió también numerosas obras de teatro.

Sus obras han sido traducidas a la mayoría de las lenguas europeas.

ARGUMENTO. Julia, una joven de diecinueve años, entra durante un período de prueba a formar parte de la redacción de un periódico de Budapest.

Entre las «Cartas al Director» llega una que denuncia el caso de un niño empujado hasta el borde del suicidio por un profesor inhumano. Julia piensa que esta noticia puede ser materia apropiada para un buen trabajo periodístico y escribe sobre este asunto su primer artículo importante, que alcanza gran resonancia.

Pero junto a su satisfacción profesional experimenta un vago sentimiento de inquietud y turbación. Diversos encuentros con el profesor, con la familia del chico que intentó el suicidio y con la comisión pedagógica del ayuntamiento, que estudia el caso, la llevan a la conclusión de que ha dañado injustamente al profesor.

El tiempo va pasando. Julia no se encuentra del todo satisfecha a nivel profesional ni en el orden afectivo, pues las relaciones con su madre son tensas, y tampoco encuentra correspondencia en las personas por las que se siente atraída. El período de prueba en el periódico llega a su final. A Julia no le van a renovar el contrato y decide continuar sus estudios en la universidad. Pero antes de que la echen del periódico siente la obligación moral de escribir otro artículo que reivindique la persona del profesor perjudicado.

INTERÉS DEL LIBRO. Es una novela sobre la vida profesional periodística en la que la autora nos acerca a temas de gran actualidad: la responsabilidad que incumbe a los medios de comunicación respecto a las consecuencias negativas que pueden derivarse de la publicación de una noticia no suficientemente comprobada, y también la problemática que se cierne sobre los jóvenes que acceden por primera vez a un empleo, con las dificultades de tipo afectivo, personal y profesional que deben afrontar.

Los personajes están muy bien definidos en su actuación, a lo que contribuye el uso de la técnica del monólogo interior. Destacan Jean Paller, el profesor sensible, con una clara vocación profesional y una gran personalidad; Julia, la joven periodista, afectivamente insegura, tímida, que vive una relación tensa con su madre.

El estilo es dinámico, ágil, logrado en parte por el empleo de frases cortas. El lenguaje es coloquial, con un diálogo bien estructurado.

La obra, narrada en tercera persona, ofrece un doble relato: el de Julia y sus actividades en el periódico, así como sus relaciones de amistad y familiares, y el relativo al profesor Paller, quedando de este modo contrapuestas las personalidades tan diferentes de estos dos personajes.

La estructura es lineal, aunque son frecuentes algunos retrocesos al pasado próximo a través de vivencias y recuerdos de la protagonista. El interés se mantiene a lo largo de la obra.

16 *Los filibusteros del uranio*

ANDRÉ MASSEPAIN

1981. 222 páginas

AUTOR. André Kédros usa el seudónimo de André Massepain cuando escribe para jóvenes. Nace en Bucarest en 1917. Se doctora en Letras en la universidad de Praga en 1938. Pasa la Segunda Guerra Mundial y se enrola en la Resistencia en Grecia.

En diciembre de 1945 va a París, becado por el gobierno francés. Se especializa en psicología de la niñez con el profesor Henri Wallon, en el Centro Internacional de la Infancia de Ginebra.

Su primera novela fue *Le navire en plaine ville,* publicada en 1947. Publica en distintas editoriales francesas hasta un total de doce novelas, que serán traducidas al mismo número de idiomas. Es autor de numerosas obras para la infancia y de libros de lectura para las escuelas primarias.

Publica dos obras de carácter histórico: *Historia de la Resistencia griega, 1940-1944,* y *Los partidos socialistas llegan al poder en Europa, 1981-1985,* que han sido también traducidas a distintos idiomas.

Hace libretos para la ópera cómica, la radio y la televisión.

Ha obtenido el Premio Europeo de Literatura Juvenil.

Pertenece desde 1964 al consejo de dirección de la editorial Robert Laffont y dirige en ella una de sus colecciones.

Redactor durante muchos años de la edición francesa del *Correo de la Unesco,* que ha servido de base a las 27 ediciones del mismo en otros tantos países.

Es caballero de la Legión de Honor.

Algunas de sus obras han sido traducidas al inglés, alemán, italiano, español, portugués, japonés, sueco, checo, polaco, yugoslavo y rumano.

ARGUMENTO. Dos jóvenes franceses, Gilles y Jérôme, hermanos y estudiantes que se encuentran en Nueva York de vacaciones, en un viaje a través del continente americano, son raptados, previo engaño, por Le Chêne, un aventurero sin escrúpulos que los conduce al corazón de la selva amazónica.

Allí, oculto tras el nombre de Ferreira, un antiguo oficial nazi, responsable de las masacres de judíos en Auschwitz, dirige la explotación clandestina de la *Porta do Sol*, una mina de uranio en la que trabajan en régimen de esclavitud los indios de la selva, sometidos por la violencia de sus guardianes, que los desprecian profundamente.

El misterioso asesinato de Miranda, jefe de ingenieros, del que son conocedores los dos jóvenes hermanos, pone en peligro sus vidas. Con la colaboración del ingeniero De Santos, que a espaldas de los vigilantes trata de aliviar la miseria y los sufrimientos de los indios en la mina, Gilles y Jérôme logran huir de aquel infierno a través de la selva y por el río. Pero impotentes ante las asechanzas y peligros continuos de la jungla, después de haber encontrado la hospitalidad de una tribu de indios son capturados y conducidos de nuevo a la mina, junto con un misionero católico que se encontraba en el poblado indio cuando los hermanos fueron apresados.

Mientras tanto se ha urdido un complot en la *Porta do Sol* y se prepara un simulacro de juicio contra los cabecillas de la rebelión, entre los que se implica a De Santos. Este hecho y la llegada de los fugitivos, acompañados del misionero, a quien Ferreira considera miembro de un comando israelí en busca de antiguos nazis, precipita los acontecimientos hacia el desenlace final.

INTERÉS DEL LIBRO. En esta novela realista, en la que predominan la acción y la aventura, el interés prende en el lector desde el primer momento. Los distintos personajes, que están caracterizados con perfiles breves pero certeros, cada uno desde su rol bien definido, contribuyen a que la intriga crezca a lo largo de la obra y alcance su clímax en el desenlace final.

La temática que nos presenta es fundamentalmente de carácter social y político: desenmascaramiento de antiguos jefes nazis, responsables de masacres en campos de concentración, actualmente ocultos en diversos países latinoamericanos, donde son protegidos por gobiernos dictatoriales; la explotación del hombre por el hombre, en este caso los indios de la Amazonia, víctimas de antiguos nazis. De diversas formas y en diversos grados la violencia está presente en toda la novela, pero como contrapunto y signo de esperanza se muestra la solidaridad y el compromiso por la liberación que comparten los oprimidos.

Otro aspecto digno de ser destacado son el peligro y riesgo de la energía nuclear. A ellos se contraponen las ventajas de otras fuentes de energía.

El lenguaje está cuidado. Se da un equilibrio entre la narración y el diálogo a lo largo de toda la obra. El estilo es ágil y la lectura resulta amena.

17 *Cinco panes de cebada*

LUCÍA BAQUEDANO

1981. 175 páginas

AUTOR. «Nací en Pamplona el 18 de diciembre de 1938. Estudié secretariado, profesión que desempeñé durante nueve años en una empresa de esta ciudad. Tuve que dejar mi trabajo al casarme, ya que fuimos a vivir a Tarragona, aunque posteriormente regresamos a Pamplona, y aquí nacieron mis cuatro hijos.

Escribo desde niña, y mi afición nace de haber sido una gran lectora. Aunque escribí muchas novelas, nunca pensé en la posibilidad de publicarlas. Siempre deseé escribir para niños, aunque no lo hice hasta tener hijos, ya que entonces tenía la doble ilusión de escribir lo que me gustaba y les gustaba a ellos; ahora, aunque mis hijos ya son mayores, no he dejado de hacerlo.

Me enteré por una revista de la convocatoria de los premios literarios de la Fundación Santa María, de Madrid, y decidí presentarme al de Gran Angular.

Lo hice en 1979 con *Cinco panes de cebada* y se me concedió el tercer premio Gran Angular, lo que me animó a seguir escribiendo. Obtuve en 1980 el segundo premio El Barco de Vapor, de literatura infantil, con *La muñeca que tenía 24 pecas,* y el primero en 1986 con *Fantasmas de día.*

La anécdota más agradable que me ha ocurrido en relación con mi novela *Cinco panes de cebada* fue que en una ocasión me la recomendaron en una librería, cuando estaba eligiendo un libro para mi hija de catorce años.

Creo que cuando escribí *Cinco panes de cebada* lo único que pretendía era escribir algo bonito. Elegí el tema porque me encantaba ir los fines de semana al pueblo de mi padre y me interesaban mucho las costumbres y problemas del mundo rural. Di vida a Muriel para que fuera ella misma quien los contara con su mentalidad de chica de ciudad, al tiempo que trataba de transmitir a los posibles lectores sus propias preocupaciones y problemas, su encuentro con el amor, la evolución de su personalidad, que poco a poco va amando al pueblo y sus gentes hasta sentir ella misma el deseo de ser querida por ellos.

Aunque cuando escribí esta novela no lo hice pensando en su publicación, imaginaba que podría gustar a lectores de Gran Angular de Ediciones SM.»

ARGUMENTO. Muriel, una joven maestra, es destinada a Beirechea, un pueblecito de las montañas del Pirineo navarro. Acaba de terminar sus estudios brillantemente. Ella siempre ha soñado con una escuela moderna, bien instalada, alegre...

Pero tiene que hacer frente a una realidad bien distinta: una escuela destartalada y una gente sencilla, sí, pero cerrada e insensible a la cultura, que deja en el ánimo de Muriel una sensación de soledad y desaliento. Poco a poco va superando su desánimo. Muriel ve cada vez con más claridad que ella tiene allí una misión importante que cumplir: que la gente del pueblo comprenda que la cultura le ayudará a realizar mejor cuanto tenga que hacer en la vida.

Los meses van pasando. Muriel va haciendo amistades entre la gente del pueblo y se va sintiendo parte integrante de aquel rincón montañoso, de sus gentes y de sus costumbres. De modo que cuando llega al pueblo su hermana Silvia para ofrecerle un prometedor trabajo en Pamplona, Muriel lo rechaza categóricamente y decide permanecer en Beirechea.

Un día conoce a Javier Arive, un joven agricultor que había intentado, sin éxito, introducir en el pueblo técnicas modernas para mejorar el rendimiento agrícola, y a quien la gente del pueblo mira con recelo. Paulatinamente, Muriel descubre que algo especial surge en ella cada vez que se encuentra con él.

Termina el curso. Después de las vacaciones Muriel regresa al pueblo con nuevas energías para reanudar el trabajo. Se suceden las actividades en la escuela y los encuentros con Javier. Juntos trabajarán para incrementar la cultura y mejorar la situación agrícola en el pueblo.

INTERÉS DEL LIBRO. Nos encontramos ante una novela realista ambientada en el medio rural, muy bien reflejado en las breves pero acertadas descripciones del paisaje y en la caracterización de los personajes. Entre todos destaca la figura de Muriel, una maestra creativa, emprendedora, a la que el fuerte choque entre lo que había soñado y la dura realidad la lleva a descubrir su auténtica vocación de maestra rural.

La temática que nos presenta la novela no carece de actualidad: dificultades y obstáculos para la implantación de la cultura en el medio rural; contraposición entre la vida en el campo, más auténtica y natural, y la complicada y ajetreada de la ciudad.

Una tesis que se reafirma a lo largo del relato es la de que es posible cursar unos estudios, tener cultura y permanecer en el campo, sin necesidad de emigrar a la ciudad; cultivar la tierra y cuidar el ganado con la felicidad que da hacer libremente lo que a uno le gusta.

El lenguaje es sencillo. Alterna la narración con el diálogo. Abundan las frases largas. La estructura es lineal y el tono afectivo domina todo el relato. El interés se mantiene a lo largo de la novela, a la que confiere vigor narrativo y veracidad el estar relatada por la protagonista en primera persona.

18 *Aquila, el último romano*

ROSEMARY SUTCLIFF

1981. 255 páginas

AUTOR. «Nací en Swory, Inglaterra, algunos años después de la Primera Guerra Mundial. En los albores de mi existencia, mi madre y yo recorrimos el mundo, tratando de estar siempre cerca de mi padre, que era oficial de la Royal Navy. Caí enferma de artritis prematura a la edad de tres años y me costó largo tiempo recuperarme. Como consecuencia de ello y de nuestra vida errante no fui a la escuela. Mi madre me enseñó en casa, una escuela auténticamente ideal para mí.

Mi padre se retiró de la Marina cuando yo tenía nueve años y finalmente pude ir a la escuela. Odiaba cualquier tipo de centro escolar y los abandoné a la edad de catorce años con la idea de seguir una vocación de artista. Pero cuando se terminaron los tres años de dura preparación, mis padres y mi profesor me aseguraron que no podría nunca llegar a manejar grandes lienzos y que me tendría que dedicar a pintar miniaturas. Así lo hice. Pero encontraba que ese trabajo en cosas pequeñas llegaba a abrumarme.

Al cabo de unos pocos años empecé a escribir, porque en literatura nadie me marcaba límites. En un principio compaginaba mi trabajo de escritora con la pintura, pero poco a poco empecé a dedicarme totalmente a lo primero, dejando de lado los pinceles.

Mi primer libro, *The Queen Elizabeth Story,* fue aceptado por Oxford University Press, y desde entonces ha sido mi editorial, juntamente con Bodley Head.

En 1959 una de mis obras ganó el premio Carnegie Medal. Obtuve también otro premio importante en 1975. Y hace solamente unos años entré a formar parte de la Royal Society of Literature.

Actualmente vivo en Sussex, acompañada por dos perros y unas cuantas palomas. Sigo totalmente dedicada a escribir y me encuentro en pleno trabajo de producción de una obra que espero sea publicada en 1990.

La idea de *Aquila, el último romano* surgió en mi mente mientras me cepillaba los dientes una mañana en el cuarto de baño y me encontraba prácticamente con la mente en blanco.

Se nos había enseñado en la escuela que las legiones romanas fueron arrojadas de Inglaterra en el año 410, dejando a los ingleses la misión de defenderse ellos mismos lo mejor que pudieran contra la invasión de los sajones. Esto lo creíamos sin discusión alguna. Se trataba de la retirada de una fuerza de ocupación que abandonaba a los nativos sin que éstos se sintieran abandonados a su suerte. Pero aquella mañana en el cuarto de baño empecé a pensar que las cosas no fueron así de sencillas. La ocupación romana duró cuatrocientos años. Los romanos enseñaron a la población su estilo de vida y, en buena parte, sus principios éticos. Cierto número de legionarios se casaron con mujeres inglesas y los hijos de estos matrimonios entraron a formar parte de las legiones romanas de sus ciudades. Después de cuatrocientos años de una situación así, algunos de ellos ya se consideraban, en parte, ingleses. Y algunos totalmente, de tal forma que consideraban que Inglaterra era su patria.

Así las cosas, a aquellos hombres se les ordenaba abandonar su tierra y sus posesiones para defender Roma, que para la mayoría de ellos era poco más que un nombre. ¿Cuál sería su problema a la hora de tomar una decisión en que se implicara la lealtad a uno u otro partido? Y está claro por qué muchos de ellos se hicieron desertores del ejército, decididos a defender una tierra que consideraban como suya.

Empecé a dar vueltas al hecho, tratando de encontrar un personaje que ejemplarizara tal situación. Así nació *Aquila, el último romano*.

Escribí la obra como he escrito la mayoría de mis libros, sencillamente porque el relato alimentaba mi imaginación y valía la pena contarlo. Lo escribí para mí, con la esperanza de que las personas a partir de los diez años gozaran también con su lectura y llegaran a saborear, a través de esa misma lectura, una parte de la historia.»

ARGUMENTO. Transcurre el año 407. Las últimas legiones romanas abandonan Britania dejando al país sumido en luchas internas bajo la amenaza de la invasión sajona. Aquila, un joven oficial romano, siente en su interior con más fuerza la llamada de fidelidad a su tierra que a las legiones de Roma y deserta, regresando con los suyos. Algún tiempo después, un grupo de sajones saquea la granja familiar, asesinando a la servidumbre y a su padre, raptando a su hermana Flavia y dejándole a él malherido, atado a un árbol. Es llevado como esclavo por un grupo de jutos y algunos años más tarde regresa con ellos a Britania. Uno de los reyezuelos bárbaros encuentra en el poblado de Hengest a Flavia y al hijo que había tenido con el sajón que la raptó. Cuando Aquila invita a su hermana a huir con él, ella le dice que se siente unida a aquel hombre: «Es mi marido».

Poco después, Aquila toma una decisión: se pondrá al servicio de Ambrosius, el jefe romano-britano que personifica la continuación de la cultura y la civilización frente a la barbarie de los sajones. Dedica muchos años a adiestrar para el combate a los hombres de Ambrosius y colabora con él para establecer pactos con los jefes de sus posibles aliados. Siguiendo esta política se casará con Ness, con la que tiene un hijo. Mientras tanto tienen lugar repetidos enfrentamientos con los sajones y se negocia con ellos una paz frágil e inestable. Pasados los años, una gran batalla da la victoria a los britanos y permite que Ambrosius sea proclamado rey de Britania. Pero Aquila sabe que no existen las victorias definitivas.

INTERÉS DEL LIBRO. Esta magnífica novela, de la que se ha escrito: «Ninguna alabanza de este libro sería excesiva» (R. Bradbury, en *School Librarian*), pertenece, dentro del género realista, al grupo de las llamadas novelas históricas, con las que se quiere despertar en el joven lector el gusto por la verdad y por los hechos del pasado.

La autora demuestra un profundo conocimiento del tema al ofrecernos abundantes referencias geográficas: flora, fauna, montes..., y antropológicas: situación social de la mujer, celebraciones y festejos, tipos de viviendas, armas y vestidos..., relativas a las tribus celtas y sajonas.

Los personajes están plenamente enraizados en el ambiente geográfico y cultural del momento histórico en el que se desarrollan los acontecimientos. Destaca especialmente Aquila, que sabe aunar en lo más profundo de su ser la doble tendencia de su origen britano con su educación romana; que sabe conjugar las exigencias de los lazos de la sangre con la fidelidad a sus compromisos históricos y sociales.

El lenguaje es rico y cuidado, muy descriptivo, y aunque abunda el diálogo, predomina, sin embargo, la narración, resultando un estilo ágil y atractivo.

La estructura es lineal y el interés se mantiene a lo largo del relato, pues están presentes en él vibrantes aventuras y toda suerte de peripecias.

19 *El cazador*

JORDI SIERRA I FABRA

1981. 213 páginas

AUTOR. «Nací el 26 de julio de 1947 en Barcelona. Único hijo de familia humilde, crecí en tiempos duros.

A los doce años escribí mi primer libro *gordo*, 500 páginas, pero estaba solo frente al mundo y el mundo se empeñó en ignorarlo. Hice el bachillerato superior y escogí Aparejadores como mal menor y frustración creativa. Trabajando de día y estudiando de noche desde los diecisiete años, conseguí no frenar mis ansiedades y encontrar huecos para seguir escribiendo. La música me brindó la oportunidad deseada. Descubierto por mis cartas a Radio Madrid, me convertí en miembro del equipo de *El Gran Musical*, y después, en 1970, en director en Barcelona del semanario *Disco Expres*. En 1972 publiqué mi primer libro, *Historia de la música pop*. En 1974 fui, además, director de la revista *Popular 1* y tuve mi propio programa de radio, por el que recibí mi primera nominación al premio Ondas.

Volví a la narrativa en 1974, y en 1975 gané el premio Villa de Bilbao de novela con mi segunda obra en esta etapa. A partir de aquí fui abandonando todos mis puestos y cargos en prensa y radio para convertirme en escritor a dedicación completa. Ser finalista del premio Planeta en 1978 y vencedor del Ateneo de Sevilla en 1979 fue decisivo en este sentido.

Desde entonces mi única vinculación con la música ha sido ser asesor de la revista *Super Pop* desde 1977 hasta hoy. Los viajes por todo el mundo viendo y entrevistando a los grandes de la música han permitido que mis libros estén siempre llenos de situaciones y lugares reales y dotados de una intensa carga de verosimilitud.

En 1981 gané el premio Gran Angular de literatura juvenil con *El cazador* y esto me abrió las puertas de un nuevo mundo, un universo increíble. Después de publicar un compendio de cuentos, *Sorpresas*, como libro de lectura del Ciclo Medio, en 1983 vuelvo a ganar el Gran Angular con *... en un lugar llamado Tierra*. Conferencias, coloquios y encuentros con jóvenes de toda España han hecho desde entonces mi vida mucho más agradable y le han dado un sentir, un rostro humano que ha dejado la soledad de su encierro como escritor periódicamente para unirme al gran mundo.

Actualmente ya me aproximo al centenar de obras publicadas entre literatura infantil, juvenil, novela negra, política, ciencia ficción, poesía, ensayo, libros biográficos e historias de la música. Mi *Historia de la música rock*, editada primero en fascículos y luego en seis volúmenes, ha sido editada en todo el mundo. Soy carne de fantasía, residuo y amor de lo más genuino de la literatura: la pasión de vivir, la necesidad de sentir, la obligación de contarlo.

Me siento vivo y estoy lleno de esperanzas.

Yo diferencio la literatura infantil de la juvenil. Cuando escribo cuentos para niños soy consciente de que utilizo un lenguaje y unas formas estilísticas plenamente infantiles. En cambio, cuando escribo para jóvenes lo hago exactamente igual que para adultos. Por ello creo que el término *juvenil* es hasta cierto punto engañoso y a veces actúa como freno. De mis siete libros en Gran Angular hasta hoy, cuatro fueron pensados para adultos. Luego, dos ganaron el premio Gran Angular y se canalizaron en esta dirección. Los tres restantes, *El último verano miwok, El joven Lennon* y *Shakanjoisha,* los construí ya claramente para Gran Angular, pero no por ello los escribí de forma diferente a como lo hubiese hecho. Dos tienen como protagonistas a adolescentes y el tercero es una fantasía. Ése es el único punto que los hace juveniles, con etiqueta, a mi entender.

Mi intención al escribir *El cazador* fue triple. En primer lugar, me fascinaba situar a un animal carismático como el tigre como eje central de una novela. En segundo lugar, quería hacer un canto a la naturaleza en su más viva y dramática expresión: la de la lucha por la supervivencia. En tercer lugar, como individualista convencido que soy —¿podría ser escritor de no serlo?—, quise enfrentar a un hombre al filo de la vejez con todos esos poderes, y enfrentarlo en paralelo con sus propios fantasmas. Todos los tenemos y un día u otro hemos de hacerles frente.

Una vez definido este triple juego de fuerzas, y sabiendo únicamente lo que quería decir y el final, dejé que fluyeran ellas solas y que condujeran por sí mismas la acción.

Escribí *El cazador* en un lugar llamado Isla Plana, cerca de Cartagena. Un lugar sin árboles y con 40 grados a la sombra. Debía de ser el único habitante que no se echaba la siesta.»

ARGUMENTO E INTERÉS DEL LIBRO. «¿Es posible todavía el juego limpio? Al concluir de leer *El cazador,* la magnífica novela de Jordi Sierra i Fabra, la pregunta ha surgido sincera, tras volver a la realidad, observar el paisaje urbano que se vislumbra a través de la ventana y recuperar los olores específicos del ahora mismo, esa vuelta dolorosa del ensueño literario.

Porque *El cazador* es una novela de aventuras honrada, que respeta la preceptiva del género, que emociona e interesa, pero es también una metáfora ambiciosa de la propia existencia. Esta afirmación puede hacer fruncir el ceño al presunto lector, en la creencia de estar ante un ensayo disfrazado de novelística o, lo que sería peor, en vísperas de enfrentarse a una larga y pedante homilía. Apresurémonos a negarlo. Lo que tiene en sus manos es una novela con unos personajes verosímiles, a pesar de existir en un ambiente exótico; un hilo argumental que suscita curiosidad página a página, y una rica profundidad tanto en la psicología del protagonista como de sus acompañantes, aunque habría mucho que discutir sobre quién es el protagonista.

Es al final de una lectura recreativa cuando percibimos que, sin apenas darnos cuenta, se nos suscitan otras muchas cuestiones. Me interrogaba al principio sobre la posibilidad del juego limpio en nuestra sociedad, no por proyectar las situaciones de una novela a la sociología del entorno, sino por la sospecha de que las reglas de juego no están claras o son confusas, que viene a ser lo mismo. Dubal tiene una jerarquía de valores nítida y comprensible.

Exactamente igual les sucede a los tigres. Las variaciones se producen en orden a la interpretación o recreación de esas reglas de juego, pero nunca irrumpe la innovación absoluta que conduciría al caos. En la novela se sabe qué es la libertad y cuáles son sus riesgos. Los papeles están repartidos con naturalidad. La existencia es una aventura repleta de riesgos. El peligro, una consecuencia inevitable. La muerte, un final de fecha tan incierta como irrevocable. ¿No sucede siempre así? Categóricamente, no. Lo que sucede tras leer *El cazador* es que por medio de una didáctica espontánea percibimos nuestra oquedad, nuestro vacío, nuestra miseria respecto a las reglas de juego que nos enuncian chamanes de toda laya.

Nuestro problema fundamental es que, para desarrollar un juego limpio en nuestras biografías, necesitamos antes un reglamento. Existen multitud de cánones y preceptos, pero ya sabemos a estas alturas que son interesados, falsos o contradictorios.

Jordi Sierra i Fabra no solamente nos distrae, nos rapta y nos secuestra en su mundo de cielos limpios, descrito con lirismo espartano, o más bien herreriano, donde la economía en la expresión triunfa sobre cualquier tentación de barroquismo gratuito; no solamente nos sumerge en un cosmos dramatizado sin trucos y sin especias, directamente, sino que luego nos obliga a discurrir por puro contraste, de una forma espontánea, como aparentemente ilógica es la conducta de fieras y humanos en el desenlace de la novela.

Pero aún hay más. ¿Necesitamos, como Dubal, probarnos a nosotros mismos? ¿Es preciso hacer la reválida en cualquier esquina del calendario, continuamente? Y todo ello, ¿es por fortalecer nuestra dignidad o por alimentar nuestra soberbia?

Es posible que sobre esto último. O que, al contrario de lo que uno intentaba, desprenda un cierto tufillo de filosofía pedantuela de cafetín. Pero es que, perdonad, hace poco que he cerrado un libro sugestivo y el tapiz verde de la selva ha sido sustituido por la grisura de los edificios que veo desde mi ventana.»

LUIS DEL VAL
Escritor y periodista. Colaborador de la Cadena Ser,
Cambio 16, Tiempo e Interviú. Miembro
de la Academia Belga-Española de la Historia.

20 *Belledonne, habitación 16*

ANKE DE VRIES
1980. 179 páginas

AUTOR. «La vida está llena de sorpresas», se expresa Anke de Vries, autora holandesa, con un guiño de ojos. Y continúa diciéndonos que tuvo su primera sorpresa a sus diecisiete años. Fue un francés con el que se casó tres años más tarde. Su marido la animó continuamente a escribir.

«Pasaron quince años antes de decidirme a hacerle caso. Llevábamos una vida ocupada, viajando a través del mundo entero, educando a tres hijos y echando mano siempre a mil y una excusas para no seguir su consejo. La realidad es que no me atrevía. Sin embargo, un día me senté, tomé la pluma y una hoja de papel y empecé a escribir. Desde entonces no he parado.»

Anke de Vries ha escrito libros escolares, libros para niños y adolescentes, novelas cortas y guiones para la televisión. Muchos de ellos han obtenido premios, tanto los libros para adultos como para jóvenes.

Durante los primeros años de matrimonio vivió en Pakistán, Grecia y Francia. El país de su marido, que Anke visita todos los años, ha sido una fuente de inspiración para sus novelas juveniles. La aldea de Nizier, de *Belledonne, habitación 16,* existe en la realidad, aunque el nombre ha sido cambiado. En la vida real la señora de Béfort era la abuela de su marido y en su casa acostumbraba a refugiarse gente huida durante la guerra.

Fue un hijo de Anke de Vries quien sugirió a su madre la idea del libro. El chico la ayudó a hacer la limpieza de la casa del abuelo francés después de la muerte de éste, y en un cajón descubrió un viejo manuscrito sin firma. Fue suficiente para avivar la imaginación de su madre.

«Cuando empecé el libro no tenía ni idea del desarrollo del mismo. Conocía solamente el lugar y los personajes fundamentales. *El pasado quedó atrás* fue escrito en un período triste de mi vida, después de la muerte de mi hermana. *Cómplice* se basó en un artículo de un periódico francés.

Escribir representa para mí una aventura que jamás me gustaría abandonar por nada del mundo. Cuando termino un libro, siento por una parte alivio y por otra tristeza. Pero me alegra al mismo tiempo la idea de que los lectores puedan gozar como yo al leerlo. He tenido suerte en ese sentido. Muchos de mis libros se han hecho populares en mi país y han sido traducidos a distintos idiomas. Otra sorpresa para mí.»

ARGUMENTO. Robert, un muchacho holandés hijo de madre francesa, encuentra entre los enseres personales de su abuelo una caja con una bala y una agenda. En ésta, un nombre, Robert Macy; una fecha, 1944; una pensión y el número de una habitación: pensión Belledonne, habitación dieciséis; un nombre de mujer, Eleonore, y una serie de juicios sobre varias personas, designadas con una letra cada una. Este cúmulo de datos intriga a Robert durante el curso. Al llegar las vacaciones, el muchacho ha averiguado ya que Belledonne es un monte de los Alpes franceses, y decide ir allí para investigar quiénes son Robert Macy y Eleonore y descifrar el enigma que los rodea en la agenda.

El primer paso resulta relativamente fácil. Robert encuentra la pensión Belledonne, que ahora se llama La Taberna. Es testigo involuntario de una discusión conyugal entre los dueños de la misma. El señor Mons quiere asistir a un entierro. Su mujer se opone tajantemente aduciendo que la difunta había sido amante del señor Mons. Poco después, el dueño de La Taberna pide a Robert un favor extraño: que vaya al cementerio y que, después del entierro de la señora Giraud, deposite una rosa amarilla sobre su tumba. Robert acepta el encargo, y al hacerlo encuentra las primeras pistas que lo llevarán a descubrir el pasado turbulento de algunas personas y la trágica suerte de Robert Macy en la Francia ocupada por los nazis.

INTERÉS DEL LIBRO. El relato se desarrolla de acuerdo con las claves del género policiaco. Pero el detective es un estudiante en vacaciones y lo que investiga es un crimen aislado y cometido en el pasado y en un ambiente campesino. Por eso la novela no refleja el clima sórdido y violento de los bajos fondos, como es frecuente en las novelas policiacas, sino que describe la vida sencilla de una aldea alpina y presenta un friso de personajes normales maravillosamente retratados.

Entre estos retratos, que a veces están hechos por contraste, destaca el del matrimonio Mons: ella es violenta, misógina, celosa y hombruna, y domina a su marido; él es un hombre asmático, desvalido, infantil, necesitado de un cariño que no encuentra en su mujer. Un contraste con esta pareja es el matrimonio Pascal.

Como es habitual en el género, lo que mantiene el interés del lector es el progresivo desvelamiento del enigma, que tiene un desenlace a la vez lógico e inesperado. Por lo demás, el relato está bien construido y el estilo es fluido y transparente.

El libro se presta a un análisis comparado de los personajes: a la señora Belford y la señora Leclaire, etc.

En un coloquio de mayor profundidad se podría analizar por qué no denuncia Robert al asesino, lo que daría pie a discutir si el ciudadano debe cooperar con la justicia denunciando los delitos, y en qué se basa y qué finalidad tiene la potestad punitiva del Estado.

21 *Año de lobos*

WILLI FÄHRMANN

1982. 207 páginas

AUTOR. Willi Fährmann nació en Duisburgo, Alemania, el 18 de diciembre de 1929. Después de los desbarajustes de todo tipo de la Segunda Guerra Mundial trabajó como peón de albañil. Hizo el bachillerato nocturno empujado por su idea de entrar en la universidad. Se licenció en Pedagogía en Oberhasen y Münster.

Durante sus viajes por toda Europa llegó a conocer profundamente su paisaje y sus gentes. Centró su interés fundamentalmente en Inglaterra, ya que quería llegar a conocer a fondo la obra y la época de Tomás Moro.

Desde 1953 el joven profesor trabajó en Duisburgo durante diez años. En 1963 fue nombrado director de un gran colegio en Xanten. Desde 1972 trabaja como inspector de centros educativos en Niederrhein.

Llegó a la fama literaria y fue objeto de premios nacionales e internacionales en muchas ocasiones por sus novelas infantiles y juveniles. Willi Fährmann es un apasionado de la literatura religiosa pedagógica. Este último tipo de libros ha sido calificado por la crítica como una «ayuda excelente para vivir a diario la fe en Dios».

La indudable habilidad de Fährmann como escritor de cuentos y novelas queda subrayada por el hecho de sus viajes constantes, de sus mesas redondas sobre temas literarios e intervenciones en solitario, y porque se mueve maravillosamente a gusto en esos terrenos.

«Escribo porque creo que el mundo debe cambiar hacia el bien. Y esto no se puede conseguir ni con el inmovilismo ni con la revolución. El mundo cambiará a mejor cuando el cambio hacia el bien sea un hecho en la inmensa mayoría de los individuos. Es la única vía existente hacia algo mejor en todos los sentidos.

A menudo se me ha preguntado por qué empecé a escribir. Responder a esta pregunta no me es fácil, ni posible hacerlo en pocas palabras, porque cuando nací, el 18 de diciembre de 1929, mi cuna no se vio precisamente rodeada de libros. En la casa de un obrero en Ruhrarea no había dinero para comprar libros. Pero mi padre tuvo la gran suerte de encontrar trabajo en una fábrica de cerveza. Se le pagaba una parte de su salario en especie, tres litros de cerveza. Uno de los amigos de la familia también lo era de la cerveza. Llevaba una librería, lo cual era muy importante para mí. Nos traía libros con cierta frecuencia, y a cambio se llevaba la cerveza. Luego se puede decir que llegué a la literatura a través de litros de cerveza.

Se me han concedido veinte premios, algunos de ellos importantes. Pero esto no me ha hecho arrogante. Estoy convencido de que a menudo estos premios te envuelven como en una especie de niebla que te sorprende, y de que no siempre recaen en los mejores.»

ARGUMENTO. Los miembros de la familia Bienmann, formada por los padres, cuatro hijos, el mayor de doce años, y el abuelo, viven felices en una pequeña granja de un pueblo alemán, alejados de los trágicos acontecimientos de la Segunda Guerra Mundial. Sin embargo, un día el ejército ruso es avistado ya en las proximidades del pueblo, por lo que deben abandonar todo y, a pesar de ser pleno invierno, emprender la huida junto a otras familias. De este modo se enfrentarán a días y sucesos duros, momentos en los que los hombres a veces... se comportan como lobos.

INTERÉS DEL LIBRO. El autor sabe plasmar perfectamente en esta novela realista todo el drama de la guerra, pero no el de los que lucharon en primera fila, sino el de toda aquella gente que sufrió las consecuencias sin llegar ni siquiera a comprender cuál era el sentido de todo aquello.

Nos habla de seres humanos que se ven enfrentados de repente a situaciones difíciles, pero, a pesar de todas estas circunstancias adversas, los gestos duros de unos hombres quedan contrarrestados por la generosidad de otros, que saben mantener la solidaridad y la ayuda a los demás. Por todo ello, esta novela es un relato que capta de inmediato al lector debido a su extraordinaria humanidad. La narración destaca por la acción envuelta en un lenguaje familiar y en una estructura narrativa lineal. Sabe reflejar con exactitud la figura de cada protagonista expresando con fuerza cada uno de sus sentimientos, temores, reacciones, etc., consiguiéndose de esta forma un gran realismo.

Con todos estos elementos resulta un libro sumamente interesante, que sabe plantear al lector el hecho de hasta dónde puede llegar un hombre. Y cómo en muchas ocasiones ese hombre sabe ser consecuente consigo mismo.

22 *Cosecha en el desierto*

JACQUELINE CERVON

1981. 203 páginas

AUTOR. La biografía de la autora aparece en la página 67.

La autora nos habla de cuál fue el proceso de creación de *Cosecha en el desierto* y del significado de la obra para ella:

«En 1969, mi marido y yo acompañamos a nuestro nieto, que se había empeñado en pasar una larga temporada en Irán, en la zona de Bekhadeh, a fin de perfeccionar sus conocimientos agronómicos.

Este libro relata el viaje que hicimos con él. A través de Yugoslavia, Bulgaria y Turquía nuestro camino se cruzó una y mil veces con el de una dama de mucha edad —tenía ochenta años—, sola al volante de su Porsche. En la obra, mi imaginación ha vagabundeado alrededor de ese personaje poco común.

Nuestro viaje coincidió con la gran época de migraciones *hippies* hacia la India, y nos encontramos con muchos de ellos.

Y luego, el choque de Bekhadeh, los leprosos y su miseria moral, su deseo profundo de reinserción social, el idealismo de los equipos que se entregaban a la regeneración de esta zona desértica...

Así pues, me he imaginado los tres personajes: la anciana, un *hippie* y mi hijo, enfrentados al drama de este problema humano.»

Este libro recibió la mención de honor «Selección de 1.000 jóvenes lectores».

ARGUMENTO. Jeanne es una anciana a la que le encanta recorrer en su coche los caminos de Asia. En el trayecto recoge primero a Frederik, joven estudiante que se dirige a Bekhadeh, territorio destinado en el Irán a los leprosos del país, para realizar allí unos meses de prácticas e intentar que esas tierras produzcan. Más tarde se encuentra con Joce, joven sin meta fija que huye de la sociedad en la que vive.

Tras una serie de sucesos, los tres acaban en Bekhadeh, donde cada uno va descubriendo el verdadero valor de la vida... tras los pequeños hechos de cada día.

INTERÉS DEL LIBRO. Novela psicológica en la que se nos va narrando la evolución de cada uno de los tres protagonistas: cómo descubre y entiende cada uno su mundo interior a través de los pequeños sucesos cotidianos.

Todo ello gira en dos ámbitos de vida distintos: la juventud y la vejez, sin olvidar todo el entramado lleno de complicaciones de la marginación social. Una juventud que se cree sin metas y una vejez que se ve a sí misma como acabada e inútil.

Son tres personajes extremos, llegados cada uno de un ambiente y situación totalmente diferentes, que se ven de repente enfrentados a un mundo completamente distinto, un *ghetto* de marginados. Sin embargo, será allí donde descubrirán la grandeza de la vida, la grandeza de ser útil a los demás, la grandeza de abrirse a los otros. El libro está escrito con un lenguaje sumamente cuidado y un estilo bello y ágil.

23 *El abrigo verde*

MARÍA GRIPE

1982. 181 páginas

AUTOR. «Cuando tenía doce años empecé a escribir mi primer libro, una novela de caballería. Me encantaban las novelas históricas, gruesos librotes, a ser posible de ambiente medieval. La acción debía, en cualquier caso, desarrollarse antes de mi propia época. Ya había leído todo lo que había de interés en ese sentido, tanto en casa como en la biblioteca del colegio, de modo que entonces me decidí a intentar crear un libro así yo misma. Escribí y escribí, rellené cuaderno tras cuaderno, pero nunca terminé el libro.

En ser escritora, sin embargo, no había pensado. No, yo me iba a ir a la mar, a ser capitán de un barco de vela y navegar por los mares del mundo. Así me imaginé yo la vida en mi juventud, pero, por supuesto, no era más que un sueño del que no podía hablar a nadie y que tenía que guardar cuidadosamente para mí, porque en aquellos tiempos era absolutamente inconcebible que una chica fuera capitán de barco. No sería tomada en serio.

Finalmente, yo también me di cuenta de ello y, decepcionada, comencé a estudiar Filosofía e Historia de las Religiones en la universidad. Me aplicaba al estudio con gran interés, sin idea de obtener titulación alguna, y durante algún tiempo casi tuve miedo de ser de aquellos que emprenden montones de cosas distintas, pero que nunca logran acabar nada.

Pero me casé y tuve una hija. Esta niña necesitaba, como todos los niños, escuchar continuamente cuentos y relatos. Nos hacían falta cantidades de libros y las idas y venidas a librerías y bibliotecas eran constantes. Pronto comenzamos, ella y yo, a imaginar e inventar nuestras propias historias.

Ella era dueña de una casa de muñecas habitada por pequeños animales de trapo con los que jugábamos y hacíamos teatro. Poco a poco empecé a poner por escrito nuestras fantasías y Harald, su padre, hacía los dibujos. Un buen día fui a una editorial con todo ello y, para nuestra sorpresa, se publicó. Se llegaron a hacer hasta tres libros con aquellos pequeños y modestos animales.

Sí, así comenzó todo, y ha continuado después sin razón aparente, sencillamente porque es muy divertido. No puedo dejarlo ya, a pesar de que Camilla, nuestra hija, ya es mayor y está, a su vez, escribiendo sus propios libros para su hija de corta edad, nuestra nieta.

Con el tiempo, el contenido de mis libros se ha ampliado. Hoy me atrevo a escribir sobre temas que al principio apenas creía que pudieran estar al alcance de los niños. Pero una larga experiencia me ha enseñado que la mayoría de los niños pueden entenderlo casi todo, siempre que uno se dirija a ellos de la manera adecuada. En gran medida es una cuestión idiomática y de forma. Se trata de hallar palabras que lleguen directamente al lector. Si esto se consigue, apenas hay obstáculo alguno, con tal de que el tema sea lo suficientemente interesante e importante.

Yo nunca empiezo a escribir un libro hasta que tengo un tema, un problema, una intriga, un ambiente y al menos un personaje, tan nítido, tan cautivador e importante para mí que no puedo dejar de pensar en él o ella. Sólo entonces merece la pena comenzar a trabajar en serio con el material.

Tuve una vez una compañera de clase a la que no sólo admiraba, sino que a veces casi odiaba. Pasaba por ser mi mejor amiga, pero a mí me parecía que continuamente me traicionaba, aparentemente sin motivo alguno y cuando menos lo esperaba.

Nunca llegué a entenderla. *El abrigo verde* representa para mí el intento serio de conseguirlo. Todo ha sido cambiado y recompuesto. Mi antigua compañera de clase podría muy bien leer el libro sin reconocerse a sí misma en ningún momento en Fredrika, que es el nombre que le he dado en el libro.»

ARGUMENTO. Estructurada en tres períodos que abarcan un espacio de dos años, este relato es la historia de una familia con una adolescente, Fredrika, como protagonista. Una madre déspota y autosuficiente, un padre anulado por la superioridad temperamental de su esposa, y dos hermanos, Florence, de dieciséis años, y Philip, de doce, forman el encuadre en que habrá de moverse el personaje central, tratando de rechazar los modelos impuestos con que su madre pretende educarla.

Solidaria y sensible a los conflictos familiares, Fredrika decide cambiar de carácter «intencionadamente». Y tal cambio habrá de repercutir en el ámbito escolar, el otro escenario del relato, en el que llega a convertirse en la número uno de la clase.

Hay en cada uno de los momentos fundamentales de la obra un personaje que actúa de contrapunto de Fredrika. Primero será Madelen Stran, un modelo de chica impuesto a Fredrika por su madre, y luego Britt Svensson, compañera de clase intencionadamente elegida por Fredrika como contramodelo. Un abrigo va a ser el símbolo y el engarce de estos tres personajes.

Mientras Madelene queda pronto apartada del relato, Britt se irá transformando para Fredrika en su propio *alter ego*, su otro yo, y dará lugar a una lucha interior en la protagonista por aceptar/rechazar su amistad. De esta manera, a través de modelos y antimodelos de comportamiento, en mitad de los cuales destaca el de la profesora de historia, Fredrika se comporta imitando a su madre, Irma.

Pero un buen día, un 24 de mayo, la muchacha se detiene a rememorar los dos años pasados. Y como quien cruza resbalando por las hojas de un diario, Fredrika extiende ante la mesa del lector la última baza de una partida que ha durado lo que dura el libro y en la que ha estado en juego su propia forma de ser.

La de Fredrika es la imagen íntima de la adolescencia, el paso por un período en el que las personas luchan consigo mismas y con las demás por descubrir su propia identidad.

INTERÉS DEL LIBRO. En ese tono confidencial en el que María Gripe acostumbra a escribir, desde dentro de sus personajes, *El abrigo verde* es una de esas historias en las que asoman las obsesiones habituales de la autora: la lucha por la autenticidad, la denuncia del cinismo y de las trabas sociales, y los resquicios abiertos siempre a la comprensión y a la ternura para la protagonista a través de personajes secundarios, como su padre o su amiga Britt.

Con un estilo intimista, siempre omnisciente y rico en imágenes, la escritora sueca habla desde el interior de la protagonista —es difícil a veces deslindar la narración del monólogo— para llevarnos hasta uno de los temas predilectos de su novelística: el intrincado mundo interior de los adolescentes. Y lo hace con la envoltura sutil de un cuento popular, el del patito feo, en este caso, y utilizando la fórmula del diario y de la confidencia, es decir, la digresión, la pausa, la repetición, propias de una historia donde no ocurren demasiadas cosas, y donde el interés va mostrando, a cámara lenta, el deambular de la protagonista de uno a otro lado del relato.

24 *Una india en las estrellas*

WILLIAM CAMUS-CHRISTIAN GRENIER

1982. 135 páginas

AUTOR. Aparecen las biografías de los dos autores en las páginas 75 y 76.

ARGUMENTO. En el 6112, la era de las burbujas ha llegado a su fin tras la *Gran Epidemia.* Un grupo de hombres, con Reseda a la cabeza, ha decidido abandonar sus ciudades-burbuja y volver al mundo exterior, junto a la tribu cheyene que logró sobrevivir a las antiguas catástrofes.

Pero la vuelta no va a ser fácil, pues el regreso a la naturaleza después de estar acostumbrados a un mundo tan tecnificado no resultará sencillo. Además, sus antiguos compañeros no los entenderán y los juzgarán como traidores. Todo esto los llevará a una situación muy difícil para todos donde estará en juego el futuro de la humanidad.

INTERÉS DEL LIBRO. Novela de ciencia ficción donde nos enfrentamos a las consecuencias de un mundo tecnificado llevado al extremo, que ha renunciado incluso a todo lo que nos aporta la naturaleza. En suma, es un mundo creado por el hombre, pero en el que se ha olvidado lo humano.

El contraste de los personajes en la lucha por dos modos de entender la vida y al hombre mismo está sumamente logrado, así como la convicción de la necesidad de una vuelta a la madre naturaleza: el volver a comprenderla, a vivirla, a respetarla, que, en suma, nos ayudará a comprendernos mejor a nosotros mismos.

Por todo ello, la temática que se propone aquí es de tal actualidad, que hay que saber despertarla y sugerirla en todo hombre de buena voluntad.

25 *El «Sentinels»*

PETER CARTER

1982. 231 páginas

AUTOR. «Nací en 1929 en el seno de una familia numerosa. Mi padre era marino de la Royal Navy, y mi madre trabajaba en una máquina hiladora de algodón. Era una vida de pobreza que, sin duda, ha dejado su huella en mí y se transparenta en mis novelas.

Aunque mi familia era pobre, tenían la cultura suficiente como para que siempre nos animasen a aprender y a leer.

Buceando en la memoria de aquella época, recuerdo que mi padre me llevó una vez al cine, cosa nada frecuente, a ver una película sobre la guerra civil española. Recuerdo que los espectadores, aunque eran pobres e ignorantes, aplaudían a los defensores de la República española.

Hice los estudios mínimos exigidos por la ley. Abandoné la escuela unas semanas antes de cumplir los catorce. Mi educación, de todos modos, fue interrumpida por la Segunda Guerra Mundial.

Creo que es interesante hacer constar que en Inglaterra la Segunda Guerra Mundial supuso para mucha gente un alivio de su miseria. Yo, en particular, me alimenté y vestí mejor que antes de que estallara el conflicto bélico.

Después de abandonar la escuela, me enrolé en el trabajo de la construcción, un mundo realmente duro en el que estuve hasta los veintinueve años. Al mismo tiempo que trabajaba, traté de estudiar con ahínco. Por eso conseguí una beca del Estado, altamente codiciada, que me dio la posibilidad de entrar en el Wadham College, de la universidad de Oxford. Allí me gradué con notas excelentes en Lengua y Literatura Inglesa. Fueron unos años felices, un auténtico premio a mi esfuerzo.

Después de abandonar la universidad, me dediqué a la enseñanza, aunque tenía mi meta puesta en escribir. Mi primera novela fue aceptada por la editorial Oxford University Press en 1974, y casi a continuación me convertí en escritor a plena dedicación.

He publicado seis novelas y una biografía de Mao Tse Tung.

He obtenido numerosos premios literarios, incluyendo entre ellos el Guardian Award for Children's Fiction y el Observer Award for Best Teenage Fiction en 1986 y 1987. Se me ha traducido a numerosos idiomas.

He viajado mucho y últimamente he atravesado el desierto del Sahara en un Land-Rover de mala muerte.

Confío en que mi obra guste a los jóvenes lectores españoles.

Recientemente he intervenido como asesor literario en la traducción al inglés de *La Regenta*, de Leopoldo Alas, *Clarín*.

Cuando escribí la novela *El «Sentinels»*, en las escuelas inglesas se discutía mucho sobre la antigua trata de negros en el Atlántico, en parte debido a la actual inmigración negra a Inglaterra. Con bastante justicia se insistía en la villanía de los blancos que tomaban parte en ese mercado. Pero pensé que sería interesante dar a conocer todos los aspectos de dicho comercio. Por eso en la novela hay también negros y árabes implicados en el problema. Y también tenía que decir algo de los marinos ingleses que lucharon denodadamente contra esa práctica histórica abominable.

También quería luchar contra el estereotipo de que el africano es un ser infrahumano. Y pienso que en el retrato que he hecho de Lyapo lo he conseguido totalmente.

Pero tengo que confesar que siempre me interesó escribir una novela emocionante sobre el mar y los barcos que lo surcan, y, quizá, al retratar a marinos sencillos y honrados, me acordaba de mi padre.»

ARGUMENTO. John Spencer es enrolado en la marina real británica por su tutor. Pronto zarpa en el *Sentinels* rumbo a la costa africana con el fin de evitar el comercio de esclavos negros. La vida en el barco es ya de por sí muy dura, sin contar las cruentas escaramuzas contra los comerciantes de esclavos.

Paralelamente se narra la vida de Lyapo, un granjero negro que es separado violentamente de los suyos y vendido como esclavo.

Tras una serie de incidentes, John y Lyapo se encuentran en una playa desierta, donde tendrán que luchar por su supervivencia.

INTERÉS DEL LIBRO. Novela de aventuras que sabe situarnos en la lucha que en el siglo XIX se propuso la marina británica para evitar el comercio de esclavos. El autor sabe conjugar perfectamente los hechos reales con los ficticios, además de pintar con exactitud la vida en uno de esos barcos.

Logra plasmar la evolución psicológica del protagonista a lo largo de sus diferentes aventuras, cómo éste va despertando a la vida y cómo aprende a luchar por su supervivencia. De este modo el autor consigue un interés creciente a lo largo de la narración, dentro de un estilo ágil y con unas descripciones sumamente logradas y en muchos momentos poéticas.

Tanto por la temática como por la forma y modo de tratarlo, resulta un relato de gran realismo que llegará a entusiasmar.

26 *El largo camino de Lukas B.*

WILLI FÄHRMANN

1982. 234 páginas

AUTOR. La biografía aparece en la página 110.

ARGUMENTO. En 1870 es difícil encontrar trabajo en Prusia

Oriental. En el pueblo de Liebenberg, Friedrich Bienmann, el abuelo, y su cuadrilla de carpinteros pasan desocupados muchos meses del año. El abuelo decide correr la aventura de América. Es un país joven en el que acaba de abolirse la esclavitud, y el Sur ha quedado deshecho tras la guerra, por lo que los inmigrantes encuentran grandes posibilidades de ganar dinero. Su propósito es estar dos años en América y regresar con una pequeña fortuna. Su nieto Lukas quiere ir con él porque, además, algunas referencias sitúan allí a su padre, que años antes abandonó a su mujer y a su hijo para seguir su profesión de pintor. El abuelo y su cuadrilla, con Lukas, se embarcan en un velero en Danzig, y tras dos meses de travesía desembarcan en Nueva Orleans y se enfrentan a su nueva vida, que no resulta tan fácil como se habían imaginado.

Las secuelas de la guerra son terribles. Salteadores, explotadores y rufianes de todo tipo pululan por el Sur, con lo que la vida es arriesgada y resulta difícil abrirse camino. La decisión y la honradez del abuelo pueden con todo. Algunos de sus hombres mueren, otros se quedan allí para iniciar una nueva vida, pero el abuelo y Lukas regresan a Liebenberg tras cumplir su objetivo. Han encontrado el rastro de Karl, el padre de Lukas, que ha decidido seguir la vida que eligió un día, y el hijo decide no interferirse en su camino.

INTERÉS DEL LIBRO. Novela de aventuras cuya acción transcurre, en parte, en el último tercio de la Europa del siglo XIX, a caballo entre dos guerras; pero el joven país creado en América del Norte tras la guerra de Secesión será el escenario fundamental de la obra. Una Europa vieja que busca su nueva identidad y un país joven con un futuro prometedor ante él.

Resulta ambicioso el propósito del autor de buscar la similitud entre el fin de una época y el principio de otra, en la que comienzan a manifestarse los principios de libertad del individuo, democracia y desarrollo tecnológico. Destaca también fuertemente el paso de Lukas de la juventud a la madurez. Quizá el punto crucial de esta transformación sea la decisión de Lukas de separarse del abuelo, a quien hasta ahora ha estado sometido en todo, para seguir el rastro de su padre. Éste fue un adelantado a su época y, lógicamente, no encontró comprensión para sus ideales. Pero su hijo se ha transformado en un hombre y sabe muy bien lo que debe hacer.

El estilo literario es ágil y sencillo, prefiriendo el autor profundizar en los problemas humanos, contentándose con ser simple narrador de los hechos históricos que enmarcan la acción, sin entrar a analizarlos.

Destacan en la obra la firmeza moral de los protagonistas y los principios de justicia social.

27 *Embarque puerta 9*

JUAN IGNACIO HERRERA

1082. 171 páginas

AUTOR. Juan Ignacio Herrera nació en Madrid el 4 de febrero de 1949 en el seno de una familia numerosa. Es escritor a dedicación completa. Inició sus tareas literarias en 1978 publicando relatos de muy diversos géneros: ciencia ficción, aventuras, oeste, terror, biografías... ilustrados con viñetas en más de una veintena de periódicos de toda España. Igualmente le editaron artículos monográficos en varias revistas de difusión y numerosos trabajos infantiles y juveniles en editoriales madrileñas.

En 1980 obtuvo el tercer premio del concurso Gran Angular, convocado por la Fundación Santa María, con su novela juvenil *Regreso a la naturaleza.* Al año siguiente le concedieron el primer galardón de dicho certamen por su obra *Embarque puerta 9.*

Tras escribir veintitantas biografías de personajes célebres para jóvenes, lanzó el proyecto de una colección de divulgación científica de carácter juvenil; resultado de ello han sido, hasta la fecha, tres libros de estilo narrativo, con argumentos de ficción, personajes en serie y trasfondo espacial.

Ha escrito también novelas infantiles en varias editoriales.

«Escribí *Embarque puerta 9* sintonizando con los inconformistas de cualquier edad que se sienten jóvenes, con quienes no aceptan la sociedad actual y cuestionan todo lo existente, empezando por ellos mismos. Yo hago lo propio con *Embarque puerta 9* y descubro en su trama errores, deslices idealistas y alguna que otra inconsecuencia. Pero advierto que el relato en diversos pasajes se interroga también acerca de su validez y pone entre paréntesis delirantes su núcleo principal de propuestas; ello me tranquiliza, pues así constato que, en cierta medida, sigue vivo y coleante.

En esencia, *Embarque puerta 9* quiere animar a todos a romper las cadenas mentales que nos esclavizan y degradan. Supone una invitación a la radical transformación del propio ser, una llamada a la posible, ¿o imposible?, revolución interna.»

ARGUMENTO. Alberto es un joven metido en una problemática difícil. Busca trabajo desesperadamente. Se encuentra con grandes problemas y el desaire constante de quienes le juzgan sin preparación alguna para el mundo laboral. Tampoco le sirven de excesivo consuelo sus relaciones con Marta. No hay demasiada estabilidad, sino cierta seguridad en ellas. El mundo empieza a carecer totalmente de sentido para Alberto.

Se embarca en un avión camino de Santiago de Compostela. Allí le espera un tío suyo. Confía en encontrar en su compañía un pequeño remanso de paz. Durante el viaje estalla una tormenta impresionante. El avión se estrella en los Picos de Europa.

A partir de ese momento la obra se convierte en el relato de los esfuerzos desesperados por parte de Alberto para sobrevivir y ayudar a los pocos que han logrado salir con vida del accidente. Aunque el estado físico de casi todos los supervivientes es desesperado.

Mientras en medio de mil penalidades logra sobreponerse a su tremendo dolor y presta algunos auxilios elementales, va haciendo un repaso a toda su vida. Es una peregrinación a su mundo interior llena de interrogantes.

INTERÉS DEL LIBRO. Es muy realista el estudio que hace de la situación de desesperanza de muchos jóvenes ante el mundo del trabajo. Ya es tarde para rectificar muchas cosas. Y la vida, demasiado larga como para aceptar fatalmente el fracaso de la misma. Por eso Alberto, el protagonista, se revuelve con furia. Y a menudo busca salidas escapistas.

El viaje de la esperanza, su ida a Santiago para encontrarse con su tío Luis, resulta una horrible pesadilla. La vive en plena conciencia. La muerte ronda a su alrededor, dentro de él mismo... El autor nos presenta la muerte como una realidad de trascendencias cósmicas para algunos. Para otros, la esperanza de cualquier signo, el paso al más allá, está lleno de tranquilidad y de luz.

El dolor, el agotamiento y la presencia de la muerte sumirán a Alberto en una lúcida inconsciencia que le permitirá despegarse de su vida amargada y sin rumbo y contemplar el universo, la sociedad, su familia y su propio yo desde una perspectiva más elevada y esperanzada, pero no por eso conformista.

28 *Guerra sin amigos*

EVERT HARTMAN

1983. 228 páginas

AUTOR. «Nací en Dedemswaart, un pueblo al este de Holanda, en 1937. Viví en el mismo lugar hasta los diez años y vi cómo entraban en él las tropas alemanas de ocupación en 1940. Este hecho apenas lo recuerdo, pero sí cómo se fueron en 1945. Esto, con toda nitidez. Aunque yo era muy joven, aquellos años negros de la Segunda Guerra Mundial me causaron tal impresión que jamás los olvidaré.

En 1947 nuestra familia se mudó a Kampen, una pequeña ciudad junto al río Ijssel. Allí entré en un centro de enseñanza superior donde terminé mis estudios en 1956.

En el mismo año me incorporé al ejército holandés durante dos años. En 1958 fui a la universidad de Utrecht, donde estudié Geografía Humana, una especialidad que me ocupó seis años.

Mientras tanto enseñé Geografía en Hoogevee, una ciudad del este de Holanda, donde vivo actualmente.

Me casé y tenemos dos hijos, los dos varones, que nacieron en 1964 y 1968.

Desde los catorce años mi gran deseo fue convertirme en escritor. Me gustaba mucho leer y un buen libro me hacía feliz. Por eso pensé: «Si leer te hace feliz, escribir te tiene que hacer doblemente feliz». Por eso empecé a escribir mi primer libro en 1972. Y ahora, en 1988, he terminado mi libro número diez. Escribir se ha convertido en una especie de droga para mí. No me puedo parar ya.

Sin embargo, en mi tiempo libre me gusta jugar al tenis, deporte en el que soy un practicante normal y corriente; escucho música y hago fotografías.

Mi contacto con chicos y chicas en el colegio y mis charlas sobre mis libros me producen una gran satisfacción porque la juventud es una fuente de inspiración, de alegría. Por eso espero poder continuar mi trabajo en el futuro durante muchos años.

Mi libro *Guerra sin amigos* trata de un chico de catorce años maltratado físicamente por sus compañeros como castigo por sus relaciones con las tropas alemanas de ocupación. Durante más de dos años de guerra ha tenido que aguantar el odio de los demás chicos y chicas, la actitud fanática de su padre y, sobre todo, su soledad. Quiero que los lectores de mi novela se planteen preguntas como éstas: ¿cuándo empieza la responsabilidad? ¿Qué es lo que hizo que cierta gente se viera envuelta en el movimiento peligroso y fanático del nazismo? ¿Es grande la influencia de la educación? ¿Qué se puede aprender de los horrores de la guerra?

Guerra sin amigos ha recibido en Holanda muchos premios de jurados a nivel local o regional, pero el premio más importante ha sido el premio europeo al mejor libro de literatura juvenil en 1980, concedido por la universidad de Padua, Italia.»

ARGUMENTO. Son los años triunfales de los nazis en los países europeos ocupados a principios de la década de los cuarenta, los primeros de la terrible guerra mundial. En Holanda, como en otros países ocupados por los alemanes, frente a los que se unen al carro del vencedor, bien por idealismo o por sacar provecho de la situación, se encuentran los patriotas, los que luchan por la liberación de su país contra un sistema despótico basado en la superioridad de unos individuos sobre otros, con la idea de que los inferiores tienen que ser exterminados.

El señor Westervvort, funcionario del ayuntamiento, es un idealista unido a los colaboracionistas. Cree firmemente que los ideales del nazismo serán beneficiosos para su país y, por tanto, está bien visto por los ocupantes y por los altos jefes del partido nacionalsocialista holandés. Su hijo Arnold siente como suyos los ideales que defiende y propugna su padre, pero se ve aislado en la escuela, donde sus compañeros le desprecian y no dejan de zaherirle. A veces, incluso, sufre los efectos de la violencia física.

Todos están contra él y sólo encontrará, durante algún tiempo, el escudo protector de un compañero ocasional, pero éste es un fanático de los ideales nazis y Arnold no comparte su estilo violento.

El relato se desarrolla a través de diversos sucesos en los que el protagonista se ve envuelto. Uno de ellos, sobre todo, en el que se ven implicados varios compañeros de la escuela, entre ellos una chica por la que se siente atraído, empieza a hacerle dudar de sus ideales.

El inminente final de la guerra trae consigo la huida hacia el este de los colaboracionistas que pueden hacerlo. Ha llegado la hora de la decisión para Arnold: huir con sus padres o afrontar su futuro con dignidad.

INTERÉS DEL LIBRO. Novela social e histórica en la que, utilizando como telón de fondo los últimos años de la guerra en un país ocupado, el autor plantea el tema de la transformación que sufre un muchacho al ver derrumbarse unos ideales que se han mantenido en su casa y de forma natural él ha compartido.

Es su paso de joven a hombre. Un paso doloroso que le enfrenta a su padre y a todo lo que éste representaba para él. La impresión de inseguridad que da no es más que el reflejo de la tremenda lucha interior que mantiene durante tres años. Su innato sentido de la justicia y la solidaridad hacia los demás se contrapone a su amor filial.

Es una batalla que debe librar solo, y su decisión final demuestra la fortaleza de espíritu y el sentido de responsabilidad que ha ido adquiriendo en ese transcurrir de los catorce a los diecisiete años.

Es una obra amena y sencilla y cuyo interés se mantiene a lo largo de toda ella.

El autor ha preferido profundizar en el estudio de los caracteres de los personajes, especialmente el de Arnold, más que en los terribles sucesos históricos que tuvieron lugar en aquella época, que son como pinceladas que sirven para completar el marco en que se desarrolla la acción.

29 *Cruzada en «jeans»*

THEA BECKMAN

1983. 239 páginas

AUTOR. Nació en 1923 en Rotterdam, Holanda. Se doctoró en Psicología Social. Su tesis fue: *Influencia de los libros en los niños*. Después de la investigación que le exigió la tesis, piensa que tal influencia no es demasiada. Aunque en algunos niños, sí.

Es gran amante de los estudios históricos y hasta ahora ha publicado ocho novelas de ese género. Además de éstas ha escrito varios libros para niños y adolescentes, y trabajado durante mucho tiempo como *free-lance*.

Ha sido muy activa en la promoción de libros y ayudado a los nuevos escritores en sus comienzos.

Durante seis años fue presidenta del Grupo de Escritores de Literatura Infantil, una rama del Sindicato de Escritores Holandeses.

Su cargo le dio la posibilidad de organizar en Holanda, en 1986, una conferencia europea de escritores de literatura infantil. Fue un gran éxito y abrió las vías a una serie de contactos enriquecedores.

Muchos de sus libros han obtenido premios o su inclusión en

listas de honor, no sólo en Holanda. En este país está considerada en la cumbre de los escritores de literatura infantil y juvenil. Pero a muchos adultos les encanta leer sus libros porque los encuentran del máximo interés.

Por eso dice ella misma: «¿Para qué escribir para adultos si éstos, aun escribiendo para los jóvenes, me leen?»

Le gusta ser independiente y bastarse por sí misma. Su pasatiempo preferido es viajar por el mundo entero. Le gustan los niños y los gatos y siempre está rodeada de crías de éstos. «No puedo vivir sin gatos. Son mi fuente de inspiración.» Mientras escribe, siempre lo hace escuchando música clásica, para crear la atmósfera adecuada a cada libro.

Cruzada en «jeans» fue escrita mientras escuchaba música de Brahms.

Fue su primera novela histórica.

«Me agobió durante cierto tiempo. Consideré la obra como un reto. Hubo algún tiempo en que no me creí capaz de hacerlo. Pero el tema, miles de niños caminando sin rumbo fijo por toda Europa con la idea de expulsar a los musulmanes de Tierra Santa, me fascinaba. No tuve más remedio que enfrentarme al reto.

No escribí el libro para comunicar mensaje alguno o valores. Nunca lo hago. Escribo sobre temas que me parecen interesantes. Los lectores deben sacar sus conclusiones a raíz de lo que escribo. Pueden pensar por sí mismos. Solamente me interesa mostrar, decir, exponer. Y, naturalmente, cada libro para jóvenes hay que trabajarlo a fondo. Quieren que el tema sea apasionante, algo que los ayude a enriquecer sus conocimientos sobre la gente y las realidades que los rodean, los ayude a aprender algo más sobre el mundo y, al mismo tiempo, a divertirse mientras lo hacen.»

ARGUMENTO. Basándose en las cruzadas que se organizaron en Europa entre los siglos XI y XIII para dirigirse a Tierra Santa y liberar los Santos Lugares, a la sazón en manos de los turcos, el autor centra el argumento de su obra en la supuesta cruzada que, atendiendo al llamamiento de un muchacho iluminado, reunió a varios miles de niños que pretendían llegar a Jerusalén, donde los infieles se rendirían ante ellos en cuanto los vieran.

Dos falsos sacerdotes se aprovechan de la credulidad de Nicolás, el muchacho que cree haber oído la llamada divina, e intentan llevar a los niños a Génova, donde, según esa llamada, las aguas se abrirían ante ellos, pero donde en realidad los esperan unas naves que los transportarán para ser vendidos como esclavos a los árabes.

En pleno siglo XX, Dolf Heftin se ve transportado desde Holanda hasta la Alemania del siglo XIII, merced a un transmisor de materia inventado por dos sabios, amigos de su padre. Contempla el paso de los niños que siguen a Nicolás, a los que el hambre, las penalidades y las epidemias están diezmando.

Se une a ellos y con sus conocimientos va logrando imponer el orden, arbitra medidas para tratar a los enfermos y organiza grupos para conseguir alimentos. Con la ayuda de su amigo Leonardo de Pisa y de otros chicos de la cruzada, logra desbaratar los planes de los falsos sacerdotes antes de regresar a su siglo. Para él todos los hombres son iguales, sin distinción entre siervos y nobles, libres y esclavos, ciudadanos y parias. Sin embargo, se le plantea una terrible duda: en nuestros tiempos, con leyes sociales que garantizan que los enfermos, los pobres y los necesitados no se morirán de hambre, como sucedía en el siglo XIII, ¿qué se ha hecho del amor, del amor sencillo y casi oculto que practicaban los cristianos verdaderos de entonces? ¿Lo hemos sustituido, quizá, por un impreso por triplicado?

INTERÉS DEL LIBRO. Novela de ficción, con tintes históricos, que plantea el tema de la degradación social que sufría la sociedad medieval, con la cruzada de los niños como eje.

Destaca el valor moral y el espíritu de solidaridad del protagonista, que no duda en acudir en ayuda de aquellos niños necesitados, aun jugándose la posibilidad de no poder regresar a su mundo.

El relato es sencillo, y en el indudable interés de la obra confluye también la impresionante narración del viaje que a través de Europa hace el grupo de cruzados infantiles.

En la obra se parte de nuestro mundo actual. Luego, sirviéndose de la técnica tradicional del túnel del tiempo, se viaja a una época, ciertamente atractiva, en la que transcurre la acción.

Son valores a destacar la generosidad con que Dolf realiza lo que considera un deber: lograr imbuir en aquellos niños abandonados, desnutridos, enfermos y rechazados por todo el mundo un sentido de la responsabilidad y una conciencia social de los que carecían.

30 *El mundo de Ben Lighthart*

JAAP TER HAAR

1983. 147 páginas

AUTOR. Es holandés. Nació en 1922 y empezó a ser conocido por un serial de radio titulado *Los gemelos Sakia y Jeroen*, un par de pícaros simpáticos. Pocos años después estos relatos fueron publicados en forma de libro. Han tenido múltiples reimpresiones.

Jaap ter Haar se dedicó a partir de aquel momento a escribir. Ya ha publicado más de 80 títulos.

Con un estilo similar al de los libros de aventuras, Jaap ter Haar escribió también varios libros históricos que, en forma novelada, se convirtieron en algo lleno de interés para los lectores. Después de la publicación de la obra *Historia de Norteamérica* fue invitado por el Departamento de Estado Americano a viajar a través de Estados Unidos dando conferencias en muchos estados. Algo parecido le sucedió en Rusia después de la publicación de su obra *Historia de Rusia.*

Las obras de Jaap ter Haar han obtenido muchos premios, tanto en Holanda como en el extranjero. Ha sido traducido a muchos idiomas.

Ter Haar también ha tocado el campo de la pintura. Tras un trabajo de dedicación y enorme constancia logró desarrollar un estilo propio.

Está muy cerca del arte *naif* y tiene una visión muy personal de la realidad del típico narrador de cuentos.

ARGUMENTO. Ben se despierta en un hospital con los ojos vendados, sin recordar lo que le ha sucedido. Poco a poco, a medida que va recuperando la consciencia, la terrible realidad se va abriendo paso en su cerebro. Está ciego. Un estúpido accidente le ha destrozado los ojos y ya no volverá a ver nunca más. Al principio se siente descorazonado y preferiría haber muerto. ¿Qué va a hacer en adelante? Sus estudios, sus partidos de béisbol con el equipo de la escuela, las chicas... ¿Qué chica va a querer casarse con un ciego, con un inútil?

Pronto descubre que la vida tiene futuro para él. Lo primero que aprende es que las voces reflejan el carácter, la personalidad y el alma de las personas y que en el mundo de hoy se suele juzgar a la gente por su apariencia. Una camisa, un traje o una barba bastan para encasillar a una persona. A la enfermera Win, la primera en hablarle de las posibilidades que encierra su vida futura, se la imagina rubia y bonita cuando, en realidad, tiene la cara deformada a causa de unas quemaduras.

Theo, compañero de clase, con quien casi no ha tenido trato alguno antes, será una gran ayuda para él en los estudios. Poco a poco, con la ayuda de sus amigos y de su familia, Ben va organizando su vida. Irá a una institución para ciegos donde los invidentes como él encuentran un amplio abanico de posibilidades. No estará solo y sabe que saldrá adelante con su esfuerzo.

INTERÉS DEL LIBRO. Novela social que plantea el tema de la actitud de un joven ante un accidente que le convierte en invidente. Destaca en la obra el empeño del protagonista por salir adelante, venciendo las incontables dificultades que se le presentan.

Debe resaltarse también la generosidad del estudiante con quien comparte la sala del hospital, y que sabe su muerte cercana, que le dice un día: «No dejes de luchar por tu independencia, Ben», y la de Theo, su compañero de clase, que se ofrece a ayudarle en sus estudios.

Habría que destacar en ella, aparte de la firmeza de espíritu y la fuerza de voluntad del protagonista, la solidaridad de las personas que con él se relacionan.

La obra, escrita en un lenguaje sencillo, sin otras pretensiones que las de seguir el proceso psicológico de Ben, mantiene el interés del lector durante su desarrollo.

31 *Los escarabajos vuelan al atardecer*

MARÍA GRIPE

1983. 227 páginas

AUTOR. La biografía está en la página 114.

María Gripe nos dice por qué escribió este libro:

«Leí un artículo de periódico que trataba sobre unos peculiares experimentos con plantas que se habían hecho tanto en Rusia como en América. Con la ayuda de electrodos se creía poder constatar que, por ejemplo, las plantas que crecen en macetas reaccionan fuertemente no sólo ante las palabras de las personas, sino también ante sus pensamientos. Me pareció que eso era un tema interesante y que admitía un desarrollo importante.

El ambiente, y en cierta medida las personas del libro, han sido tomados de nuestro lugar de veraneo en un pequeño pueblo en el norte de la provincia de Smaland.»

ARGUMENTO. La quinta Selanderschen, una vieja y en otro tiempo suntuosa mansión convertida ahora en decadente pensión, es el escenario central en el que van a moverse los tres protagonistas de esta historia de misterios y enigmas: David y los hermanos Jonás y Annika, cuyo interés por desvelar y reconstruir una sucesión de intrigantes claves los transforma en personajes casi detectivescos, rodeados a su vez de otros personajes secundarios, que no por más difusos serán menos protagonistas: la enigmática Julia, el viejo Natte, el canónigo Lindroth... y, en el doble plano del relato, Andreas y Emilio, y Petrus Wiik y Carl Andres...

Este libro narra dos historias, o, si se quiere, una historia dentro de otra: la de un discípulo del científico del siglo dieciocho, el sueco Linneo, que, enviado por su maestro a Egipto, descubrirá y traerá consigo una milenaria estatua funeraria envuelta en maleficios para con sus depositarios, y la historia de su amada Emilie. Esta última es una historia de infelicidad cuya complicada trama irá desentrañándose a lo largo de las 34 secuencias que recorren con sus cavilaciones, conjeturas y argucias los tres jóvenes protagonistas. Éstos no son en un principio más que los ocasionales encargados de regar las plantas de una mansión cerrada durante el período estival, pero luego terminarán como albaceas del misterioso y trascendental legado.

El azar, fundamental coprotagonista en esta historia, como suele ocurrir tan a menudo en los libros de María Gripe, y la abundancia de objetos cargados de simbolismos; una centenaria planta capaz de reaccionar ante las diferentes circunstancias humanas, una partida de ajedrez en apariencia inacabada y la extraña presencia de un escarabajo en los momentos más inesperados, imprimen al relato el halo de misterio, la atmósfera precisa en la que se mueve la galería de personajes, cada vez más dilatada a medida que transcurren y van desenredándose los hechos.

INTERÉS DEL LIBRO. Presentada como una sucesión de casualidades, esta obra se asemeja a un mosaico que hay que recomponer, tarea que la autora encomendará a tres de sus personajes favoritos, tres adolescentes, personajes-tipo que encarnan: el ansia de aventura y la audacia, Jonás; la sensibilidad, Annika, y la intuición, David. Estas cualidades se complementan para poder deslizarse por la aventura del conocer, del irreprimible deseo de descubrir.

Por eso, tal vez, y ésa puede ser la clave que explique en buena medida las tantas reediciones que el libro ha conocido, la historia está planteada y concebida como un libro imaginativo, es decir, como una sucesión de enigmas que los protagonistas, y de su mano los lectores, habrán de ir descifrando.

A pesar de ser una obra de acción y movimiento, tan poco habituales en los libros de María Gripe, no faltan en su hechura los recursos habituales de su estilo peculiar: la carga simbólica y sugeridora; los perfiles y siluetas borrosos que invitan a imaginar, y las habituales digresiones filosófico-morales que la escritora pone a menudo en boca de sus personajes. «Al hombre —decía David— se le ha otorgado la fantasía y los sentimientos para poder ponerse en el lugar de los otros seres vivos y compartir sus sentimientos y pensamientos; tal vez, incluso, más allá del tiempo en que vive...» Reflexiones difíciles de imaginar, a veces, en la mentalidad de un chico de dieciséis años.

32 *... en un lugar llamado Tierra*

Primera parte de *El ciclo de las Tierras*

JORDI SIERRA I FABRA

AUTOR. La biografía aparece en la página 103.

El autor nos explica por qué escribió esta obra:

«Tratar de explicar qué pretendí con este libro y los dos siguientes que conforman la trilogía *El ciclo de las Tierras* es muy difícil. El autor no siempre tiene el dominio sobre su obra. La mayoría de autores solemos descubrir nuestros libros a través de los ojos y las palabras de los demás. La trilogía espacial es mi obra más ambiciosa de intenciones y de la que menos me siento capaz de hablar. Puedo decir que me apasiona el futuro, el qué veré y el qué no veré. Puedo decir que me emociona el progreso. Puedo asegurar que creo en el hombre. Ni siquiera quise hacer una obra de ciencia ficción, sino colocar al ser humano frente a ese futuro, con la máquina como complemento-soporte-rival-marco... La idea de la trilogía, y esencialmente de *... en un lugar llamado Tierra,* nació de una simple línea anotada en una libreta de posibles argumentos. El día 5 de julio de 1982, tumbado al sol, recibía una especie de descarga intensa al pensar en ella y en unos minutos toda la obra se hizo luz en mi mente, al completo. Fue un parto mental intenso y sobrecogedor. A los dos días inicié la escritura del libro, realizándolo por las tardes mientras por las mañanas completaba el guión.

Tanto esta primera parte de la trilogía como las dos restantes me obligaron a disociarme. El escritor ha de sentir todos los personajes de su novela, pero ¿cómo sentir igual que una máquina? Fue uno de los mayores retos de mi carrera, y hasta me rodeé de una ambientación especial para ello. En el caso de esta trilogía, la música con la que trabajé fue exclusivamente la de *Tangerine Drem* y *Vangelis*. Mi transmutación personal llegó a afectar no pocos de mis pensamientos.

Creo que hice un libro optimista, aunque haya pasado por el tamiz de la incertidumbre; pero quien ha de descubrir si ese optimismo es real, si existe, es el lector.»

ARGUMENTO E INTERÉS DEL LIBRO. En un remoto futuro, en un mundo en el que la organización social ha alcanzado un aparente alto nivel de equilibrio y en el que hombres y máquinas conviven en una situación de presunta armonía, aunque sean las segundas las que ejerzan técnicamente el control efectivo de la realidad, a partir de su perfección orgánica, acontece un suceso inesperado que habrá de conmover las bases sobre las que se asienta toda la sociedad. Una nave espacial trae, a su regreso de una misión en el espacio exterior, desconectada, esto es, muerta, la máquina que la comandaba. Junto a ella yace dormido su subordinado, un humano. En tanto que los ingenios no tienen incorporada la categoría *suicidio* en sus circuitos, todo lleva a pensar que su ayudante ha sido quien la ha asesinado.

En el juicio que sigue, sólo Hal Yazkuby, un eminente científico, cree en la inocencia del acusado y lucha por demostrarla como su abogado defensor. Sus averiguaciones le llevan a un extraño proyecto secreto, del que aquel viaje era un elemento y que hizo saber a la máquina algo cuya trascendencia la condujo a actuar de una forma imprevista e incomprensible. A lo largo de todo el proceso se van poniendo en cuestión principios hasta entonces incontestados acerca de la invulnerabilidad de las máquinas con respecto a las *debilidades* humanas, la incapacidad de los hombres para asumir responsablemente su propio destino y su necesidad de mantenerse bajo la voluntaria dependencia de las máquinas.

Nadie puede poner en duda que los textos literarios en que

se habla del futuro raramente piensan en él. En realidad, es fácil concluir que una novela de ciencia ficción sólo utiliza un imaginario mundo del mañana como escenario para una acción y unos conflictos que responden a una reflexión que es siempre sobre el hoy. He aquí, en esta novela de Sierra i Fabra, una prueba evidente de que es así. En esta obra se desarrolla un problema dramático cuyos elementos matrices ya están dándose en nuestra experiencia presente. Por supuesto que las máquinas no son ahora legalmente iguales a los hombres, tal y como se nos dibuja en esta narración, pero hay elementos en nuestro mundo actual, el de la revolución tecnológica y el de la era informática, que sugieren que aspectos que se apuntan, como el de la subordinación a la inteligencia artificial, ya empiezan a cobrar vigencia.

Como telón de fondo, hay otras cuestiones que se nos plantean aquí que deberían obligarnos a detenernos a pensar. Así, por ejemplo, los peligros a los que nos está abocando la irresponsabilidad humana, la amenaza de autodestrucción que constantemente pende sobre nosotros, o la posibilidad real que el hombre tiene de vivir bajo un régimen social *perfecto*, aunque sea bajo la paternal vigilancia de entidades cibernéticas y el despotismo ilustrado de lo tecnológico. Pero, por encima de todo ello, lo que esta fábula futurista nos plantea es una pregunta muy seria acerca de qué es lo que significa la condición humana y hasta qué punto seres artificiales perfectos, y por ello inasequibles a las limitaciones del humano, pueden alcanzarla un día. ¿Qué pasará cuando la sofisticación científico-técnica sea capaz de generar artilugios tan perfeccionados que, en su propia perfección, sean capaces de emular y reproducir la imperfección crónica que caracteriza a los seres humanos, a la vez su punto más débil y la clave de su fortaleza? ¿Qué pasará cuando las máquinas hayan, por fin, aprendido a dudar y a sorprenderse, a equivocarse y a imaginar, a mentir y a soñar, el día en que reivindiquen su derecho a no entender?

MANUEL DELGADO RUIZ
Profesor del Departamento de Antropología Cultural
Universidad de Barcelona

33 *El pasado quedó atrás*

ANKE DE VRIES

1983. 163 páginas

AUTOR. La biografía aparece en la página 107.

ARGUMENTO. Mark es un muchacho holandés. Ha terminado el penúltimo curso de bachillerato y vive un verano feliz con Liesje, su novia y amiga desde la infancia. Un día, cuando los dos vuelven a casa en bicicleta, después de jugar un partido de tenis, Liesje muere atropellada por un coche.

La muerte de la muchacha constituye para Mark un trauma que lo paraliza y del que no logran curarlo ni los psiquiatras ni los psicoterapeutas. Mark se encierra en sí mismo y trata de concentrarse en el estudio para olvidar. A duras penas consigue terminar el último curso de bachillerato. Al llegar las vacaciones, decide cambiar de ambiente y se marcha a Francia a trabajar como voluntario en la restauración de monumentos artísticos. Allí un contratista le ofrece la posibilidad de arreglar una casa deshabitada y solitaria. Mark acepta el ofrecimiento porque le brinda la posibilidad de estar solo y porque espera que la soledad le permitirá encontrar la paz y superar su trauma. Pero en la casa solitaria encontrará compañía y descubrirá una historia paralela y antitética a la suya. Las dos cosas le harán ver que la huida a la soledad puede ser destructora y que el remedio contra su desesperación reside en la comunicación, la amistad y el amor.

INTERÉS DEL LIBRO. El relato puede aparentar tener ciertos aspectos de novela rosa, particularmente en la descripción de la relación de Mark con Liesje y de su posterior encuentro con Juliette. Tales aspectos se contrapesan con la trágica historia de William, quien, tras sufrir un trauma tan grave como el de Mark, se encierra en sí mismo y termina por suicidarse.

La narración se desarrolla básicamente en forma de diálogos ágiles, sabiamente dosificados, y mantiene la atención creando un clima de suspense mediante la anticipación y la retrospección. El estilo es directo, el ritmo ágil y el lenguaje correcto y adecuado.

Los personajes centrales, sobriamente descritos, resultarán atractivos para los adolescentes. Los chicos se identificarán fácilmente con Mark, un muchacho muy sensible, abierto, comunicativo y capaz de afrontar personalmente sus problemas y de asumir los riesgos consiguientes. Las chicas se verán en Juliette, espontánea, decidida, independiente y entrañablemente acogedora, casi modélica. Desde el punto de vista literario puede ser interesante la figura del camionero Jean, en cuya descripción se unen algunos tópicos a observaciones atinadas.

La novela aborda una problemática que, sin la virulencia que adquiere en el caso de Mark, se plantea frecuentemente en la adolescencia. Como pauta para resolverla propone acertadamente evitar el aislamiento y buscar la comunicación, la amistad y el amor.

34 *Querido Tim*

CARMEN KURTZ

1983. 178 páginas

AUTOR. Carmen Kurtz nació en Barcelona en 1911. Se casó en 1935 con Pierre Kurz Klein, de nacionalidad francesa. Sus vinculaciones familiares con ambientes extranjeros son realidad mucho antes de su matrimonio. Es curioso que sintiera la necesidad de añadir una «t» al apellido de su marido cuando empezó a escribir.

Es impresionante la lista de premios conseguidos por Carmen Kurtz. Pasa desde el premio Planeta en 1956, al Lazarillo en 1963, a su nominación por dos veces para el Hans Christian Andersen, donde aparece en la lista de honor en 1964, y varios premios de la CCEI. Su vinculación con el mundo del cine la ha llevado a producir guiones de una importancia también reconocida.

«¿Por qué he escrito los cuarenta y siete títulos que componen mi obra?

Hay cosas que son inevitables. Desde muy pequeña, leer, para mí, fue lo mejor. Vivía mis lecturas y me parecían tan reales como la misma realidad. El ambiente de mi familia, tanto paterna como materna, era propicio a esta dedicación. Tuve los libros que quise, cuentos clásicos como los de Perrault, Hans Christian Andersen, Grimm, Hoffman, Lewis Carroll, Mark Twain, Stevenson, Wyss... Con mi abuela paterna leí a la Comtesse de Ségur en francés y a los ingleses Walter Scott y Dickens en inglés. Las aventuras me fascinaban y me leí todo Jules Verne y Salgari. De adolescente me inicié en otra clase de lecturas, sin desdeñar las anteriores, en donde creo está la base de mi vocación literaria.

Ya mayor, al leer *Le petit prince,* de Saint-Exupéry, comprendí que el libro no sabía de edades. Si era bueno, igual podía interesar a un niño que a un adulto. Con esta mentalidad he escrito todos los míos. En algunos creo haber conseguido mi propósito.

No niego que escribo con la intención de divertir. El humor es algo importante en la vida humana. Nos hace ver los momentos oscuros desde otro ángulo. Yo he llorado con muchos libros y lo pasaba la mar de bien. Con la edad he llegado a la conclusión de que la tristeza de ánimo no es positiva. La emoción causada por una frase hermosa también puede hacernos llorar, pero son lágrimas dulces, consoladoras. Y sigo creyendo que ver la sonrisa de un niño es importante; dejo a otros las tarea de arreglar el mundo. Salvo alguna excepción, mis criaturas son vitales, poco complicadas. Cuando mi protagonista es un animal, gato, perro, caballo, etc., lo humanizo para que el niño pueda identificarse con él.

He de aclarar algo importante: escucho a los niños, les dejo hablar; así aprendo su lenguaje y conozco sus pequeños problemas. Al niño le encanta que le escuchen, y es asombroso lo que aprendemos de él.

Los niños tienen una lógica que para sí quisieran muchos mayores, y es raro que digan tonterías.»

ARGUMENTO. Tim es un gato que vive con un dibujante de *comics* llamado Timoteo. Tim es más corto que Timoteo, que es el nombre que realmente le puso el dibujante al gato cuando se lo encontró en aquella rama del castaño del jardín de su casa. No deja de ser una deferencia haberle puesto su mismo nombre.

Timoteo es un hombre entrañable, al que adoran los niños, que vive solo en su casita, con su fiel criada Quiteria. Todos los días va su secretaria, Jesusa, que es la que le lleva todo y a la que quiere como a una nieta.

La llegada de Tim parece cambiar algo la rutina cotidiana de la vida de Timoteo. Trata de imaginarse la vida anterior de Tim, de la que ha podido reconstruir sólo una parte gracias a Ventosa, el anterior dueño de Tim, un cargante y acaudalado aspirante a político.

INTERÉS DEL LIBRO. Novela rebosante de lirismo y humor, escrita con una pluma ágil y brillante, en la que no se sabe qué admirar más, si la riqueza de vocabulario o la humanidad que la escritora ha sabido imprimir a los personajes.

El de Timoteo está descrito con tal fuerza, tan brillantemente, que es difícil no encariñarse con él desde el primer momento y sentir como él. Otro tanto podría decirse del de Tim. Basta decir que la autora llega a «humanizar» el personaje.

Igualmente, los restantes tipos de la obra, Quiteria, Jesús, Ventosa, el encargado, la pescadera, etc., están magistralmente descritos. Con ellos, con el pretexto de las andanzas de Tim y del quehacer de Timoteo, la autora ha ideado una historia tierna, interesante y enormemente vivificante.

El mejor elogio que se puede hacer de la obra es que, una vez empezada, es difícil dejar el libro hasta su conclusión. En estos tiempos de violencia, de pérdida de valores y de indiferencia o pasotismo, la novela de Carmen Kurtz es un auténtico remanso de paz.

35 *La locura de Finn*

Ivan Southall

1983. 200 páginas

AUTOR. Nació en 1921 en Victoria, Australia, donde se educó.

El mayor dolor de su infancia fue la muerte de su padre. Este hecho le obligó a abandonar la escuela a la edad de catorce años para enrolarse en el mundo del trabajo.

Siempre con la idea de llegar a ser escritor, había terminado cuatro obras antes de cumplir los veinte. Revisadas, fueron publicadas más tarde.

Durante la guerra perteneció a la Royal Australian Air Force y llegó a ser capitán de hidroavión en el Atlántico y fue condecorado por méritos de guerra.

De vuelta a Australia, en 1947, se dedicó enteramente a su trabajo de escritor. De sus sesenta libros, cerca de cuarenta están dedicados a los jóvenes y traducidos a veintitrés idiomas.

En Australia ha ganado el Premio Nacional de Literatura Infantil y Juvenil cuatro veces. Ha recibido también numerosos premios en otros países: Inglaterra, Estados Unidos, Japón, Holanda, Austria...

En sus ratos libres trabaja en su huerta, en plena campiña australiana. Con su esposa Susan cultiva flores y una buena parte de los alimentos que se consumen en su mesa. Melissa, una de sus hijas, es una persona disminuida mental, y en ella se basa la obra *La locura de Finn.*

«Me decidí a escribir la obra hace veinte años. Surgió de una noticia aparecida en la prensa sobre unos padres muertos en un accidente en una carretera rural. Sus cuatro hijos esperaban en casa a unos padres que jamás volvieron. Me produjo una impresión dolorosa. Yo tenía cuatro hijos. Su madre y yo viajábamos en automóvil diariamente por carreteras pésimas en el campo. Nuestra hija más joven es una disminuida psíquica profunda que necesita nuestra atención constante. De haber sido nosotros las víctimas de un accidente así, ¿qué habría sido de nuestra hija? ¿La vida habría deshecho la unidad familiar o todo lo contrario?

Así empezó mi libro, teniendo siempre como telón de fondo mi pasado, porque, para quien escribe con cierta profundidad, la vida es la gran fuente de inspiración. Como, por ejemplo, el relato que hago del cianuro derramado en la colina. Siendo niño viví envuelto en cianuro durante cuatro años. Mis manos sin guantes, y durante horas todos los días, estaban metidas en una solución saturada de cianuro.

La locura de Finn nació de la profunda convicción personal de la capacidad de adaptación y el coraje de los jóvenes cuando se encuentran obligados por las circunstancias de la vida. Veinte años después de haber escrito la obra, sigo pensando exactamente lo mismo.»

ARGUMENTO. En un remoto lugar de Australia, Alison y su padre se pierden, viajando en un camión cargado de un producto tóxico, por una carretera secundaria. Al tratar de girar para cambiar de sentido, son embestidos por un coche, produciéndose un accidente mortal. El estruendo es oído por Max y Brenda, dos chicos que, junto a sus hermanos, esperan impacientes el regreso de sus padres, hecho que da origen a una noche dramática.

INTERÉS DEL LIBRO. Con un ritmo narrativo lento, el autor nos enfrenta a una tragedia. Nos conduce a una situación límite, donde incluso a veces parece que se roza el absurdo, resultado de esas mismas situaciones límite.

En un momento todo está confuso, aunque poco a poco se va abriendo un rayo de esperanza, y aparece un motivo para salir adelante, para luchar, para permanecer unidos con los seres más queridos.

36 *La piedra de toque*

MONTSERRAT DEL AMO
1983. 187 páginas

AUTOR. «Hace cuarenta años que salió mi primera obra. Era una novela cuyo argumento se desarrollaba en Centroeuropa durante la Segunda Guerra Mundial. Como tantas otras primeras novelas, la mía tenía mucho de autobiográfica, pues yo había vertido en ella vivencias de mi propia infancia durante la guerra. Recuerdo mi asombro, mi ilusión y mi alegría al ver mi nombre en la portada.

He publicado ya cuarenta y cinco libros, pero aún no se me han desgastado el asombro, la ilusión y la alegría de entonces.

También he ganado varios premios. La convocatoria de un concurso literario supone para mí un doble desafío: el de terminar un original en un plazo determinado, corto en ocasiones, y el de intentar destacar tan sólo por la posible calidad de la obra, sin el apoyo del nombre, ya algún tanto conocido, o la famita adquirida con algunos otros libros o premios anteriores.

Así obtuve el premio Lazarillo 1960 por *Rastro de Dios*, un cuento de ángeles que, editado actualmente por Ediciones SM, gusta hoy a los lectores de tres a noventa y tres años igual o más que entonces, pues acabo de recibir la placa de plata El Barco de Vapor por más de 100.000 ejemplares de este libro vendidos en esta colección.

El año 1978 se convocó por vez primera, entre los premios nacionales de literatura, uno destinado a destacar la creación de obras de literatura infantil y juvenil. Yo lo gané en esa convocatoria con un relato titulado *El nudo*.

Tengo también una Hucha de Plata por un cuento titulado *Las reglas del juego;* el premio CCEI, por *Chitina y su gato;* el Nuevo Futuro, por *La torre;* el Abril y Mayo, por *Patio de corredor,* y algún otro.

En los concursos literarios que convoca anualmente la Fundación Santa María he obtenido un tercer premio en el concurso El Barco de Vapor y un segundo en el concurso Gran Angular por *La encrucijada*; así que tendré que seguir presentándome hasta ganar el primero.

Antes de conocer a Luis Antonio, nunca me había tropezado con un paralítico cerebral. Al poco de tratarle, mi desconcierto se había transformado en admiración y el conocimiento superficial en profunda amistad. Me alegra añadir que hoy, terminada su carrera de Psicología, está realizando una tarea importante de ayuda a los demás.

Escribí la obra con esperanza, valentía, amor y no poca angustia. Su estilo es cambiante. Pasa de la ternura al desgarro, de la más profunda compasión a una aparente indiferencia, del humor negro al llanto.

La piedra de toque es un grito. Irrita, molesta, encuentra eco o recibe respuesta. Su lectura provoca mil distintas reacciones. Pero en algo no falla: no admite una lectura superficial. O se cierra el libro o se bucea.»

ARGUMENTO. Carlos Alberto sufre una depresión tras la muerte de su mejor amigo. Sus padres lo llevan a un conocido psiquiatra de su ciudad. Sin embargo, es atendido por el ayudante del psiquiatra, que es paralítico cerebral. Tras la sorpresa inicial, Carlos Alberto se interesa por esta persona, comprendiendo de golpe la magnitud de su lucha, por lo que le pide que le cuente cómo ha sido su vida hasta llegar a ese puesto; una vida llena de lucha y esfuerzo contra la enfermedad.

INTERÉS DEL LIBRO. La autora presenta varios temas: el significado para un chico lleno de vida de la muerte de un compañero; la idea que muchos padres tienen del éxito; la progresiva separación entre el mundo de unos adultos que no saben entender, por pérdida de ideales y por acumulación de rutina, y ese otro mundo más parco y auténtico de sus hijos.

Aparece el ser humano, lo bueno que siempre hay en él, representado por Fernando Méndez. Refleja un Madrid de barrio, las casas de vecindad, donde los problemas son un poco patrimonio común. Se van alternando el relato cotidiano y la reflexión profunda, dentro siempre de una prosa sumamente cuidada.

En este relato, Montserrat del Amo rompe una lanza en favor de la educación de los deficientes, de su integración en la sociedad.

37 *Los mochuelos*

CARMEN KURTZ

1984. 173 páginas

AUTOR. La biografía aparece en la página 138.

ARGUMENTO. Mochuelo es el apelativo que la madre de Lorena utiliza para designar a su hija por la forma de vida que ésta y su grupo llevan, ya que viven más de noche que de día. Lorena es una joven de veinte años, hija única, estudiante, perteneciente a una familia de clase media acomodada de la Barcelona actual.

Un día decide independizarse y recurre a Eulalia, Laly, para que le preste su apartamento de soltera. Allí se instalará junto con Merche y Bárbara, dos amigas con graves problemas familiares. Será Eulalia la que narre, en forma de carta-narración, los recuerdos de lo que fue la vida del grupo de jóvenes que compartían la vida con Lorena y sus amigas. Los estudios, los trabajos eventuales para sacar algún dinero, la unión desinteresada y la entrega a los que en cada momento necesitan ayuda son la tónica del grupo.

La relación con los chicos se hace en un plano de igualdad y amistad, y cada una encuentra en ese tiempo al hombre con el que piensa casarse.

En el grupo se va a integrar Inés, una chica distinta de las otras, tanto por su condición social como por sus aptitudes intelectuales y sus cualidades humanas. Es el contrapunto de la vida, en cierto modo desquiciada, que llevan Lorena y sus amigos. Pronto se hace imprescindible en la pandilla..., hasta que la tragedia se produce y se ven obligados a enfrentarse con la realidad de una forma cruel.

INTERÉS DEL LIBRO. Carmen Kurtz, haciendo uso magistral de una técnica altamente sugestiva, la mezcla de la segunda y tercera personas narrativas, nos introduce sin ninguna clase de preámbulos en la vida de un grupo de jóvenes estudiantes de la

España actual, concretamente de Barcelona. La autora se dirige, a través de la narradora, Laly, como si de una carta se tratase, a Lorena, principal protagonista, recordando desde su punto de vista único ese difícil período que los va a obligar, de una forma brutal, a madurar, a convertirse en adultos. Así es como perderán esa espontaneidad, naturalidad, despreocupación y sinceridad, a veces cruel, que Carmen Kurtz señala como cualidades propias de la juventud.

La alternancia de la segunda y tercera personas en la narración permite a la autora, a la vez, introducirnos en el relato, consiguiendo una difícil identificación con los protagonistas, como si fuésemos uno más, y un distanciamiento crítico que enjuicie a los personajes y los hechos desde su peculiar punto de vista.

La narradora, Laly, es una mujer mayor, que circunstancialmente se va a ver envuelta en las preocupaciones, sentimientos, intereses de unos jóvenes de los que, en cierta medida, llega a sentirse responsable. Y aunque es consciente de que no se debe acceder a todos sus caprichos, se deja arrastrar por su fuerza y vitalidad, renunciando incluso a demostrar sus propias opiniones, para que no la rechacen y sigan confiando plenamente en ella...

En síntesis, una juventud bastante negativa y vacía, a la que todo su mundo y su idea de libertad, artificial y egoísta, se le viene abajo cuando se ven obligados, a causa de una trágica muerte, a enfrentarse con la realidad de la vida.

38 *El rey y el cabeza de turco*

MARÍA GRIPE

1984. 198 páginas

AUTOR. La biografía aparece en la página 114.

La autora dice de esta obra lo siguiente:

«Nunca me había parado a pensar demasiado sobre el sentido

de la expresión "el cabeza de turco", cómo había surgido y qué podía significar en la realidad. Pero casualmente pude saber en casa de Sören Kierkegaard que no era, ni mucho menos, como yo creía, una simple locución, sino que detrás se escondía una realidad concreta. Hace mucho tiempo se empleaba en las cortes a estos "chicos de azotes". Debían recibir el castigo, las más de las veces azotes, que en realidad había merecido algún pequeño príncipe travieso. El infante real era más o menos sagrado y no se le podía poner las manos encima.

Me pareció que éste era el castigo más astutamente diabólico al que se puede someter a un niño; profundamente ultrajante para ambos, tanto para el "cabeza de turco" como para el infante real.»

ARGUMENTO. Encarnación juvenil del Segismundo calderoniano, Arvid, un joven príncipe de dieciséis años, se ve abocado a ser rey, a soportar una pesada función que su padre decide legarle anticipadamente para así él poder retirarse a interpretar el significado de los astros, porque como aquel rey Basilio de nuestro drama barroco, también este monarca cree firmemente en la astrología.

En un escenario intencionadamente esperpéntico, poblado de personajes de pesadilla, como el perverso bufón Atlas o el fraile preceptor Whemund, situado en una remota corte palaciega, se ha colocado al principal de los protagonistas, este joven rey introvertido y desencantado del mundo, condenado, además, a no poder dormir y a tener que vivir cavilando constantemente.

El azar, personaje siempre presente en las obras de María Gripe, entra en esta historia de la mano del rey padre, Helmer, cuyo interés por la astrología decide el destino del joven rey: los astros han vaticinado la conveniencia de una esposa y de un cabeza de turco para el joven monarca. Y así aparecerán en la escena Elisif y Helge, como dos maneras de ver el mundo casi gemelas, y a la par opuestas, a la del rey Arvid.

Ése es el tema central del libro. El rey y su cabeza de turco son dos vidas en apariencia divergentes, pero que acabarán discurriendo paralelas desde el primer castigo que, destinado al rey, recae en las espaldas de su cabeza de turco, Helge. Es entonces cuando se pone de manifiesto la compenetración de sus dos almas. Y a partir de entonces brota una comunicación entre ambos, que, como si de polo positivo y polo negativo se tratara, conducen la energía central del libro: el sentido de la vida bajo cualquier apariencia, «ser verdugo o víctima, rey o cabeza de turco, no representa más que adoptar una pose en un teatro de marionetas», dirá Arvid a Helge.

Llega un momento en que ambos se conocen muy bien. Arvid, en una de sus frecuentes ausencias del palacio, ha conocido a Michael, el tutor de Helge, y ha logrado descifrar el misterio de su origen e identidad.

Paralelamente, Eilisif y su hermana Engelke entran en escena como complementarios de los anteriores. Laura, aspirante a la corona real, se enamora del cabeza de turco; la otra, del joven rey... Y lo que en una festiva celebración palaciega adquiere apariencia de farsa, termina por convertirse en una obra en la que cada personaje ocupa su lugar elegido, no el impuesto por augurios ni predicciones.

INTERÉS DEL LIBRO. Apegada a los esquemas del cuento tradicional, como en buena parte de sus primeras obras (*Los hijos del vidriero, El país de más allá...),* María Gripe ha elegido también en este caso un lugar y un tiempo remotos para colocar en ellos a sus arquetipos de príncipes, cuyos caracteres ponen de manifiesto las distintas actitudes ante la vida. Y lo hace con la riqueza descriptiva y la capacidad de observación que caracterizan sus libros. Porque la autora sabe adentrarse en el alma de sus personajes, ya sean príncipes antiguos o personas urbanas.

Tampoco faltan las digresiones filosóficas, particularmente teológicas en esta ocasión, entre el joven rey y su preceptor, entre los dos coprotagonistas y entre las dos hermanas. Tras cuyas máscaras vuelve a asomar, y acaso más que nunca, la ternura.

La riqueza narrativa y de descripción alcanza su cenit en las escenas finales de la fiesta del solsticio de verano, cuyos rituales y danzas, entre ellos la recreación de las danzas medievales de la muerte, consiguen llevar al lector a aquel tiempo remoto de reyes y palacios medievales.

39 *La familia Kao*

BA JIN

1985. 215 páginas

AUTOR. Ba Jin nace un 25 de noviembre de 1904 en Chengdu, provincia de Sichuan, República de China. Era aquél un tiempo polémico y de graves agitaciones sociales. La última dinastía china intentaba evitar su caída en medio de continuas rebeliones campesinas y enfrentamientos con los ejércitos extranjeros. La infancia del escritor transcurrirá en el seno de una familia acomodada en la que las tradiciones y la piedad filial eran las formas básicas de convivencia.

En enero de 1912 Sun Yant-sen proclamó la República de China.

En 1927 Ba Jin viaja a París, donde permanecerá algo más de un año. Allí tomará contacto con la novela francesa del siglo XIX. En el contraste con una cultura diferente, las ideas de la Revolución Francesa impregnarán lo más profundo de su ser. En ellas encontrará aquel principio por el que había clamado en su adolescencia: los hombres nacen y permanecen libres e iguales.

Por otra parte, su acercamiento a la literatura de la Rusia revolucionaria, así como la lectura de algunos teóricos del anarquismo, le producirán una gran fascinación. La anarquista americana Emma Goldman será para Ba Jin, como él mismo reconocerá, «una madre espiritual». Las obras de Bakunin o las del escritor más sistemático y sereno del anarquismo, el príncipe Kropotkin, autoafirmarán al popular literato chino en la importancia de la cooperación y la solidaridad para la construcción colectiva del bienestar social. Su admiración por ambos autores le llevará a tributarles el homenaje del seudónimo Ba Jin. En él aparecen amalgamadas la primera sílaba del apellido del primero y la última sílaba del apellido del segundo en su transcripción fonética al idioma chino.

Destrucción (1928) y *El ocaso del sol* (1930) son el preludio de una extensa obra literaria. En 1931 una revista de Shanghai publicará los primeros capítulos de *La familia Kao*. Al día siguiente de su aparición, Ba Jin recibirá un telegrama anunciándole el suicidio de su hermano.

En *La familia Kao*, su obra más representativa, encontramos las huellas del costumbrismo de Zola: se vive la fiesta del año nuevo o se escucha el llanto de una niña que siente el dolor de sus pies vendados.

Entre 1932 y 1946 escribe un gran número de obras.

Muchos personajes de sus novelas son jóvenes de su generación que hallan en el espíritu de sacrificio y en la entrega a la revolución una salida para encontrar la dignidad y la libertad de la persona. Ba Jin gritará de modo especial contra las injusticias que sufren las mujeres, principales víctimas y heroínas de sus relatos.

Sus obras son de una gran fuerza vital. «Yo no soy un literato. Escribo porque deseo hacer más bella la existencia de las personas, buscar la manera de que sean mejores, ayudar a la sociedad y ofrecer algo al pueblo.» Con estas palabras se ha autodefinido una y otra vez Ba Jin, cuya narrativa es el testimonio íntimo del compromiso con uno de los hallazgos más relevantes de la modernidad: la persona, el ser humano libre.

Con la llegada de Mao al poder, Ba Jin se incorporará a la tarea de construir el socialismo en China. Sin embargo, nunca considerará necesario pertenecer al partido comunista.

Durante los años de la Revolución Cultural (1966-1976), su obra recibirá, junto a la de otros muchos escritores, una fuerte crítica. A lo largo de diez años permanecerá aislado y privado de la libertad de expresión. Pero su prestigio no podrá ser dañado. Al contrario, adquirirá un amplio respaldo por parte de la sociedad y de los intelectuales.

Ba Jin ha sido propuesto para el premio Nobel de Literatura en reiteradas ocasiones. Actualmente es presidente de la Asociación de Escritores Chinos.

ARGUMENTO. La novela de Ba Jin nos sitúa en la China de los años veinte, en el seno de una poderosa familia, los Kao.

Bajo el mismo techo viven cuatro generaciones, dominadas por la tiranía feudal del abuelo Kao. Éste es el que decide en todos los asuntos, tanto económicos como personales. El argumento se centra, sobre todo, en la vida de tres de los nietos: Chuexin, casado por conveniencia con Ruei y padre de un niño, y sus hermanos pequeños, estudiantes, Chumin y Chujuei. Chuexin siente que ha sacrificado toda su vida, ha tenido que abandonar sus estudios para ocuparse de un trabajo que no le interesa, se ha casado por conveniencia con Ruei, a la que quiere, aunque sigue enamorado de su prima Mei, siendo correspondido por ella todavía.

Chumin y Chujuei son estudiantes con ideas nuevas, derivadas de su contacto con el mundo occidental. Se rebelan contra las normas tradicionales, que encuentran desfasadas. Pretenden reivindicar la libertad que debe tener la persona para elegir su propio destino.

En esa misma línea está la prima Chin, que va a encabezar un movimiento entre las jóvenes chinas de su clase en favor de la liberación de la mujer, rompiendo con los viejos mitos y tradiciones: el cabello largo, los pies vendados para que no se desarrollen, no estudiar, casarse con quien el jefe del clan determina... Chin y Chumin se enamoran y no quieren que les ocurra lo mismo que a su hermano mayor y a la prima Mei.

Se enfrentan a toda la familia, sus ideas se radicalizan cada vez más, sobre todo en Chujuei, que es el principal instigador y que pronto se verá introducido en grupos revolucionarios contra el régimen político y contra las bases de la sociedad.

Los acontecimientos se precipitan: revueltas y disturbios callejeros que ponen en peligro a la familia, la Revolución Literaria del 4 de mayo de 1919, varias muertes en la familia... Se vislumbra lentamente lo que va a ser el principio del fin de un sistema de organización social y político.

INTERÉS DEL LIBRO. Ba Jin es el seudónimo de Li Jaotang, resultado de unir la primera sílaba de Bakunin y la última de Kropotkin, en su transcripción fonética al idioma chino. En el relato, en parte autobiográfico, consigue hacernos vivir, en el más pleno sentido de la palabra, los primeros acontecimientos en China que desembocarán en la instauración de la República Popular China. Desentraña las más íntimas emociones y sentimientos de los miembros de una familia tradicional y económicamente bien situada. Las posturas de cada uno, enfrentadas y representativas de dos concepciones diferentes del mundo y de la autoridad, hallan su más dramático exponente en Chuexin, con el corazón dividido e incapaz de enfrentarse al despotismo del abuelo Kao, aun a costa de sacrificar su propia libertad y familia.

Los protagonistas de *La familia Kao* son jóvenes a los que se les plantea una difícil alternativa, quedando claro que para el autor la única posibilidad para China y su pueblo es la renuncia a los intereses propios y la entrega incondicional a la revolución.

De la misma manera, la literatura, para Ba Jin, está al servicio del pueblo. Tiene que buscar la mejora de la sociedad a través de un testimonio lo más fiel y objetivo posible. Esto condiciona las técnicas narrativas, que de forma general se pueden encuadrar dentro del realismo social, con las peculiaridades propias de una idiosincrasia oriental. Se detiene de una forma especial en la descripción, con tintes del más puro naturalismo, de los ritos, fiestas y celebraciones de la China tradicional, con toda su brillantez y, a veces, crueldad.

Como valores dominantes positivos se pueden destacar: la defensa de la mujer, el matrimonio por amor y el derecho a la libertad y a la vivencia de los ideales individuales.

40 *Agnes Cecilia*

MARÍA GRIPE

1985. 267 páginas

AUTOR. La biografía de la autora aparece en la página 114.

La misma autora nos habla de su obra:

«Vi una muñeca en el escaparate de una tienda de curiosidades en la parte antigua de Estocolmo. No se parecía a ninguna otra muñeca que yo hubiera visto a lo largo de mi vida. Cuando la miré atentamente, escuché una voz que susurraba en mi interior un nombre: "Agnes Cecilia", y comprendí que esta muñeca cargaba con un destino que precisamente yo, y nadie más, tenía que llegar a desentrañar y seguir narrando a los demás.

Poco a poco empezó, efectivamente, a manifestárseme su historia.»

ARGUMENTO. Nora es una muchacha que siendo niña ha perdido a sus padres en un accidente de tráfico y vive acogida por sus tíos Anders y Karin, formando con ellos y con su primo Dag una familia armoniosa.

Sin embargo, a Nora le cuesta creer que es aceptada del todo. Eso, sus recuerdos de infancia —conmiseraciones, pésames hipócritas...— y su hipersensibilidad ante cualquier indicio o hecho oculto, una especie de sexto sentido («Los que nacen en domingo pueden oír crecer la hierba», solía decirle su abuelo), va desencadenando una sucesión de acontecimientos que empezaron con la mudanza de los Sjölerg, sus tíos, a una vieja casa en cuyos recovecos empiezan a aparecer extraños utensilios abandonados por sus anteriores moradores: una fotografía amarillenta de «Agnes y Hewing, 1907»; un destartalado despertador, unas zapatillas de ballet, un libro de cuentos populares rusos, un jarrón... Objetos que, como traídos por la casualidad, empiezan a cobrar significado en el transcurso del relato.

Y así, lo que en apariencia carece de lógica —un sueño del primo Dag, el funcionamiento del viejo reloj en sentido contrario, el libro de cuentos abierto al azar en una determinada página, o los enigmáticos pasos de un ser invisible— empieza a ser desvelado a partir de una inesperada llamada telefónica en la que se le pide a Nora que acuda a una dirección en la parte vieja de Estocolmo y pregunte por Agnes Cecilia. Allí alguien ha dejado para ella un paquete con una muñeca de nombre Cecilia, no menos enigmática y con la que la protagonista se siente capaz de comunicarse.

Cada objeto olvidado encierra un significado: así, el viejo jarrón esconde las anotaciones de alguien que ha estado solo y necesitaba cuidados; el perro Ludde ha tratado de escapar reiterada e inexplicablemente de la nueva morada familiar.

Buscando un día a Ludde, Dag y Nora descubren una casa y

junto a ella el nombre de Agnes Cecilia escrito en una piedra, un nombre que reaparece a menudo y se ha convertido en clave del relato.

A través de la anciana Hulda y de su propia abuela después, Nora va a ir reconstruyendo la historia de una Cecilia con la que «soñando despierta» llega a veces a confundirse en efímeros instantes, puesto que, al parecer, se trata de un ser abandonado como ella, si bien en otro tiempo. Y de esa forma se encontrará con Agnes Cecilia, personaje central del relato...

INTERÉS DEL LIBRO. Quien haya leído otros relatos de la autora, como *Los escarabajos...*, *El túnel de cristal* o *La sombra sobre el banco de piedra,* apreciará en Agnes Cecilia similares recursos y situaciones argumentales. Es como si, con un determinado repertorio de recursos cosidos siempre por el azar, la autora tratara de contarnos historias parecidas con personajes para los que apenas cambian levemente las circunstancias de lugar y tiempo. Porque apenas se diferencia el David de *Los escarabajos* del Dag de *Agnes Cecilia,* o la Nora de esta obra de los Harald y Berta de *La sombra sobre el banco de piedra.* No en vano los temas de sus libros giran en torno a ideas y valores como la búsqueda de la propia identidad, las ansias de conocer o el derecho a elegir una conducta. Estos ideales son encarnados en protagonistas adolescentes a los que la autora tiñe de misterio o, como en este caso, de ciertos poderes suprasensoriales, de esa rara intuición que les permite ir más allá del tiempo y del espacio para descubrir que, bajo ocasionales circunstancias, subyace la identidad de seres que se parecen o confunden unos con otros, como queriendo abundar en la idea de la afinidad de todos los seres o, más aún, en la persistencia de lo que ha existido, idea tomada directamente de la filosofía de Schopenhauer.

Una vez más, a base de personajes-tipo, portadores de valores y contravalores: la mansedumbre o la sensibilidad, en Hulda o el abuelo; la hipocresía de la abuela, la solidaridad de Dag... La protagonista va desplegando sus anhelos hasta terminar tejiendo una delicada historia de amor en la que no falta, claro está, el elemento azaroso y enigmático de casi todas las obras de María Gripe.

41 *Tres veces Eleazar*

José León Delestal
1984. 301 páginas

AUTOR. «Nací en Ciaño de Langreo hace ya bastantes años, tantos que no merece la pena contarlos cuando en el corazón se sigue siendo joven, verdad tópica, pero verdad.

Fiel a mis raíces —mi padre trabajó en la mina—, mi primer empeño literario fue la obra dramática *Oro negro*, premio del certamen de teatro Voluntad. Siguieron luego varias comedias.

Pasé luego a la radio, a la que entregué mi esfuerzo, hasta hoy. En ella, en Asturias y en Madrid, pulsé todas las cuerdas, pero las que mayor eco hallaron siempre en mi corazón fueron las dedicadas a la infancia y a la juventud. Mi primer premio Ondas fue por *Horizontes*, un programa escrito y dirigido para las escuelas asturianas. Conseguí seis Ondas más, lo mismo que el Premio Nacional de Radio. Hace poco obtuve la Antena de Oro. Cito estos premios porque son la memoria de la radio, donde se escribe en el viento.

La canción fue otra de mis dedicaciones, porque como profesional de REM, hoy Radiocadena, en la que siempre trabajé, dirigí durante veinte años el Festival Español de la Canción de Benidorm.

Más tarde escribí las biografías de Calderón y Teresa de Jesús con motivo de sus centenarios.

Volví al teatro para niños, ciertamente con éxito. Los premios lo dicen.

Publiqué una novela infantil. Obtuve el segundo premio de Gran Angular con una novela. Me supo a poco y al año siguiente obtuve el primero con *Tres veces Eleazar*, que anda por su tercera edición en SM.

A los escritores siempre nos gusta escribir lo que hubiéramos querido leer escrito por otros. Buscamos la respuesta a una pregunta, y como nadie nos la da, respondemos nosotros con la pluma. Escribo de mayor lo que de niño y joven no hallé en ningún libro y a mí me apetecía hallar. Una especie de nostalgia creadora, de frustración redimida. Ésa es la clave de *Tres veces Eleazar:* respuesta a una pregunta que me formulé muchas veces después de saber de aquel pasaje de San Mateo en que habla de los niños de Jerusalén que el domingo de Ramos cantaban hosannas al Mesías, y cuando los mayores ponían sordina a sus voces callaban como las piedras, aunque éstas, al decir de Jesús, empezarían a gritar si los pequeños no lo hicieran.

Ignoro los valores que pueda encerrar mi obra. Otros lo han dicho o lo dirán. Lo que sí me atrevo a asegurar es que mientras la concebí, maduré y escribí estuve en Jerusalén, metido en el alma de los niños. Aquellos personajes eran tan míos, tan yo a su edad, que al concluir la obra y dejarlos a solas con su destino sentí un desgarro, un vacío en el corazón, porque los perdía y perdía gran parte de mí mismo...»

ARGUMENTO DEL LIBRO. El autor hace una introducción al libro, que define perfectamente el argumento:

«En aquel tiempo había otra Jerusalén que nadie ha contado. Empezó a hacerlo Mateo el Evangelista, pero no siguió adelante. Sólo nos habló de aquellos niños que en la mañana luminosa del Domingo de Ramos, cuando todos los mayores se habían callado cobardemente, amedrentados por los enemigos de Jesús, porfiaban a su alrededor, en el atrio del templo, con el grito de "¡Hosanna al Hijo de David!". Después, teniendo que relatar los grandes acontecimientos que siguieron, Mateo no volvió a hablar de la Jerusalén de los muchachos, que sin duda existía y que debió presenciar, entre asombrada y dolorida, muchas de las cosas que entonces sucedieron. Una Jerusalén de ojos limpios y curiosos, al lado de la Jerusalén de los ojos turbios por el odio y la soberbia, junto a la Jerusalén de los ojos nublados por las lágrimas en el dolor de los que amaban y, ¡ay!, en la cobardía de los que le abandonaron. Ojos puros e ingenuos de otra Jerusalén, apenas esbozada por Mateo, contemplaron a Jesús, del que tanto hablaban los mayores. Y lo harían con absoluta inocencia, con curiosidad por lo que de él contaban, con pasmo por los milagros que le vieron hacer u oyeron contar, con amor por ese innumerable sentido que poseen los niños para intuir y devolver el afecto que descubren en quien verdaderamente los ama.

Hubo otra Jerusalén, la de los muchachos, que vivió a su manera y desde su perspectiva la pasión de Cristo. Porque si existe el relato de la pasión según San Lucas, San Mateo, San Juan y San Marcos, también pudo existir la pasión según Eleazar, hijo de Malco; según Josabet, hija de Jairo; según Rufo y Alejandro, hijos de Simón de Cirene; según Rebeca, según Isaías, según Tizón... Tantas crónicas de la pasión como niños y adolescentes vieron a Cristo aquellos días. Ésta es la historia que yo he soñado alguna vez y que he intentado contar en estas páginas. Que de mi osadía me redima el amor con que están escritas.»

INTERÉS DEL LIBRO. En *La Civilta Cattolica,* Roma, número 3230, 19 de enero de 1985, aparece un amplio artículo firmado por G. de Gennaro. De él entresacamos algunos párrafos:

«La lengua es rica en léxico y en estilo (como en el *Don Quijote,* Delestal ama citar la poesía, aquí bíblica, restituida finamente con frecuencia), tanto que no solamente los muchachos sino también los adultos pueden darse un buen baño de castellano.

Eleazar —el jefe de uno de los dos bandos en lucha, aquel que hacía el papel de David contra el jebuseo...— comprenderá finalmente la verdadera gloria del Mesías y la naturaleza de su obra salvadora, sin ejércitos ni batallas, ni victoria en el sentido humano... ¡Tres veces Eleazar! El lugarteniente de David, el hermano de Judas Macabeo y el anciano mártir de la fe bajo Antíoco... Un solo Eleazar (decía el muchacho), aquel del sacrificio» (pp. 296-297).

42 *El país de más allá*

MARÍA GRIPE

1984. 150 páginas

AUTOR. La biografía aparece en la página 114.

María Gripe nos dice que «el libro se basa en un sueño que

tuve noche tras noche durante una semana. Trataba de un explorador que había tenido la desgracia de encontrar un país que no estaba en el mapa, y cómo esta noticia fue recibida en dos reinos colindantes, el uno gobernado por un monarca joven y el otro por uno viejo.

El libro fue escrito por vez primera el año 1967. Mientras trabajaba en él, tuve todo el tiempo la sensación de que la historia en sí era tan interesante como absorbente, pero yo misma no estaba lo suficientemente madura como para poder llevarla a buen término. Por eso, cuando se fue a editar de nuevo, aproveché e hice una casi total transcripción de ella».

ARGUMENTO. Con la fórmula y los elementos propios del cuento maravilloso, María Gripe narra dos veces el mismo relato. No es un cuento dentro de otro cuento, como cabe suponer, sino dos maneras de contar una misma historia: la historia de un explorador —en el libro ninguno de los personajes tiene nombre propio— que, descubridor de un ignoto país, acude a los reyes de dos países vecinos a comunicar su hallazgo. Viejo y desconfiado el uno, joven e impulsivo el otro, mostrarán actitudes diferentes ante la noticia del explorador.

En mitad de las ambiciones e incredulidades del primer reino surge la silueta de un personaje, en apariencia secundario: la princesa miope, hija del rey anciano, que no tardará en transformarse en coprotagonista del cuento. Y así, como en un juego de damas o ajedrez, los escasos personajes se mueven y trastocan, hasta el final feliz propio de todo cuento de princesas.

Pero, como es de imaginar, la escritora no detiene aquí su relato; aún ha de amasarlo, dilatarlo y añadirle sus particulares especias: una mayor profundización en el carácter de los protagonistas, a los que atribuye reflexiones filosóficas latentes en la primera versión, y objetos simbólicos, como el puente que ata a la tierra con el país maravilloso, o los árboles que el explorador pinta a menudo. Y todo envuelto en la harina de un halo de poesía, especialmente cuando la autora habla por boca del joven rey o la niña princesa...

INTERÉS DEL LIBRO. Es en este libro donde mejor puede

apreciarse la predilección de María Gripe por los cuentos de hadas. Si en *Josefina*, en El Barco de Vapor, de Ediciones SM, se veían los rescoldos de *Hansel y Gretel*, o en *El abrigo verde*, en Ediciones SM, Gran Angular, la silueta de *El patito feo*, en esta ocasión hay un cuento que presumiblemente habría estado guardado en la memoria de la autora desde su infancia antes de ser transformado en historia simbólica. Y así, en el más sencillo de los moldes narrativos, el de los cuentos de hadas, se vierte el contenido filosófico de una pluma obstinada, casi obsesiva, empeñada en dibujar escenarios interiores: los ideales, los sueños, los deseos personales.

«Para mí, personalmente, significan algo más que literatura. Sencillamente pertenecen al país de más allá o, si lo prefieres, al país que hay en nuestro interior, da lo mismo», son palabras en boca del rey joven en una de las últimas secuencias de la obra.

43 *El valle de los cerezos rotos*

LENSEY NAMIOKA
1985. 208 páginas

AUTOR. «Soy descendiente de chinos. Nací en Beijing (Pekín), China. Mi padre era lingüista, y mi madre, médico. A mis padres les gustaba viajar dentro de China y al extranjero. Desde mi infancia mi familia ha tenido miras internacionales.

Mi madre estudió medicina en Tokio y de ella he heredado mi interés por el Japón. Hasta me he casado con un japonés.

Por una de esas ironías del destino, perdimos nuestra casa en China durante la invasión japonesa. Refugiados de guerra, nos fuimos a Estados Unidos y nos establecimos allí.

La mayor parte de mi formación escolar se hizo en América. Asistí al Radcliffe College y a la universidad de California, Berkeley, donde estudié Matemáticas. Mientras seguía mis estudios en Berkeley, me encontré con mi actual esposo, que hacía los mismos estudios que yo.

Después de casarme enseñé Matemáticas, pero dejé la enseñanza cuando nacieron mis hijos. Durante cierto tiempo traduje Matemáticas del chino al inglés. Pero era un trabajo que no me llenaba, y muy pronto me convertí en una periodista *free-lance*.

Mis trabajos publicados fueron artículos en periódicos y revistas.

Después empecé a escribir novelas juveniles y algunas obras de otro tipo para adultos. Son los dos géneros que en este momento alterno. Uno de mis libros ganó el Governor's Award, del estado de Washington. Otros libros han obtenido también menciones o premios de cierta relevancia.

Me convertí en escritora porque me encantaba contar historias. Cuando éramos refugiados durante la guerra, mi hermana y yo teníamos pocos juguetes y nos entreteníamos contándonos historias. Incluso cuando ya teníamos la posibilidad de hacernos con libros, jamás perdimos la costumbre de contar historias. Salvo yo, todos los miembros de mi familia son o fueron maestros, y esto no difiere mucho de ser contadores de historias.

Más tarde, cuando ya dispusimos de libros, me convertí en una lectora ávida. Mis libros favoritos son los de aventuras, misterio, viajes o historia. Ahora que yo misma me he convertido en una escritora, son precisamente de este tipo los libros que he publicado. Nunca me propuse escribir libros para jóvenes. Sencillamente escribía los libros que me gustaban y los editores los incluían entre los libros infantiles y juveniles. Quizá es que yo, personalmente, jamás me he convertido en una persona mayor.

Aunque soy china, mis primeros libros fueron sobre Japón. Me asustaba pensar que podía molestar con mis obras a las autoridades de China y que mis parientes de allí sufrieran represalias. Me pareció más seguro escribir sobre Japón, que es la patria de mi esposo.

Hago viajes de vez en cuando a este país. Más tarde empecé a escribir libros acerca de China, cuando hubo una mayor libertad de expresión en este país.

Escribí *El valle de los cerezos rotos* para mostrar la importancia que tienen en Japón los valores estéticos, donde cortar un cerezo está considerado como algo criminal. *En el pueblo del Gato Vampiro* quise mostrar los valores estéticos de la ceremonia del té. Pero, para ser sincera, confieso que escribí estos libros porque me interesaba contar historias de miedo. Es el género que me encanta.»

ARGUMENTO. La acción transcurre en el Japón feudal.

Zenta y Matsuzo son dos ronin, es decir, dos samuráis sin trabajo. Buscando un señor que los contrate como guerreros, llegan al valle de los Cerezos. El valle es de una belleza extraordinaria, sobre todo en primavera. Hasta el punto de que cada año acuden muchos forasteros para contemplar el espectáculo grandioso de los cerezos en flor.

La población del valle está indignada porque varios cerezos han aparecido con algunas ramas brutalmente desgajadas. Y eso es intolerable para un pueblo tan sensible a la belleza y a la naturaleza.

Zenta y Matsuzo se proponen descubrir al culpable.

La historia de sus pesquisas se entremezcla con la de dos grandes familias de la región, los Ohmori y los Kawai, enemistados entre sí.

En el relato también aparecen el amor, los celos, las intrigas y la política. Todo ello configura una interesante visión de una cultura, lejana para nosotros, en un momento histórico concreto.

INTERÉS DEL LIBRO. El tema es muy interesante para nosotros, occidentales. Aunque lejano en el tiempo, por cuanto situado en la etapa feudal japonesa, esa misma lejanía le confiere un aire de exotismo que lo hace más atractivo.

Los personajes están muy logrados: Zenta y Matsuzo, guerreros duros, pero nobles y rectos; Ohmori y Kawai, despóticos y brutales; Torazo, tímido, acomplejado, torpe en el manejo de las armas, pero superándose paulatinamente; Haru y Ayame, muy femeninas.

El interés se mantiene a lo largo de la obra, que a veces se aleja del género de la novela histórica para parecerse más a una novela de intriga, casi policiaca.

44 *El lobo blanco*

KÄTHE RECHEIS

1985. 278 páginas

AUTOR. «Nací el 11 de marzo de 1928 en un pequeño pueblo junto al Danubio, en Austria. Crecí en otro pequeño pueblo cercano a Linz. Mi padre era médico. Yo era la pequeña de cuatro hermanos. Mi infancia fue dichosa: un gran jardín, muchos animales, perros, gatos, caballos, conejos... Y muchos amigos en el pueblo con los que jugar en los grandes graneros de los campesinos y a la orilla del río.

Hice el bachillerato en Linz. Desde 1947 trabajé durante siete años como secretaria en una editorial de Linz. Después dirigí durante otros siete años una sociedad internacional que, tras la guerra, atendía a los emigrantes austriacos que viajaban a ultramar. Esto me hizo viajar y me llevó a conocer distintos pueblos.

En medio de todos estos trabajos, mi mayor deseo era llegar a ser escritora.

En la editorial Herder leyeron uno de mis relatos y me invitaron a escribir un cuento infantil. ¡Y lo hice! Así conseguí cumplir mi deseo y me convertí en escritora. Elegí la literatura infantil y juvenil porque cada vez me fascinaba más este sector.

En 1986 recibí en Austria el Premio de la Crítica y el Premio de Literatura Juvenil por el conjunto de mi obra.

He obtenido doce veces el Premio de Literatura Infantil y Juvenil de Austria y once veces el Premio de Literatura Infantil y Juvenil de la Ciudad de Viena. *El lobo blanco* y *El largo camino de Nataiyu* aparecieron en la lista de honor del IBBY.

Diez años antes de comenzar a escribir *El lobo blanco* ya deseaba escribir una historia fantástica, porque siempre me ha fascinado ese género literario. El carácter simbólico de una narración de este tipo, el hecho de que se pueda transferir a un mundo imaginario le ofrecen al autor la posibilidad de sacar a la luz muchas de las ideas que le preocupan. ¡Y acercárselas a los jóvenes lectores!

Mis libros están llenos de reminiscencias y alusiones a la dictadura de Hitler y la desgracia que sufren los indios en muchos estados de Suramérica.

Cuando se escribe para jóvenes hay que intentar hacerlo de una forma que invite a leer participando, sintiendo curiosidad. De niña leía con interés las historias de aventuras. Espero haber conseguido hacer interesante y provocar así la lectura de *El lobo blanco.*»

ARGUMENTO. Tomás es un chico que se siente solo. Nadie quiere jugar con él. Por eso empieza a vagabundear por la pradera. Cree oír su nombre. Se dirige hacia el bosque y cada vez oye más claramente esa llamada. Al mismo tiempo ve a lo lejos un gran lobo blanco. Sin saber cómo, de repente, todo el entorno se transforma.

Onari, una chica del pueblo de los Dinadan, pueblo que vive en los bosques, le encuentra desmayado. Le cuida y le narra la historia de su pueblo y la antigua leyenda de que tres niños de tres pueblos diferentes serán los únicos que podrán entrar en la Tierra Prohibida, salvando así a su pueblo, devolviéndolos a su antiguo país.

Tomás acepta acompañarla. Al poco tiempo encuentran herido en el bosque a Eldar, muchacho del pueblo de Aran, enemigos acérrimos de los Dinadan. Onari consigue salvarle de sus perseguidores y, con una gran desconfianza por parte de Eldar al principio, al final decide acompañarlos.

Así inician la incursión en la Tierra Prohibida, donde reina la muerte. Allí Onari es raptada por el Rey Negro. Eldar y Tomás consiguen liberarla, aunque a partir de entonces Onari sentirá una fuerte influencia del Rey Negro. Tras muchos sobresaltos y aventuras, y con la ayuda de los Narni, que son unos animales parecidos a las ardillas, y con la colaboración también del espíritu del agua, cuyo poder es emanar luz, llegan al país de las Rocas Luminosas, deshaciendo así el maleficio que pesaba sobre la Tierra Prohibida.

A partir de entonces ya no reinará más el Rey Negro. La vida podrá penetrar en todos los rincones. Durante estos días felices, Onari, Eldar y Tomás tienen un sueño en el que se les aparece de nuevo el lobo blanco.

Tomás, inmerso en su proceso de maduración humana, va viendo cada vez con mayor claridad que lo más importante es aceptarse cada uno como es, luchando siempre por ser mejor. Eldar se da cuenta de que su pueblo, oprimido por el Gran Gond, debe recuperar la esperanza de conseguir la libertad, y de que deben ser ellos mismos quienes luchen por alcanzar esta meta. Por eso se siente en la obligación de regresar a Aran.

Onari pide al lobo blanco que salve a su pueblo, pero éste le contesta que para conseguir su total salvación debe ir primero al país de Aran y ayudar a sus habitantes en la lucha por su liberación.

Tras este sueño, los tres se ponen en camino hacia Gondarit, capital de Aran. Allí reina el Gran Gond, al que apoyan unos fieles servidores, sembradores del terror. En el camino, Tomás es capturado y llevado ante el Gran Gond. Como Tomás viene «de la Tierra del Más Allá», el Gran Gond cree que es un enviado del Maestro. Le da inmensas riquezas, pero le mantiene siempre bajo la más estrecha vigilancia. Será una buena baza para someter más a su pueblo. Mientras tanto, Onari y Eldar entran en contacto con un pequeño grupo que prepara la sublevación.

Los sucesos se precipitan y, tras una serie de aventuras y hechos confusos, el pueblo de Aran vence. El Gran Gond, con sus servidores, huye y todos son aplastados por un terremoto en la Tierra Prohibida.

Todo vuelve a la normalidad. Los dos pueblos renuevan sus lazos de amistad. De repente, Tomás siente otra vez esa llamada irresistible y vuelve a la Tierra del Más Allá, donde sus padres y hermanas le esperan con los brazos abiertos.

INTERÉS DEL LIBRO. Es de una gran riqueza de vocabulario. Se funden en un gran equilibrio la acción y las descripciones, algunas de ellas bellísimas, de paisajes, fundamentales en el desarrollo del contenido.

Los personajes son muy poco convencionales. Los hechos narrados exigen, para su comprensión, llegar a conocer a los personajes. No solamente a los tres protagonistas, sino a los que nos son presentados colectivamente; por ejemplo, los narni.

El ritmo va creciendo a medida que avanzamos en la lectura.

La meta está clara para los protagonistas, y el lector entra en el juego perfectamente. ¿Cuál será el desenlace?

Podemos dividir claramente la novela en dos partes: el viaje hasta el país de las rocas relucientes en busca del lobo blanco y la estancia en Gondarit, la capital del país de Aran. En la segunda parte hay más acción, el ritmo crece; el lenguaje rudo va muy de acuerdo con lo que sucede.

No se trata de un libro fácil. Detrás de lo que aparece a simple vista, un libro de aventuras, la novela encierra una filosofía de la vida. Toda la novela es una gran metáfora.

La obra rezuma expresividad, plasmada en países, personas... Está claro que la autora ha querido destacar la solidaridad entre los pueblos; la idea de que lo que se sabe no sirve para nada si no se usa correctamente. El rencor no tiene razón de ser a pesar de todo lo que haya pasado antes; hay una crítica feroz a las dictaduras, donde todos llegan a comportarse como máquinas, no hay individualismo alguno, nadie se atreve a dar el primer paso, hay una gran insolidaridad, reina el miedo... Se da una gran importancia a la infancia. Son los niños los que arreglan la situación. También se valora a las mujeres: ellas son las fuertes, las que dirigen todo.

Se cita muy poco al lobo blanco, pero su presencia está latente en toda la historia. Es el eje alrededor del que todo gira. Van a buscarlo y al final lo encuentran. Él es la paz, la tranquilidad y el amor. En definitiva, la fuerza del bien.

Nos sitúa en una época muy lejana: decoración, castillos, torreones, ropajes, armas, escudos, antorchas...

El lenguaje es rudo, la vida que se nos narra es difícil y está llena de problemas, de batallas entre hermanos. Con todo este entorno sería incongruente que el dios, su dios, fuera alguien carente de fuerza o empuje. Por eso la figura ideal para esta novela es ese lobo blanco que atraviesa de vez en cuando las páginas del libro.

45 *Krochmalna, n.º 10*

ISAAC BASHEVIS SINGER

1985. 252 páginas

AUTOR. Nació en Radzymin, Polonia, en 1904. Es hijo y nieto de rabinos. Se formó en el seminario rabínico de Varsovia. Pero nunca quiso ser rabino. Se inclinó inmediatamente por la literatura, empezando a trabajar como periodista. Y dentro de ella, la escrita en yiddish en Polonia.

Emigró a Estados Unidos en 1935. Desde entonces no ha cesado su actividad como periodista y crítico literario en el periódico *Jewish Daily Forward*, que se edita en Nueva York. Ahora ha dejado de lado su trabajo como escritor de novelas y relatos.

Empezó a escribir en hebreo. Él mismo nos cuenta por qué se decidió a escribir en yiddish: «Me gusta escribir historias de fantasmas, y para eso nada mejor que un idioma moribundo».

Todo lo que ha escrito en yiddish se ha traducido al inglés, traducciones que vigila él mismo muy de cerca.

Las historias que nos cuenta Isaac Bashevis Singer son universales. Por eso se da inmediatamente una complicidad actor-lector. Se diría que el lector forma parte del público que escucha los relatos de un narrador natural. Toma de los cuentos de los campesinos su atemporalidad y su sabiduría.

Ha recibido numerosos premios, entre ellos el Nobel de Literatura en 1978.

ARGUMENTO. Isaac Bashevis nos narra la vida de su familia en Varsovia, en el período inmediatamente anterior y durante la Primera Guerra Mundial. El padre es juez de un bet-din, tribunal de justicia rabínico, antigua institución judía. El bet-din cumplía una importante misión en la sociedad jasídica, movimiento místico dentro del judaísmo, al que pertenecía la familia del autor. La justicia que administraba el juez era admitida sin réplica por los litigantes, y su autoridad se basaba en el respeto al profundo conocimiento y sabiduría del juez.

En ese ambiente, donde las más variopintas personas van a

exponer sus problemas y preocupaciones, pues el juez no sólo administra justicia, sino también hace las veces de consejero, confesor, psicoanalista..., Isaac crece y madura. A través de breves relatos, nos muestra un mundo que gira en torno a su casa de vecindad. La guerra va a suponer privaciones y, sobre todo, la apertura a otras personas, otros pueblos dentro del judaísmo, y el descubrimiento del inicio de su propio desarrollo.

INTERÉS DEL LIBRO. El autor, premio Nobel de Literatura en 1978, recrea un clima, el de su propia infancia, con un magistral estilo literario, consiguiendo envolver al lector, haciéndole vivir y, sobre todo, comprender y respetar una forma de ser y entender la realidad desconocida para nuestra cultura. La maduración humana se produce en un ambiente difícil, prácticamente al margen de la evolución social del resto del mundo. Las tradiciones, costumbres, ritos y una poderosa unidad familiar y social imprimen un carácter sereno, fuerte, pero enormemente bondadoso, en el niño Isaac. Coincidirá con el final de la Gran Guerra el descubrimiento de su propia maduración y la lenta aceptación de algunas costumbres distintas de las suyas propias.

Todo este mundo de recuerdos se nos hace vivo, real y presente. El dominio del lenguaje y del estilo convierten en una obra maestra la narración de Isaac Bashevis Singer.

46 *La huida*

KATHRYN LASKY

1985. 158 páginas

AUTOR. Escritora americana, autora de varias novelas interesantes, en las que ha colaborado el matrimonio. Su marido, Christopher G. Knight, es fotógrafo y *cameraman*.

Vive actualmente en Cambridge, Massachusetts, USA. La familia Knight es muy aficionada a la navegación. Ha hecho singladuras importantes por todos los mares. Entre ellas son notables sus dos travesías del Atlántico. Lo hace en su propio barco, que se convierte en hogar temporal, ya que siempre acompaña a los padres su hijo Max, a pesar de su corta edad, cuando empezaron esas travesías importantes.

ARGUMENTO. Una familia judía vive en Estados Unidos. Las últimas generaciones han nacido en América. Pero vive todavía Sashie, la bisabuela, con todos los recuerdos de su Rusia natal.

Sashie cuenta a su nieta, Rache, los trágicos momentos que vivió la familia para huir del pogromo que se anunciaba contra los judíos en la ciudad en la que vivían.

Dan mil vueltas al asunto de la huida. Todos los caminos parecen cerrados. Por fin es la misma Sashie la que da la solución: irán vestidos como para celebrar la fiesta del Purim. Pero como el sitio al que van está a tres días de camino, se hacen unos vestidos reversibles: por un lado, normales; por el otro, propios para la festividad religiosa.

Wolf Levinson, un personaje extraño, marcado psicológicamente para siempre al haber sido espectador de uno de esos horribles pogromos, es quien los ayuda a salir de la ciudad. Lo hacen en un carro que transporta pollos. El mismo Wolf es el conductor.

Se encuentran con unos soldados que, a bayonetazo limpio, se empeñan en ensartar unos pollos, con enorme peligro de los que van escondidos, tumbados debajo de las cajas. Luego se hará cargo de ellos Reuven, el revolucionario con alma de músico. Con el tiempo se va a convertir en el gran amor de Sashie.

Cuando, conduciendo ya otro carro, están próximos a la frontera que va a ser su salvación, son sorprendidos por unos soldados. Vuelven sus trajes y presentan el lado festivo-religioso de los mismos. El capitán les recomienda que no se acerquen a un pueblo y los soldados se van. En el pueblo en cuestión son testigos de los resultados de un horrible pogromo.

Por fin, la venalidad de los guardias fronterizos facilita el que puedan pasar y considerarse a salvo.

INTERÉS DEL LIBRO. Es una novela donde la tradición judeoamericana aparece en cada página. La familia de Rache no ha perdido ninguna de las tradiciones religiosas judías.

El libro tiene todo el valor de un éxodo en pequeño, aquellos tres días que les duró el viaje.

Al mismo tiempo nos recuerda lo que fue la persecución contra los judíos en la Rusia de los últimos zares. Un capítulo más de la historia de las persecuciones judías.

Impresiona el relato que nos hace sobre la personalidad de Wolf. Es un personaje tenebroso exteriormente, pero con una gran capacidad de amor y entrega al bien de los demás.

La bisabuela Sashie es en muchos aspectos la joven de la familia. Por eso se arregla tan perfectamente con Rache, su nieta. Ésta se encuentra inmersa en la vida de su colegio americano. Van a representar una obra de teatro. Pero al fin piensa que es mucho más apasionante escuchar de labios de su bisabuela la historia de su huida de Rusia. Por eso renuncia a su papel. Y siente enormemente la desaparición de su bisabuela. Algo se ha roto para siempre en su vida.

47 *La sombra sobre el banco de piedra*

MARÍA GRIPE
1985. 248 páginas

AUTOR. La biografía aparece en la página 114.

María Gripe enjuicia así esta obra suya:

«Hay personas que son enigmáticas por naturaleza. Hay que golpearlas para conseguir que se abran. Uno no quiere darse por vencido, no puede conformarse con constatar que a determinadas personas nunca se las llega a comprender. ¿Es Carolin una de esas personas? ¿Se me aparecía de nuevo mi antigua compañera de clase?

No lo sé, pero durante toda mi vida me han interesado las

sombras... Y finalmente, tras haber escrito unos cuantos libros, se me ocurrió preguntarme: ¿en qué historias prefería yo enfrascarme durante mi adolescencia y juventud? ¿He escrito alguna vez un libro así? Apenas... Entonces, ¿por qué no lo hago? Pensé y escribí los libros de la *Tetralogía de las sombras*.

Pero esta vez no es Berta la que escribe, sino Carolin. Y a veces parece como si estuviera camino de abrirse un poco para mí... ¿O es sólo imaginación mía?»

ARGUMENTO. En el seno de una familia acomodada, una de esas familias pequeñoburguesas omnipresentes en los relatos de María Gripe, aparece de pronto una nueva doncella recomendada por la abuela para servir de ayuda a Svea, el ama de llaves.

La joven Carolin, tan eficiente y encantadora como misteriosa, no tardará en granjearse el cariño de todos los miembros de la familia. Y así, Nadja, la pequeña, terminará rindiéndosele ante los mimos y cuentos que nadie hasta entonces había sabido regalarle; Harold y Berta, los hermanos mayores, encuentran en la recién llegada una amiga tan sorprendente que no tardará en hacérseles imprescindible. Por el contrario, Svea, que sentirá por ella más que celos, y la madre de familia se verán a menudo incapaces de rebatir sus argumentos sobre los temas candentes que surgen en las conversaciones familiares: los convencionalismos sociales, las teorías sufragistas...

Y, mientras tanto, asoma en el relato, apenas perfilado, un padre en apariencia indiferente a cuanto no sea el tema de sus libros. El objeto simbólico, ese objeto mágico de los cuentos, que no suele faltar en los libros de María Gripe, es en esta novela una fotografía que Carolin guarda celosamente entre sus pertenencias. Y habrán de ser precisamente unas fotografías las que permitirán a Berta desvelar el misterioso pasado de la deliciosa Carolin...

INTERÉS DEL LIBRO. Apenas hay relato de María Gripe que no aborde como fundamental el tema de la conflictiva identidad de alguno de los personajes, lo que la lleva a utilizar tan a menudo la técnica del claroscuro, el continuo sugerir a través de los símbolos. Y esto crea, no pocas veces, una desazón en el lector adolescente. ¿No será, acaso, ésa una de las claves del éxito?

Y si en alguno de sus libros se hace patente un cierto toque autobiográfico, es en los que empiezan como éste: «Era el año 1911. Yo tenía catorce años...» Recursos como éste, o como el habitual autobiografismo de la narración, dan a sus obras un distintivo, enriquecido luego con enigmas y símbolos, más que contando, sugiriendo el relato.

En este caso, el personaje-misterio invita a sus coprotagonistas a reconstruir el *puzzle,* del que enseguida se dan las piezas claves.

Se trata de una de las cuatro historias que constituyen la *Tetralogía de las sombras.*

48 *La fortaleza*

MOLLIE HUNTER
1985. 229 páginas

AUTOR. Nació en 1922 en Escocia. Es conocida internacionalmente como autora de 24 obras de literatura infantil y juvenil. Todos sus títulos son tan conocidos en USA como en Inglaterra, y bastantes también han sido traducidos al sueco, japonés, alemán, holandés, danés, castellano y catalán.

Ha estudiado profundamente el folclore y la historia de Escocia, y ha bebido en esas fuentes la inspiración para sus novelas, escritas para lectores entre ocho y doce años, lo mismo que sus novelas históricas para lectores de una edad superior a los doce años. Escocia, a la que tan bien conoce y ama, le ha inspirado cuatro novelas para adolescentes. Y en la última que ha escrito, *El verano de la sirena,* ha vuelto a la obra fantástica con raigambre popular.

Las peticiones que ha recibido para dar cursillos de literatura han hecho que Mollie Hunter haya recorrido todo el mundo de habla inglesa, y su libro, *Talent is not enough,* es el que usa en sus cursos y resume su pensamiento sobre el tema. Es presidenta de la Sociedad de Autores Escoceses.

Obtuvo el galardón supremo que se da en Gran Bretaña a los autores de literatura juvenil, The Carnegie Medal.

El honor que se le ha otorgado más recientemente es haber colgado su retrato en el museo de retratos de Escocia, en la sección de *Escoceses ilustres del siglo* XX.

Ella misma nos habla de por qué escribió *La fortaleza:*

«Durante mucho tiempo pensé en el sentido que podían tener las misteriosas fortalezas construidas en la antigüedad, unas torres que conocemos como *brochs.* ¿Por qué se las encuentra solamente en las islas escocesas del norte? ¿Quién construyó esas formidables fortificaciones, y para qué? Tuve que investigar profundamente antes de encontrar una respuesta válida a estas preguntas. Pero la pregunta cuya respuesta más interesaba conocer era la siguiente: ¿a qué genio se le ocurrió una solución tan brillante a una necesidad de defensa, repetida exactamente en los seiscientos *brochs* que conocemos? Tras una larga y profunda investigación, llegué a saber que la sociedad en la que se habían hecho estas construcciones estaba regida por una casta de guerreros de gran agresividad. ¿A quién de entre ellos se le pudo ocurrir un tipo de defensa semejante?

En mi mente se fue abriendo paso la idea de una especie de héroe, esencial a la novela, y que de alguna manera respondía a la última pregunta. Se trataba de un joven, cojo y, por tanto, marginado en una sociedad de guerreros. Era Coll, el genio cojo, que fue capaz de superar todos los obstáculos y la resistencia de los que se negaban a construir los *brochs.*»

ARGUMENTO. La tribu del Jabalí vive en las costas del norte de Escocia. Su sistema de vida, la existencia misma de la tribu es amenazada por las incursiones de los romanos. Están sometidos a ellas todos los años. Por eso montan una vigilancia permanente, que en muchas ocasiones de nada les sirve. Sus defensas son rudimentarias, carecen de altura, aunque sean de piedra, que abunda en la zona. Pero no hay árboles. Ésa es la causa fundamental de que no puedan hacer construcciones elevadas.

Coll es uno de los que han sufrido en su carne y en su alma las consecuencias de una de esas incursiones depredatorias de los romanos. A los cinco años, en un acto brutal de un soldado romano, se queda lisiado, cojo para siempre. Va creciendo en su mente la idea de la construcción de una fortaleza inexpugnable ante aquel tipo de ataques.

La tribu vive inmersa en los problemas de una clarificación entre los campos de influencia del poder religioso y el civil. Aquél invade totalmente el campo de la vida social, fenómeno que se repite, en general, en todos los pueblos de la antigüedad. Nectan, el jefe civil, se enfrenta a Domnall, autoridad suprema religiosa entre los druidas. Para complicar más la situación, aparece Taran, que se hace pasar por descendiente de una mujer de la tribu arrancada de su pueblo en una de las razias de los romanos. Taran no tiene más que una ambición: la del poder. Logra hacerse nombrar miembro del consejo de la tribu y presenta como concluida la alianza con dos tribus históricamente rivales de la del Jabalí: el Ciervo y el Cuervo.

Consigue que la rivalidad entre Nectan y Domnall llegue al paroxismo. Tanto, que el sumo sacerdote de los druidas exige que el sacrificio que aquel año la tribu va a dedicar a Beltane sea el de Fand, la hija menor de Nectan. Es la doncella que reúne las condiciones de perfección exigidas para aquel acto cultual supremo en honor del Sol.

El amor de Fand y Coll, casi imposible, teniendo en cuenta las condiciones físicas de éste, vence todos los obstáculos e impide el sacrificio.

Por fin, a Coll se le permite llevar a cabo la idea de su vida, la construcción de la fortaleza salvadora.

La obra es llevada a cabo y demuestra su total eficacia. Tanta, que se construyen a lo largo de la costa escocesa unas seiscientas más, que reciben el nombre de *brochs*.

INTERÉS DEL LIBRO. Como la mayoría de las novelas de Mollie Hunter, *La fortaleza* está inspirada en motivos y tradiciones escoceses. En este caso, los *brochs,* extrañas fortalezas a lo largo de las costas de aquel país. Se plantea con rigor histórico la situación social de aquellas tribus, donde el valor de la persona se mide a menudo por su fuerza física. Pero nunca faltan hombres astutos o inteligentes que imponen con sus logros personales otros criterios.

La religión, tan mezclada con la superstición, el culto a las fuerzas de la naturaleza, el temor a esas mismas fuerzas..., tiene una importancia decisiva en la vida de aquellas gentes. Está perfectamente representada en Domnall. La autoridad de los jefes no siempre es despótica, caprichosa, brutal. Nectan es una personificación de la lealtad y el sentido de la justicia. Y el mismo Domnall sabe rectificar a tiempo y enmendar sus errores.

La inteligencia de Coll se impone a todas sus limitaciones. Su sueño imposible, conseguir el amor de Fand, se hace realidad. Y eso, después de haber conseguido algo tan difícil como lo anterior: librar a los miembros de la tribu del Jabalí de la eficacia depredadora de las incursiones de los romanos en las costas escocesas.

La obra tiene todo el interés de una novela histórica cargada de nostalgias de tiempos en que sólo el vivir nos parece ahora una aventura constante.

Mollie Hunter nos pinta con colores vivísimos unas costumbres que la distancia en el tiempo convierte en exóticas. Los personajes se nos hacen entrañables, aun los que en un momento determinado son víctimas de sus propios errores. El odio está tan cerca del amor, la ceguera al lado de la máxima iluminación interior, que *La fortaleza* nos ofrece una lectura, además de agradable, de gran calidad literaria.

49 *El túnel de cristal*

MARÍA GRIPE

1985. 173 páginas

AUTOR. La biografía aparece en la página 114.

María Gripe nos habla de esta obra:

«Oí hablar de un chico a quien diariamente se le recordaba por parte de su madre y de su abuela el parecido que tenía con su difunto abuelo. A veces, éste era la mejor persona del mundo, pero en otras ocasiones, casi todo lo contrario. Al fin le fue imposible al pobre chico estar a la altura de las contradictorias exigencias y esperanzas que se tenían puestas en él. Unas veces se le exigía estar a la altura de su abuelo maravilloso, y otras asumir los errores del mismo y someterse, como compensación reparadora, a los caprichos de los mayores. ¿Dónde estaba la verdad y dónde empezaba a crearse un personaje ficticio con aquel su abuelo muerto?

Tenía que averiguarlo.»

ARGUMENTO. Un adolescente inadaptado, tanto al ambiente familiar como al entorno de los muchachos de su edad, y que encuentra más facilidad en inventarse amigos que en tenerlos realmente, como le ocurría a la Fredrika de *El abrigo verde*, decidirá un día irse de casa, romper con su familia, con los recuerdos de su infancia, con cuantas ataduras le están aprisionando, para, así, salir al encuentro de su propia personalidad, de su identidad.

En otra ciudad, entre otras gentes y con otra fingida identidad, comienza a sentirse dueño de sí mismo; ya es capaz de hacer amistades, de encontrar un trabajo y un lugar donde dormir.

Una galería de pintorescos personajes, como Tessi, jovencita ciega a la que conoce en una vieja iglesia y que va a convertirse en la primera amiga de verdad con la que poder exteriorizar sus sueños, sus preocupaciones, o como Arne, otro chico solitario parecido a él, o como el vagabundo Haragán..., constituirán el novedoso ambiente del adolescente protagonista, que oculta su verdadero nombre en la narración. Y, como ocurre tan frecuentemente en los relatos de la escritora sueca, será el azar el principal de los coprotagonistas, el que le ayudará a encontrar la armónica que una vez fuera de su abuelo en una vieja tienda de un anticuario. Y a reconocer más tarde el túnel de cristal de un edificio, la misma imagen tanto tiempo guardada en el desván de su casa...

INTERÉS DEL LIBRO. Narrado en primera persona, a modo

de diario confidencial lleno de desazón, donde ni tan siquiera al final parece asomar el más mínimo atisbo de esperanza, este relato abunda en una de las obsesiones temáticas de María Gripe: la problemática de la adolescencia, no ya tanto las dificultades sociales cuanto los fantasmas interiores del adolescente: la soledad, el egoísmo, el desencanto...

El personaje central, intencionadamente desdibujado con una silueta esquemática, aparece rodeándose de otros personajes estereotipados, es decir, personajes-tipo, como el vagabundo filósofo Haragán y su perro Rover, o la enigmática Tessi.

Esquemático es también el lenguaje, aunque rico en digresiones, como corresponde al estilo de hablar consigo mismo y al servicio de una historia en la que lo que importa no es la trama argumental, sino la reflexión interior, a la que metafóricamente parece ajustarse el título; pues como por un túnel transparente desfilan recuerdos, evocaciones y objetos simbólicos contados desde los ojos de un anónimo quinceañero itinerante.

50 *Hrenki*

ERICH WUSTMANN
1985. 217 páginas

AUTOR. «Cuando a mis ochenta y un años miro hacia atrás en el tiempo, mis amigos me dicen que puedo estar contento. He publicado cincuenta y seis libros, de los cuales treinta y dos son juveniles. No he contado los muchos que en mis primeros tiempos de escritor se quedaron en el cajón. Me dieron el premio Friedrich Gestärker por mi libro *Taowaki*, y otras distinciones por el total de mi obra.

Tras la Primera Guerra Mundial, la derrota y la inflación no nos permitieron hacer grandes cosas.

Los ídolos de mi juventud fueron Amundsen y Nansen; como hecho histórico, la primera travesía del Atlántico en bote hinchable del capitán Romer. A los diecinueve años también yo me hice a la mar en un bote de ésos y remé a lo largo de la costa noruega hasta Narvik, pero allí la tormenta y los hielos acabaron con mi viaje, y hasta apareció en la prensa la noticia de mi muerte.

Antes de emprender nuevas expediciones en los años siguientes, reuní el dinero necesario para mantener a mi familia, trabajando como periodista y fotógrafo, buscador de oro, cazador y pintor de acuarelas en el norte de Escandinavia. Allí me documenté para mi futuro trabajo, pues vivimos, mi mujer y yo, durante tres años con los nómadas; aprendí su lengua, me interesé por sus usos y costumbres, filmé y fotografié, aprendí sus canciones y leyendas y reuní muchos objetos que entre ellos son de uso diario.

Desde mediados de los años treinta pertenecí a la investigación polar alemana, filmé y escribí también sobre Islandia y las islas Feroe. La Segunda Guerra Mundial cortó este trabajo, pero, ya antes, la época de la dictadura nazi había sido muy difícil.

En 1955 comencé a estudiar el pueblo suramericano. Conocí treinta y seis razas distintas de indios en Brasil, Ecuador, Colombia y Bolivia. Pasé meses en algunas tribus para asimilar su modo de vida. En las cabañas de los indios, la selva y las canoas nacieron algunos de mis libros. Para muchos de los indios, que en parte viven las viejas tradiciones, ha comenzado con los adelantos de la civilización el tiempo de la transformación cultural. Esto conlleva problemas que no se pueden obviar si se quiere y se aprecia a esas personas. Era mi deber, por medio de mis libros, provocar la comprensión hacia sus especiales características, mostrar su modo de vida y acercarlos a nuestro conocimiento.

Otros viajes me llevaron hasta las islas Canarias, India y Egipto para conocer sus viejas culturas y el modo de vida de los pueblos actuales.

Los documentos audiovisuales que poseo han alcanzado un valor histórico, y los objetos etnográficos que he reunido son muestra de las distintas culturas que deben ser protegidas.

El argumento de *Hrenki* es inventado en gran parte, pero algunos hechos son reales, así como los usos y costumbres que relato.»

ARGUMENTO. Hrenki es una adolescente de la tribu de los crao, en el corazón de la selva amazónica. Los crao apenas tienen contacto con el mundo civilizado, a no ser los pocos encuentros, y no siempre afortunados, con los caboclos, o colonos blancos, que alteran su hábitat natural. Aunque la vida de la tribu es de una gran tranquilidad y felicidad, un día el consejo decide que es necesario ir a buscar un nuevo lugar de asentamiento, pues en la zona hace ya tiempo que escasea la caza y los cazadores deben recorrer enormes distancias para aprovisionar la tribu de los alimentos indispensables.

Por eso un día parten el padre de Hrenki, la misma Hrenki y Japalé, un pariente, en busca de una nueva zona de caza donde poder vivir.

A pocos días de camino encuentran un gran lago. Hrenki lo llama el «lago de las estrellas»; allí la tierra parece sumamente generosa. Cerca vive otra tribu de gente tan pacífica como los crao, que acoge bien la idea del traslado. Pero cuando los tres exploradores regresan felices con su descubrimiento, se encuentran con que una epidemia traída por el hombre blanco ha arrasado la tribu, no quedando ni un solo superviviente.

No les queda más remedio que ir hasta Icré, o Gran Canción, tribu cercana crao, donde tienen amigos y parientes en distintos clanes. Allí Hrenki será feliz. Poco a poco nos va desvelando todas las creencias y costumbres de su gente.

La tragedia empieza cuando cerca de Icré se asientan unos caboclos, Floriano Quitanda y sus dos hijos, Dalmo y Dea. Los crao no quieren entablar una guerra abierta contra los colonos. Han firmado un acuerdo con el SPI —Servicio de Protección a los Indios— y no quieren quebrantarlo, pero no pueden consentir que los caboclos invadan impunemente sus tierras. Los acontecimientos se precipitan y una serie de malentendidos entre los indios y los colonos desemboca en la muerte de setenta y dos crao y dos colonos. Hrenki es secuestrada por Quitanda y sus hijos y arrastrada con ellos en su huida, para evitar tener que rendir cuentas a la justicia y al SPI.

Hrenki empieza una nueva vida junto a los blancos, y aunque en Dea encuentra una auténtica amiga y hermana, no va a ser fácil para una joven crao asimilar la vida de los blancos. La joven crao sueña con volver a Icré.

INTERÉS DEL LIBRO. El autor comienza su novela advirtiendo al lector que, aunque la trama del relato es fruto de su imaginación, los hechos narrados son reales, y sobre todo lo son la forma de vida y las costumbres descritas. Erich Wustmann ha sabido plasmar por medio de la fuerza expresiva de la inocencia y naturalidad de la protagonista, Hrenki, un mundo desconocido para nosotros.

La narración se hace en tercera persona, intercalando frecuentes diálogos, lo que da una positiva sensación de conocimiento real y objetividad del tema tratado. Se conjugan en la novela el interés del propio relato, mantenido por una acción bien dosificada, con el interés que suscitan las costumbres y creencias de sus protagonistas.

La naturaleza es, tal vez, la principal protagonista. El hombre blanco, con su mundo «civilizado», crea un desequilibrio difícilmente subsanable. Y, sobre todo, es imposible y absurdo pretender juzgar y comparar ambas culturas. Imponer la de los blancos supone un enorme peligro para el mundo crao, abocado a la total extinción.

El libro aporta una sana visión del valor y del respeto debido a cualquier hombre, sea cual sea su raza o religión, denunciando, desde una postura tal vez demasiado extrema y maniqueísta, los abusos de la civilización impuesta por los blancos a los indios.

Según el autor, unos intereses, exclusivamente económicos, alejan al hombre de la naturaleza, cegando la fuente de esa especial forma de inocencia y bondad de que aquélla le dota.

51 *La estrella de los cheroquis*

Forrest Carter

1985. 219 páginas

AUTOR. Forrest Carter, de origen indio, fue un *cowboy*, y autor de una interesantísima novela en la que reconstruye un período de la historia americana: *La estrella de los cheroquis*.

Carter pertenece al grupo de contadores de leyendas e historias de los pueblos cheroquis. El método de los contadores de historias es de boca a boca, y Carter ha puesto toda su capacidad en *La estrella de los cheroquis*.

La queja fundamental de Carter contra los escritores de temas del Oeste es que falsean la realidad, la desconocen totalmente, y por eso se sirven en sus escritos de tonos melodramáticos y de recursos del tipo de la novela policiaca.

Nacido en 1925 en una zona montañosa del este del estado de Tennessee, huérfano a los cinco años, Carter vivió con sus abuelos cheroquis. Éstos murieron cuando Carter tenía diez años, y pronto, por la fuerza de las circunstancias, se convirtió en un *cowboy*. Trabajó a todo lo largo de la frontera mexicana.

Autodidacta, fue almacenando, por pura afición, datos para su obra, sacados de su pasado familiar, sus amigos indios y del diario que escribió su abuela durante el período de la reconstrucción. Su bisabuela perdió ocho hermanos durante la guerra contra los blancos, y tenazmente siguió las huellas de los que durante la reconstrucción tomaron el camino de Texas. Carter visitaba las librerías de todas las ciudades que tocaba por motivos de trabajo y se interesó siempre por la historia del sureste. Algunos de los derechos de autor de *La estrella de los cheroquis* fueron a parar a sus amigos los indios que contribuyeron a que este libro pudiera ser escrito.

Forrest Carter escribe que el condado de Dallas es su tierra. Y tiene recuerdos de ella: una prótesis en su rodilla y un grave problema en su columna, como consecuencia de haber sido corneado por un toro. En este momento trabaja en un ambiente más tranquilo en la zona este, entre gente más sofisticada, que se dedica a la cría de caballos.

ARGUMENTO. Cuando Forrest Carter tenía cinco años, murieron sus padres y se fue a vivir con sus abuelos cheroquis a su cabaña en las montañas de Tennessee. Allí será Pequeño Árbol y, sobre todo, vivirá feliz. Aprenderá a amar y a desentrañar los misterios de la naturaleza, su lenguaje, sus necesidades y sus posibilidades, hasta lograr una verdadera identificación con ella, lo que le va a dotar de una visión de la realidad muy especial.

La abuela sabe leer y escribir, y en los ratos libres les lee diariamente, a él y al abuelo, novelas sacadas de la biblioteca del pueblo; así se irá formando en ellos una peculiar manera de entender el mundo exterior, a los políticos, a los cristianos, la prohibición del güisqui, etc. Cada día es diferente de los demás. La naturaleza no hace concesiones e impone un ritmo de vida que no se puede alterar. Las estaciones se suceden: hay un tiempo para la recolección, para la siembra, para cazar, para contemplar el paisaje y para descansar. Pero un día toda esa felicidad se va a ver casi truncada, cuando las autoridades deciden que un niño, aunque éste sea indio, debe recibir una educación, al estilo de cualquier niño blanco.

INTERÉS DEL LIBRO. Es realmente magistral la forma en que el autor nos narra el corto espacio de tiempo que vivió junto a sus abuelos. Con un admirable dominio del lenguaje, va a ser capaz de envolvernos en la fuerza que emana de los abuelos, que van a enseñar a su nieto lo que nadie puede aprender si no es por medio del amor y el contacto con la naturaleza.

La descripción de los elementos de la naturaleza está llena de poesía. Se recrea en descripciones que cobran sentido por sí mismas, no sólo ambientando la acción, sino forjando las líneas maestras del carácter de los protagonistas. Impresionan la ternura, bondad, paciencia, reciedumbre y sobriedad de los abuelos. La relación con Pequeño Árbol se basa en el respeto mutuo y en un profundo amor, por encima de la diferencia de edad o de cualquier clase de convencionalismos.

El elemento poético se combina en la novela con una fina

ironía y un gran sentido del humor. La sociedad norteamericana de los años de la Depresión, su religión, economía, política... nos son presentadas desde la mentalidad cheroqui, lo que provoca divertidas situaciones, donde el elemento crítico es suavizado por la entrañable inocencia de los personajes.

52 *En el pueblo del gato vampiro*

LENSEY NAMIOKA

1985. 192 páginas

AUTOR. La biografía aparece en la página 159.

ARGUMENTO. Zenta y Matsuzo, dos jóvenes ronin japoneses, se dirigen al pueblo en el que transcurrió la infancia de Zenta para ver a su antiguo maestro. Pero cuando llegan se dan cuenta de que ya no es el mismo. El pueblo está casi en ruinas y sus habitantes viven amenazados por la presencia del Gato Vampiro, un sádico que ha implantado el terror y que va matando a las muchachas más jóvenes de la aldea.

Zenta, ayudado por su amigo, se propone descubrir el misterio del Gato y terminar con la explotación que sufre el pueblo, pues un grupo de estafadores, aprovechándose del miedo que atenaza a los habitantes de la aldea, se dedican a sacarles dinero con la venta de una medicina contra el mal del Gato.

Pero no será tarea fácil, ya que en principio no cuenta con ninguna ayuda, ni siquiera con la de su maestro. La acción transcurre rápidamente, pues en un solo día se descubre al culpable de esos asesinatos.

INTERÉS DEL LIBRO. El interés fundamental de esta obra radica en el conocimiento del mundo japonés y de sus valores. Efectivamente, la autora, Lensey Namioka, nos presenta un mundo desconocido para nosotros, lleno de misterios y curiosidades. La vida en una aldea japonesa, sus habitantes, costumbres, diversiones, fiestas... aparecen detallados con gran realismo.

La explotación que sufre el pueblo va a finalizar con la llegada de los jóvenes ronin. El amor que siente Zenta por su único maestro es la clave de la obra. Cuando el ronin se da cuenta de cómo está sufriendo el hombre que le acogió de pequeño y que le cuidó como un hijo, hace lo imposible por ayudarle. A su vez, Matsuzo, que se ha educado junto a Zenta, hace lo que está en su mano para ayudarle.

La acción trepidante, que hace que en un solo día se descubra al culpable de los asesinatos, es el hilo conductor de la obra. El lector no llega a descubrir quién es el Gato hasta las últimas páginas de la novela. Así, el suspense y la intriga son las notas predominantes del relato. Pero la hazaña de los ronin no logra salvar al maestro. Cuando se descubre al culpable, Ikken se hace el harakiri. Y el lector no descubre por qué hasta que no comprende los sentimientos y la mentalidad que dominan en una pequeña aldea japonesa.

53 *El protocolo*

SARAH ALLAN BORISCH
1986. 314 páginas

ARGUMENTO. En Brandenburg, una ciudad que, por su climatología, se supone en alguno de los estados americanos del norte, hay un hospital muy importante: Broadcliff. En él, un departamento centra la atención del novelista: el dedicado al tratamiento del cáncer.

Un médico, Virgil Prince, que sólo sueña en su gloria personal, y una enfermera, Brenda, siempre montada en el carro del poderoso, del triunfador, experimentan con los enfermos como si éstos fueran conejillos de Indias. En vez de dejarles morir con dignidad, llegan a destruirlos física y psíquicamente.

Pero no todos se resignan a esa situación. Víctor, un antiguo actuante de circo, acostumbrado a jugar diariamente con la muerte dando vueltas con su moto en el «muro de la muerte», ofrece una tenaz resistencia. Desafía todo el poder de Virgil, se va del hospital y, cuando vuelve a él, será a morir de acuerdo con su personal elección.

Hay un grupo de médicos, enfermeras que, unidos al padre Franciscus, tratan por todos los medios de aliviar la situación desesperada de muchos de los enfermos.

Desfilan por el libro los problemas de los pacientes y de quienes intentan apoyarse en ellos para medrar en prestigio personal, o con un sentido humanitario hacen lo imposible para que, en la medida de lo posible, la muerte no represente para nadie el aniquilamiento total.

La novela nos presentará un esfuerzo final en ese sentido, esfuerzo que será respaldado por la inmensa mayoría de las personas que trabajan en Broadcliff.

INTERÉS DEL LIBRO. «El hospital no es un lugar donde la ciencia deshumanizada pueda campar por sus respetos y experimentar con la enfermedad y el dolor humanos», parece ser el mensaje de Sarah Allan Borisch. Todo el mundo tiene derecho a su dignidad personal, incluso en los momentos más trágicos de su vida, en el momento de la muerte.

Personas que, como Virgil Prince, piensan lo contrario, acaban por autodestruirse, víctimas de sus propias ambiciones. Y sólo ante un enorme dolor y fracaso personales son capaces de reaccionar.

La gente en apariencia sencilla puede tener una gran personalidad, indestructible ante la adversidad o el ambicioso y torpe manejo de los demás. Es el caso de Víctor. Por eso se va a sentir arropado, a lo largo de su enfermedad, por el cariño y el respeto de los mejores. Aunque ni su vida ni su muerte dejan de tener una realidad trágica, hay algo en ellas que nos conmueve interiormente.

A lo largo de la obra vemos que hay personas que se van a ir redimiendo, que la vida para ellos es una auténtica catarsis dignificadora de su personalidad. Es el caso de Víctor, la enfermera Wilson, el padre Franciscus, hasta el mismo Virgil Prince... Sólo encontramos dos personajes aparentemente con muy pocas esperanzas de regeneración, los dos sometidos a unas ambiciones de una frialdad absoluta.

El protocolo es un gran retablo de caracteres, donde la acción, las ambiciones, el sentido de la compasión, el reconocimiento de la propia miseria y de la altísima realidad de eso que llamamos «persona» juegan un papel fundamental. *El protocolo* es mucho más que un libro de dolor, aunque éste se hace presente a lo largo de sus páginas. La novela nos abre a la esperanza a través de la negra noche del sufrimiento y de la muerte.

54 *El zulo*

FERNANDO LALANA

1985. 171 páginas

AUTOR. «Me piden de Ediciones SM que escriba en unas líneas mi biografía, lo cual me pone en el dilema de mentir o decir verdades poco educativas.

Si opto por lo segundo, he de descubrir que soy un escritor vago y neurótico, perseguido por mil obsesiones que, curiosamente, consigo transformar, las más de las veces, en historias aparentemente divertidas. No me explico cómo.

Como la mayoría de los nacidos en los últimos días de febrero, soy Piscis, signo sensible donde los haya. Tímido, propenso a la construcción de mundos interiores, propenso también a los catarros. Pertenezco a la excelente cosecha de 1958.

Desde los catorce años sentí la necesidad de escribir. Cuando una chica me invitaba a su fiesta de cumpleaños, resultaba más barato escribirle un cuento que comprarle media docena de rosas... y solía dar mejores resultados.

A los dieciocho años empecé a hacer teatro y aún no he parado. He sido decorador, traspunte, maquinista, tramoyista, sonidista, director y, sobre todo, autor, con obra estrenada, no crean, y actor, Premio Nacional Arcipreste de Hita 1980. En teatro soy un chovinista radical: vivo en el íntimo convencimiento de que, con la excepción de William Shakespeare, el teatro y los autores españoles han sido siempre superiores a los de cualquier otra parte del mundo. No cambio a Miguel Mihura y Jardiel Poncela por Priestley y Tennessee Williams, ni aunque incluyan en el lote a Ibsen y a Ionesco.

En el verano de 1981, aprovechando que estaba enamorado, escribí un cuento de hadas titulado *El secreto de la arboleda*, que ganó el tercer premio El Barco de Vapor. Y en 1984, con *El zulo*, gané el Premio Gran Angular, forzado por las circunstancias: quería casarme con la mujer de mis sueños y necesitaba el dinero del premio a toda costa.

Soy adicto al café de Colombia y a los sueños. Especialmente a aquellos donde aparezco consiguiendo el Premio Cervantes.

Nací y vivo en Zaragoza.

El zulo nació de una forma curiosa. Estaba ya dispuesto a presentarme al concurso Gran Angular cuando la patria consideró que en los siguientes quince meses mi puesto estaba en los Regulares de Melilla. Así, entre guardias en Fuerte Camellos, barrigazos en Rostrogordo, maniobras en el desierto de Almería, donde cada veinticuatro horas se pasa alternativamente de un frío polar a un calor de campamento beduino, y alguna que otra visita a las islas Chafarinas, tres inmundos peñascos donde Robinson Crusoe hubiera perecido irremisiblemente, se fue forjando *El zulo*.

Y ganó. No es algo tan difícil si uno se percata de que los buenos autores de novela juvenil son escasos. Incluso hoy día pervive entre cierta gente la idea de que una novela juvenil es cualquier bazofia de ciento cincuenta folios donde el protagonista tenga entre trece y diecisiete años. Craso error.»

ARGUMENTO. El TIZ, Teatro Incontrolado de Zaragoza, que aparece en la novela, existe en la realidad. Y el autor de la obra es una pieza fundamental en él.

Fernando Lalana empieza su novela presentando un cuadro interesante, vivo, rápido, nervioso, incontrolado... de lo que suponen para el TIZ los momentos antes de la salida a escena, que será para el grupo como una puesta de largo, la soñada consagración a escala menor.

Luego, el autor nos va presentando los chicos y chicas que componen el grupo, los que realmente dan entidad y vida al mismo: Jaime, Ernesto, Natalia, Gonzalo... y el misterioso Raúl, director escénico.

Por una decisión que ni los mismos interesados acaban de explicarse, el TIZ es escogido para participar en el Certamen Nacional de Teatro en Guadalajara.

Llega el momento de la verdad. El grupo viaja a Guadalajara. Toman contacto con el teatro en el que se va a celebrar el certamen. Suceden unas cosas extrañas que ponen en alerta máxima a algunos de los miembros del grupo.

Al final, Raúl se ve obligado a confesar la verdad del porqué de la elección del TIZ para el certamen: él es miembro de la Brigada Antiterrorista. Sospechan que en Guadalajara, y en el edificio del teatro, los terroristas tienen un zulo. El TIZ era una simple tapadera para que Raúl pudiera investigar con toda libertad y sin levantar sospechas.

A partir de ese momento los acontecimientos se precipitan. Por una extraña casualidad, Jaime y Natalia, que habían entrado en la sala del teatro, caen en manos de los terroristas. Alicia, que iba con ellos, logra huir, aunque gravemente herida por los disparos de los terroristas. Jaime y Natalia permanecen secuestrados en el zulo que se había preparado, efectivamente, en el edificio. La tensión se hace terrible durante unas horas interminables. Porque los secuestradores exigen como canje de Jaime y Natalia el indulto de los miembros de ETA y del FRAP condenados a muerte, y que al fin son ejecutados.

INTERÉS DEL LIBRO. A partir de un hecho que el autor conoce y vive con intensidad cordial, el TIZ, ha escrito una novela donde la acción y el suspense son ingredientes fundamentales.

Unos cuantos jóvenes con mucha iniciativa, imaginación y muy pocos medios, montan un grupo de teatro. Eso va consolidando poco a poco una seria amistad entre ellos. Una amistad no exenta de las tensiones normales de todo grupo vivo. Llenan su tiempo y se realizan en esas aficiones nunca declaradas, por aparentemente inútiles, que de otro modo siempre habrían quedado en la recámara de la nostalgia.

Sueñan, proyectan, se relacionan, viven. No necesitan de salidas en falso a esas ansias de ser propias de la juventud.

Fernando Lalana nos presenta magistralmente un grupo de jóvenes variopinto, inquieto, para el que la cultura pasa por unas coordenadas muy concretas, casi inmediatas: la acción, plasmada en la actividad teatral.

El suspense y el género policiaco juegan un papel muy importante en la obra, especialmente cuando el grupo llega a Guadalajara. Se va a ver inmerso en unos hechos que lo sobrepasan, como a casi todos los estamentos de la vida social y política española del momento: la condena y el fusilamiento de unos miembros de ETA y el FRAP en 1975.

Las escenas, dentro y fuera del zulo, en la última parte de la obra, mantienen la tensión del lector en unas cotas muy altas. El autor ha sabido escoger perfectamente a sus personajes para que el lector entre en el juego de la simpatía o del rechazo. Aunque Fernando Lalana no va a caer en el ingenuo juego maniqueo.

El lenguaje es ágil, muy correcto y muy cercano a los lectores. Todos esos elementos hacen que sea una obra que goce de preferencias a la hora de escoger un texto para ser comentado en el aula.

55 *Atacayte*

CARLOS GUILLERMO DOMÍNGUEZ
1985. 181 páginas

AUTOR. Carlos Guillermo Domínguez nace en Teror, Gran Canaria. Está casado y tiene tres hijos. Cursó sus estudios en Madrid, adonde se trasladó con su familia. Muy joven, vuelto a Gran Canaria, inicia su carrera literaria escribiendo novelas de aventuras.

En el año 1956 gana el primer Premio Nacional de Teatro para la Infancia y la Juventud con *El duendecillo Pif-Paf*, obra que se estrenó en el teatro Goya de Madrid. En 1959 crea en Las Palmas de Gran Canaria la agrupación juvenil Albor, que durante varios años estrena treinta obras suyas.

Ha escrito un buen número de cuentos para niños y para adultos, bastantes narraciones cortas, por una de las cuales, *El barroco*, recibió el premio del Instituto de Cultura Hispánica en 1959. Ha colaborado bastante con televisión escribiendo numerosos guiones. También es técnico de radiodifusión, especialista en programación, lo que le ha posibilitado la creación de miles de guiones para radio, así como programas infantiles y juveniles.

Su obra periodística es muy importante. Fue el fundador y primer director de la revista juvenil *Amodaga* (1976), de la Mancomunidad de Cabildos de Las Palmas. Periodista, posee el título de especialista en Información Infantil y Juvenil.

En 1977 recibe el Premio Nacional Emilio Freixas por su labor literaria en relación con la infancia y la juventud.

Sus libros *Atacayte* y *Sosala* fueron premiados por la Fundación Santa María en su concurso de novela juvenil. Por el segundo obtuvo en 1988 el premio de la CCEI. Esta misma novela ha sido incluida en la lista de libros recomendados por Jugendbiblioteck de Munich en 1988.

«En mi relación con el mundo juvenil he constatado que los muchachos, en su mayoría, conocen los nombres y costumbres de las tribus indias de América del Norte, desconociendo, en cambio, lo más elemental de lo que se refiere a la historia de Gran Canaria. Este hecho fue el que me impulsó a escribir la obra con la ilusión de ofrecerles, junto a la aventura y la fantasía, nombres, costumbres y hechos de aquella raza que un día habitó en la isla que ellos llamaban Tamarán. Junto a ello, he pretendido destacar el valor de la amistad, la nobleza de unos hombres primitivos y de sus justas leyes.»

ARGUMENTO. *Atacayte* es la historia de un muchacho, de un joven, de un guerrero que vivió en una época lejana en una hermosa isla del archipiélago, que las oscuras leyendas del milenario Egipto situaban en el confín del mundo, y que, más tarde, poetas del siglo de oro de Grecia denominaron Jardín de las Hespérides; la tierra que Homero, Plutarco y Estrabón señalaron como paraíso del hombre.

Atacayte es el joven hijo de Taguaro, jefe del cantón de Aquexata. Vive en Canarias, en una época histórica en la que la dominación castellana está todavía muy lejana.

Quiere intensamente a su familia, a la que envuelve una maravillosa leyenda. Quiere a sus amigos, a su pueblo... y lucha por la libertad del mismo.

Los vikingos, con su orgulloso dominio de todos los mares, y los habitantes del Mogreb, con sus rapiñas y caza de esclavos, son derrotados por los isleños. A éstos les da fuerza, sobre todo, su amor a su tierra y a su libertad.

Atacayte interviene junto a su pueblo en esos momentos trascendentales. Sus méritos son, finalmente, reconocidos por todos.

INTERÉS DEL LIBRO. El mismo autor nos dice lo siguiente en el prólogo del libro: «La realidad y la fantasía, la historia y la leyenda se entremezclan, se cruzan, se funden en las páginas de esta obra, formando momentos que fueron retazos de vida, de esperanza, de lucha, de amistad y de nobleza; igual al fino entrelazado de juncos y hojas de palma, teñidos con jugos de flores y hierbas, con los que los aborígenes canarios confeccionaban sus vestidos, cestas y esteras.

Pero ahora recorramos con Atacayte los valles y las cumbres de Tamarán, vivamos los hechos de una raza que aún perdura, la descripción de paisajes y lugares que aún se pueden contemplar, y de unas costumbres que en esencia permanecen vivas. Oigamos las voces que todavía resuenan en los barrancos, las playas y los valles, y que el viento susurra entre las piedras del sagrado Bentayga; voces de esa raza indómita y noble que habitó en la isla que hoy se llama Gran Canaria.»

Esta novela, que podemos calificar de histórica, es, en cierta manera, una epopeya de los aborígenes canarios. Y como en todas las epopeyas, la acción está elevada a la categoría de lo sublime, donde el hombre se acerca tanto a los dioses. Aunque el autor ha tenido la habilidad de mantener al protagonista, Atacayte, siempre en un nivel humano, más que en la categoría de los héroes deshumanizados.

56 *La casa de verano*

ALFREDO GÓMEZ CERDÁ
1985. 178 páginas

AUTOR. «Nací en el verano de 1951 en un distrito de Madrid que apenas unos años antes era un pueblo. En mi infancia la gran ciudad era algo presente, y a la vez lejano. No se decía "voy al centro", como ahora, sino "voy a Madrid". Pero el campo estaba al alcance de la mano, un campo que no se parecía al que llevan dentro las gentes que han nacido fuera de las grandes urbes. El campo de mi infancia era, más bien, un descampado donde se mezclaban árboles con grúas, huertas con fábricas; arroyos con basureros... Ahora me vienen a la memoria un tranvía y un montón de calles sin asfaltar que con la lluvia se convertían en barrizales.

En mi adolescencia comenzó a tragarme la gran ciudad. Del tranvía pasé al metro, y comencé a experimentar sentimientos de repulsión y fascinación al mismo tiempo, que aún hoy no me han abandonado. Por la gran ciudad, como por casi todas las cosas que conozco, siento amor y odio, pasión y asco, dependencia y angustia... Quizá toda esa suma de contradicciones me proporcione el equilibrio mínimo indispensable para sostenerme en pie sobre una partícula de este mundo tan desmesurado.

¡Ah, sí! Escribo desde que era niño, y que nadie me pregunte por qué. Recuerdo que ya en el colegio escribía mucho y estudiaba poco. Escribiré hasta que me muera, y que tampoco nadie me pregunte por qué.

Tengo un hijo, un título universitario, un coche viejo, un reloj de bolsillo del siglo pasado, una docena de libros publicados, una papelera, una cámara fotográfica, seis premios literarios, algunos amigos, muchas canas, varias plumas estilográficas, unos dos mil folios mecanografiados a doble espacio, bastantes kilos de más, algunos proyectos, una maceta con un níspero, una foto de cuando era pequeño...

La casa de verano es un capítulo de ese libro que todo escritor lleva dentro y que a veces se decide a dar forma. Me he negado obstinadamente a considerar el libro como autobiográfico, a pesar de que casi todos los que lo leen llegan a esa conclusión. Pienso que toda obra de un escritor es, en mayor o menor medida, autobiográfica, y sólo desde este punto de vista también lo es *La casa de verano.*

Esta novela no está escrita para un público determinado. Pienso que puede interesar a cualquier persona que tenga más de catorce o quince años. No hay concesiones a un público juvenil, y creo que la estructura del libro —dos tiempos, varios narradores, continuos saltos...— lo deja claro. Eso sí, pienso que *La casa de verano* puede interesar especialmente a un público joven.

No sé qué valores comunica el libro. Recuerdo una reflexión que me hice varias veces mientras escribía: por muy distintos que sean los jóvenes de una a otra generación, siempre habrá experiencias inalterables al paso del tiempo, como el descubrimiento del amor, de la muerte, del mundo... Es decir, el hecho en sí de un montón de descubrimientos que desasosiegan a quienes los experimentan. Yo creo que en torno a eso escribí *La casa de verano.*»

ARGUMENTO. Carlos y Tomás asisten al mismo colegio y comparten idénticas aficiones e inquietudes. Pero, por encima de todo, los une una pasión común: ambos sueñan con llegar a ser escritores.

Animados por su amor a la literatura, los dos amigos empiezan a frecuentar un grupo de teatro aficionado en el que, junto a otros muchachos de su edad, conocen a Juli, quien a partir de ese momento se convierte en el tercer miembro de un trío inseparable.

En una época de profundas transformaciones sociales, y siempre en compañía de Carlos, Tomás y Juli, van a ir descubriendo gradualmente que la vida no siempre es fácil y hermosa. Ante sus ojos, al mismo tiempo que la amistad, la ilusión del primer amor, el compromiso hacia los demás o el ansia por aprovechar cualquier situación que les pueda hacer crecer como personas, desfilan la marginación, la pobreza, la falta de esperanza y la incultura, personificadas en la figura de Nico, un chico de su edad, analfabeto, que vive de vender lagartos, previamente capturados, y una de cuyas mayores obsesiones es conocer lo que él cree que es el amor.

De repente, un día, el trío es deshecho trágicamente por la inesperada muerte de uno de sus componentes, Carlos. Juli y Tomás tienen que enfrentarse así a una de las pruebas más difíciles y que más huella puede dejar en la vida de un adolescente: la muerte prematura de un amigo.

Pasan los años. Juli y Tomás, cuyo amor juvenil ha culminado en el matrimonio, emprenden un largo viaje en coche hacia Viena, donde Tomás, convertido en un escritor de éxito, va a presentar su obra. Durante el trayecto, Juli observa con preocupación que su marido se comporta de una manera muy poco habitual en él, pero, a pesar de su intuición y de conocerlo muy bien, no consigue imaginarse a qué se puede deber el cambio de actitud y la angustia de Tomás.

Tras una noche de crisis en el lago Wörther, Tomás se levanta pletórico de entusiasmo. Sólo entonces Juli comprenderá lo sucedido. No vale la pena pensar siempre en el pasado, estancarse en él. El futuro está ahí, exigiendo atención y energía.

INTERÉS DEL LIBRO. En *La casa de verano,* pasado y presente se conjugan armoniosamente para dar como resultado una obra nostálgica e intimista, escrita con una exquisita sensibilidad por Alfredo Gómez Cerdá, quien, a pesar de utilizar un lenguaje de una belleza más que notable, no vacila en recurrir a términos coloquiales cuando así lo requiere la ocasión.

Y como corresponde a una narración de estas características, destaca en ella el retrato psicológico que el autor hace de los protagonistas, especialmente de los masculinos. Carlos y Tomás son muy diferentes y, sin embargo, ¡tan iguales! Extravertido y bromista el primero, y taciturno y melancólico el segundo, ambos son idealistas y entusiastas, como tantos y tantos jóvenes, y se complementan perfectamente, apoyándose mutuamente en la difícil tarea, en el caso de Carlos interrumpida por la muerte, de evolucionar y madurar, sin dejar de ser fieles a sí mismos y a su vocación. Como contrapunto, la femenina figura de Juli, cuya presencia, no por sutil menos importante, tanto influye en la vida de sus dos amigos.

Narrada con extraordinaria simplicidad, *La casa de verano* es, por encima de todo, una entrañable historia que nos habla de algo tan eterno y vital para todos como la amistad y el compañerismo, y en la que parece palpitar un cierto hálito autobiográfico, que hace que su lectura despierte en el lector un marcado sentimiento de proximidad y simpatía.

57 *Vete a ensillar el mar*

JOAN AIKEN
1986. 211 páginas

AUTOR. «Nací en 1924, hija de Conrad Aiken, poeta americano, y de su esposa canadiense, Jessie MacDonald, con la que se encontró cuando él estaba estudiando en la universidad de Harvard y ella haciendo el máster en Radcliffe.

Se fueron a Inglaterra buscando un tipo de educación diferente para mi hermana y mi hermano, mayores que yo, John y Jane. Por eso yo nací en Rye, Sussex.

A los pocos años de mi nacimiento mis padres se divorciaron y los dos se volvieron a casar. Yo me quedé a vivir con mi madre y con mi padrastro, un inglés, Martin Armstrong, también poeta y escritor.

Teníamos poco dinero, y mi madre me enseñó ella misma el equivalente a los conocimientos de la escuela primaria, hasta que cumplí los doce años. Vivíamos en una pequeña aldea y nuestras diversiones eran pasear, mirar las flores en el campo y leer. Mis hermanos mayores se habían hecho con un montón de libros y los leí todos. A los doce años fui a Oxford, a una escuela con internado. Mi hermana estaba matriculada en la universidad.

Dejé la escuela a los diecisiete años y me metí inmediatamente en el mundo del trabajo. Había empezado la Segunda Guerra Mundial. Trabajé en la BBC ordenando documentos. Hice luego estudios de secretariado, y encontré un trabajo más interesante en el Centro de Información de las Naciones en 1943. Allí estuve hasta 1949, llegando a ser bibliotecaria del Centro. Me casé con una persona relacionada con el mundo de la prensa, Ronald George Brown, en 1945. Tuvimos dos hijos: John, nacido en 1949, y Elizabeth, en 1951.

Desde siempre estaba segura de mi decisión de convertirme en escritora. Leí algunos cuentos en la BBC, en una hora que la radio dedicaba a los niños, y se llegaron a publicar como colección en 1953.

Mi marido enfermó de cáncer de pulmón y murió en 1955. Tuve que volver al trabajo, y lo hice en *Argosy*, una pequeña publicación periódica, y luego en una compañía de publicidad.

Empecé por entonces a escribir un libro en serio, antes de que mi marido enfermara. No tuve tiempo de acabarlo sino bastantes años después. Cuando vio la luz, finalmente, en 1962, se vendió bien y pude dedicarme a trabajar como escritora a dedicación completa. Mis primeras obras me consiguieron el premio que el *Manchester Guardian* otorgaba a Literatura Infantil y también el premio Lewis Carroll Shelf, de Estados Unidos.

Alrededor de 1933 mi madre y mi padrastro hicieron un viaje a España. Mi madre me trajo de España, como regalo, un par de zapatos y una camisa a rayas. Me encantaron las dos cosas de tal manera, que las llevé hasta que quedaron inservibles de puro viejas.

Mi sueño de siempre fue viajar a España, cosa que no pude hacer realidad hasta muchos años más tarde, en que viajé por barco hasta Santander, y de allí, en coche, hasta Santiago de Compostela. Fue lo que me impulsó interiormente a escribir acerca de esa parte de España, no en su momento actual, sino como debió de ser durante la guerra de la Independencia.

Inventé la historia de Félix, hijo de un soldado inglés y de una joven española. Me identifiqué con la narración de tal forma que en cuanto terminé la primera parte, *Vete a ensillar el mar*, sabía que tenía que continuar con otra. He hecho también una tercera y última de la serie.

El tema fundamental de los tres libros es el del chico que crece e intenta sin descanso encontrar su propia identidad.

Supongo que no habría escrito el libro si mi madre no me hubiera traído de España aquella camisa y aquel par de zapatos.»

ARGUMENTO. Félix es educado en el palacio de su abuelo, un noble español. El palacio y el carácter del abuelo se corresponden perfectamente: los dos son de una grandiosidad fría y distante. Félix, un chico de una vitalidad enorme, se ahoga entre los muros de aquella casa, donde vegetan y esperan la muerte su abuelo y las hermanas de éste, tan pías en apariencia como chismosas, arteras y llenas de ambiciones en realidad.

Félix se entera de que, por parte de padre, su familia es inglesa. Tiene poquísimos datos sobre ella, pero siente la necesidad imperiosa de encontrarla, esperando también, de paso, mejorar la situación en la que está viviendo, que le resulta asfixiante.

Huye del palacio, que está rodeado de una paramera impresionante, y se lanza a un viaje donde le suceden las aventuras más increíbles y corre peligros inimaginables. Una de las tías, que espera que la herencia vaya a manos de otro miembro de la familia, hace que una especie de grupo mafioso le persiga durante todo su viaje por tierras del norte de España. Ni siquiera le dejan en paz en el barco en el que hace el viaje hacia Inglaterra. En la zona de Calais el barco sufre una espantosa tormenta que lo hace naufragar. Pero Félix se salva y contacta con su familia inglesa, que es tan noble como rica.

Pero tampoco tiene demasiada buena suerte con su familia inglesa. Su abuelo ha perdido totalmente la razón y él, Félix, es sometido a la disciplina de un colegio inglés, que no le hace feliz precisamente. Por eso decide huir, volver a España y reencontrarse con su antigua vida.

INTERÉS DEL LIBRO. Definir *Vete a ensillar el mar* como una simple novela de aventuras no haría justicia a esta obra, aunque es cierto que la acción novelesca nos sorprende en todos los capítulos. Pero la autora nos hace recorrer una buena parte del norte de España y, cuidadosamente, va recopilando leyendas, tradiciones, costumbres, paisajes... de la época en la que se desarrolla la acción, los años inmediatamente posteriores a la guerra de la Independencia.

El mundo que nos describe en algunos momentos está tan alejado de la realidad actual que el lector puede tener la tentación de pensar que la autora fantasea. Pero hay muchos hitos que sitúan perfectamente la posible realidad narrada.

Es impresionante la descripción de la tormenta, en la que el naufragio representa una purificación momentánea y una liberación del mal, que parece perseguir sin piedad a Félix. Éste cree empezar a respirar cuando llega a reunirse con su familia en Inglaterra. Nada más lejos de la realidad. La nueva situación es algo que tampoco puede compaginarse con el carácter de Félix, siempre deseoso de novedades, acción y situaciones marcadas por la emoción.

58 *Regreso a un lugar llamado Tierra*

JORDI SIERRA I FABRA
1986. 173 páginas

AUTOR. La biografía aparece en la página 103.

El autor nos introduce a esta obra suya:

«El esquema de la trilogía *El ciclo de las Tierras* quedó hilvanado mientras escribía *... en un lugar llamado Tierra*. Sin embargo, una buena amiga hoy, y miembro entonces del jurado del premio Gran Angular, que premió la primera parte, estuvo a punto de impedir que escribiera esta segunda y la tercera, sin saberlo, claro. El día de la entrega del premio me dijo: "Hagas lo que hagas, este libro, *... en un lugar llamado Tierra,* quedará en tu historia y, cuando mueras, será una de las cuatro o cinco obras que te sucederán. Esas palabras hicieron que no me atreviera a escribir *Regreso a un lugar llamado Tierra.* ¿Cómo superar la primera parte? ¿Para qué hacer la segunda si la primera era ya un mundo en sí misma? Tardé tres años en superar el síndrome, y no me arrepentí. Me esforcé al máximo para que *Regreso...* fuese lo que tenía que ser, teniendo en cuenta que es el libro más difícil de la trilogía. Creo que, literariamente, es mi mejor trabajo. Escribiéndolo me sucedió algo que jamás me había sucedido desde que tenía doce años: estuve a punto de llorar por lo que sentí al terminar dos de sus capítulos: el del infarto de Balhissay y el de cuando él pasea solo por las ruinas de Arequian, con un muñeco en la mano. Si en *... en un lugar llamado Tierra* se producía la sorpresa, por el tema y el tratamiento, bastante diferentes de la ciencia ficción al uso en aquellos días, con *Regreso...*, ante todo, lo que me propuse fue hacer una reflexión y obligársela a hacer a los lectores. Los malos de la primera parte son aquí los protagonistas; los buenos, por llamarlos en términos comprensibles. Para mí es el libro clave de la trilogía y el que más necesita de los otros dos. También es el que menos puede leerse en solitario. Si en el primero era el hombre el que movía los hilos de la novela, en éste son las máquinas, y tuve que convertirme en una máquina para llegar al fondo de mi propia humanidad. La acción transcurre casi doscientos años después de los hechos de la primera parte, con hombres y máquinas enzarzados en una dura guerra civil, aunque las máquinas, al no aceptar la violencia por su lógica, no pueden hacer otra cosa que defenderse, sin causar daño, a la espera de su aniquilamiento. Al final del libro, la escisión hombres-máquinas supone la vida y la esperanza de un futuro, pero también abre el camino a la tercera parte de la trilogía, porque... si la máquina ha sido creada por el hombre, ¿qué ser vivo no ansía llegar hasta su creador?»

ARGUMENTO E INTERÉS DEL LIBRO. Planteada como una suerte de segunda parte de *... en un lugar llamado Tierra,* esta novela plantea las consecuencias a que acaba conduciendo la toma de conciencia que los hombres experimentan con respecto a la necesidad de liberarse de la sutil dominación de las máquinas. Incapaces de soportar por más tiempo su subordinación, los seres humanos inician una insurrección general contra los artilugios dominantes, declarándose una guerra planetaria en la que las máquinas, preparadas sólo para resistir, pero no para agredir a sus enemigos, llevan la peor parte. A partir de la evidencia de una derrota para muchos ya inminente, o, cuando menos, ante la imposibilidad de que nada pudiera volver a ser como antes, entra en escena uno de los protagonistas de la obra precedente, Balhissay 1-15, una máquina anciana y sabia, cuya lucidez le hace adoptar una solución osada, pero que entiende como la única posible. Atraviesa las líneas enemigas y, entregándose a los humanos, les propone algo sorprendente e inesperado, algo que es la salida para aquella guerra que amenaza el futuro mismo de la civilización, pero algo que también sellará definitivamente, haciéndola irreversible y definitiva, la ruptura entre la máquina y el hombre.

Nos encontramos aquí con los mismos problemas éticos que, bajo la misma clave de relato de futuro fantástico, nos planteaba *... en un lugar llamado Tierra:* en qué consiste la condición humana y cuáles son las situaciones a las que, llevada a sus últimos extremos, nos puede abocar un día la revolución científico-técnica. Pero esta segunda parte sólo es en apariencia una continuación de la que la precedió. Lo es, sin duda, en el plano argumental, pero, en cambio, en muchos sentidos es más bien una profundización.

Resulta como si los personajes que centraban el enfrentamiento de la primera entrega, Hal Yazkuby y su oponente, Balhissay 1-15, no hubieran podido disponer de tiempo suficiente para desarrollar los argumentos que los empecinaban en su lucha.

Ahora, Jordi Sierra i Fabra les ha concedido una segunda oportunidad, cuando la máquina está ya cercana al agotamiento mecánico, que ella ya vive como *muerte,* y cuando su interlocutor es otro Yazkuby, Ikhan, un descendiente suyo al que los hombres han hecho heredero de su liderazgo en la lucha contra el maquinismo hegemónico.

Esta posibilidad con que los protagonistas cuentan para hablar y para pensar nos permite entender la tragedia íntima de esos seres artificiales, programados para no cambiar nunca y para dirigir una sociedad en la que las transformaciones no caben, pero que se sienten crecientemente confusos ante la evidente sintomatología humana que empiezan a presentar, y de la que el propio Balhissay 1-15, que ya no puede evitar soñar cuando duerme, es una clara muestra.

Por su parte, los humanos han cedido en la reivindicación de aquellas debilidades en las que consiste su condición, olvidándose ya de que fueron éstas las que ya antes habían destruido el mundo. Ahora están dispuestos a aceptar la condena con que fueron marcados, desde siempre, de vivir en permanente inquietud, de experimentar siempre ese invencible descontento que los lleva a moverse perpetuamente y, sobre todo, y esto es importante, pues tiene que ver directamente con el mismo marco dramático de la acción de la obra, esa insistente y obsesiva voluntad, nunca satisfecha, de querer *volver a casa,* quizá sin saber o sin querer saber que esa casa quizá no existe, nunca ha existido.

MANUEL DELGADO RUIZ
Profesor del Departamento de Antropología Cultural
Universidad de Barcelona

59 *Senén*

JOSÉ LUIS OLAIZOLA
1986. 153 páginas

AUTOR. José Luis Olaizola Sarría nació en San Sebastián en 1927, está casado y es padre de ocho hijos.

Estudió el bachillerato en El Pilar de Madrid, y la carrera de Derecho en la facultad de la misma capital. Ejerció la abogacía durante quince años y posteriormente pasó al campo de la empresa. Ha sido presidente de algunas empresas periodísticas y de medios de comunicación como SARPE, Telepublicaciones, S. A., o relacionadas con el ocio, como el Parque de Atracciones de Madrid, S. A.; Tevesa, estación de esquí de Baqueira-Beret...

Desde hace varios años se dedica exclusivamente a la literatura.

En 1976 obtuvo el premio Ateneo de Sevilla, patrocinado por Editorial Planeta, por su novela *Planicio*. En ese mismo concurso otra novela suya, *Lolo*, quedó finalista. En 1982 obtuvo el premio de literatura infantil El Barco de Vapor, patrocinado por la Fundación Santa María, con *Cucho*.

En 1983 ganó el premio Planeta con *La guerra del general Escobar*.

Su novela infantil *Micaela no sabe jugar* fue seleccionada para la Exposición de Mirlos Blancos 1988, en el marco de la Feria del Libro Infantil y Juvenil de Bolonia, por la International Youth Library de Munich.

Tiene publicadas diez novelas para adultos y ocho infantiles/juveniles.

En el cine ha sido autor, guionista, director y actor de la película *Palmira*, seleccionada para el Festival de la Infancia y Juventud de Gijón de 1982.

La novela *El señor del huerto* ha sido llevada al cine en colaboración con TVE bajo el título *Dos, mejor que uno*, premio Especial Calidad de la Dirección General de Cinematografía 1984.

«Conocí el mundo de los niños *límite* o *fronterizos* porque cerca de donde yo vivo hay un colegio, Virgen de Lourdes, dedicado a ellos. Fue un mundo que me interesó mucho.

Cuando comienzo a escribir una novela, mi única preocupación es contar una determinada historia, y no me planteo los valores que pueda encerrar el relato. Pero es inevitable que a lo largo de él afloren mis inquietudes. En el caso de *Senén* ello es más ostensible, quizá, que en ninguna de mis otras novelas.

No estoy de acuerdo con una sociedad que sigue clasificando a los hombres por su utilidad o rentabilidad social. Es más, al ser esta sociedad cada día más competitiva, los muchachos *límite*, con un coeficiente intelectual ligeramente inferior al normal, quedan relegados al *pelotón de los torpes*. Son muchachos aptos para diversos trabajos artesanales, pero que por falta de sensibilidad social pueden quedar marginados.»

ARGUMENTO. Senén es un chico fronterizo. Así lo dice la escala Terman. Grande por fuera y pequeño por dentro. Y, como muchos fronterizos, sabe analizar los problemas de los mayores con una agudeza extraordinaria. Por eso ven ese mundo de los que se creen inteligentes y mayores como enormemente aburrido y hasta absurdo.

Senén es hijo de padre desconocido y madre de cortas luces. Cuida de él un tío homeopático. Se educa en un colegio destinado a niños fronterizos. Allí hay alguien que descubre que Senén tiene unas dotes excepcionales para el fútbol. Pero quien pone el punto óptimo en la capacidad futbolística de Senén es el chino Yon Ying. Logra situar perfectamente «el centro de gravitación de Senén».

A partir de ese momento, el fronterizo se convierte en una joya futbolística, en «el fronterizo de oro». Su potencia de tiro es impresionante. Juega de delantero centro y su eficacia es demoledora.

Un periodista se empeña en escribir sus memorias. Los recuerdos personales que tiene Senén son más bien pobres, ante la desesperación de José Luengo, el periodista en cuestión. Se encuentra con que la historia de Senén es vulgar, carente totalmente de garra. Claro que desconoce lo del centro de gravitación y el milagro que el chino Yon Ying ha operado en Senén.

La novela relata las pequeñas alegrías de Senén con sus amigos de siempre: Candi, *El Buzo,* Yon Ying y Rodolfo, el escritor encargado de revisar los cuadernos en los que Senén va escribiendo todo lo que se le ocurre.

Senén tiene un sitio secreto, la Boca del Asno, en el que pasa unos ratos felices con sus amigos. Se trata de una cascada maravillosa. En el regreso de la tercera visita a su pequeño paraíso, Senén tiene un accidente que va a repercutir tremendamente en su vida.

INTERÉS DEL LIBRO. José Luis Olaizola nos ha presentado el mundo de los niños fronterizos. Engloba esa realidad a los seres humanos que pueden hacer una vida casi normal. Pero, como se dice en la obra, la complejidad de la vida de nuestra sociedad los pone en evidencia. Estarían más adaptados a la sencillez de una vida rural.

Acerca el tema a los lectores, apoyándose de una forma entretenida y equilibrada en el mundo del fútbol y algunos de sus problemas, que tan de cerca son vividos hoy a través de los medios de comunicación.

Es una obra en la que la bondad y la ternura aparecen en casi todos los personajes. Yon Ying, *el apacible,* es un modelo en este sentido. El único error que cometió en su vida fue matar al *Sargento,* que abusaba miserablemente de una chica fronteriza. Y está tan arrepentido, que hace profesión de fe en el valor de la vida humana y en su inviolabilidad.

Se da un realismo suave, rebosante de humanidad, a lo largo de la obra. Aparece el hombre en su grandeza y en su miseria. Todo, en dosis asimilables por los lectores para los que está destinada la novela. En ella verán reflejadas muchas actitudes que se dan a diario a su alrededor. Hay bastantes momentos en los que la narración viene cargada de gracia.

60 *Ponle bridas al viento*

JOAN AIKEN
1986. 196 páginas

AUTOR. La biografía aparece en la página 194.

ARGUMENTO. Félix se decide a volver a España. Aparentemente todo le va bien al principio de su aventura. Pero se diría que el mar le amenaza, más que le arropa, con todas sus inseguridades y traiciones. Naufraga en las costas de Francia, ya muy cerca del norte de España.

En la playa es recogido por unos monjes que, aparte de trabajar en el huerto, recoger algas en la playa, hacer oración y contemplar los misterios divinos, se dedican al oficio de «buenos samaritanos» en aquella zona costera, que parece ser muy peligrosa por la cantidad de naufragios que se dan en ella.

Félix se ve incorporado a la vida del monasterio contra su voluntad, lo mismo que un joven, casi un niño, que es recogido en la playa cuando estaba a punto de morir ahorcado. La vida en aquel convento es absolutamente extraña, pero lo es más todavía la conducta del abad, un personaje siniestro que va a perseguir a Félix y su amigo dentro y fuera de los muros del monasterio. Porque, en un momento dado, los dos huyen y la presencia de aquel hombre, medio realidad, medio fantasma, les hace vivir en un puro sobresalto y miedo de morir a sus manos.

Félix está decidido a llegar hasta el palacio de su abuelo, e invita a su compañero de viaje a llegar hasta allí. Al fin, con gran sorpresa, descubre la auténtica personalidad de ese compañero.

INTERÉS DEL LIBRO. El protagonista de *Ponle bridas al viento* es Félix, el mismo que el de *Vete a ensillar el mar*. Las dos obras, además, coinciden en bastantes elementos y recursos: la acción, el suspense, el peligro que amenaza constantemente, que se define claramente encarnado en unos personajes siniestros, en este caso, el abad del monasterio y un grupo de personas que sirve a sus fines.

Al mismo tiempo es una obra costumbrista, que nos hace retroceder en el tiempo a principios del siglo pasado.

Félix representa la acción, el arrojo, la audacia, la imaginación, mientras que su compañero de viaje demuestra una sensibilidad que desemboca en el lirismo de forma natural. Esa fuerza interior le hace arrostrar cualquier peligro. Vive la belleza interior y quiere comunicarla a los demás por medio de esa versificación popular y espontánea que es el oficio poético de los *versolaris*.

En el libro aparecen unas pinceladas finales sobre la situación política de la España de principios del XIX, donde los liberales son perseguidos por sus ideas.

La autora nos hace ver la riqueza ecológica de la zona que atraviesan los dos viajeros, Félix y su amigo, desde Francia a España, pasando por tierras de Navarra. Describe con cierto detenimiento el bosque de Irati, que está considerado como el mayor hayedo que queda en Europa.

61 *Sangre en las murallas*

PETER CARTER

1986. 243 páginas

AUTOR. Su biografía viene en la página 118.

De la obra *Sangre en las murallas*, el mismo autor nos dice:

«Hace años me di cuenta de que, así como hace algún tiempo los países colonialistas erigían iglesias en las colonias, ahora se levantan mezquitas en Inglaterra, una imagen del resurgimiento del islam, el mayor fenómeno sociorreligioso de nuestros tiempos. Pensé que sería de gran interés escribir una novela acerca del islam, y decidí situarla en los tiempos en que los turcos otomanos atacaron la ciudad de Viena.

También quise hablar del fanatismo, tanto islámico como cristiano, y los lectores pueden darse cuenta de que los fanáticos mueren trágicamente en la novela, mientras que la familia Vogel, con su estilo liberal y acogedor, sigue viviendo en medio de todas las vicisitudes del asedio.

También estaba interesado en la idea de dos mundos: el vasto Imperio otomano y la cristiandad entera, enfrentados en la gran batalla.»

ARGUMENTO. En el verano de 1683, las tropas otomanas ponen cerco a Viena. Para ellos era «la manzana de oro». Habían soñado desde hacía mucho tiempo con la conquista de esa plaza clave en el mundo de la cristiandad.

El ejército otomano se había preparado a conciencia. Los reinos cristianos de la época se encontraban divididos en banderías políticas y religiosas. En cambio, la unidad del mundo musulmán era absoluta.

En el ejército otomano al autor le interesa destacar a un joven, Timur Ven, enrolado en las tropas escogidas y de máxima responsabilidad, los lagunzi, los zapadores otomanos.

El avance del ejército musulmán, perfectamente preparado, hasta la fortaleza de Gyor, atravesando la Europa de los Balcanes, es avasallador, triunfal. Va dejando un pasillo de varios kilómetros de ancho donde todo queda arrasado.

Frente a las murallas de Viena, y en las mismas defensas de la ciudad, se lucha con ferocidad por ambas partes. Van cayendo en manos del ejército sitiador la Contraescarpa, el Glacis, la Frisa, el Foso y el Revellín.

Cuando ya los sitiados están a punto de perder toda esperanza, aparecen las tropas polacas dispuestas a obligar a los turcos a levantar el sitio. En ese grupo expedicionario se ha enrolado un joven campesino polaco ebrio de gloria, Stefan Zabruski.

Los otomanos deciden levantar el sitio momentáneamente para detener a los polacos. La batalla representa el aniquilamiento de los otomanos y la muerte de los dos jóvenes con sueños de gloria, Timur y Stefan, gloria que jamás conseguirán por los caminos de la guerra.

INTERÉS DEL LIBRO. *Sangre en las murallas* es una novela histórica, puesto que se centra en el cerco de Viena. Estudia con suficiente profundidad los acontecimientos históricos que preceden al hecho fundamental del relato.

Al mismo tiempo es muy interesante, sin que llegue a cargarse de exceso de erudición, el estudio de los distintos cuerpos del ejército otomano y sus funciones.

El autor sigue el mismo criterio a la hora de analizar otros datos históricos: las relaciones entre los reinos cristianos de la época, la vida de la sociedad polaca, la ciudad de Viena y sus gentes...

Realista hasta el extremo en sus descripciones de los horrores de la guerra, ésta no es el único centro de interés en la obra. El amor entre Ana y Kaspar, la psicología de los grandes personajes, tanto en el mundo cristiano como en el otomano; la capacidad de sufrimiento en ambos bandos, la decisión de resistir hasta la heroicidad son otras tantas realidades que centran el interés del escritor. No deja de impresionar la breve noticia que nos da, en la persona de Nathan, sobre el trato inhumano que se daba a los judíos en la Polonia de aquella época.

La corte polaca, de un lujo desmedido, contrasta con la pobreza del pueblo, que no tiene más meta que la pura subsistencia.

Destino cruel es el reservado a los prototipos de jóvenes guerreros de ambos bandos: Timur Ven y Stefan Zabruski. La muerte en la guerra es el fin de todos sus sueños absurdos, pero lógicos dentro del espíritu de la época, a veces de horizontes limitados.

62 *Habla mi viejo*

JOSÉ LUIS MARTÍN VIGIL

1986. 161 páginas

AUTOR. José Luis Martín Vigil nace en Oviedo y estudia el bachillerato en el colegio de los jesuitas de la misma localidad. En 1935 se traslada a Madrid para comenzar la carrera de ingeniero naval.

Interviene en la Guerra Civil, como todos los de su generación, y es herido dos veces, siendo citado, condecorado y alcanzando el grado de teniente. Acabada la contienda, a sus diecinueve años, reanuda sus estudios navales en la capital hasta 1943, cuando da un cambio a su vida e ingresa en la Compañía de Jesús.

Durante catorce años se forma en ella, licenciándose en Humanidades Clásicas, Filosofía y Teología, en Salamanca primero y en Comillas después, amén de dos años de Magisterio en Vigo.

Destinado a la pastoral juvenil, dirige durante un trienio la Congregación Mariana Universitaria salmantina y es capellán del colegio mayor Fray Luis de León. En 1955 publica su primera novela, *La vida sale al encuentro*, que sería masivamente leída por sucesivas generaciones de adolescentes, y *La muerte está en el camino*, traducida con éxito al francés. Decidido a dedicar su vida a la literatura, abandona la Compañía en 1958, y en las tres décadas siguientes publica más de cincuenta libros, entre los que cabe recordar conocidos *best-sellers* como *Tierra brava, Los curas comunistas, Un sexo llamado débil, La droga es joven,* etc. En 1960 obtiene el premio Ciudad de Oviedo con *Sexta galería*; en 1965 el Pérez Galdós con *Réquiem a cinco voces*; en 1971 y 1973, el de la Oficina Católica Internacional de París con *Autour de moi ce silence y un reve de liberté*; asimismo, en 1985, el Gran Angular de literatura juvenil con *Habla mi viejo*. Durante todos estos años viene siendo reiteradamente traducido a los principales idiomas europeos. Leído por la juventud en Iberoamérica, se traduce en Brasil su novela *El misterio del Almak*, y Puerto Rico solicita treinta mil ejemplares de *El precio de ser distinto* para lectura de español en los colegios. Ha estrenado en toda España dos comedias: *Porvenir para un hijo* y *¿Valió la pena?* Asimismo ha escrito la serie titulada *Bajo el mismo techo*, emitida por TVE.

«Escribí *Habla mi viejo* expresamente para el concurso Gran Angular. Por tanto, pensando en el público al que me he dirigido con preferencia durante los últimos treinta años, es decir, los adolescentes. Viviendo por dedicación profesional toda mi vida al hilo de las suyas, y preocupado desde la mitad de los setenta por el problema que hoy supone para ellos la toxicomanía, publiqué, a su debido tiempo, *La droga es joven*, novela basada en hechos reales, en investigaciones personales y mucho dolor y lágrimas compartidos con los jóvenes.

Pero si entonces pensaba en los universitarios y los adolescentes marginales, al escribir *Habla mi viejo* dirigí mi atención a la juventud de enseñanza media, menos madura y más encastrada en el hogar paterno. Al mismo tiempo pretendí hacer un libro "doméstico", capaz de interesar a los sorprendidos padres tanto como a los poco avisados hijos. De ahí que tengamos frente a frente a un padre y a un hijo con el problema en medio, como un toro que debe ser lidiado con tanta cabeza como corazón, si no queremos que se consume la tragedia; poniendo de relieve que cuando al parecer no quedan soluciones, sólo el amor, no el amor propio, es capaz de salvar a los hijos del abismo.»

ARGUMENTO. En una ciudad tan tradicional como Salamanca, Ricardo y Berta se encuentran, se enamoran, viven un amor profundo y les nacen dos hijos. Son el prototipo de una familia feliz en la que todos se entienden. Los padres sintonizan desde todos los puntos de vista y gozan de sus hijos. Ricardo, un intelectual, catedrático en la universidad de Salamanca, es trasladado a Madrid. Muere Berta y empiezan todos los problemas.

Riqui, el hijo mayor, deja de estudiar y se embarca en la pendiente deslizante de la droga. Tiene una compañera sentimental, de una familia de humildes comerciantes, con una cultura que nada tiene que ver con el ambiente intelectual de Ricardo.

Juan Carlos, el hijo menor, vive también su vida. Aparentemente está más cerca de su padre. En el fondo es porque tiene la suficiente habilidad como para no chocar frontalmente con él. Vive para su música *heavy*.

Riqui se ve cada vez más hundido en la droga, deja embarazada a su compañera sentimental y tiene que ser recuperado con urgencia de una sobredosis.

Ricardo no encuentra demasiada ayuda en sus amigos, que ven su problema desde unos puntos de vista muy personales. Poco a poco se va apoyando en Juan Carlos, más profundo de lo que parece, y siempre más cerca de su hermano que su padre.

Alicia, la amiga de Riqui, es admitida en casa de Ricardo. Las cosas van cambiando lentamente. Riqui se va recuperando de su problema. Uno de los amigos de Ricardo ofrece una ayuda importante: presta una casa que tiene en los Pirineos, para que allí Riqui encuentre el aislamiento y la tranquilidad suficientes, algo que necesita para su total curación.

INTERÉS DEL LIBRO. El autor, él mismo nos lo ha dicho en su biografía, está en estrecho contacto con el mundo de los jóvenes y sus problemas. El libro es un reflejo de esa experiencia y conocimiento: dificultades de relación con los padres, desilusión de los jóvenes ante el tipo de sociedad que los espera, problema de la droga, incomprensión por parte de los mayores...

Todos tienen algo de razón. Pero los problemas no se pueden resolver desde esa pura razón lógica. Al fin se impone la razón del amor. En muchos momentos no parece razonable la solución, pero es la única, la eficaz.

El amor es siempre positivo. La sorpresa de Ricardo, que en el fondo está añorando una presencia femenina en casa, es la entrada en ella de Alicia, tan conflictiva para él cuando se le planteó como posibilidad. El autor revaloriza el papel de la mujer.

En el pensar común, el mundo de la droga está sometido a criterios de desesperanza: quien entra ahí ya no sale. En *Habla mi viejo* se nos ofrece una teoría diferente. Riqui está en vías de regeneración. Y lo está porque empieza a sentirse integrado de nuevo en el amor de los suyos.

El entorno social de las personas va cambiando y tienen que saber adaptarse a esos cambios. El Ricardo de Salamanca no tiene nada que ver con el que vive en Madrid después de la muerte de su mujer, y que tiene que encargarse de la educación de sus hijos, responsabilidad que hasta entonces había delegado en su mujer.

El lenguaje es de gran calidad, y siempre muy cerca de la capacidad lectora de los jóvenes.

63 *En busca del Faradawn*

RICHARD FORD
1986. 221 páginas

AUTOR. «Nací en 1948 en una pequeña casa de campo, en el corazón de la campiña inglesa. Mi casa estaba a casi dos kilómetros de los vecinos más próximos. Hijo único, mi amigo era mi perro, Bill. Pasé la mayor parte de mi tiempo libre jugando en los campos y en los bosques de alrededor de mi casa, lo mismo que Nab en la novela *En busca del Faradawn*.

Llegué a pensar que los bosques eran mi casa; los animales, mis amigos, y que los hombres que venían a disparar y cazar eran unos invasores y asesinos.

Cuando tenía trece años, salí de mi casa para ir a un internado donde aprendí mucho sobre la crueldad y el sadismo de la naturaleza humana, porque se permitía a los chicos mayores amedrentar y torturar a los pequeños con la excusa de endurecerlos. Fue allí donde aprendí a sobrevivir, a mirar por mí mismo, a no confiar en nadie más que en mí.

Luego, fui a la universidad con la idea de hacerme abogado. Esperaba aprender algo sobre las reglas a las que están sometidos los hombres y sus códigos de conducta. Seguí mis estudios hasta obtener el máster. El título de mi tesis fue *La ley sobre la crueldad contra los animales,* con la idea de enterarme a fondo de cuáles habían sido las líneas maestras de las relaciones entre los hombres y los animales.

Mis profesores de Derecho me aconsejaron enseñar esa materia. Por eso me dedico a escribir solamente en mis horas libres y fines de semana. Vivo en una vieja y solitaria granja en la montaña, con mi hijo Daniel, de diez años, y mi perro. Damos largos paseos juntos cuando estoy a punto de producir alguna de mis obras.

He escrito tres novelas, una trilogía de la que el primer título es *En busca del Faradawn.* Las tres partes expresan mi preocupación por el hombre y su manera de tratar el mundo viviente que le rodea plantas, animales y a los demás seres humanos.

En la novela *En busca del Faradawn* muestro mi esperanza de que el lector alcance a ver el mundo lo mismo que lo ven los animales, y se sienta tan disgustado como yo ante la crueldad y el horror que el hombre desata en los animales que le rodean. A menudo llega, incluso, a encontrar placer y satisfacción en su sufrimiento.

Aunque mis libros están considerados, en general, como llenos de interés y de una lectura fácil, también podrían ser interpretados como parábolas, dignas de ser meditadas en nuestro tiempo.»

ARGUMENTO. Nab, un niño recién nacido, es abandonado en el bosque por sus padres. Lo crían una pareja de tejones.

La infancia de Nab transcurre en el Bosque de Plata, en compañía de los animales. Aprende a vivir en libertad dentro de esa sociedad animal que sólo se ve amenazada por la presencia de los *urkkus,* los hombres. Éstos, con sus despiadadas cacerías y matanzas, están dejando el bosque prácticamente despoblado. Nab sufre profundamente cada vez que matan a alguno de sus hermanos. No entiende cómo los hombres pueden ser tan crueles y salvajes.

Pero todavía queda una esperanza para los animales y para los pocos hombres de buena voluntad que existen: Nab ha sido enviado por el destino para salvarlos cuando llegue el holocausto provocado por las guerras que están profanando el reino de la naturaleza. Para conseguir la liberación, Nab debe obtener el poder de los tres Faradawns, es decir, los talismanes representativos de las fuerzas del bosque, el mar y la montaña. Acompañado por su padre adoptivo, el tejón, y por sus amigos, el búho, la liebre y el perro, va en busca de su compañera de peregrinación, Beth. Juntos emprenderán la gran aventura que los llevará a enfrentarse con la raza humana y a luchar contra las fuerzas del mal. Su peregrinación se convierte en una odisea plagada de aventuras, sufrimientos, sacrificios y dolor, pero se ven recompensados finalmente. Siempre existe la esperanza de que el nuevo mundo que se está configurando sea más humano, más libre de odios y venganzas y más comprensivo con la misma naturaleza.

INTERÉS DEL LIBRO. *En busca del Faradawn* es, efectivamente, una novela de aventuras, pero teñida de un profundo lirismo en cuanto a exaltación de la naturaleza se refiere. Es un canto a la libertad que, extrañamente, es provocado por la crueldad de la raza humana. En ella se conjugan las fuerzas del bien y del mal.

El realismo cruel y la personificación de los animales han llegado en este libro a extremos realmente increíbles. El lector siente auténtico malestar y angustia ante las reacciones que los hombres tienen con los animales. Nab, que siente un profundo cariño por los animales, por la naturaleza y la vida, sabe que sólo el sacrificio y el riesgo de su propia vida pueden llevarle a superar el maldito mundo de crueldades que está viviendo.

El autor, Richard Ford, trata de hacernos comprender con su obra todos esos sentimientos: amor, lucha, libertad, voluntad... que caracterizan la figura de su protagonista, Nab, y de su compañera, Beth.

64 *Lad, un perro*

ALBERT PAYSON TERHUNE

1986. 223 páginas

AUTOR. Albert Payson es un periodista americano, novelista y escritor de relatos sobre animales. Nos cuenta él mismo una anécdota significativa sobre su vida: «Tenía seis años cuando estropeé una muñeca, a fuerza de balancearla agarrada de las orejas. Apareció mi padre y, sin decirme una sola palabra, hizo lo mismo conmigo. Cuando terminé de gritar y llorar, empecé a pensar. A partir de ese día jamás he sido capaz de encontrar satisfacción alguna en herir a nadie ni a nada, cuando los seres atacados no tienen capacidad ninguna para defenderse. Es más, desde aquel mismo momento he intentado siempre comprender los pensamientos e impulsos de la naturaleza y de los animales. Ha sido siempre mi *hobby*. Nos gusta hablar de lo que realmente nos interesa. Por eso siempre hablo y escribo sobre animales, centrando especialmente mi interés en los perros.

Mi padre fue ministro de una iglesia. Mi madre, escritora. A ella le debo mi vocación de escritor.

Nací en Newark, New Jersey. Siendo todavía muy pequeño, mi familia se trasladó unos años a Europa. Fue allí, en París y en Génova, donde realmente empezó mi educación.

Volví a Europa después de haber terminado mis estudios universitarios. Fue la ocasión que me permitió viajar por el Oriente Medio. Llegué a vivir durante algún tiempo con una tribu de beduinos, que quisieron adoptarme.

A mi vuelta a América empecé a trabajar como periodista, pero sin auténtica vocación. Por la noche me dedicaba a escribir pequeños relatos para revistas. Hasta que, poco a poco, me centré en los relatos de perros y de la naturaleza en general. Después todo empezó a resultarme más fácil, hasta que pude dejar el periodismo, y dedicarme por entero a la novela y los pequeños relatos.»

Lad, un perro fue escrito por Albert poco antes de morir. No lo escribió para jóvenes, pero ellos formaron más de la mitad de sus lectores. Su fama fue enorme entre ellos.

La universidad de Columbia le concedió la medalla de Autentico Intérprete de la Naturaleza.

(Twentieth Century Authors. Kunitz and Haycraft, H. W. Wilson Co., 1942.)

ARGUMENTO. Lad es el rey de The Place, la granja en la que vive con sus amos. Es un collie de pura raza, un perro guardián. Pero además es el fiel amigo y compañero de sus amos, a los que adora con toda su alma perruna. En su corazón da también cabida a los niños, a los desvalidos y a los débiles. Sólo muestra toda la fiereza que lleva en sus venas, recuerdo de la mezcla de sangre loba de sus ascendientes, cuando alguno de sus ídolos es atacado.

Lad es casi humano. Su amor hacia Lady, su compañera, hacia Wolf, el hijo de ambos, o hacia la niña enferma, por la que arriesga su propia vida, conmueven profundamente al lector.

INTERÉS DEL LIBRO. El libro presenta un valor fundamental: el cariño a los animales. Pero en esta narración el protagonista no es un niño que adora a su perro, sino un perro que adora a sus amos. Los sentimientos del animal aparecen reflejados a lo largo de la obra: el cariño, la tristeza, la soledad, el abandono..., en fin, exactamente igual que cualquier ser humano.

Junto a este aspecto, señalaríamos el valor y la bondad de nuestro protagonista, enmarcado siempre en ese ambiente familiar y afectivo que ha ido forjando, poco a poco, su «personalidad».

Lad es mucho más que un perro. El amor del hombre hacia los animales se queda casi corto al lado de lo que descubrimos en esta obra.

El libro está basado en una serie de artículos que escribió el autor. Así lo señala él en el epílogo. Se trata, pues, de una recopilación de historias en las cuales el hilo conductor es siempre Lad, que no es un personaje de ficción. Es un perro al que el autor ha conocido de cerca. Por eso nos puede mostrar tantas facetas y aspectos diferentes del animal. Sólo al final de la obra descubrimos que el amo, al que tanto adora Lad, es el autor de esta novela.

Cabe señalar, por último, el carácter literario de la obra. Puesto que se trata de una serie de artículos, recopilados en forma de libro, el lenguaje se mueve un poco dentro del estilo periodístico, que el lector reconocerá enseguida.

65 *El camino del arco iris*

OTHMAR FRANZ LANG

1986. 136 páginas

AUTOR. «Nací en Viena el 8 de julio de 1921 a las dos de la mañana. El médico que atendió a mi madre no debía de estar muy despierto, porque creyó que yo había nacido muerto. La comadrona fue de otra opinión, y tenía razón. Desde entonces suelo escuchar atentamente la opinión, de las mujeres.

A los dos años me encerraron detrás de unas rejas. Fuimos a vivir, a causa del trabajo de mi padre, al recinto del tribunal tutelar de menores. Desde entonces, convivo con los problemas de la juventud.

En la primera enseñanza, un buen maestro hizo de mí un buen alumno. En el bachillerato tenía un profesor de lengua con el que no me ponía de acuerdo respecto a la extensión de las frases. Yo prefería las cortas; él, las largas. Me lo hizo pagar. Tuve que cambiar de colegio y estudié Farmacia.

Dos graves accidentes, con largas estancias en el hospital, me llevaron a leer. La lectura fue también mi consuelo en la Segunda Guerra Mundial, de la que me ha quedado metralla rusa en la pierna derecha. Tras la guerra hice mis primeros intentos literarios y salieron mis primeras publicaciones. A continuación, una pequeña comedia para la radio. El primer guión de radio importante recibió un premio. El tema: la dignidad y la libertad de los hombres.

Después me llegó la invitación de una editorial para que escribiera un libro infantil. El primer libro apareció en 1953. Desde entonces he publicado más de sesenta, con traducciones a dieciocho lenguas.

Mi obra ha sido premiada abundantemente, con premios nacionales e internacionales, hasta figurar en la Lista de Honor del Premio H. C. Andersen.

Mi juventud y mi vida posterior se han guiado por el espíritu del movimiento *scout:* cada día, una buena obra, como ayudar a los pobres, a los débiles, actuar socialmente... Estas máximas han conducido mi vida.

Durante la época nazi tenía un amigo con un hijo minusválido. En aquella época esos niños eran asesinados por *inútiles*. Conocí todas las vicisitudes que debieron pasar mi amigo y su familia para evitar la muerte del pequeño. Cambiaban una y otra vez de residencia y escondían a su hijo en casa de otras personas. Fue una vivencia muy importante para mí. El muchacho, que en el libro es atendido por Nicola, tiene los rasgos del hijo de mi amigo. Para mí lo importante no era demostrar la crueldad de aquellos tiempos, sino mostrar a los jóvenes otras posibilidades: la ayuda, la donación, el ejercicio del amor al prójimo. Que lo han comprendido numerosos jóvenes lo corroboran las muchas cartas que me han escrito.»

ARGUMENTO E INTERÉS DEL LIBRO. En una sociedad como la nuestra, donde la competitividad es un elemento esencial de la vida, donde se adula y admira a los triunfadores, las personas con deficiencias, los ancianos, los perdedores en una palabra, nunca son demasiado bien vistos. A lo más que hemos llegado es a situarlos en hospitales especiales con todos los cuidados externos necesarios. Para los que están fuera, son simplemente *locos* respecto a los que hay que guardar una cierta distancia. Incluso los hay que son culpables de su *locura* y por ello tienen que pagar sus culpas en un lugar separado de los demás.

Nicola no lo ve así. Por una razón que ni ella misma se explica, desea entrar en contacto con el mundo de los deficientes psíquicos, aunque tiene que reconocer que siente el lógico miedo a adentrarse en un mundo desconocido y respecto al que tantas prevenciones encuentra a su alrededor. Pero su sentido de entrega a los demás es más fuerte que todos los miedos. Iniciada por la madre de una amiga, empieza a trabajar con la asociación Robinson, dedicada al cuidado de estos disminuidos. Sus padres no ponen especiales dificultades, aunque su madre no acaba de entender lo que hace su hija.

El trabajo con estas personas va haciendo de Nicola una chica cada vez más comprensiva, y, en vez de un enfrentamiento frontal con su madre, le hace ver poco a poco el profundo sentido humano de lo que está haciendo.

Tal vez lo que inicialmente impulsara a Nicola a trabajar, efectivamente, por los demás fue el hecho de no poder hacer nada por su amiga, sumida en una profunda depresión.

Entre los que trabajan en Robinson hay gente de todas las edades y de todos los credos. Cada uno ha llegado a la asociación por diferentes motivos. En todos hay un denominador común: una gran carga de humanidad.

A medida que va conociendo mejor el ambiente, Nicola se siente capaz de atender especialmente a un niño, Jorg, víctima de un derrame cerebral poco después de su nacimiento. Su incomunicación con el mundo es total. Nicola se esfuerza por darle aquello que únicamente le puede acercar al mundo: cariño. No es fácil. Hay que estar dispuesto a fracasar una y otra vez. No hay que imponerle un ritmo desde fuera, sino seguir el ritmo interior y misterioso del propio Jorg.

Hay algo que une a Nicola y Jorg. Ese algo es como un arco iris. Hermoso y frágil.

66 *Hijo de meteco*

SUZANNE SENS
1986. 157 páginas

AUTOR. «Nací el 15 de septiembre de 1930 en Le Genest, Francia, en el departamento de la Mayenne, en el que he vivido siempre. Después de unos estudios desbarajustados por la guerra, terminé mi bachillerato y conseguí luego un diploma de Pedagogía para poder enseñar. He sido maestra rural durante veinte años. Luego, en Laval, durante el resto de mi carrera.

A partir de las vacaciones de 1987, me retiré. Vivo en la capital del departamento de la Mayenne. Poco después me consagré enteramente a escribir. Soy soltera, apasionada de la literatura, de la historia y de la música.

He decidido escribir para la juventud por el gusto de hacerlo, evidentemente, pero también como una prolongación del trabajo de toda mi vida. Los chicos estudian en clase mis novelas y biografías. Sus profesores me piden luego encuentros con ellos en los colegios, lo que da paso a interesantes actividades.

Desde que me he retirado paso muchísimo tiempo en los colegios. Y eso, a plena satisfacción mía.

He publicado casi una veintena de obras, entre ellas *Hijo de meteco*. Al escribir esta última me divertí mucho. Los personajes me apasionaron y el tema también. Pero hay tres que son mis preferidos: el druida, el bardo y el vergobret.

He conseguido un premio importante por el conjunto de mi obra.

Y para terminar, un deseo: que todos mis libros sean traducidos al español y queridos por todos los lectores del otro lado de los Pirineos. Leo español con facilidad, aunque no lo hablo. Me encantaría visitar España.»

ARGUMENTO E INTERÉS DEL LIBRO. Las historias de Asterix y Obelix nos han acercado al mundo de la Galia, en lucha permanente con las legiones romanas.

Frente al mosaico de pueblos galos, anclados en sus tradiciones y divididos por sus caudillos, Roma, coloso militar, se impone poco a poco por su fuerza y por su capacidad organizativa. Julio César es un temido general victorioso. Para los galos, una permanente amenaza.

Pero no todos los romanos son gente de armas. Algunos se han afincado en la Galia y han construido allí su vida, mezclándose con los nativos. Los hay, incluso, que en su matrimonio han tenido hijos que sienten en su interior la llamada de dos sangres que corren por sus venas: la gala y la romana. No es fácil compaginarlas.

Celtill, hijo de romano y gala, lo sabe bien. Es víctima y símbolo de un enfrentamiento entre dos pueblos que habitan en su interior. Es un corazón dividido, pero también poseedor de lo mejor de las dos razas. Sus amigos y parientes están en los dos bandos. Y él, en medio.

El azar le va a situar en pleno conflicto bélico, en el ojo del huracán. Y tratará, a pesar de sus quince años, de ser fiel a unos y a otros, pero, sobre todo, de ser fiel a sí mismo. Mensajero de su hermano, romano puro, sitiado por los galos, intenta llegar hasta su padre, también romano, atrapado en una ciudad acosada al mismo tiempo por galos y romanos.

Celtill es ingenioso para salir del paso. Y, sobre todo, es valiente. A veces no sabe bien en qué bando está. Teme ser víctima de unos y otros. Es testigo de envidias y traiciones. Y es también testigo del coraje, la generosidad y el valor de unos y de otros.

Casi llega a olvidar su misión viéndose inmerso en una guerra que no acaba de comprender. Saborea la amistad y admira la estrategia. Descubre valores ocultos donde menos lo podría imaginar, y trata de estar siempre a la altura, de no decepcionar la confianza que han depositado en él. Se subleva ante la traición y el engaño. Rechaza el oportunismo. Se arriesga una y otra vez. Está con todos y contra nadie.

Con él la guerra deja de ser una fácil historia de buenos y malos, para ser un drama de hombres y pueblos, un choque de estilos de vida, un terrible ajedrez de influencias y dominios. Celtill está en lo más intrincado de esa guerra y, al mismo tiempo, su corazón es ajeno a ella. Está por encima de los motivos y los intereses que la provocan. Celtill es una víctima. Mejor aún, un héroe de todas las patrias y todas las razas.

67 *La encrucijada*

MONTSERRAT DEL AMO

1986. 141 páginas

AUTOR. La biografía aparece en la página 142.

La autora cuenta así por qué escribió la obra:

«En el mundo hay heridas abiertas que no presentan aspecto de curar. Una de las más sangrientas está en esa estrecha franja de tierra que unos llaman Tierra Santa, otros Palestina y otros Estado Libre de Israel. Yo fui allí un verano buscando sólo Tierra Santa, y me encontré en una encrucijada de creencias, pueblos, culturas, envuelta en oleadas de amor y odio que, como a ser humano, me comprometían.

Me pasé todo el año leyendo cuantos libros encontré sobre esos hombres y esas tierras. Hasta en la historia de las cruzadas, el sueño áureo de mi infancia, encontré luces y sombras.

Volví el verano siguiente a contrastar con la realidad mis lecturas. Escribir me pareció, después, irremediable, si estaba dispuesta a asumir mi compromiso personal ante tanto dolor humano. Busqué una trama argumental, un hilito que tirase del interés del lector hasta el final del relato, más aún, que le mantuviera tenso después de terminarlo, obligándole, también a él, a comprender y perdonar, a compartir y amar.

Doy todo por bien empleado si en algún caso se cumple mi deseo.»

ARGUMENTO. Joaquín, estudiante de Filología, quiere vivir la experiencia de trabajar la tierra. Por eso decide marcharse como voluntario a un *kibutz*. Allí se encuentra con un Israel extraordinario y a la vez controvertido, punto de unión y conflicto de diferentes creencias. Una vez en el *kibutz*, se enamora de Débora. Ambos se entienden, hasta que ella descubre que Joaquín no es judío, hecho que la lleva a alejarse de él. De este modo Joaquín se encuentra en una encrucijada, pues lo que realmente busca es la esperanza de que todos nos podamos entender algún día.

INTERÉS DEL LIBRO. En una serie de cartas, el protagonista se escribe a sí mismo la rica experiencia que ha vivido, con el fin de que algún día lejano pueda comprender en profundidad a la persona que escribió todo aquello. Es decir, a sí mismo y sus ideales de juventud. En esas cartas se plantea la lucha violenta entre dos pueblos, judíos y palestinos, y cómo esas dos posiciones, tal como están planteadas, jamás llegarán a encontrarse.

Se cuestiona sobre el verdadero trasfondo de la fe, y si cualquier creencia religiosa debe llevar a la separación, a la radicalidad. Evidentemente, el respeto debe imperar en cualquier relación. Además, si logramos superar las diferencias ideológicas y religiosas llegaremos a la comprensión y a la tolerancia, sin perder nunca nuestra identidad.

68 *El testamento de un lugar llamado Tierra*

JORDI SIERRA I FABRA

1986. 159 páginas

AUTOR. La biografía aparece en la página 103.

Jordi Sierra i Fabra nos dice lo siguiente de esta obra:

«Para cerrar una trilogía galáctica, nada mejor que la aventura. En este tercer libro quise ser realmente joven, y no olvidar que primero hay que leer para entretenerse, y escribir en consecuencia. Si el primer libro era la sorpresa y el segundo la reflexión, aquí estalla la aventura. Si bien los dos primeros libros no fueron pensados para un público de edad específica, este último sí lo hace con una estructura puente. Para mí lo esencial seguía siendo la idea de la trilogía, ese ciclo que, lejos de cerrarse con *El testamento de un lugar llamado Tierra*, lo único que hace es abrirse de nuevo y dejar que cada cual mantenga la libre interpretación de cuanto ha leído, estructurado y asimilado en su mente. Pienso que *El ciclo de las Tierras* necesita varias lecturas, el comentario entre compañeros o con los profesores, y se hace necesario que cada cual, según su ánimo, valore las deducciones.

No hay respuestas para todas las preguntas, pero es importante hacerse las preguntas.

Escribí *Testamento...* medio año después de concluir *Regreso....* El esquema de la obra es simple: las máquinas están solas, después de la escisión y de la marcha de los seres humanos, y casi doscientos años después la necesidad de buscarlos, de aproximarse al origen..., de recuperar al creador, se hace perentoria para una facción de ellas. Un viejo profesor y una joven científica escapan para buscar al hombre. Sin embargo, cuando lo encuentran... El *quid* de la cuestión era el que conforman las teorías de Einstein en el pasado, y de científicos como Carl Sagan en el presente. Tanto al final de *... en un lugar llamado Tierra* como de *Regreso...*, el lector solía pensar que el tiempo caminaba en una sola dirección, el futuro. Pero ¿y si no fuera así? Al final de *Testamento...* la pregunta es: ¿iban hacia adelante o hacia atrás? De ahí la génesis de la trilogía y el motivo de que se llame *Ciclo de las Tierras.* Hay, además, un doble final. Después de hallar a los humanos, las dos máquinas regresan, y también ellas parecen haberse perdido por el tiempo galáctico. ¿Por qué? No hay respuestas, y de ahí que concluya el libro y la trilogía con un capítulo al margen, hablando de Einstein y sus teorías de la relatividad, y de Carl Sagan y sus explicaciones sobre agujeros negros y otros fenómenos.

Cuando en algún colegio se me pregunta si creo haber hecho un final feliz, les digo que sí; la continuidad, la búsqueda, la esperanza y el deseo de todo ser vivo de hacerlo, aunque sea sobreviviendo, más que viviendo, son el mejor de los finales felices. El futuro, para bien y para mal, nos pertenece.»

ARGUMENTO E INTERÉS DEL LIBRO. Última parte de la trilogía *El ciclo de las Tierras*, precedida de *... en un lugar llamado Tierra* y de *Regreso a un lugar llamado Tierra*, esta novela nos sitúa en el momento en que las máquinas, después de la guerra con los hombres y de la partida de éstos, han desarrollado una sociedad crecientemente autoritaria y policial. Frente a los estamentos de poder se encuentra una oposición en cuyo seno el grupo más activo es el balhissaysta, constituido por aquellos que permanecen fieles a las ideas de Balhissay 1-15, personaje que centraba también los dos relatos anteriores, donde nos lo encontrábamos empeñado en la lucha por conciliar lo humano y lo maquinal.

Dos de los activistas más destacados de la oposición, Steinein 6-2135, un profesor a quien se nos presenta como el heredero moral de Balhissay, y su colaboradora, Zil 6-921, deciden huir al encuentro de los que fueran sus creadores, para buscar una fórmula que permita la reunificación. Nada les podía hacer sospechar aquello con lo que se iban a encontrar entre los humanos.

En un momento dado de la obra, uno de los personajes nos habla de que todo ser creado necesita de su creador. Pero, en este caso, la relación entre creador y creado está organizada sobre una paradoja indisoluble. El hombre, acaso el ser más imperfecto e incompleto del universo, ha sido, quizá por ello, dotado de una inteligencia y de un ingenio capaces de convertirlo en un ente casi divino, en tanto es capaz de generar otras formas de existencia distintas a él. Pero, por otra parte, el ser humano es también capaz de alcanzar unos dinteles de insensatez sorprendentes.

He aquí a un ser, acaso único en el cosmos, susceptible de haber inventado, a la vez, la lealtad y la traición, lo sublime y lo miserable, el amor y el resentimiento. Prisionero de sus contradicciones, esta criatura parece haber sido inhábil para otra cosa que para, creyéndose habitante de algo llamado historia, protagonista de un falso progreso, dar perpetuamente vueltas en torno a sus propias torpezas, igual que lo haría en un estólido tiovivo de feria. Y, en cambio, con toda la irracionalidad a la que una especie de vértigo le aboca una y otra vez, aún ha sido capaz de engendrar ese vago sentimiento que llamamos esperanza, un sentimiento que, quién sabe si sin razón, aún hoy se empeña en cultivar.

Éstas son algunas de las conclusiones a las que nos puede conducir la lectura de esta obra y, por extensión, de las otras dos de la trilogía con las que forma una unidad articulada y, hasta cierto punto, inseparable. Jordi Sierra i Fabra nos propone una lectura de lo humano, que es a la vez una denuncia y un reproche contra la evidencia de que decir *condición humana* es decir *condición destructiva y violenta;* contra la crónica estupidez que parece afectar a lo humano y lleva al hombre a tropezar una y otra vez con la misma piedra de la incomprensión y del desamor, pero que es, a su vez, también una exaltación de esa potencia siempre latente, siempre disponible, de volver a empezar, de reiniciar, de volver a intentarlo.

MANUEL DELGADO RUIZ
Profesor del Departamento de Antropología Cultural
Universidad de Barcelona

69 *La llamada del muecín*

HELEN KEISER
1987. 158 páginas

AUTOR. La autora nació en Zug, una pequeña ciudad suiza. Hija de un maestro, su juventud transcurrió sin complicaciones entre lagos y montañas. Desde que aprendió a leer, los libros ejercieron un importante papel en su vida. En el colegio, la redacción era su asignatura favorita.

Estudió en la Escuela de Artes Aplicadas de Zurich, especializándose en Artes Gráficas y Decoración. Estudió también Historia y Arqueología. Diversos viajes de estudio la llevaron a Roma, París, España y norte de África. Cuando Helen Keiser llegó, por primera vez, a la costa este del Mediterráneo y desde las montañas del Líbano divisó el oasis de Damasco y el desierto en el lejano horizonte, tuvo muy claro que algún día volvería allí.

Pasaron luego treinta años con incontables viajes y estancias de meses en Arabia. Helen Keiser aprendió árabe para poder contactar mejor con la gente. Cabalgó con los beduinos por el desierto y fue invitada a las tiendas y también a los oasis y a las ciudades orientales.

El Oriente se ha convertido para ella en algo casi obsesivo. Uno de sus trabajos más importantes fue la colaboración con arqueólogos alemanes en excavaciones de ruinas sumerias y babilónicas, en el sur de Irak. Después participó en el descubrimiento de las ruinas de varias ciudades, en Jordania, Arabia Saudí y Yemen.

De todos estos acontecimientos han nacido, a lo largo de los años, once libros: descripciones de viajes, informes arqueológicos y novelas.

Su idea constante es la comprensión entre los continentes. Por este motivo, la autora recibió en 1983 el premio cultural del cantón en que nació. Sigue escribiendo sobre el mundo de Oriente Medio, que considera como algo tan suyo.

«Escribir *La llamada del muecín* suponía una necesidad para mí. Durante años me ha preocupado el problema de los europeos en Oriente. Así, la novela se ha convertido en una historia verdadera, escrita a partir de mis vivencias.

La obra trata de los comportamientos humanos, del amor entre Oriente y Occidente, dos mundos tan dispares.»

ARGUMENTO E INTERÉS DE LA OBRA. En las antiguas culturas, de las que somos herederos, cambiar de nombre tenía un profundo significado. Significaba dar un nuevo rumbo a la vida. Suponía dejar un pasado para enfrentarse a un futuro diferente. Y esto es lo que Sybille va a hacer cuando deje Hamburgo para vivir en Bagdad.

A partir de ese momento será Sita. Ha dejado el mundo occidental tecnificado, de prisas, pragmatismo, y se adentra en el siempre misterioso Oriente. Un mundo donde el tiempo tiene otro valor, donde las personas viven y se relacionan de modo diferente. Un mundo apenas vislumbrado a través de *Las mil y una noches*, por el que los siglos parecen haber pasado casi de puntillas, sin apenas haberlo modificado.

No es fácil el cambio para Sybille-Sita. En su misma familia no es bien aceptado. Hay razones, decía el Principito, que no puede entender la cabeza, y que sólo el corazón comprende.

De la mano de su marido, Harum, Sita comienza una nueva vida. Todo es diferente. Harum tiene que buscar trabajo, y Sita, encontrar su lugar en un mundo nuevo para ella y, sin embargo, viejo y sabio.

Sita aprende un nuevo concepto de vida, de familia, de mujer. A veces tiene que huir y refugiarse en su propia soledad para no quedar totalmente aniquilada. Oriente no es *Las mil y una noches.*

El río, un gato, una mujer tuareg, el desierto, su propio suegro serán los puntos de apoyo de Sita. En ellos va a encontrar no sólo la fascinación de lo desconocido, sino también la cercanía del amigo y el calor de la comprensión, que a veces tantos otros parecen negarle, a pesar de su decidida voluntad de integrarse en aquel mundo nuevo.

Harum, por su parte, vive un drama personal. Él es oriental. Conoce su mundo. Ama a su mujer. Pero tiene que pasar por un proceso similar al de Occidente a la hora de buscar trabajo, abrirse paso poco a poco; las mismas dificultades, los mismos malos ratos. En cierto modo podría decirse que Sita, siendo de Hamburgo, vive más en Oriente que Harum. Su gran ventaja es que el problema lo viven juntos, y unidos tratan de superar las dificultades.

Una niña va a cambiar sus vidas: su hija. Parece que al fin Oriente y Occidente tienen algo en común. Los dos mundos no sólo se han encontrado, sino que ahora van a vivir juntos. La niña es el resumen feliz del esfuerzo por acercar las dos orillas de un mismo mar.

Sin embargo, algo faltaba en las vidas de Harum y Sita. Y ese algo va a hacer su aparición. Es la fragilidad del ser humano, la limitación propia de las personas, capaz de romper los mejores planes y las más bellas ilusiones; en definitiva, la enfermedad. Una vez más, como en tantas ocasiones, el amor y el dolor van a estar juntos.

A la sombra de nosotros mismos están todos los elementos que conforman nuestras vidas. Mezclados, cruzándose unos con otros, como tantas veces. En la vida de Sita y Harum no ocurren grandes cosas. Pero dentro de la sencillez de unos acontecimientos cotidianos se encierra la grandeza de las personas, sus dramas y sus alegrías.

70 *Barro entre las manos*

LENE MAYER-SKUMANZ

1987. 162 páginas

AUTOR. Nació en Viena (Austria) en 1939. Estudió Clásicas y Filología Germánica. Actualmente vive en Viena. Ya su primer libro, *Un ángel para Mónica,* fue galardonado con el Premio de Literatura Juvenil de Austria. Ha escrito obras sobre la problemática juvenil, de aventuras y policiacas. Últimamente se ha dedicado a escribir textos para álbumes ilustrados. En sus libros trata sobre los problemas de la convivencia, del racismo, del Tercer Mundo. En todos ellos deja ver su pensamiento sobre la importancia y el valor de los ideales del cristianismo. Sus obras no son nada convencionales. Están llenas de humor y nunca pretende servirse de ellas para moralizar. Aun en el caso de sus libros religiosos, los enfoca desde una manera nueva de entender la religión. La autora está en contacto con sus lectores por medio de animaciones a la lectura, encuentros...

ARGUMENTO. Florián es un chico de unos doce años al que le apasiona modelar. Poco a poco, este *hobby* va anteponiéndose a sus estudios. Al no poder realizarlo en casa, instala su pequeño taller en la conejera de su amiga Sabine. Pero sus padres, únicamente interesados en los resultados de los estudios, se niegan cada vez más a sus peticiones, resultando la convivencia familiar cada vez más difícil.

Florián se siente perdido: ¡él necesita modelar! Los estudios no le interesan. Sin embargo, ante las numerosas presiones por parte de los mayores, abandona la cerámica y comienza a estudiar. Los mayores han ganado. En cambio, él ha perdido a su mejor amiga, justamente por haberse dejado modelar. Ya no le interesa nada, no tiene ilusión por nada.

Sus padres recapacitan y dejan que simultanee las dos actividades. Ante este cambio de actitud en sus padres, él sabe que tendrá que ceder, poner algo de su parte. Al mismo tiempo, pone toda su ilusión en recuperar la amistad de Sabine.

INTERÉS DEL LIBRO. Esta novela está escrita con un estilo ágil, en forma muy directa. Por eso, la lectura se hace muy amena.

La novela tiene una concepción moderna. Aunque hay un protagonista, a su alrededor se mueven bastantes personajes, que hacen que la historia sea mucho más viva, y hasta más real. Todos ellos van apareciendo en la obra muy bien perfilados. Conocemos su carácter y su forma de actuar. Hay personalidades fuertes, dulzura, sensibilidad...

El libro interesará a los lectores, además, porque se mueve en un ambiente muy conocido para ellos: la escuela, los problemas de las notas, la amistad entre los chicos. Los lectores se identificarán con el protagonista, participando de sus problemas. Y, sobre todo, porque sale vencedor en la batalla.

En la obra hay una serie de figuras muy interesantes: Brigitte, la profesora de manualidades; el profesor Weidwiedl, Sabine, Franciska, la hermana pequeña del protagonista; la madre de Sabine... Son seres entrañables, con una forma peculiar de entender la vida.

Los personajes son seres muy humanos. Todos tienen su lado bueno. Pero no hay nadie perfecto. El mismo Florián, que gana al final la batalla, tiene que ceder en parte: debe estudiar matemáticas. Vale la pena analizar a los personajes bajo esa perpetua contradicción perfección-imperfección.

Está muy bien tratada la relación que se establece entre Sabine y Florián. Sabine será quien más comprenda el amor que siente Florián por el modelado. Le ayudará mucho.

Hay que destacar también la relación entre Sabine y sus padres, y el cariño de Franziska por su hermano.

En toda la obra hay un mensaje muy claro: la necesidad de compaginar aficiones y obligaciones, aunque la afición se convierta con el tiempo en la forma de ganarse la vida.

71 *La herencia de los Bisnenti*

ALESSANDRA JESI SOLIGONI
1987. 157 páginas

AUTOR. «Nací en el Véneto, región tradicionalmente agrícola del norte de Italia, en la provincia de Treviso, en la llanura baja de Padua, a poca distancia de los Dolomitas y el mar Adriático.

En este ambiente, el contacto directo, desde la infancia, con la naturaleza y la vida agreste ha madurado en mí un conocimiento y un amor por la tierra, el duro trabajo físico y la antigua cultura.

Es una experiencia que trato de transmitir por medio de mis escritos, en los que la confrontación del pasado y el presente, a la búsqueda de la identidad, se ha convertido en el tema central de la novela *La herencia de los Bisnenti.*

Otra condición fundamental de mi existencia, y que constituye un condicionamiento de mis escritos, es el hecho de haber sido profesora de enseñanza media durante muchos años, lo que me ha puesto en contacto con chicos de once a quince años. Esto ha contribuido de manera fundamental a hacerme escritora y al destino que he dado a mis obras, porque mi relación con el mundo de los jóvenes me ha permitido conocer su psicología, sus problemas, su estado de ánimo e incluso su lenguaje.

Después sentí la exigencia de ampliar el círculo de los destinatarios. Empezó en la escuela y se ha ampliado muchísimo a través de encuentros con gran cantidad de jóvenes y lectores de toda edad, que en este momento son docenas de miles.

Por lo que se puede deducir de lo anteriormente dicho, está claro que mi proceso como escritora ha sido lento y complejo, aunque se ha visto coronado por el éxito desde que empecé, en 1971, con mi primera obra, que mereció un prestigioso premio europeo. *La herencia de los Bisnenti* obtuvo el Premio Europeo de la Provincia de Trento en 1982.

Recibo muchas cartas de mis lectores. Éste es uno de *La herencia de los Bisnenti:*

"La lectura de este libro me ha encantado porque me ha presentado la auténtica realidad con todos sus problemas. Lo considero un libro muy bello, rico en contenidos, del que he sacado el siguiente mensaje: con amor se pueden conseguir los mejores resultados".»

ARGUMENTO. Los Bisnenti no eran nada hasta que Giacomo, tras toda una vida de trabajo, consigue llegar a ser propietario de un pequeño terreno. Pero su hijo Giuseppe se marcha a la ciudad. Allí trabaja día y noche para poder darle todo a Vincenzo, su hijo, con el fin de que un día llegue a ser un gran señor.

Sin embargo, Vincenzo cae en la droga, y es Giacomo, al dejarle como herencia la casa de la finca, el único que realmente le da un aliciente para salir de su insatisfacción y su letargo.

INTERÉS DEL LIBRO. La autora enfrenta dos mundos diferentes, distantes, que aún no han sabido comprenderse: el rural y el urbano. Se exponen como dos mundos en constante oposición, hecho que ha ocasionado numerosos problemas, especialmente a la generación que huyó de un ambiente rural en busca de algo mejor, rompiendo con ello sus auténticas raíces.

Como consecuencia, sus hijos se encuentran en un ambiente urbano donde nada es propio, y con una familia que sólo proporciona desorientación.

Ante esta situación, la droga tiene un campo de acción fácil. Por eso es urgente encontrar por sí mismo el sentido de la existencia, a pesar de los errores que se hayan podido cometer.

72 *El cazador de la Luna*

SIGRID HEUCK
1987. 172 páginas

AUTOR. «Nací el 11 de mayo de 1932 en Colonia, Alemania Federal, y me crié en la finca de una yeguada de caballos árabes.

Tras el colegio, acudí a una escuela de modas, donde me diplomé como diseñadora. Finalmente, proseguí mis estudios de diseño gráfico en la Academia de Artes Aplicadas de Munich.

Después de trabajar para distintas agencias, me especialicé en ilustración infantil.

Mi primer libro, cuyo texto también era mío, apareció en 1959. Con el tiempo descubrí que prefería ilustrar mis propias historias, y por eso escribía los textos cuando me era posible. Poco a poco me sentí más a gusto escribiendo que ilustrando, y hoy tan sólo ilustro alguno de mis libros, y muy de vez en cuando.

He estado varias veces en Suramérica. La primera, con ocasión de una exposición del pintor Henri Rousseau. Eso me hizo conocer las desdichas y los problemas de los indios, sin que por ello perdieran toda su misteriosa fascinación las plantaciones de mangles a media tarde, con los pájaros de colores volando sobre las ramas de los árboles centenarios y el misterioso susurro de las hojas.

Así nació la historia de *El cazador de la Luna*, a partir de una necesidad interior, ribeteada con los relatos de dioses fluviales y demonios de la selva, como me lo habían contado en aquel lugar. Es, al mismo tiempo, la historia de los llamados hombres civilizados, que sin malos propósitos hacen una expedición a la selva y descubren demasiado tarde los daños que con ello ocasionan.

Está muy lejos de mi intención enjuiciar a nadie. Lo único que pretendo es invitar a la discusión de estos problemas y provocar la reflexión.»

ARGUMENTO. Sheba inicia, junto con Pablo, su padre, investigador de antiguas civilizaciones, y Jonny, un fotógrafo, una expedición en una selva suramericana, en busca de un antiguo pueblo. Ya en Suramérica, conectan con un guía, Juan, que los llevará hasta su destino, y con Mayaku, el único habitante que conocen de ese poblado que buscan. Accede a conducirlos hasta el sitio solamente porque Sheba posee un pequeño tigre con una marca misteriosa.

La expedición comienza y van sucediendo hechos extraños, a la vez que Juan les va narrando las ceremonias de los indios. Les resulta incomprensible la aceptación del cristianismo por parte de los aborígenes.

Un día, Mayaku huye después de robar el misterioso tigre. Casi a continuación de este hecho la expedición es atrapada por unos indios, que resultan ser del poblado que están buscando, del que Mayaku es uno de los hombres principales. Los invitan a que permanezcan allí durante varios días, hasta que se celebre la gran fiesta: la caza de la Luna. Durante esos días Mayaku comienza a revelar a Sheba los misterios de su tribu.

Pero en la gran fiesta Jonny se asusta por la irrupción repentina del tigre sagrado y lo mata de un disparo. Huyen de allí ante el temor de las represalias de los indios, y cuando consiguen llegar a su barca los está esperando Mayaku, que al intentar disparar su cerbatana contra Jonny recibe un disparo mortal de Pablo.

INTERÉS DEL LIBRO. El libro es bello, sobre todo por su forma literaria. Se detiene en descripciones geográficas y psicológicas de una gran belleza. La autora refleja perfectamente el carácter de cada personaje, sus sentimientos. El lector jamás verá como disparatada la reacción de los protagonistas.

La estructura de la obra tiene un gran interés. Sheba cuenta sus impresiones en un diario. Pero no se trata de un diario cualquiera: va a ser compartido por alguien que lo va a leer. Por eso Sheba también lo dirige a esa persona desconocida, que no ha encontrado y ni tan siquiera adivina. A través de ese diario se perfila el verdadero carácter de Sheba.

Hay magníficas descripciones de poblados, ríos, la selva que atraviesan los protagonistas, que introducen a los lectores en ese mundo realmente desconocido de la selva suramericana.

Es un libro de viajes y aventuras, plagado de mundos exóticos.

Pero no es un mero divertimento literario. Al final flota en el aire una pregunta: ¿habrán hecho bien Sheba y los suyos al intentar acercarse a lo desconocido? Han roto el equilibrio, la tranquilidad que imperaba en el pueblo de Mayaku, por otra parte plagado de tabúes, leyendas, ideas sobre dioses y malos espíritus.

Todo muere con la llegada de los visitantes. Son ellos los que desencadenarán la tragedia final.

Es un mundo para verlo y saborearlo como espectador. Se destruirá la esencia del mismo en cuanto un profano pretenda entrar como actor en sus misterios y leyendas.

En la novela hay frases claves, que descubren lo que el autor opina de la relativa cristianización de los indios. Uno de éstos dice: «Creo en Jesucristo. Pero él está en el cielo. Y los dioses de siempre están entre nosotros».

La antipática figura de Jonny y su afición por las armas, causante de la tragedia final, hacen que la obra pueda ser calificada de antibelicista. Se sale con la impresión, después de haber leído esta novela, de que el alma de los indios es prácticamente inaccesible para nosotros.

73 *Quizá dentro de 300 años*

TILMAN RÖHRIG

1987. 173 páginas

AUTOR. Nació el 28 de marzo de 1945 en Hennweiler/Hunsrück, Alemania Federal. Estudió en la escuela estatal de arte dramático de Frankfurt. Se ocupó en distintos trabajos en la misma ciudad, en Bonn, Hannover y, durante siete años, en los teatros estatales de Colonia.

En 1965 se pasó por la radio su primera obra de teatro. Desde 1973 trabaja como escritor, director y actor. Hasta 1978 se han radiado siete obras más suyas. Sus artículos aparecen en varias antologías.

Sus libros se han traducido a numerosos idiomas. Ha escrito varios guiones para series de televisión y cine.

Por su libro *Quizá dentro de 300 años* obtuvo el Premio Alemán de Literatura Juvenil en 1984, y el Premio Católico al Libro Infantil.

«Los jóvenes —dice el autor— no necesitan una literatura distinta de la de los adultos. La problemática es la misma, aunque la responsabilidad a la hora de escribir para ellos es mayor.

Es necesario aprender a vivir en paz, a impulsar el proceso de aprendizaje en cualquier generación, tanto en el período de la guerra de los Treinta Años como en la actualidad.

En mi libro hablo de los últimos cinco días de los habitantes de Eggebusch durante una guerra, la de los Treinta Años. En octubre de 1641 la desdicha duraba ya veintitrés años.

Mi libro puede tener como telón de fondo todas las personas y ciudades que sufren o hayan sufrido una guerra, de ayer, de hoy y de mañana. Hablo del hambre, de la desesperación, de la miseria, del miedo, de la soledad, de la esperanza de siempre y de la ternura. Es la historia de todo aquel que tiene que soportar una guerra.»

ARGUMENTO. Tras casi un cuarto de siglo, la guerra de los Treinta Años continúa asolando Europa, dejando a su paso un rastro de muerte y destrucción. Los habitantes de una pequeña aldea de Alemania, entre ellos las familias Hobe y Markart, viven constantemente aterrorizados por los continuos ataques de los soldados, que empujados por el hambre y la codicia roban, asesinan sin piedad, tanto a niños como a adultos, y cometen todo tipo de tropelías.

Después de uno de estos bárbaros ataques, los mercenarios se marchan llevándose consigo a Anne, la hija menor de los Hobe. Su hermano Tobías, acompañado por su inseparable amigo Jockel Markart, la busca sin desmayo hasta que, finalmente, la encuentra violada y malherida. A pesar de todos los cuidados de Tobías, la muchacha muere.

Pero no es la única víctima del ataque. Junto a ella pierden la vida otros vecinos, entre los que se encuentra la abuela de Jockel. No por ello, sin embargo, decae la moral de los aldeanos, quienes, animados por el corregidor, y aprovechando la alegre ocasión que les brinda el nacimiento de un nuevo miembro en la comunidad, preparan una fiesta. Todos contribuyen a ella en la medida de sus posibilidades. Incluso Tobías y Jockel, acompañados por Veit, el alguacil y pregonero de la aldea, se arriesgan a ir al campamento de la caballería para intentar conseguir algunos víveres y asegurarse de que los soldados no van a estropear la fiesta con su inesperada presencia.

Por fin llega el ansiado día. La impaciencia es desbordante en todos los habitantes de la aldea. El alguacil da la señal. Todos se reúnen alrededor del tilo de la plaza. La música empieza a sonar. La gente menuda, que nunca ha asistido a un acontecimiento semejante, corea y ríe excitada. Los jóvenes sienten correr más deprisa la sangre por sus venas. Tobías y María se cogen de la mano. Jockel no aparta su vista de Katharina, la hija del corregidor. Los adultos bailan y juegan, olvidando por un momento el hambre, la miseria y el miedo.

Pero al día siguiente la dura realidad vuelve a imponerse, y la esperanza, encarnada en el recién nacido, se quiebra una vez más.

INTERÉS DEL LIBRO. Los recursos estilísticos del autor, con excelentes diálogos, conducen la narración con pulso y eficacia, y emplea un lenguaje que podría calificarse de lírico. Es de una gran belleza literaria el clima de esperanza que, a pesar de todo, domina la historia.

Porque, efectivamente, *Quizá dentro de 300 años* es un libro impresionante y pleno de esperanza, en el que la delicadeza a la que deliberadamente recurre el autor en numerosos pasajes mitiga, aunque no evita, la tremenda dureza de ciertas situaciones que, aun estando ambientadas en una época histórica muy distinta de la actual, no son del todo ajenas al lector, quien no tiene nada más que echar un vistazo al mundo que le rodea para encontrarlas. Es, pues, una narración que puede considerarse muy actual.

Aun reconociendo la innegable fuerza con que están dibujados los personajes más jóvenes, madurados prematuramente por las penalidades y la responsabilidad, son todos los habitantes de la pequeña aldea los verdaderos protagonistas, ya que prácticamente sin excepciones, mantienen levantada la bandera de la esperanza, sobreponiéndose a los más adversos reveses con gran coraje moral y sin renunciar nunca a su condición humana.

No cabe duda de que Tilman Röhrig, ganador del Premio Alemán de Literatura Juvenil en 1984, quiere llevar al lector de

Quizá dentro de 300 años a una evidencia última: no se entiende la vida sin esperanza.

74 *Cuaderno de bitácora*

LEONOR MERCADO

1987. 173 páginas

AUTOR. «Este encabezamiento es, o debe ser, mi mejor tarjeta de presentación antes de satisfacer otras pequeñas curiosidades referidas a mi propio personaje, el que es real y no está inventado, y debo confesar que me resulta difícil hacerlo, ya que el escritor, por regla general, es tímido y bastante pudoroso.

En fin, confieso que me llamo Leonor Mercado Osuna y que nací un día 8 de septiembre de 1935 en Tetuán, Marruecos. Hija de padres españoles, naturales de Andalucía, viví una hermosa infancia en Tetuán, y conviví con judíos, moros y cristianos hasta cerca de los ocho años. Esta circunstancia, sin pretenderlo, me dejó algunas huellas que se han mantenido a lo largo de mi vida: curiosidad y respeto hacia otras razas y religiones y una atracción sublime por todo lo árabe.

No sé si todo esto tiene algo que ver con mi vocación-condición de escritora, que, por cierto, siempre estuvo conmigo, igual que conmigo estaba la necesidad de respirar.

Estoy casada y tengo tres hijos. Éste es, para ser sincera, el resumen más importante de mi vida. Lo demás, como poderme dedicar a escribir finalmente y haber ganado el premio Gran Angular del año 1986 con mi libro *Cuaderno de bitácora,* se me ha dado, generosamente, por añadidura.

Cualquier comentario sobre mi propio libro no deja de ser un juicio de valor. No puedo ser objetiva, aunque llene de cenizas mi cabeza y me revista de un manto de humildad. Por eso, aparte de considerar, honradamente, que es un buen libro, me voy a limitar a contar cómo, por qué lo escribí y las dificultades que se me plantearon.

Nació de la nada, tanto el argumento como los personajes, es decir, sin una idea preconcebida, que es lo menos que se puede pedir.

"Llegué por el mar, acompañada de un vuelo de gaviotas...", escuché en mi mente, como un susurro. Me lo decía Ana Hobbs.

Fue una leve inspiración y horas, muchas horas de cuidadoso trabajo. Escribiendo, rompiendo folios, mientras encontraba la técnica y el lenguaje apropiados.»

ARGUMENTO. Ana Hobbs Arregui aparece en la obra como una diosa nacida del mar, del Mediterráneo, y de sus recuerdos. Hace unos años, cuando tenía diez, se fue, y vuelve ahora, en plena adolescencia, a la casa familiar, en las costas del sur de España.

Ana, siguiendo la tradición familiar, sale un día a estudiar idiomas y cultura general al extranjero. Inglaterra acoge en primer lugar sus afanes culturales.

Por motivos de salud tiene que cambiar de centro educativo e ir a Suiza.

Durante todo este tiempo tiene que hacerse a la realidad de haber perdido a su madre. Cuando se lo comunican, quiere morirse. Estaba muy identificada con su madre, joven, deportista, de una simpatía arrolladora...

A partir de la tremenda realidad, se impone a sí misma, obligada por las circunstancias, identificarse más con su padre, aceptar a la mujer con la que él quiere compartir su vida, al mismo tiempo que se empeña en desvelar el misterio de los últimos días de su madre. Sospecha que algo se le oculta.

El verano en el antiguo caserón andaluz tiene para ella esa exigencia de enfrentamiento con la realidad, que intuye va a ser muy dolorosa para ella.

Su abuelo, de una rectitud rayana en la rigidez, va a ser la clave de ese misterio que sólo en parte han desvelado a Ana. Al fin, su peregrinar a las raíces culturales y familiares va a significar un paso de gigante en el proceso de maduración psicológica de Ana. Se encuentra realmente a sí misma.

INTERÉS DEL LIBRO. En un estilo rápido, de continuos

flashes que nos mueven a diversos campos de interés, la novela logra profundizar en la temática del encuentro de la joven consigo misma. Y con toda su historia, que a veces no quiere asumir, por verla rodeada de misterio, que se le antoja lleno de peligros.

Ana vive una relación materno-filial preciosa, enriquecedora. Su madre la arropa, pero nunca la atosiga ni la sustituye. Su padre es un poco estereotipo: hombre de mil negocios, tiene menos tiempo para ocuparse de su hija. Solamente cuando enviuda se empieza a dar cuenta de que la responsabilidad respecto a su hija es ahora toda suya. No sabe cómo desenvolverse.

El camino del encuentro real entre padre e hija es largo y penoso para los dos. La autora ha hecho de este paso un estudio psicológico, con un lenguaje sobrio y elegante, del encuentro de una adolescente con la realidad. Y con la verdad total.

Ana no puede escamotear la inquietud interior que le nace ante un problema que ella sospecha que existe, pero que conoce a medias. La vuelta a las raíces familiares supone para Ana, como para cualquier joven, una vivencia única, a la que nadie debe renunciar. Es lo que hará a Ana más tolerante. Lo que la va a liberar de extrañas fantasías y temores.

Todo ese proceso de enriquecimiento está llevado en la obra con gran agilidad, no exenta de profundidad. Con todo ello Leonor Mercado consigue un libro muy agradable, de gran interés para las y los adolescentes. Y para que los mayores revivan y acaben con muchos de los fantasmas con los que conviven.

75 *Sosala*

CARLOS GUILLERMO DOMÍNGUEZ
1987. 174 páginas

AUTOR. La biografía aparece en la página 188.

El autor nos da las motivaciones que le impulsaron a escribir esta obra:

«La belleza de los paisajes de Lanzarote, principalmente de

la cueva de los Verdes y los Jameos del Agua, así como el carácter de sus habitantes, que durante toda su historia se han visto invadidos y saqueados por diferentes pueblos, me impulsaron a escribir esta obra, como homenaje a esos hombres que horadan la lava para plantar el fruto, que siembran en ríos de arena y que tienen un alto sentido de la dignidad y la libertad que nadie ha logrado domeñar.»

ARGUMENTO. Sosala es el hijo adoptivo del rey de Tite-Roy-Gatia, actual Lanzarote. Antes de morir, el rey le proclama su sucesor. Pero, una vez solo, el anciano sacerdote de la tribu pretende eliminarle, por lo que Sosala huye al reino del Norte, acompañado de unos cuantos leales, para allí madurar y hacerse digno de su pueblo, a la vez que demostrar la injusticia que se ha cometido con él. Es en este reino donde descubre la inmensidad de la naturaleza y cómo amándola y respetándola ésta llega a regalarle lo mejor que tiene de sí misma.

Uno de los hechos más importantes sucedido en los años en que se centra el relato de la novela, es la llegada de los fenicios a la isla. Están mandados por un joven ambicioso y sin escrúpulos. Los hechos se complican. Lo que empezó pareciendo una relación de tipo comercial se convierte pronto en una auténtica invasión. Pronto la isla deberá enfrentarse a los fenicios, que oprimen a los isleños. Es Sosala quien dirigirá la lucha que devolverá la libertad a su pueblo.

INTERÉS DEL LIBRO. El autor logra transportarnos a un momento concreto de la historia, época de la que se poseen pocos datos. Aunque pocos, los podríamos calificar como los primeros hechos históricos ocurridos en la isla de Lanzarote antes de la dominación hispana.

El autor entremezcla con maestría elementos legendarios e históricos, recreando a través de ellos la hazaña de un pueblo indómito. Todos los protagonistas aparecen bien definidos y se presentan como personajes muy humanos.

El autor mezcla con acierto la acción, el drama y las descripciones, sin perder nunca la agilidad narrativa. Va aportando datos sobre las costumbres de los habitantes de la isla, sus leyendas y la formación geológica tan peculiar de su tierra.

76 *Cómplice*

ANKE DE VRIES
1987. 180 páginas

AUTOR. La biografía aparece en la página 107.

ARGUMENTO. Marcelle descubre casualmente que su padre tiene una lesión en los dedos de una mano. Siente una gran curiosidad y quiere esclarecer la causa de ese hecho en el que nunca había reparado. Al fin, sonsacando la verdad a su padre, a quien quiere y con el que se siente muy identificada, se entera de un viejo problema: cuando su padre era joven, fue declarado culpable de un asesinato que nunca cometió.

En la aldea de Brac, Bertrand, el guardabosque, aparece asesinado. Por una serie de hechos que se van encadenando fatalmente, Jean Fabre, padre de Marcelle, juntamente con Antoine y Hubert, son declarados culpables. Se encargó de los interrogatorios Butard, tenido como héroe de la Resistencia, y de una impresionante brutalidad.

Marcelle decide esclarecer la verdad. Se va a Brac, donde entra a trabajar en un pequeño restaurante de las afueras del pueblo. Habla con Thérèse Ponti, maestra en Brac cuando ocurrieron los hechos, y ahora retirada. De acuerdo con ella, manda a todos los vecinos una carta anónima de una sola línea y con un interrogante comprometedor: «¿Quién mató realmente a Bertrand, el guardabosque?».

Esta sola pregunta hace revivir aquellos hechos terribles. Hay una especiè de examen de conciencia colectivo. La distancia de los hechos posibilita una mayor objetividad.

Van apareciendo una serie de personajes que tomaron parte

activa, aunque indirecta, en los hechos. El caso, que se daba ya por cerrado, se reabre. Y al fin la verdad sale a la luz.

Marcelle consigue dos cosas: la rehabilitación de su padre ante los vecinos de Brac y un gran amor. En el viaje a Brac se encontró con Paul, nieto de Bidernais, un señor a la antigua usanza para el que trabajaba Bertrand, dueño y señor de Brac y, en buena parte, de la vida de sus habitantes. Su intervención en el esclarecimiento de la muerte de Bertrand fue decisiva a la hora de la sentencia errónea.

INTERÉS DEL LIBRO. *Cómplice* es una novela llena de interés. Nos presenta una familia normal, hundida en la miseria por un hecho injusto. Al lado de la resignación de sus padres, Marcelle representa una fuerza nueva: la de la juventud. Su energía, su decisión, su constancia son extraordinarias.

Con enorme habilidad, Anke de Vries nos presenta el problema, los personajes que intervienen en el mismo y todas las circunstancias que van a teñir los hechos de dramatismo y tensión. Va encadenando la acción con una fuerza lógica absoluta. Sólo un amor grande, servido por un carácter excepcional, puede desenredar la maraña de aquellos hechos ocurridos ya hace años. La conciencia de los autores está, si no tranquila, sí lo suficientemente dormida como para no querer remover aquel horrible embrollo.

Marcelle va consiguiendo su objetivo poco a poco.

La novela nos presenta la vida en un pueblo francés pequeño, cerrado en sí mismo, donde se dan grandes amores y grandes odios. Y donde hay un señor que se cree investido del derecho divino de disponer de una parte de la vida de sus habitantes. Sólo le avala su poder económico sobre el pueblo.

Hay muchos personajes con los que la autora, en unas pocas pinceladas, consigue un tono realista casi perfecto. Lo mismo que cuando nos describe algunas de las costumbres del pueblo.

Toda la acción se somete al estilo de la novela policiaca, en la que Anke de Vries es maestra. En esta obra nos ofrece una complicación sobria de hechos y personajes. Siempre deja al lector la posibilidad de ir avanzando en una línea suficientemente lógica, sin descartar nunca la posibilidad de la sorpresa, que muy a menudo se hace real.

En definitiva, que ha hecho de *Cómplice* una novela apasionante. Los lectores, especialmente los jóvenes, se identificarán con toda facilidad con Marcelle y con Paul, especialmente con la primera.

77 *El último verano miwok*

JORDI SIERRA I FABRA

1987. 194 páginas

AUTOR. La biografía aparece en la página 103.

Jordi Sierra i Fabra habla de su obra:

«Tenía la idea de escribir un libro sobre la siempre difícil relación padre-hijo, desde el punto de vista extremo de la separación y el reencuentro. Lo agravé más haciendo del padre un escritor que renuncia a su familia por el éxito, y convirtiendo al hijo, diez años después, en el mensajero y el buscador de dos identidades: la de ese padre y la propia, en la edad más crucial, la que separa la adolescencia de la juventud plena, los diecisiete años.

La idea, de por sí atractiva y, como dijo la crítica después, suficiente, a mí me pareció demasiado esquemática. Yo quería que el estallido final de esa relación viniera dado desde fuera, no desde dentro de los dos. Buscaba algo externo y extremo que les hiciera participar de una emoción inesperada y común, y que forzase el nacimiento de unos sentimientos desconocidos, por abrumadores. Aparqué, pues, la idea durante un par de años y un día encontré lo que estaba buscando. Me saltó a los ojos y me golpeó la imaginación.

Leí una noticia en un periódico —el recorte aparece al comienzo del libro tal y como se publicó— y me fascinó el múltiple enfoque a que se prestaba: un viejo hechicero indio se había autocrucificado como protesta por la construcción de un edificio de lujo sobre un antiguo cementerio de su tribu. Un cementerio que tenía 5.000 años de antigüedad. ¡Cincuenta siglos! Y decidí unir ambas historias: la del padre y el hijo que viven el presente tratando de recuperar el pasado, y la del indio miwok que vive el pasado y busca su supervivencia, como única posibilidad de hacer frente al futuro. Si a ello se unía el tono ecológico de la historia, y el hecho de ser un reto para mí mismo, por la densa carga de sentimientos albergada en los personajes, se comprende que al final llegase a la conclusión de que es una de mis mejores obras juveniles.»

ARGUMENTO E INTERÉS DE LA OBRA. Es la historia de un adolescente que viaja a California para encontrarse con su padre, un escritor español que ha alcanzado la celebridad en Estados Unidos a costa de dejar atrás, en España, su familia y su pasado. El muchacho ha sido convocado, sin conocer exactamente por qué, para pasar un verano junto a alguien que, abocado febrilmente a su literatura, constituye para él una fuente de sentimientos contradictorios en los que coinciden la admiración, el enigma y los reproches.

Pronto entenderá que su presencia allí está relacionada con la búsqueda del sentido de la propia vida en que su padre está empeñado, búsqueda que deberá traducirse en un nuevo libro en el que el autor se tiene que enfrentar con los verdaderos términos de su condición de tal y, sobre todo, de su condición de persona. Será un libro distinto, globalizador de toda una existencia, acaso el definitivo, acaso el último.

En aquel estío, junto con los personajes que habitan el mundo de su padre, entre los que habrá de encontrar un amor de juventud, conocerá a alguien que le proveerá de la experiencia de nuevos sentimientos. A través de Tortuga Veloz, viejo chamán indio, único sobreviviente de la cultura miwok, entenderá la solidaridad, el compromiso de una lucha vivida como justa y el valor de un pueblo orgulloso y digno, defensor de su identidad hasta en los últimos estertores de su propia agonía.

A su manera y, por supuesto, casi sin saberlo, David, el protagonista, habrá de experimentar un auténtico viaje iniciático, todo un rito de paso en el que numerosas claves existenciales quedarán modificadas, y muchas otras verán la luz.

En su aventura californiana este muchacho se reencontrará con un padre al que el duro oficio de escribir había mantenido alejado física y emocionalmente, pero que necesitaba de él para acceder a ese significado último del vivir para el que el éxito no le bastaba. En ese nivel de lectura la obra nos plantea el precio de la pasión creadora, los sacrificios que exige, incluso en relación con aquellos a los que se ama. Pero es también una exaltación de la llamada vocacional, una indicación que invita a obedecer los impulsos del corazón en todo cuanto tenga que ver con la voluntad firme y profunda de construir, aunque sea dolorosamente, una obra personal que tantas veces se vive como urgente e inaplazable.

En otro plano, que constantemente se intersecciona y confunde con el anterior, incluso sirviéndole como catalizador de su desenlace, *El último verano miwok* narra un viaje de descubrimiento en el que David toma conciencia de la diferencia cultural. Tortuga Veloz, un viejo chamán miwok, último sobreviviente de su ancestral cultura, le ofrece una lección de dignidad y orgullo, de voluntad resuelta a defender de la vorágine de la llamada *civilización* —negadora de las civilizaciones— la dignidad de sus antepasados. En ese sentido, la novela nos llama a la conciencia de que no es sólo la naturaleza lo que nuestra atroz forma de vivir está constantemente amenazando, sino que estamos destruyendo, con el único y arrogante argumento de nuestra superioridad técnica y económica, que no moral, el mosaico de la diversidad humana, aquel al que cada pueblo, a lo largo y ancho del planeta y durante miles de años, ha ido contribuyendo con su particular saber sobre el mundo y la vida.

La obra nos muestra a un joven que descubre a un padre que, a su vez, le redescubre a él. Reencuentro mutuo, en el que un vínculo de lealtad queda restablecido a partir de la sinceridad y la amistad. También es una obra sobre un pueblo que agoniza sin bajar la cabeza.

El último verano miwok funciona, ante todo, como una búsqueda de la identidad, en la que un escritor exhausto, un anciano indio altivo y un pueblo que se muere preguntan, o afirman, lo que son. Pero, sobre todo, es la identidad del propio protagonista lo que se ha ido construyendo ante nuestros ojos. Porque en realidad no fue con su padre, ni con Tortuga Veloz, ni con los miwok moribundos con quienes fue a encontrarse David en California. Su viaje fue, por encima de todo, un viaje al encuentro de sí mismo.

MANUEL DELGADO RUIZ
Profesor del Departamento de Antropología Cultural
Universidad de Barcelona

78 *El quinto real*

SCOTT O'DELL
1987. 178 páginas

AUTOR. Nació en Los Ángeles, California, en 1898, cuando la urbe actual era todavía una ciudad fronteriza con más caballos que automóviles.

Creció en las playas del Pacífico, y muchas de sus experiencias de la niñez llegaron a reflejarse en las aventuras de *La isla de los delfines.*

Scott O'Dell frecuentó diversas universidades: Wisconsin, Stanford y Roma.

Trabajó en el cine en la década de los veinte y fue *cameraman* de la película *Ben Hur.*

Después de un período como autor de novelas de adultos, periodista y editor de libros del grupo *Diario de Los Ángeles,* en 1959 escribió su primer libro para niños, *La isla de los delfines azules.* El libro, que consiguió ocho premios importantes, entre ellos la medalla de oro de John Newbery, de la American Library Asociation, y el diploma al mérito del IBBY, no fue escrito para niños.

Creció en medio de mil frustraciones, viendo invadidas por los cazadores las montañas cercanas a su casa de California, dedicados a matar todo lo que pudiera andar, reptar o volar. Cuando su protesta se hizo pública en 1960, lanzó a Scott O'Dell a una nueva carrera. Desde entonces escribió veintitrés nuevos libros para niños, relatos sobre hechos modernos, novelas... Tres de sus libros, entre ellos *El quinto real*, han obtenido el premio Newbery Honor Books.

Hoy Scott O'Dell vive junto a un lago perdido en los bosques del condado de Westchester, New York. Puede ver desde las ventanas de su casa la cueva en la que la auténtica Sarah Bishop, la heroína de la novela de la Revolución Americana, se refugió después de huir de la ciudad cuando estaba en su momento álgido la batalla de New York. El compartir con George Santayana la creencia de que los que no conocen la historia se ven obligados a repetirla, le llevó a patrocinar el Premio Scott O'Dell de Novela Histórica, dirigido por la revista del Center for Children's Books, de la universidad de Chicago. Cada año otorga un premio de cinco mil dólares a la mejor novela histórica de niños del hemisferio norte.

ARGUMENTO. En plena conquista de América, y en el mar de Cortés, el capitán Mendoza prepara una sublevación en el barco que lleva a unos expedicionarios españoles que se tienen que encontrar con otras tropas que hacen el mismo viaje por tierra. Se descubre la conjura. En ella se ve envuelto, por casualidad, Esteban de Sandoval, un joven cartógrafo, natural de Ronda. Los conjurados son desembarcados y, después de sufrir una tormenta espantosa, llegan a tierra. Se encuentran con los expedicionarios. Pasan mil calamidades. Y todo porque se han empeñado en descubrir las Siete Ciudades Doradas de Cíbola y el oro que aquellas ciudades, casi míticas, les prometían.

Llegan, efectivamente, a encontrar oro. Pero no en la forma y cantidad que ellos esperaban, aunque sí mucho más del que necesitaban para hacerse ricos.

Pero se diría que aquel oro estaba maldito. Así se lo advierte a Esteban el padre Francisco, que se dedica a su labor humanitaria con los indios y a recoger especímenes de plantas y flores, para llevarlos luego a su convento en España.

Las tremendas circunstancias por las que va a pasar la expedición a partir del hallazgo del oro van a hacer que, poco a poco, vayan muriendo todos los expedicionarios. Zía, una joven india que había prestado unos inapreciables servicios a la expedición, abandona la partida. Se marcha con un grupo de indios con los que se encuentra la expedición. Ella es consciente de la fiebre del oro que ha invadido a los expedicionarios, incluso a Esteban de Sandoval, por el que empieza a sentir un indudable amor.

Al final, Esteban es el único superviviente. Comprende, aunque demasiado tarde, la realidad de la maldición del oro, y se desprende de él de una forma inesperada.

Éste va a ser el punto de arranque de la gran acusación contra Sandoval: haber descubierto oro, haberlo transportado y no haber reservado el quinto de ese oro para el rey, como le correspondía por la ley del quinto real.

El juicio se celebra en la fortaleza de San Juan de Ulúa, donde Sandoval se encuentra preso. Todo el mundo tiene un enorme interés por localizar el oro y apoderarse de él. Y como el acusado es cartógrafo, le piden que trace los mapas correspondientes para preparar una expedición con vistas a beneficiarse de aquel oro. Nadie cree que la recuperación del tesoro sea imposible, como asegura Sandoval. Piensan que miente en provecho propio, para lucrarse él mismo del oro una vez cumplida la sentencia de cárcel a la que el tribunal le ha condenado. Solamente Zía, testigo de excepción y de descargo en el juicio, cree en Esteban de Sandoval. Le ama y sabrá esperar hasta que cumpla la condena.

INTERES DEL LIBRO. Es una novela con un fondo histórico importante y documentado. Emplea una técnica común en las novelas de Scott O'Dell: la de intercalar acciones distintas. Concretamente en *El quinto real* se entreveran el juicio contra Esteban de Sandoval y la expedición de los españoles a Cíbola. Eso hace que la novela tenga un ritmo vivo y de interés creciente.

Sin detenerse en detalles nimios sobre aspectos técnicos marinos, barcos de la época, tipos de armas, datos históricos de la expedición..., sí aparecen nombres perfectamente historiados y con datos que se corresponden con los estudios históricos. Consigue resaltar de una forma viva, con enorme fuerza, el coraje, el valor, hasta la temeridad de aquellos hombres y su capacidad de sufrimiento.

Es objetivo en cuanto al papel que jugaron en la conquista los distintos estamentos sociales dentro de los expedicionarios. Geografía, tipos humanos, costumbres indias, batallas, el destino fatal de ciertas empresas que parecían malditas, sometidas a fuerzas extrañas... Todo puede leerse, intuirse en esta obra de Scott O'Dell. La novela es una excelente aportación, imparcial y objetiva, al Quinto Centenario.

79 *El joven Lennon*

JORDI SIERRA I FABRA
1988. 174 páginas

AUTOR. La biografía aparece en la página 103.

El autor nos habla de su obra:

«Tuve la idea de novelar la apasionante adolescencia de John Lennon al poco de morir él asesinado en diciembre de 1982. Pensé que sería tildado de oportunista y aparqué el proyecto. En 1982 hice un primer esbozo de guión, pero a última hora preferí escribir *... en un lugar llamado Tierra,* sacudido por la energía de esta obra.

En 1985, sin embargo, seguía pensando que la historia merecía ser contada, porque la figura de Lennon ya trascendía cualquier valoración que el resto del mundo quisiera otorgarle. Además, sólo se escribía de él exactamente desde la formación de los Beatles, o se hablaba de hacer una película sobre su amor con Yoko Ono. Nadie parecía pensar en el antes, en aquello por lo que pasó y aquello que vivió antes de convertirse en uno de los mitos de la leyenda *rock.*

Yo soy un hombre forjado en el *rock.* Durante más de veinte años he recorrido el mundo viendo, hablando y siendo amigo de todos los grandes, cuya música me ha alimentado el espíritu y ha sonado eternamente mientras escribía, pues siempre escribo con música a todo volumen para aislarme. De todos ellos, los primeros y los más grandes fueron los Beatles. Ellos cambiaron mi vida. El día en que mataron a Lennon, supe que le debía algo más que gratitud.

Cuando comencé a escribir el libro, puse en él todo mi amor y mi respeto. De esta forma pienso que es... lo que es: la única biografía de John que no habla del después, sino del antes.»

ARGUMENTO. Liverpool, 1955-1956. John Lennon es un adolescente de quince años que suele ir al puerto, el primero de Inglaterra, por donde un día su padre se fue para no regresar jamás.

Vive con su tía Mimi, puesto que su madre, que trabaja fuera, tampoco está con él y la ve sólo de tanto en tanto. En el puerto conoce a marineros que llegan de Estados Unidos y que bajan cantando canciones desconocidas y fascinantes, llevando también discos de un nuevo fenómeno llamado *rock and roll.* Los marineros venden esos discos para ganar algún dinero, y John, como otros chicos, acaba esperándolos a pie de barco para poder comprar antes que nadie.

Como tantos muchachos de su edad fascinados por el *rock and roll*, John Lennon forma su propio conjunto en la escuela, los Quarrymen, y aprende a tocar la guitarra de forma autodidacta. Pero los comienzos son duros, y los profesores la tienen tomada con él por ser diferente.

Los Quarrymen tienen muchos cambios, hasta que un día John conoce a un chico más pequeño que él, llamado Paul McCartney, con el que simpatiza hasta el punto de darle un puesto en el grupo. Convertidos en carne y uña, comienzan a componer canciones y más canciones.

La muerte de la madre de Paul los une aún más. En 1957 graban algunas maquetas, llegan a tener un *manager...*, pero los Quarrymen acaban siendo sólo John y Paul, hasta que un batería llamado Pete Best les ofrece entrar en el grupo y, a cambio, su madre, que tiene un club, les permitirá tocar en él. Aceptan.

En 1958 Paul conoce a George Harrison, que sólo tiene trece años, pero toca muy bien la guitarra. John no le quiere, primero, porque es demasiado joven y, segundo, porque el guitarra es él. Pero al comprobar lo bueno que es, le aceptan. Y Lennon pasa a la guitarra rítmica, mientras Paul se ocupa del bajo. Por primera vez el grupo tiene un sello, una calidad propia.

El gran drama de la vida personal de John Lennon se produce en 1958. Cuando su madre está dispuesta a volver a Liverpool y quedarse con él, muere atropellada ante los ojos de su hijo. Será un trauma que jamás olvidará, y el definitivo empujón que le hace pasar de adolescente a hombre. Se obliga, finalmente, a sí mismo a seguir, a no tirar la toalla, y con la ayuda de sus amigos, especialmente de Paul McCartney, se lanza a tumba abierta por los caminos de la música, decidido a ser artista. Poco antes de cumplir los dieciocho años de edad, Lennon toma la decisión más importante de su vida: independizarse. Se matricula en la Escuela de Arte de Liverpool, abandona la casa de su tía Mimi para vivir solo en un apartamento y comienza a buscar un nombre definitivo para el grupo: Nurk Twins, Bet Brothers, Silver Beatles... Beatles.

La novela concluye el día en que John Lennon conoce a una muchacha llamada Cynthia, que acabará siendo su novia y la mujer con la que se casará cuatro años después. Es el fin de la inocencia, de ahí que el libro termine aquí. Pero es evidente que todo el futuro se forjó en esa adolescencia intensa, llena de música y sentimientos. De 1955 a 1958, John Lennon se hizo a sí mismo y puso la primera piedra para el más intenso de los sueños que la historia de la música habría de vivir: el de los Beatles en los años sesenta, la década *pop*.

INTERÉS DEL LIBRO. Para cualquier adolescente, la música es, hoy por hoy, la gran ilusión. Así pues, conocer cómo un chico igual que ellos pudo forjar el mito de los Beatles es importante.

Pero el interés de la obra va más allá: la formación de un grupo, cómo conseguir los instrumentos, cómo tocar, dónde ensayar, la lucha contra la adversidad, el prisma humano del personaje, huérfano de padre y luego de madre... Todo ello convierte a *El joven Lennon* en el ansia de vivir y de convertir los sueños en realidad.

Si de toda biografía se aprende mucho, porque es real, con ésta todo chico o chica debe sentirse, además, plenamente identificado. Más de treinta años después, todos seguimos siendo como John Lennon a la hora de empezar.

Es una obra con un doble interés, histórico y juvenil, imprescindible para conocer lo que sucedió, cómo sucedió... y de qué forma pudo afectarnos tanto un hecho a las generaciones siguientes, teniendo en cuenta que hoy seguimos en la *era rock*.

Destaca como valor fundamental la voluntad, la decisión con la que John Lennon supo forjar su propia leyenda, partiendo de la soledad y la hostilidad de su entorno, huérfano de padres y en un Liverpool frío, obrero e industrial.

Hay un segundo hecho a destacar: la amistad entre los Beatles. Y luego, el amor entre John y su madre, a la que casi nunca ve y a la que pierde cuando está a punto de recuperarla. La obra no deja de ser también una aventura, real, humana.

ALEX SÁNCHEZ
Músico y compositor, miembro del grupo *Lone Star*
Director de la revista *Sonido 1*

80 *Delfines en la ciudad*

BO CARPELAN
1988. 153 páginas

AUTOR. Bo Carpelan nació en Helsinki, Finlandia, en 1926. Pertenece al grupo minoritario de los suecoparlantes en Finlandia. Hace estudios especializados sobre bibliotecas, siendo muy joven, en la Biblioteca Municipal de Helsinki, llegando a ocupar un cargo importante en la misma. Desde 1980 imparte clases de arte y se dedica a escribir. Es miembro de la asociación de escritores de Finlandia y Suecia.

Desde 1946 ha escrito catorce libros de poesía. Ha obtenido diversos premios a nivel nacional, algunos de ellos en relación directa con la literatura infantil.

Escribe libros importantes en prosa, algunos de ellos traducidos a varios idiomas. Se mueve perfectamente a gusto en la literatura infantil y juvenil. Bastantes de estas obras han sido traducidas a las lenguas europeas más importantes.

También se han traducido al sueco algunas de sus poesías. Ha escrito importantes colaboraciones para radio y televisión en las décadas de los cincuenta y sesenta.

«Escribí *Viento salvaje de verano,* la primera obra sobre Marvin y sus amigos, porque pienso que todos los hombres tienen su valor y, aunque diferente, Marvin es uno de nosotros. Hubo un segundo motivo, y es que amo el archipiélago danés y me gusta describir la interrelación entre la naturaleza y el hombre. Los jóvenes ven todo con ojos nuevos, y he intentado preservar una forma de frescura, espontaneidad e ingenuidad en el mejor sentido de la palabra.

Pienso que los buenos libros agudizan nuestros cinco, seis o siete sentidos. La vida diaria está llena de maravillas, e incluso las cosas pequeñas y aparentemente silenciosas nos hablan si somos capaces de escucharlas.

He intentado escribir con un lenguaje colorista. Pienso que al mismo tiempo que una obra llena de colorido invita a ser leída, ayuda al lector a colorearla él mismo. Y esto tiene una importancia máxima. Un lenguaje rico puede ayudarte a hacer viajes imaginarios. En todo colegio debe haber la posibilidad de desarrollar la imaginación. Un lenguaje cuidado nos evita el convertirnos en unos pedestres.

Además, jamás he visto unas diferencias tan grandes entre prosa y poesía, y tampoco entre libros para adultos y para jóvenes. Y hablando de Marvin, retrasado mental, insisto fuertemente en el hecho de que todos somos diferentes y de que podemos construir entre todos un mundo realmente humano si intentamos comprender y amar las diferencias que existen entre los hombres que consideramos normales.

¿Qué es la realidad? En los libros podemos encontrar una gama enormemente extensa de hechos reales. Te enseñan a enfrentarte a la realidad, a los problemas diarios.

Una vida sin libros es para mí una vida vacía. Pienso que a través de los libros he aprendido a entenderme algo mejor. Y es el punto por el que tienen que empezar todos, no solamente los escritores.»

ARGUMENTO. Marvin, un deficiente mental, y su madre, Gerda, se ven obligados a cambiar de domicilio. La isla en la que viven va a ser destinada a zona residencial turística.

La adaptación a la vida en la ciudad, a la nueva vivienda, el trabajo, abruma a los dos con unas tensiones que se van haciendo insoportables.

Pero no se encuentran solos en aquella lucha casi desesperada. Marvin ha hecho amistad con Johnny. Se conocieron en temporadas de verano, cuando la familia de Johnny solía ir a pasar unas semanas muy cerca de la isla donde antes vivían Marvin y Gerda; sus padres les han conseguido un apartamento al lado de su vivienda.

La vida para Marvin y Gerda se va cargando de unos tintes dramáticos. Y aunque es cierto que sus amigos nunca les fallan, se encuentran, en expresión de Gerda, como en un lago de niebla, donde el horizonte tiene unos límites tan estrechos que acaba por ser asfixiante. Se limitan a sobrevivir. Gerda tiene que trabajar como empleada de limpieza, y Marvin se ocupa en un sencillo trabajo, que le obliga a mantenerse demasiadas horas encerrado e inmóvil.

Los chicos del patio adonde dan las puertas de los apartamentos del bloque en el que viven Gerda y Marvin son crueles con éste. Se le llega a acusar hasta de un intento de violación. Gerda conoce a su hijo perfectamente. No le ciega su amor de madre, pero tiene la seguridad de que ese hecho es inconcebible en su hijo.

Se roza la tragedia y se sueña con volver a la isla del Arco y a El Paraíso, la casa de Söder y Nora, la amiga inteligente y maravillosa de Marvin y Johnny que siempre creyó en Marvin como persona.

INTERÉS DEL LIBRO. La novela estudia la actitud de la sociedad ante los problemas de los subnormales. Es realista, pero al mismo tiempo nos llena de esperanza. Es un problema que está ahí y que hay que resolver.

Los caracteres de los personajes son de una riqueza y de una fuerza interior admirables. Marvin es como un poeta místico cuya alma se siente bloqueada a la hora de expresar sus vivencias. La inteligencia intuitiva y el amor de Nora, una chica con un sentido común impresionante, la convierten en un personaje único. Johnny es un adolescente tan normal que es capaz de lo mejor y de lo peor, de los mayores entusiasmos y del hundimiento total.

Las personas mayores jamás ahogan la iniciativa de los jóvenes. Los dejan crecer, madurar; les dan plena responsabilidad y mantienen con ellos una actitud dialogante.

El lenguaje es poético y logra hacernos vivir ese mundo nórdico, tan exótico, que nos arropa interiormente como una niebla de ensueño.

81 *Cita en Berlín*

ISOLDE HEYNE

1988. 153 páginas

AUTOR. Isolde Heine nació en 1931 en Prödlitz, Alemania Federal. Se trasladó a Leipzig, en Alemania del Este, donde vivió durante treinta y cuatro años. Desde 1961 a 1964 estudió Literatura en la misma ciudad. En la misma época trabajaba como periodista y escritora para distintas revistas, la radio y la televisión.

Publicó reportajes, narraciones y cuentos infantiles y juveniles.

En octubre de 1979 decidió trasladarse a la República Federal de Alemania por motivos profesionales. Publicó una serie de libros, entre ellos *Cita en Berlín*. Muchos de esos libros se han traducido al español, al francés, el holandés y el japonés.

Por su novela juvenil *Cita en Berlín* recibió en 1985 el Premio Alemán de Literatura Juvenil.

La misma autora comenta por qué escribió esta obra:

«Viví más de treinta años en Berlín este antes de trasladarme en 1979 a la RFA. En encuentros con jóvenes, tanto donde vivo ahora como antes en la RDA, he comprendido lo poco que una Alemania sabe de la otra. De todas formas, en los últimos años se ha desarrollado un gran interés por este tema. Muchos jóvenes de la República Federal viajan a la Democrática en viajes de estudio, para competir en acontecimientos deportivos o, simplemente, para conocer mejor a las personas y el país.

Creo que estos encuentros son muy importantes, y me gustaría que también los habitantes de la RDA tuvieran ocasión de viajar a la RFA. Pero hasta ahora se produce sólo en casos aislados. Con mi libro *Cita en Berlín*, como con otras de mis obras, intento fomentar un puente de comprensión entre las dos Alemanias y dar pie al diálogo.

El famoso reloj berlinés está en la parte de Berlín que es capital de la RDA. Es un punto de encuentro tanto para jóvenes como para adultos. Nadie se puede perder, porque sólo existe uno, de especiales características, en esta ciudad partida.

ARGUMENTO. Una excursión escolar a Berlín le da ocasión a Inka de realizar dos sueños: volver a encontrarse con su mejor amiga y hacer un balance de sus últimos años. Éstos no han sido nada fáciles. Acostumbrada a vivir en Alemania del Este, fue trasladada a la República Federal de Alemania. Su madre, tras laboriosos esfuerzos, logró la autorización para reunirse con su hija, que había cumplido ya diecisiete años.

Al principio, para Inka su madre fue una perfecta desconocida. Peor aún, quien la había separado de sus mejores amigos, de su estilo de vida y hasta de su futuro prometedor en la natación. Reconoce los esfuerzos de su madre por hacer todo lo posible para ganarse su cariño, pero las barreras son demasiado altas para poder pasarlas de golpe.

A lo largo del viaje, que va a constituir para Inka una prueba más, va recordando su propia historia: la muerte de su padre al intentar escapar del este, la cárcel que tuvo que sufrir su madre por este mismo motivo, las presiones a las que se vio sometida...

Inka va lentamente comprendiendo. Al otro lado del muro todo es diferente: la escuela, el estilo de vida, las costumbres. Le duele la imagen tan estereotipada que se tiene de la Alemania del Este.

Comprueba también que no todo es fácil en su nuevo mundo. Sobre todo, existe el paro, algo terrible y desconocido en el otro lado. A Inka la vida le ha ahorrado pocas dificultades durante este tiempo de adaptación. Las más dolorosas van a ser la decepción sufrida con Maxi, a la que consideraba como su verdadera madre, y el accidente de su madre.

Todo ello hace que el viaje a Berlín sea fundamental para ella. Si su mejor amiga, Tutty, también la decepcionara, Inka se sentiría en estado de enorme frustración. De ahí que la cita en Berlín sea un motivo de esperanza, pero también de miedo.

En Berlín, en «el otro lado», en el lugar donde Inka se ha criado, encuentra a su amiga y mucho más, se encuentra a sí misma, su propia vida, a su madre.

El viaje de vuelta será ya diferente. Han quedado atrás todos los miedos. Tiene unos enormes deseos de volver a su casa, con su madre, a la que ya es capaz de comprender.

INTERÉS DEL LIBRO. *Cita en Berlín* es un libro de viajes. Pero en esta ocasión es una peregrinación espiritual. Inka hace un recorrido de toda su vida. Otro viaje, éste geográfico, le sirve para hacerlo. Va a Berlín y a encontrarse de alguna manera con su antiguo mundo. Inka va a tener la suerte, al terminar aquel viaje-peregrinación, de encontrar su paraíso particular relativo. Se reconcilia con su nueva situación, de la que no estaba todavía convencida. Se encuentra consigo misma.

Es un libro en el que no hay buenos y malos. Seguramente un lector consciente encontrará que en el fondo hay víctimas: unos, de un sistema comunista, y otros, de una sociedad sometida a las leyes del capitalismo. Inka sería capaz de reducir su situación personal a estos dos términos tan simples, porque está viviendo una durísima realidad psicológica, tiranizada por sus interrogantes y sus miedos.

La novela invita a la serenidad en los juicios, al respeto a todas las personas, sometidas a sistemas en los que viven inmersas y que las configuran fatalmente. Así se educan, y piensan que esos sistemas son los mejores, aunque casi siempre con poco sentido crítico. Es otro de los datos de la novela: una invitación a no aceptar la realidad en la que nos desenvolvemos sin análisis ninguno.

82 *Alejo*

JUAN M. SAN MIGUEL
1988. 156 páginas

AUTOR. «Yo soy de aquellos a quienes la Guerra Civil les cayó encima cuando eran niños. A unos los mató; a otros los dejó sin padres; algunos quedaron marcados; otros dicen que la han olvidado. Tienen suerte. Pero ¿para qué? ¿Es de mi historia aquel día en que mi madre se moría y yo vagaba solo por un maizal mirándome los pies calzados con unos zapatos de niña? ¿Dura aún aquella pesadumbre casi infinita? ¿Y dónde está el recuerdo del médico borracho y bueno, siempre vestido de pana leonada, que la salvó unas horas después con una gran inyección, la última, la que ya no le hizo falta a un miliciano malherido, de suero? ¿Comienza así mi *biografía,* o comienza con esos datos que se archivan y sirven para pedir un certificado de nacimiento, de estudios, de matrimonio, de defunción?

Nacido en San Sebastián, 25 de febrero de 1930... Bachillerato... Examen de Estado, Valladolid, junio de 1947... Un tiempo de confusión juvenil, con salidas en falso: Medicina, Derecho... Pero eso no está en los archivos, es la otra biografía. Madrid, Periodismo, veinticuatro años en la redacción de un periódico. ¡Veinticuatro! Toda una vida. La boba ilusión de que se participa en la historia escribiendo todos los días de lo que ocurre en el mundo, todo el mundo, menos justo aquí, debajo de los pies. Casado, septiembre de 1959. El final del periódico en 1979.

Dos novelas publicadas: *El nombre en la orilla, Mora y nombre,* y una tercera, *Diario perpetuo,* tan larga que ningún editor se atreverá a publicarla. Traducciones, traducciones de géneros muy distintos. El viejo interés por la literatura juvenil que vuelve a despertarse. Un largo trabajo para una historia de la literatura infantil, escrita a medias con A. C. Ionescu. Y un trabajo más largo aún para el segundo volumen, todavía no concluido.

Primera prueba en el campo de la literatura juvenil con la novela *Alejo*. Primera vez que me presento a un premio.

¿Es algo parecido a un esquema de biografía? ¿O habría sido mejor seguir contando un poco de esas cosas que no se pueden archivar porque no hay manera de disponerlas en orden?

No es muy fácil averiguar por qué se ha escrito una obra. La pregunta, sin embargo, tiene unas cuantas respuestas elementales: "porque quiero ganar un premio", "porque es mi oficio y vivo de él", "porque quiero que publiquen obras mías"... No son convincentes y no sirven más que para salir del paso.

Intentando hacer memoria de por qué comencé *Alejo*, recuerdo que mi primer pensamiento fue algo como esto: "El que está escribiendo una historia de la literatura destinada a los jóvenes y se permite hacer juicios sobre tantas y tantas obras debe probar la mano en una. Tiene que demostrar, tiene que demostrarse a sí mismo ante todo, que es capaz de componerla y que el resultado no sea despreciable". Éste puede que fuera el punto de partida. Luego, sobre el rastro ya, llega la idea de que el tema debe ser la búsqueda de la identidad de un muchacho, representada por la búsqueda del padre, la búsqueda de las raíces, sin las cuales es imposible sustentarse. Y, ya más adelante, el deseo de que la historia sea real y, por supuesto, sincera. ¿Y por qué no someterla, en esa exigencia de realidad, a la estricta regla de las tres unidades dramáticas? ¿Por qué no ir contra corriente y componer una narración disciplinada? Había que hacer la prueba, y éste era un incentivo más para escribir *Alejo*. Cuatro horas, más unos minutos del último capítulo, duraría la acción, y cuatro horas, más unos minutos, duraría la lectura sin apresuramientos. Así lo dicen unas notas de intenciones iniciales que conservo.

He intentado decir por qué escribí *Alejo* y estoy seguro de no haberlo conseguido. Me quedo con la respuesta del operario en plena tarea: lo escribo porque tengo que escribirlo.»

ARGUMENTO. Alejo, un adolescente, vive en una vieja casa en la que el duende de la soledad se hace presente en todas las habitaciones, en los muebles enfundados en sus blancos sudarios y en el viejo piano que ya nadie toca.

Alejo comparte la soledad con su padre, aunque, en el fondo, sus vidas son paralelas y de una gran monotonía. El padre de Alejo es un hombre que, tras la muerte de su esposa, intenta proteger la intimidad de su dolor de las miradas de los extraños tras un lenguaje grandilocuente. Se entrega con todo empeño, aunque no con demasiadas esperanzas, a su trabajo, el de encuadernador. El *Quijote* es su obra preferida y a ella dedica su capacidad técnica y su estilo perfeccionista. Sus encuadernaciones de la obra inmortal de Cervantes son de un valor extraordinario.

Alejo frecuenta las aulas del instituto. No le va mal en los estudios, aunque en el fondo está viviendo su condición de estudiante como un mero trámite. Tiene amigos, pero tampoco siente demasiada necesidad de ellos.

El padre de Alejo es un hombre de una puntualidad absoluta. Salvo un día en que, por extrañas circunstancias, no vuelve a casa a la hora acostumbrada después de terminar el trabajo por la tarde. Van pasando las horas y Alejo vive la angustia de la búsqueda de su padre, búsqueda que tendrá claramente una doble vertiente, física y espiritual. El peregrinar de Alejo por los aledaños de su casa, las calles de la pequeña ciudad de provincias, bajo una tormenta impresionante, hacen que unas pocas horas supongan una transformación radical en él. Alejo nunca volverá ya a ser el mismo. Algo ha sucedido que le ha cambiado para siempre.

INTERÉS DEL LIBRO. Es una novela en la que el tiempo está perfectamente marcado por el gran reloj de pared de la casa, que se convierte en presencia indispensable. Sus campanadas, cada cuarto de hora, señalan siempre urgencias en el alma de Alejo.

Los personajes, perfectamente definidos en su atonía inicial, van descubriéndose a sí mismos a través de unos hechos sencillos, pero que les ayudan a reflexionar. Padre e hijo se van a encontrar en una nueva dimensión. Es el valor psicológico de la obra. Al mismo tiempo, el género policiaco se hace presente desde las primeras páginas. La trama se va complicando, partiendo de unos hechos que abarcamos por su sencillez aparente, pero que van señalando unos caminos claros de suspense y angustia. La ternura está presente a la vuelta de cada página.

Alejo es el adolescente que madura al darse cuenta de que a su alrededor hay muchas personas que luchan y sufren por sus semejantes, y de que el mal es un dato con el que hay que contar. El lenguaje no es altisonante, pero siempre escogido, para que se corresponda en todo momento con la sencilla grandeza de los hechos narrados.

83 *El caballo de oro*

FEDERICA DE CESCO

1988. 171 páginas

AUTOR. Federica de Cesco nació en Pordenone, Italia, en 1938. A la edad de dos años acompañó a sus padres a Asmara, Eritrea, donde su padre trabajaba como ingeniero, y allí pasó sus primeros años. A los tres ya hablaba alemán e italiano. Dibujaba mucho y buceaba en los álbumes ilustrados.

Su educación escolar comenzó en Italia, pero pronto se trasladó a Lieja, Bélgica. Allí tuvo que aprender francés. Enseguida se amoldó al país y progresó notablemente en su nuevo idioma. Al cabo de dos años hablaba tan bien como el resto de sus amigas.

Leía mucho y solía sacar de cinco a seis libros de la biblioteca cada semana. Los libros que más le interesaban trataban de los indios. Y también veía muchas películas sobre el mismo tema. Le interesaba la relación entre los blancos y los indios y decidió escribir una historia sobre el tema. Así apareció *La bufanda roja*. El manuscrito tenía 250 folios y tuvo que ser acortado. Se publicó cuando Federica de Cesco tenía dieciséis años. El editor sentía curiosidad por saber si la autora del libro seguiría escribiendo. ¿Cómo influiría su éxito en el carácter y en la forma de ser de la escritora? Pero Federica no cambió y continuó escribiendo en sus ratos libres un nuevo manuscrito.

Tras la escuela pasó a la universidad, donde estudió Historia del Arte y Psicología. Perteneció al círculo literario de la universidad y durante años fue presidenta del mismo.

Tras sus estudios abandonó Bélgica, y desde entonces vive en Suiza. Federica ha viajado por casi toda Europa. Durante años ha vivido en los países escandinavos, y también con los tuaregs en el Sahara.

Tiene amistad con gente de innumerables países. Se casó con un fotógrafo japonés al que conoció en París.

Sus libros se han traducido a casi todos los idiomas europeos, alcanzando la mayoría de ellos algún premio de importancia.

Federica asegura que es posible aprender a escribir, aunque a base de gran esfuerzo, investigación y después de haber escrito mucho. Hay que saber encuadrar a las personas en su ambiente, estudiar los lugares y la naturaleza donde se sitúa la acción.

A menudo Federica trata un tema de actualidad que le interesa de una forma especial. Sus personajes suelen ser inventados, aunque ponga en ellos rasgos del carácter de alguno de sus amigos y hasta de miembros de su familia.

Su *hobby* es leer, lo que es absolutamente natural. Monta a caballo, nada, juega al tenis y al badminton.

Su obra literaria es muy extensa.

ARGUMENTO. Aparece en el mercado un libro que causa sensación. Su título es *El caballo de oro*. En él, una *lady* inglesa reta a los estudiosos o interesados a que encuentren una alhaja de incalculable valor que ella misma ha escondido en un lugar de Inglaterra. En el libro ha escrito unos acertijos, clave para el hallazgo del tesoro escondido.

Dos parejas de amigos, Tina y el japonés Kazu, y Emy y Jean-Paul, aceptan el reto. Escriben a la *lady,* que les promete recibirlos en su casa palacio, Paradise Place.

Preparan el viaje y avisan su llegada.

En Londres tienen un encuentro casual con Morningstar, un anciano singular, y con su nieta, una niña dotada de un don especial: el de ser vidente. El abuelo, de una simpatía hecha de simplicidad y agudeza mental, es psicólogo. Asegura que su nieta encontrará la joya.

Ésta, según él, tiene una propiedad única: quien sea digno de tenerla será un adelantado a su tiempo en la labor artística que se decida a emprender. Eso explica la genialidad como pintora de Sara Avalon. Y que esa joya haya estado antes en manos de Miguel Ángel, Voltaire, Mozart... Nadie puede tener la joya más de once años. Al cabo de ese tiempo, tendrá que pasar a manos de quien sea digno de hacerse con ella mediante un golpe de ingenio o de intuición.

James, hermano de Sara Avalon, la *lady* en cuestión, espera a los viajeros en la pequeña estación de Padstow y los conduce hasta Paradise Place.

Todo parece extraño en aquel caserón inglés, en un estado de abandono evidente salvo una zona reducida que habitan Sara y su hermano, que parecen dedicarse a la cría de caballos. Sara, además, es pintora de enorme prestigio, como se ha dicho antes. Pero su pasión sigue siendo los caballos. Hay uno del que está orgullosa, un caballo excepcional, Merlin.

Los cuatro amigos se hospedan en Paradise Place. Empiezan a notar cosas extrañas: oyen, encima de las habitaciones en que duermen, unos ruidos apagados y discontinuos, desaparece misteriosamente Merlin... y las relaciones entre James y Sara Avalon se van haciendo cada vez más tensas.

El inspector de policía, Jhabavaran Chandra, un indio inmenso de cuerpo y de espíritu, se hace cargo de la investigación del caso de la desaparición de Merlin.

Poco a poco se va desenredando el embrollo. Emy y Jean-Paul, perdidos en el monte a causa de la niebla, van a dar a una cabaña donde alguien tiene secuestrado a Merlin. Ese alguien resulta ser James. Entre él y Vera, una hermana de Sara, cuya personalidad había sustituido, preparan una venganza contra la auténtica Sara: proyectan cortar la cabeza a Merlin y ofrecérsela a su hermana, secuestrada en una de las habitaciones del piso alto de la casa, de donde procedían los ruidos que tanto intrigaban a los invitados.

Lucy, en el momento indicado, e interpretando con una seguridad total los acertijos del libro, encuentra la joya.

INTERÉS DEL LIBRO. Se combinan el ingenio, el misterio, la tenacidad, la genialidad y una geografía que resulta tan misteriosa como los acertijos que van a posibilitar el hallazgo de la joya prodigiosa.

Por otra parte, la autora consigue hacernos viajar a la Gran Bretaña de siempre, con sus praderas, sus viejos palacios-caserones, muchos de ellos en franca decadencia; sus reuniones sociales, el amor a la tradición y a los caballos.

La suplantación de personalidad por parte de Vera, una hermana con problemas psicológicos desde muy pequeña, que se ha casado en Estados Unidos, que ha fracasado en su matrimonio y que vuelve a la casa paterna en el momento oportuno, es excelente como trama literaria. Da paso a lo que de novela policiaca tiene la obra. El tono de misterio, de parapsicología, de fuerzas especiales actuando a través de la famosa joya, se centran en la pequeña Lucy.

El estudio psicológico que se hace de James es excelente. Siempre supeditado a la voluntad de sus hermanas, entregado a la bebida, se convierte, al fin, en el personaje siniestro, ejecutor material en potencia de una sórdida venganza. Y de la ambición de Vera. Ésta quiere a toda costa hacerse con la joya para encarnar su fuerza extraordinaria. Es su delirio personal de grandeza.

La intervención del inspector indio puede ser un reconocimiento por parte de la autora a la presencia de indios en Inglaterra en muchos estamentos de la sociedad, pero que ocupan casi siempre niveles inferiores en la misma.

84 *Aquellas blancas sombras en el bosque*

María Gripe

1988. 299 páginas

AUTOR. La biografía aparece en la página 114.

ARGUMENTO. Carolin y Berta, personajes centrales en *La* *sombra sobre el banco de piedra,* deciden que, para conocerse mejor, tienen que ir a trabajar juntas fuera de la casa paterna. Nunca conseguirán ese mejor conocimiento mientras Carolin siga haciendo de criada, cuando ella asegura que es también hija de la familia, y Berta haga de hija con todos los derechos.

Ayudadas por la abuela, consiguen al fin un trabajo: irán de señoritas de compañía de Arild y Rosilda, hermanos mellizos que viven en el castillo de Rosengåva. Absolutamente encerrados en sí mismos, y dentro de los muros del castillo por las trágicas circunstancias que se han desarrollado en su niñez y adolescencia, necesitan que alguien los abra al mundo exterior. Pero antes tienen que encontrar abiertos los caminos de la esperanza. Es la labor que intentan Carolin y Berta, cada una siguiendo las líneas de su personalidad.

Carolin es intuitiva, privilegiada en cuanto a su capacidad de adaptación y de hacer depender de ella, aunque sea involuntariamente, a todos los que la rodean.

El castillo de Rosengåva ha vivido entre sus muros todos los avatares de la vida humana, incluidos los fenómenos parapsicológicos. La muerte, la tragedia del silencio y la soledad, tipificada en la mudez de Rosilda, son realidades cotidianas en el enorme castillo. A su terrible frialdad física durante casi todo el año corresponde la falta de calor humano en los personajes que lo habitan.

Las desavenencias matrimoniales, la muerte repentina de Leto, abuela de los mellizos, y el admitido por todos suicidio de Lydia, su madre, encarnan esa tragedia, tanto más cuanto que la autora nos hace sospechar su inutilidad.

La dependencia de los seres vivos respecto a los muertos, sin que eso signifique que la autora admita expresamente una vida en el más allá, están presentes en la relación generacional, que es mucho más que un recuerdo; es un hecho tan real y misterioso a la vez como el sonido de las extrañas campanas que marcan continuamente el tiempo en Rosengåva.

Las sombras siguen siendo factor fundamental, sombras que a veces son blancas y se corporifican en una mujer, y en otras ocasiones, negras; ambas se apreciarán fundamentalmente en los cuadros de Rosilda y en algunas fotografías.

Berta sospecha un mensaje, una tremenda y misteriosa realidad detrás de aquellas sombras. Va uniendo a ese mensaje una serie de hechos que la llevan a una conclusión: la madre de Arild y Rosilda intentó el suicidio, pero al fin se salvó de él. La clave de todo el misterio la tiene Axel Torsson, el administrador del castillo.

En una especie de carrera contra reloj, Berta, que siente que su estancia en el castillo está a punto de terminar por no poder soportar el secreto que sospecha saber, emplaza a Axel Torsson para que le diga toda la verdad. Pero el administrador pone condiciones: en cuanto confiese la verdad a Berta, ésta tendrá que dejar el castillo.

Efectivamente, al día siguiente Berta deja Rosengåva con la pesada carga de su secreto y con todas las vías de la esperanza abiertas, especialmente para la curación de la mudez de Rosilda.

INTERÉS DEL LIBRO. *Aquellas blancas sombras en el bosque* es la segunda parte de la *Tetralogía de las sombras.* Con los mismos personajes, María Gripe construye un mundo muy distinto del primer libro, *La sombra sobre el banco de piedra.* Juega constantemente con la contradicción de los deseos interiores.

La autora profundiza en el misterio de Carolin. Berta se encuentra con la eterna duda de si es su hermana o no. La conducta de Carolin, sus medias palabras, su exigencia de que confíe en ella sin casi nada a cambio, no consiguen más que sembrar la inquietud, la duda en el espíritu de Berta. Ésta se encuentra en la obra como peregrina hacia lo desconocido, que sólo de vez en cuando deja algún tenue jalón en el camino. Pero se ve obligada a correr hacia esa desconocida, Carolin, de una forma desalentada y fatal. «¿Qué va a ser de mi vida sin ella?», se pregunta a sí misma casi al principio de la obra.

Los dos hermanos, Arild y Rosilda, pueden representar, aparte de la enorme riqueza de su personalidad truncada, un alegato contra el proteccionismo absurdo de los padres. Vuelcan en los hijos sus propias inseguridades, desilusiones, insatisfacción y miedos. La desgracia, que ya ha tomado carne en ellos, va mostrando la fea cara de su realidad en los hijos, inocentes de todo.

Como en tantas otras de sus novelas, María Gripe representa una sacudida para ciertos aspectos de la educación de las madres, especialmente de las obsesivas. Pero los dos hermanos mellizos, Arild y Rosilda, tienen toda la vida por delante para empezar a respirar fuera del estrecho círculo de los muros del castillo que los están ahogando.

85 *La blusa roja sin botones*

TIE NING

1989. 157 páginas

AUTOR. «Nací en 1957 en Beijing (Pekín). Fui la mayor de dos hermanas, en una familia sin hijos varones, y por eso se me amó de una forma especialmente entrañable por parte de mis padres. Mi padre pintaba al óleo y a la acuarela. Mi madre era profesora asociada de primer grado de música vocal.

Ellos esperaban que cuando yo creciera me consagrara a su profesión, puesto que de pequeña me gustaba dibujar gatos y cantaba con frecuencia y con una voz aguda y fuerte.

Sin embargo, mis caminos tomaron un rumbo distinto del que ellos soñaban para mí. Lo que me atraía realmente eran los libros que desde niña caían en mis manos.

Cuando cursaba tercer grado de la escuela primaria, estalló en China la Gran Revolución Cultural. Esta catástrofe supuso un duro golpe para mis padres. Ella fue también el fin de mi hermosa y tranquila infancia.

Me vi obligada muy pronto a observar con detenimiento el mundo de los mayores, que me resultaba incomprensible, y esa observación temprana fue quizá mi preparación para la literatura.

Fueron diez años de catástrofe en los que en China no hubo literatura. En aquellos días de desierto cultural nació en mí el deseo de la búsqueda literaria.

En 1975 me gradué en el Segundo Ciclo de Escuela Secundaria y, como la mayoría de los jóvenes chinos de la ciudad, fui enviada al campo, en Hebei, para reformar mi pensamiento. Así es como empecé a publicar novelas.

Escribí mis primeras novelas en los ratos que me quedaban después del trabajo en el campo. El pueblo en que vivía no disponía de luz eléctrica. Por eso mi compañía, al escribir, era una pequeña lámpara de queroseno. Emanaba un humo negro que hacía que al día siguiente, por la mañana, mis ojos estuvieran enrojecidos y mi nariz ennegrecida.

Cuatro años después regresé a la ciudad y comencé a trabajar como redactora en una revista literaria. Ahora me dedico especialmente a escribir para la Asociación de Arte y Literatura de la Provincia de Hebei (Confederación Femenina de la Provincia de Hebei). Me he convertido en una escritora profesional.

Mi primera novela se publicó en 1975. Hasta hoy he publicado más de sesenta relatos, nueve novelas cortas y una novela larga, treinta artículos en prosa, dos guiones de cine, y se han editado, además, siete recopilaciones de novelas. Algunas de estas obras han sido traducidas al inglés, francés, alemán, ruso, japonés, danés y español.

Dos relatos y una novela corta obtuvieron el primer premio en concursos nacionales. La novela corta *La blusa roja sin botones,* convertida en el guión cinematográfico titulado *La muchacha del vestido rojo,* obtuvo el premio Gallo de Oro en 1985.

En 1985 visité Estados Unidos, formando parte de una representación de escritores chinos. En 1986 fui invitada a participar, en Noruega, en la segunda exposición internacional de libros de mujeres escritoras. En 1987 visité Hong-Kong y Macao.

En 1982 entré a formar parte de la Asociación de Escritores Chinos, y en la actualidad pertenezco al Consejo de la misma, al mismo tiempo que soy vicepresidenta de la Federación de Literatos de la Provincia de Hebei.

Naturalmente que hubo en mí unas motivaciones para escribir este libro. Todos hemos tenido dieciséis años, una edad muy sensible, llena de vitalidad, una edad en la que se tiene toda la vida por delante, pero con la contrapartida de que la sociedad le da poca importancia.

A través de mi obra quise hacer ver la intranquilidad radical que se da en el espíritu de una estudiante al vivir las contradicciones que surgen entre lo que ella piensa y la realidad; profundizar, a través de la historia personal de esa misma adolescente, en los conflictos escondidos en lo más profundo de eso que llamamos vida, para hacer sentir a los lectores la belleza y la profundidad de la existencia, transmitiendo, al mismo tiempo, el espíritu de la época. Fueron, realmente, las razones más profundas que me llevaron a escribir el libro.

Me gustaría, a través de mi novela, de sus personajes, hacer una llamada a la capacidad de amor de todos los hombres, a las alegrías y tristezas que se mezclan en el vivir de cada día; hacer comprender el valor de la belleza y de la sinceridad. Espero que los jóvenes caminen hacia la maduración de su vida con confianza, con valor, para hacer frente al viejo modelo creado para ellos por la familia y la sociedad; y que sean capaces de aportar la belleza que tienen, su forma de ser, sana y limpia, y la seguridad en su destino.

Al mismo tiempo me gustaría intentar proteger y comprender el carácter de los jóvenes, puesto que ellos son los verdaderos pilares de todo pueblo. Ésta es una tarea ineludible de nuestra época y de nuestra sociedad.

Al principio, al fijarme en mi hermana menor, sentí un impulso fuerte para escribir esta novela. En aquel momento ella era una estudiante de escuela secundaria, encantadora y vital. Pero escribí el libro no sólo como un homenaje a lo que ella era, sino también con el recuerdo siempre presente de todos aquellos jóvenes que han sido olvidados por la sociedad.

ARGUMENTO. Anran, su hermana Anjing, unos años mayor que ella, y sus padres viven en Pingyi, una ciudad china de medio millón de habitantes.

Todos los miembros de la familia han tenido que pasar por el proceso de la Revolución Cultural, del que, como el resto de la sociedad china, se recuperan lentamente.

Anran es una chica de una gran personalidad. Espíritu independiente, ama a su hermana, con la que se entiende a las mil maravillas. Admira a su padre, un gran pintor que no quiere para su obra compromiso político alguno, y que choca frontalmente con su esposa, que admitió con excesiva facilidad el dogmatismo de la Revolución Cultural.

Los padres de Anran han dejado de amarse desde hace tiempo. Es posible que jamás se hayan amado, cosa que sospecha Anran.

Ésta vive la tensión de la elección de la mejor alumna de su curso, honor para el que es una firme candidata. Pero, demasiado independiente en sus juicios, expresa tan claramente su repulsa a determinadas situaciones, a su juicio inadmisibles, que su tutora, Wei Wan, cerrada en sus ideas, toma sus medidas contra ese peligro de un espíritu crítico, enquistado en su estilo monolítico.

La rectitud de Anran se manifiesta con toda su fuerza cuando descubre que su hermana Anjing ha estado intentando por todos los medios a su alcance que la tutora oriente la votación hacia ella. A su juicio, esa falta de ética es digna del mayor desprecio. Ella, que rechaza en su conducta toda componenda e hipocresía, tiene que sufrir que su hermana, a la que quiere y admira, se haya rebajado de esa manera.

Sólo un hecho doloroso logrará la reconciliación de las dos hermanas y de los padres. Cada uno a su manera, son conscientes de que para seguir viviendo se tienen que admitir y amar como son. Es el momento en el que realmente Anran da un paso de gigante en el proceso de su maduración humana, y en el que Anjing va a poder expresar su amor en total libertad.

INTERÉS DEL LIBRO. *La blusa roja sin botones* es una novela de una gran riqueza de contenido, tras su aparente sencillez.

Anran es una adolescente inteligente, despierta, independiente, prototipo de la nueva generación que nace en China tras la Revolución Cultural. Tiene los problemas de cualquier chica de su edad en cualquier rincón del mundo. Aunque una primera lectura nos puede dar la impresión de que es ingenua, casi infantil. El amor está llamando a sus puertas. Pero, por encima de todo, quiere ser ella misma.

Su madre está marcada anímicamente por la línea dogmática maoísta. Su hermana, de algún modo, ha sufrido las consecuencias de ese dogmatismo. Pero quienes en la familia se sienten libres del todo son Anran, por su vitalismo arrollador, y su padre, por convicción estética. Es un artista y nadie puede encadenar o señalar límites al arte. La novela nos transmite perfectamente la fuerza de estas ideas y los personajes que las encarnan.

Subyace claramente a través de la actitud mental de los personajes y, sobre todo, de su actuación una crítica social evidente.

Anran es el símbolo de esa libertad relativa que se empieza a respirar en China. Ha nacido en nuevos tiempos, para gozar de un nuevo estilo de vida. Y éste se desarrolla en un ambiente donde la persona y sus libertades son derechos irrenunciables.

Es una obra reveladora del encuentro consigo misma que está viviendo la actual juventud china. La autora ha querido resaltar que es un grupo humano que mira hacia Occidente. Y lo tipifica en un hecho curioso: a Anran le gusta el fútbol y conoce muy bien los problemas de Maradona en el Barcelona.

86 *Barrotes de bambú*

JAN TERLOUW

1986. 184 páginas

AUTOR. La biografía aparece en la página 90.

Él mismo nos dice por qué la escribió:

«Liderazgo, capacidad de guía, autoridad, poder son nociones con las que nos tenemos que ver continuamente. Especialmente los jóvenes, que todavía tienen que adquirir conocimientos y experiencia, se ven obligados a obedecer a líderes. Sin embargo, no todos los líderes deben ser seguidos. Y no toda orientación tiene que ser ciegamente aceptada. No toda autoridad es legal. El tema de este libro es el mal uso del poder, la necesidad de pensar por uno mismo.

El tema es tratado en el marco de una secta, con un líder que quiere que sus seguidores acepten a ciegas todo lo que les dice y exige. Están viviendo en una auténtica prisión de la mente y, aunque tienen las puertas abiertas, no pueden escapar del grupo. La sociedad no debe funcionar sin un liderazgo, pero tiene que ser escogido, durar solamente algún tiempo y poder ser criticado.

He escrito el libro para ayudar a los jóvenes a ser conscientes de este problema. Crecer no es fácil, y no se resuelve siguiendo tranquilamente las orientaciones de un líder. Es un proceso complicado e individual, en el que tienes que enfrentarte a preguntas como: ¿dónde está la línea divisoria entre la obediencia y la protesta? ¿Cómo puedo distinguir entre los líderes que me ayudan a crecer y hacerme independiente y los que se quieren servir de mí?»

ARGUMENTO. Keizer, antiguo comisario de policía, está seriamente preocupado por el problema de Almas Vivas, una secta religiosa que está consiguiendo muchos adeptos entre la juventud de Amsterdam. Sospecha que los métodos de captación de Almas Vivas, y no pocas de sus actividades, son delictivos. Pero carece de pruebas irrefutables para presentarlas en los tribunales y desmontar la organización.

Estudia los antecedentes de tres jóvenes, para infiltrarlos en Almas Vivas y conseguir esas pruebas. Hay un peligro indudable: que estos jóvenes, entre los que está una nieta suya, no logren superar el peligro de caer ellos mismos bajo la influencia del líder de la secta, Willem de Vries, un personaje carismático.

Las pruebas por las que tienen que pasar para ser admitidos como miembros de la secta, una especie de lavado mental, son durísimas. Las vejaciones y la autoconfesión de culpabilidad por parte de los que solicitan el ingreso acaban por despersonalizarlos. Sobre todo, aniquilan en ellos todo sentido crítico.

Josie, Valentine y Paul se someten a ellas. Las pasan y se integran en la vida de la secta. Josie, una chica atractiva, hasta llega a gozar de las atenciones especiales de Willem de Vries. Éste, entre otras debilidades, tiene dos conocidas por Keizer: la numismática y las mujeres.

Valentine no es admitido a participar en las actividades de la secta, Paul se convierte en un miembro convencido de Almas Vivas y Josie ofrece una resistencia inquebrantable a todo tipo de adoctrinamiento, a pesar de los durísimos métodos que se emplean con ella. El final es absolutamente inesperado, sometiendo al líder a un ridículo espantoso y a descubrir lo que hay detrás de todo su aparente misticismo de iluminado.

INTERÉS DEL LIBRO. Es una novela donde se conjuga el género realista con el policiaco, con tendencia marcada hacia este último. Se mantiene el interés de la obra a lo largo de la misma. Los personajes, muy bien estudiados en su mundo interior, y en el entorno actual y pasado que han contribuido a conformarlos, mantienen su fuerza y su línea de conducta durante toda la obra.

La temática es muy actual. Las sectas seudorreligiosas son el pan de cada día en nuestras ciudades. Todas ellas están sometidas a la mano férrea y a los mandatos dogmáticos de un líder, cuya autoridad no se cuestiona.

Describe perfectamente quiénes son las víctimas de ese abuso psicológico: chicas y chicos en plena adolescencia, inmersos en su propia soledad.

La obra pretende despertar el sentido crítico en los jóvenes a la hora de seguir las directrices de los mayores. No todos son dignos de su confianza.

Nos hace entrar en el tema inmediatamente, y el interés de la obra es ascendente. Nos invita a acompañar a estos jóvenes en su huida de la soledad. Aprendemos a gozar y sufrir con ellos.

Y siempre nos quedará el regusto de un final inesperado por la comicidad que encierra, buscado para reforzar el sentido crítico que ha pretendido transmitir el autor a lo largo de la novela.

87 *El capitán James Cook*

JOHN HOOKER
1988. 257 páginas

AUTOR. John Hooker nació en Nueva Zelanda en 1932 y vive en Australia desde 1963. También ha pasado algunos años en

Estados Unidos e Inglaterra, y viajado por la mayoría de los países de Europa. Conoce perfectamente Hong Kong, Japón, Corea y las islas del Pacífico sur.

Durante casi toda su vida ha sido editor, pero a partir de 1984 se ha hecho escritor a dedicación completa. Vive en un pequeño puerto de la costa de Victoria, Australia. Está particularmente interesado en temas de guerra, aventuras y exploración.

John Hooker ha escrito la versión novelada del capitán James Cook, cuyas exploraciones constituyen una parte importante de la historia de Australia y Nueva Zelanda.

Escribió la obra a partir del guión de la televisión con el mismo tema y personaje, de libros de historia y del diario de Cook.

El libro es riguroso, históricamente hablando, y bien documentado. Pero John ha intentado escribir un relato emocionante que cautive a los amantes del mar y que pueda decirles algo de uno de los mayores exploradores que hayan existido jamás.

Peter Yeldham es el guionista de la serie. Nacido en Sydney, Australia, hizo sus estudios secundarios en esta misma ciudad. Dejó el colegio a los dieciséis años. Pasó por toda clase de trabajos, desde mensajero para una estación de radio, vendedor, a periodista, escritor de cuentos y ayudante del director de la Asociación de Compañías de Teatro de Sydney hasta 1956.

En este año se fue a Inglaterra, donde vivió hasta 1976. Trabajó en una buena parte de las series inglesas de televisión. Creó sus propias series para Thames y la BBC. Escribió guiones para más de una docena de películas.

Vuelto a Australia en 1976, escribió muchas series cortas, lo mismo que obras de teatro.

Ha obtenido premios importantes, entre ellos el British Writers Guild Award 1963, el Australian Writers Guild Awar 1980, 1982 y 1986.

Es interesante destacar algo de las notas que él mismo nos ha enviado:

«El tema empezó siendo un encargo de una compañía americana, y terminó por apasionarme. Mucho tiempo después de que el grupo americano hubiera perdido todo interés, continué investigando y ampliando el guión. Mientras tanto, mis compañeros de proyecto y yo hicimos que se interesara en él Revcom Television en Francia y la Australian Broadcasting Corporation de Australia, para que combinaran sus esfuerzos económicos en la producción del programa. Como escritor, vi claramente que la de Cook era una historia para ser contada, muy distinta de cualquier saga histórica, y que se podría convertir en uno de mis mayores éxitos como escritor.

Intenté comunicar el coraje inmenso de un hombre, por otra parte, absolutamente normal. James Cook me llamó la atención como víctima del sistema de clases británico. A medida que profundizaba en mis investigaciones, me topé con todo tipo de injusticias, y tenían todas la misma base: Cook pertenecía originariamente a lo que hoy calificaríamos de clase obrera.

Fue un hombre de enormes recursos humanos. He intentado dejarlo bien claro en la obra, y lo mucho que consiguió, a pesar de estar sometido a enormes presiones de todo tipo.

Me faltó tiempo para escribir yo mismo la novela, ya que estaba comprometido, por entonces, en un importante guión para la televisión. Me gustó mucho que se escribiera una novela basándose en mi guión, puesto que eso aumenta el número de personas que leerán o verán la historia de James Cook. Pero sigo pensando que me hubiese gustado mucho haber podido escribir yo mismo el libro. Esto no significa de ninguna manera una crítica negativa la obra de John Hooker.»

ARGUMENTO. El Almirantazgo inglés se sentía preocupado ante los descubrimientos y los viajes marítimos de españoles y portugueses. Los franceses habían tomado ya una cierta iniciativa. Anteceden también a los ingleses en sus exploraciones marítimas.

Aunque algo tarde, ya en el siglo XVIII, Inglaterra se decidió a entrar en liza, buscando sus propios caminos. Se propuso, como primer objetivo, descubrir el continente que, a juicio de los geógrafos de la época, tenía que existir para equilibrar en el sur la enorme masa de tierras del norte. El papel que jugó la Royal Society para elegir al jefe de la expedición fue fundamental. Al fin recae en un marino desconocido para muchos, James Cook.

Realmente, el gran marino va a estar al frente de tres viajes. Las penalidades de los mismos son enormes.

Empieza la aventura de la búsqueda del famoso continente. La angustia de lo desconocido, los hielos, las tormentas inesperadas, los arrecifes traidores que no figuran en mapa alguno, los icebergs gigantescos y fantasmales..., todo se une para que la aventura adquiera proporciones de epopeya.

En la primera expedición, el choque con un arrecife deja el barco en tan precarias condiciones que Cook se ve obligado a una larga estancia en los astilleros holandeses de Batavia. La peste azota la ciudad, y la tripulación de Cook sufre la enfermedad y la muerte, aunque menos que otras, debido a las previsiones sanitarias de su capitán.

En el segundo viaje descubre archipiélagos desconocidos, da la vuelta al territorio helado que ahora conocemos como Antártida, descansa en Tahití y vuelve a Inglaterra con la desilusión de que el continente que buscan no existe.

Han recorrido a conciencia los lugares en los que debería ubicarse, de acuerdo con los mapas de que disponen. La labor cartográfica de Cook es enorme. Aprovecha su relativo descanso en Inglaterra para redactar las memorias de su viaje.

El tercer viaje, organizado para encontrar el paso de América por el norte, resulta catastrófico. Cook, agasajado, mimado en todas partes, no ha tenido la tranquilidad suficiente para prepararlo tan concienzudamente como los anteriores. Se embarca con la oposición declarada de su esposa y de sus mejores amigos.

Después de enormes penalidades llegan a una de las islas Hawai. Allí es tomado por el dios Lono, el dios de la paz. Pero pronto estallaría la guerra entre los indígenas y los expedicionarios. James Cook, el mayor marino de todos los tiempos, sabe mantenerse fiel a sí mismo hasta el final.

INTERÉS DEL LIBRO. *El capitán James Cook* es una novela histórica. El itinerario de los tres viajes, los mapas que traza, sus descubrimientos, sus decepciones, todo se encuentra en los datos de la historia. Esa labor representa una de las páginas más brillantes de la historia de Inglaterra.

La novela nos presenta a Cook en su auténtica dimensión humana. No es un mito ni un héroe: es un hombre con una idea, una fuerza de voluntad titánica para servirla y una capacidad de sufrimiento extraordinaria.

Pero nunca se disimulan sus debilidades, crueldades y demasías. Es a veces víctima de «el fin justifica los medios». La novela mantiene a su protagonista en un nivel de interés creciente para el lector.

Y muy cerca de él, formando siempre el telón de fondo de aquella gesta, la familia del gran marino, especialmente Elizabeth, su mujer. Mantiene su papel de esposa con un carácter digno del de Cook.

El lenguaje es sencillo, el que se emplea normalmente en un relato de viajes. A veces tiene momentos de auténtico lirismo. Pero el valor fundamental de la obra es lo que en ella se nos cuenta. Así, el autor logra transmitirnos la emoción de la gesta, sin perder las proporciones de lo humano.

Es digno de análisis el carácter de Elizabeth, la esposa, que de alguna manera está presente en toda la obra. Es la gran añoranza de Cook en la inmensa soledad acompañada del mar. Y su preocupación final, haberse comprometido para el tercer viaje después de haber asegurado a su esposa que el segundo cerraría sus aventuras marineras.

88 *Destino: la Plaza Roja*

CARLOS VILLANES CAIRO
1988. 144 páginas

AUTOR. «Nací el 5 de octubre de 1945 en Yauli, un pueblo minero con yacimientos de oro, a cuatro mil metros sobre el nivel del mar, en la sierra central de Perú, a 150 kilómetros de Lima. Al año siguiente mis padres se trasladaron a Huancayo, ciudad de gran tradición histórica, social y cultural, cabeza del departamento de Junion y de la nación wanka, de clima benigno y paisajes deslumbrantes. Allí estudié la primaria y la secundaria en el colegio salesiano Santa Rosa.

Confieso que mi gran sueño fue ser aviador, pero una operación de la vista frustró mi carrera. Estudié para profesor de lengua y literatura en la Universidad Nacional del Centro del Perú, donde luego trabajé como docente durante veinte años, llegando a catedrático principal, director del Departamento de Publicaciones y decano de la Facultad de Educación y Humanidades.

Mientras realizaba mis estudios universitarios y varios años después, ejercí el periodismo, actividad que he retomado en España, y gracias a ella hice reportajes a celebridades de la narrativa hispanoamericana, como Juan Rulfo, Julio Cortázar, Gabriel García Márquez, Jorge Luis Borges, Vargas Llosa, Roa Bastos, Ciro Alegría, José María Arguedas, Carlos Fuentes y muchos otros. Colaboro con diarios y revistas. He publicado en Perú, Colombia, México, Argentina y España.

Vine a este hermoso país becado por el ICI, para perfeccionar mis estudios de lingüística y literatura y obtener el doctorado en la sección de Literatura Hispanoamericana de la Facultad de Filología Hispánica de la Universidad Complutense de Madrid, y se da el caso curioso de que mi esposa y mis tres hijos también estudian en la misma universidad.

Mi carrera literaria la inicié muy joven, al ganar los juegos florales universitarios en 1963, 1964 y 1966. En 1973 y 1979 fui premiado por el Ayuntamiento de Huancayo por mis libros *La flagelación de Toribio Cagalaya* y *Los dioses tutelares de los wankas;* en 1982 fui finalista del premio Copé de cuentos y en 1983 fui premiado por mi novela *Concurso de admisión* por el Ayuntamiento de Lima. En 1984 publiqué *La lluvia de cielo ajeno,* libro que incluye el cuento *La fiesta,* ganador también de un premio nacional. Me han editado ocho libros en Perú y cuatro en España, y tengo todavía muchas cosas que contar.

¿Una anécdota? Como profesor universitario, periodista y viajero por varios países de América y Europa, tengo muchas. Les contaré ésta: en 1963, cuando tenía dieciocho años, participé como periodista en el rescate aéreo de un avión que iba de Nueva York a La Paz. El avión cayó en la selva amazónica y en él viajaban altas personalidades. Volamos durante dieciocho días buscándolo, lo suficiente como para dar tres vueltas al mundo, y cuando lo encontramos, por pura suerte, me tocó tomar, desde la escala de un helicóptero, la primera fotografía del avión caído, fotografía que fue premiada y también dio la vuelta al mundo.

¿Por qué escribí la historia de Matt? Una de mis pasiones literarias es recrear las aventuras que la historia escribe cada día, porque creo que la vida real supera muchas veces a la fantasía, y la de este joven ya forma parte de la historia de la aviación mundial.

ARGUMENTO. El 28 de mayo de 1987, día de la Ascensión, Matt, un joven alemán, salió del aeropuerto de Malmi, en Finlandia, pilotando el *Halcón 2,* una avioneta Cessna.

La vocación de piloto le nació desde niño, a través del aeromodelismo. Matt es un predestinado, un visionario de grandes hazañas, con un camino aparentemente cerrado para poder realizarlas. La miopía le obligará a llevar gafas toda su vida. Sus sueños de poder pilotar grandes aviones se ven automáticamente frustrados.

Eso es lo que habría sucedido en el caso de un joven cualquiera, no en el de Matt. El mismo día en que el oftalmólogo, con toda su sabiduría, le condena a no volar, decide abandonar los estudios. Empezará a trabajar. Reunirá el dinero suficiente para alquilar las avionetas de un aeroclub cercano a su casa y obtendrá el título de piloto civil.

El camino de los sueños, de la gran quimera, aterrizar en la Plaza Roja de Moscú, empieza a perfilarse en el horizonte de lo imposible. Sus amigos tratan de disuadirle. Pero la prudencia de éstos no mella la audacia y la capacidad de riesgo, calculado y asumido, de Matt.

En el verano de 1987 hace un *raid* aéreo por distintos países del norte de Europa. Es la preparación inmediata para su gran hazaña, aterrizar en la Plaza Roja de Moscú el 28 de mayo, día de la Ascensión, fiesta de los controladores aéreos rusos. Lo demás es ya todo historia.

INTERÉS DEL LIBRO. La hazaña contada en la novela de Carlos Villanes Cairo es apasionante. Hora a hora seguimos al gran soñador, al joven que ha pasado a la historia de la aviación mundial con su logro sorprendente. Casi paralela en tema e interés, aunque no en el tiempo, el autor nos hace seguir la tragedia del jumbo surcoreano abatido por misiles rusos sobre el mar cercano a una de las islas del archipiélago Sajalin, al norte del Japón.

Ashiro, hijo de Kenyo Izumi, gerente de una de las grandes industrias japonesas, la Nippon Diamond, especializada en material electrónico de alta tecnología, vive la tragedia de la muerte de su padre. Ashiro, a punto de acabar sus estudios de ingeniería electrónica en la universidad, no se resigna a admitir que el mundo esté sometido fatalmente a las presiones políticas de las dos superpotencias y que, en el fondo, seamos juguetes de esa realidad. Acaba de perder a su padre en la tragedia del jumbo. Pero hacía solamente unos años había sucedido algo parecido con su madre. Había sido una de las víctimas tardías de las radiaciones de la bomba atómica americana lanzada sobre Hiroshima.

89 *Los ojos del ciego*

ALISON MORGAN
1989. 205 páginas

AUTOR. «Soy Alison Morgan. Nací en Kent, Reino Unido. Pero a los seis meses, porque mi padre pertenecía al ejército y era cambiado de destino con frecuencia, fui con mi familia hasta Hong Kong. Pero siempre he considerado a Gales como mi auténtico hogar, y he pasado largas temporadas en la vieja casa familiar, cerca de Brecon. Allí viví hasta mi matrimonio en 1960. Era como mi base de operaciones, aunque mis estudios universitarios me hacían estar muy lejos de aquella casa que tanto quería. Primero fue Oxford, donde me licencié en Lengua Inglesa y Literatura, y luego Londres, donde me especialicé en Pedagogía.

Me dediqué a la educación de 1952 a 1959. Como desde mi matrimonio he vivido siempre en las proximidades de mi vieja casa familiar, no es de extrañar que casi todos mis libros dedicados a los niños, aparte de *Los ojos del ciego*, estén situados en Gales, que conozco tan bien. La mayoría tratan de chicos de hoy, pero he escrito también un relato y algunas obras cortas con fondo histórico o sobre las leyendas de Gales.

He tenido siempre grandes deseos de ser exploradora, a pesar de mi existencia sedentaria, y mientras nuestros dos hijos crecían —nacieron en el 1961 y 1965— hicimos muchos viajes a Inglaterra y al extranjero en una pequeña caravana. Uno de esos viajes fue por el norte de España, desde Santander hasta los Pirineos, teniendo como guía a mi hijo mayor, que había pasado seis meses en San Sebastián, aprendiendo español y enseñando inglés.

Fue nuestro último viaje en caravana, ya que nuestros hijos estaban creciendo y el vehículo se caía a pedazos, y porque mi marido, que sufría de Parkinson desde hacía tiempo, no podía aguantar la dura vida de la caravana.

Sin embargo fuimos a Nueva Zelanda y México a visitar a amigos y familiares, y a partir de la muerte de mi marido, en 1987, he viajado a Rusia y Japón. Ahora me veo implicada en muchas actividades sociales, que me llevan mucho tiempo desde que vivo sola. Espero empezar a equilibrar mis actividades, para encontrar el tiempo suficiente para poder escribir novelas parecidas a *Los ojos del ciego*.

Siempre deseé escribir, e hice varios ensayos mientras me dedicaba, al mismo tiempo, a enseñar. Luego, después de casarme, y cuando mis dos hijos llegaron a los ocho y cuatro años, tuve algo más de tiempo, teniendo en cuenta que mi marido estaba enfermo y no podía yo ir a trabajar fuera. Escribí una novela, *Fish*, sobre unos chicos que vivían en una aldea imaginaria, parecida a las de Gales, que conozco tan bien. Fue llevada a la televisión.

A esta obra siguieron otras parecidas, para la televisión. Pero empecé a sentir la necesidad de alejarme del Gales moderno, con harto disgusto de mis editores, puesto que tenía la suerte de vivir en el Gales rural, adonde a los lectores ingleses les encanta escaparse, con la imaginación, claro, más que en la realidad.

Aunque *Los ojos del ciego* parece representar una ruptura total con todo lo que había hecho hasta el momento, su tema y bastantes de sus componentes son los que vuelven siempre en todas mis obras.

ARGUMENTO. Benjamín es nieto del profeta Isaías. Estudia en la escuela sacerdotal, siguiendo la tradición familiar. Su mundo de seguridades se viene abajo por un hecho inesperado, aunque largamente anunciado por su abuelo: la invasión de Judá por los asirios.

Sear-Yasub, su padre, hace un viaje a Lakis para recoger las limosnas del templo. Benjamín le acompaña y el ataque de los asirios a la orgullosa ciudad de Lakis los sorprende; la sorpresa, como en el resto de las campañas de los asirios, ha sido baza fundamental en aquella guerra, decretada por el orgullo y la ambición personal de Senaquerib el Terrible.

A partir de aquí, los acontecimientos se van a precipitar para Benjamín: el contacto directo con la guerra y sus horrores, la huida de la ciudad sitiada, la ayuda que tiene que prestar a gente en peores condiciones que él, el hallazgo del cuerpo muerto de su padre en brazos de Adad, un guerrero asirio de su misma edad, hijo del general en jefe del ejército enemigo. El encuentro de los dos jóvenes será fundamental para ambos: es el enfrentamiento de dos modos de pensar heredados, pero que empiezan a ser criticados por ambos protagonistas.

Juntos, Benjamín y Adad van a empezar el camino de la reconstrucción de dos mundos: el suyo propio, el interior, y el material que los rodea. La guerra ha destrozado los dos. El camino va a ser enormemente difícil para ambos, aunque su amistad indestructible les va a servir de gran ayuda.

INTERÉS DEL LIBRO. Alison Morgan nos ayuda a trasladarnos a aquellos años en los que los judíos luchan por sobrevivir, agobiados por las presiones de los pueblos que los rodean. La cautividad y el destierro están muy cerca.

Es un viaje en el tiempo, sin que las precisiones históricas hagan lenta la acción. Ésta es trepidante en la intensidad y en el tiempo. Un solo día, el del asalto de Lakis, ha sido suficiente para que se desmorone el mundo anterior de Benjamín, para que éste deje de ser niño y entre en el mundo de los adultos y de sus serias responsabilidades. Y para que se encuentre con la dura y alegre exigencia que arrastra consigo la auténtica amistad.

Los personajes están perfectamente definidos y ensamblados en el tejido social e histórico que los rodea. Vemos que los mayores han perdido gran parte de su capacidad crítica. Ésta la va a ejercer Adad, el asirio ciego, un extraordinario vidente de cosas que escapan a los que gozan del privilegio de la luz. Y junto a él, Benjamín, el joven judío, que nunca acaba de desentrañar las infinitas dudas y oscuridades de su mundo interior.

Al lado de ellos, el mundo de la gente sencilla, con rasgos de una bondad y de un sentido común casi apabullantes.

Es un libro que rezuma ese tipo de cultura que creemos tan nuestra y de la que en realidad nos encontramos tan lejos.

90 *Adiós, Álvaro*

MIGUELA DEL BURGO

1989. 115 páginas

AUTOR. «Nací el 16 de mayo de 1953 en un pueblo manchego de la provincia de Ciudad Real. Pertenezco a la última camada de los nacidos en el mismo lecho de la casa del pueblo de mis padres.

Dicen que nací de pies. Pero, en realidad, nací a la pata coja. Y no es que mi precocidad me llevara a tantear el terreno antes de emprender el camino. ¡No llego a tanto! Seguramente me pareció que no estaba preparada aún para darme la vuelta y nacer. Nunca creo estar preparada para algo. O miedo. Sí, miedo, un gran miedo a lanzarme de cabeza a lo desconocido, desnuda y sin paracaídas.

El médico dio aquella criatura morada y hecha una piltrafa, mi pobre cuerpo, a mis abuelas, mientras atendía a mi madre.

Mi vida nunca ha sido una línea horizontal y recta o estable —hasta ahora no ha sido nada monótona—, sino llena de cúspides y valles. Éstos son el tributo que pago a las montañas.

No contaba aún dos años cuando emigramos a Brasil a "hacer las Américas". Vivimos en São Paulo. La dolorosa nostalgia de todo emigrante hizo que mis padres recordaran y nos contaran constantemente historias, costumbres... de nuestra tierra. Nos transmitían su gran amor por La Mancha.

A los once años volvimos a nuestro país, con las manos en los bolsillos, pero el corazón lleno de experiencias, dejando muchos amigos en Brasil.

La sensibilidad, ternura y "alegría tropical" de la gente de São Paulo marcaron mi personalidad.

El regreso a España no fue nada fácil para mí. Dejaba muchas cosas detrás. Tuve que empezar desde cero a aprender a hablar y a querer mi lengua y mi familia. Aprendí el castellano en Jaén. Tengo que decir que me costó muchísimo la adaptación.

En el colegio de Madrid me redescubrí. Y empecé algo que aún no he terminado: a buscar el auténtico significado de esta vida.

Simultaneé el trabajo con mis estudios de Magisterio. Allí conocí a un profesor extraordinario. Sus clases eran apasionantes. Fue el padre de mis primeros escritos.

Juan, mi marido, y Lara, mi hija, han sido mis dos experiencias desbordantes de amor.

A estas alturas de mi vida, quizá la mitad..., tengo que confesar que todavía no he aprendido a vivir. Soy un cúmulo de realidades contrapuestas. ¡Lo tengo crudo...! Menos mal que estoy convencida de que la vida así, por las buenas, sólo porque sí, vale la pena, aunque a veces duela.

En mis años escolares leí a escondidas, lo cual es normal. "Leyendo, con todo lo que tienes que hacer...", o por si la lectura no era muy recomendada —nunca sabíamos seguro si lo era o no— y nos llevábamos la bronca: "Con lecturas como ésas te vas a ilustrar tú mucho...". Leíamos como quien infringe alguna ley, asustados. Pero lo saboreábamos muy bien, mucho mejor que si nos obligasen a hacerlo.

Lo primero que me preguntaron en Ediciones SM fue si *Adiós, Álvaro* era autobiográfica. Todos recurrimos a nuestros sueños, recuerdos, observaciones y contenidos de nuestro subconsciente, que aflora de diferentes formas. Podría decir que el veinticinco por ciento de este libro es real y el resto nace de mi interior. Pero ¿quién me podría asegurar que lo de mi interior no es realidad?

Disfruté durante tres años escribiendo a ratos perdidos, forjando cada personaje, olvidándome de mí misma y dejándoles hablar con libertad.

He gozado enormemente con los tres personajes fuertes de mi libro. El contraste de la fragancia e inocencia de la infancia, la ternura e impulsividad de la adolescencia y la experiencia, valentía y dignidad de una vejez me permitieron dejar libres a Álvaro, Laura y al abuelo Santos, para hacer y deshacer, sin miedo a perderles la pista.»

ARGUMENTO. Álvaro, un adolescente, revive sus recuerdos de infancia. Todos ellos tienen un eje y una razón de ser: la figura de su abuelo Santos, manchego de nacimiento y lleno de nostalgia por su tierra.

El abuelo Santos vive en Madrid por imperativos familiares. Pero jamás olvida su pedazo de tierra, su plantío en el pueblo de La Mancha. Tiene una obsesión: transmitir a su nieto su amor a la tierra y a las tradiciones y afanes de aquella gente. Los dos hacen escapadas para vigilar aquel trozo de tierra que quieren mantener vivo. Poco a poco el nieto se transforma en un amante del plantío.

En su misma casa vive Laura, una adolescente inteligente y despierta que, casi insensiblemente, se enamora de Álvaro «hasta la última de sus neuronas». Escribe un diario y en él va plasmando sus sentimientos hacia aquel chico, sus sueños y esperanzas. En él ha encontrado el equilibrio a su desarraigo. Su padre ha sufrido una serie de traslados y cada uno de ellos ha supuesto un pequeño trauma de adaptación para Laura.

Muerto el abuelo, los padres de Álvaro se deciden a vender

aquel trozo de tierra, algo a lo que no se resignará el nieto. Para él, el plantío es algo más que un trozo de tierra. Es el recuerdo de su abuelo, constantemente vivo. En él dejó lo mejor de su vida. Y supuso el que toda la familia alcanzara el nivel de vida actual. Le ayudan varios compañeros a recoger el dinero suficiente para impedir la venta a un cualquiera.

INTERÉS DEL LIBRO. *Adiós, Álvaro* es una novela del recuerdo, vivo y eficaz en el presente. El abuelo Santos representó algo fundamental en la formación de la niñez de Álvaro. Y todos los valores, profundamente humanos, vividos con su abuelo formaron el fuerte cañamazo que configura la extraordinaria personalidad del Álvaro adolescente.

El abuelo es la personificación de los valores fuertes, naturales, algo elementales a veces, de esa tierra de La Mancha por la que lucha el anciano hasta morir. Tiene muy claras las ideas. Pero para él todo eso tiene que plasmarse, hasta los amores humano-evangélicos del amor al prójimo, en el cariño a la tierra y a sus semejantes. Todo eso lo hereda Álvaro a través de la admiración a su abuelo. Álvaro está preparado para hacer del amor algo exigente, consecuente, comprometido. Y no sólo con los hombres, aunque primero con ellos, sino con la naturaleza.

El encuentro de Álvaro y Laura tiene la fuerza de un sentimiento nuevo, que nace en los dos y que mantiene unas líneas claras de evolución psicológica, explosiva, visceral, por juvenil, pero dentro de algo maravillosamente fresco y universal.

91 *Voy a vivir*

ANDY TRICKER

1989. 175 páginas

AUTOR. «En primer lugar, me gustaría darle algunos detalles sobre mi persona. Era el cuarto de seis hermanos, cuatro de ellos chicas. Nací en un pueblo del sureste de Inglaterra.

Empecé a ir a la escuela primaria del pueblo donde nací cuando tenía cinco años, y a los once tuve que desplazarme al pueblo vecino para hacer la escuela secundaria. Allí nos juntábamos todos los chicos de quince kilómetros a la redonda y allí estudié hasta el momento de graduarme y abandonar definitivamente la escuela a los dieciséis años.

Tengo que confesar que hice cantidad de tonterías: perder el tiempo, fumar, cantidad de cosas de las que ahora, con más edad y experiencia, tengo que arrepentirme.

Después de dejar la escuela, trabajé en una granja durante un corto tiempo hasta que tuve la suerte de entrar de aprendiz en un taller de mecánica de mi pueblo. Era algo que me agradaba. No se ganaba demasiado, pero no estaba mal.

Pienso que fue alrededor de mi primer año en la escuela profesional cuando choqué contra la trasera de un camión yendo yo en mi velomotor. El golpe me dejó paralizado desde el cuello hacia abajo. Afectó gravemente a las vértebras cervicales y, como consecuencia, también quedaron lesionados los nervios de mi cuello, que se negaron a ser vehículo transmisor de las decisiones de mi cerebro a mis músculos. Tuve que pasar siete meses en el hospital antes de que se me permitiera volver a casa, aunque, por desgracia, en una silla de ruedas, incapaz de dar un paso.

Pasaron dos o tres años desde el desgraciado accidente. Entonces decidí que sería interesante escribir todo lo que había sucedido durante los últimos años. Así es como escribí mi libro *Voy a vivir.* Trata enteramente del accidente, cómo ocurrió, mi lucha desesperada para andar de nuevo, mi deseo de ganar independencia; pero, sobre todo, es un libro de emociones, lo que pasé emocionalmente, y no solamente yo, sino mi familia y amigos, durante esos primeros años después del accidente.

Todavía no he recibido ningún premio, pero hay que tener en cuenta que el libro lleva en la calle solamente alrededor de seis meses y que se trata de mi primer libro. Quizá sea demasiado pretencioso pensar que pueda ser digno de un premio. Pero sí que ha sido considerado como uno de los libros mejor vendidos para chicos el verano pasado, lo cual es para mí una satisfacción.

¿Cuál es la razón principal que me empujó a escribir *Voy a vivir?* Pues a la gente de una vez para siempre, y a mi manera, una respuesta a los que me preguntan: "¿Cómo te sientes después del accidente?". He acumulado cantidad de experiencias desde que entré en el hospital y he sentido la necesidad de transcribirlas y reconciliarme conmigo mismo para el resto de mi vida. Hay que tener en cuenta que el accidente me ocurrió cuando tenía solamente diecisiete años. Llegué a los veinte, no sabía qué hacer con mi vida y con todo el tiempo que tenía a mi disposición. Me pareció lo mejor escribir.

Intento mostrarle al lector el sufrimiento y el gozo, y que aunque ahora esté en una silla de ruedas, no me siento esencialmente diferente a lo que era antes del accidente. No me han salido dos cabezas de la noche a la mañana, o un rabo entre las piernas. Sí es cierto que ahora me veo sentado en una silla de ruedas, en vez de andar sobre mis piernas. Pero lo más importante que quiero conseguir con mi libro es decirle a la gente que jamás se dé por vencida. Y que espere poder sobreponerse algún día a la enfermedad o al accidente. Quiero andar de nuevo y es el sueño al que nunca renuncio. Y lo que quiere transmitir el libro es eso: esperanza.

Quiero que mis lectores se convenzan de que incluso hoy y en nuestro tiempo, cuando la guerra y el terrorismo nos destrozan y cuando parece que la gente no tiene tiempo para pensar en los demás, cuando la crisis parece que ataca a la institución familiar, todavía es posible formar un bloque que puede prestar una gran ayuda, que los valores del amor están presentes.

Hay otros valores que he querido resaltar: ser siempre honrado con uno mismo y con los demás; no empeñarse en algo que sabemos que no tiene una salida real; darnos cuenta de la suerte que tenemos al poder hacer lo que hacemos; y que nadie se da cuenta de lo que tiene hasta que lo pierde.

Realmente no he escrito para ningún tipo de lector en particular. Espero que sea un libro que guste a cualquier lector. Lo que he intentado por encima de todo en el libro es no ser moralizante sobre el problema de las motos y los jóvenes.

Es cierto que yo he sufrido un accidente, que no seré el último al que le pase algo semejante, incluso habrá muertes. Pero así se reparte la suerte. Dicho esto, si algún joven lee *Voy a vivir* y le ayuda a ser un poco más cuidadoso, me sentiría dichoso de que mi libro lo haya conseguido.»

ARGUMENTO. Hay muy poco que añadir a lo que el mismo autor dice, puesto que la obra es autobiográfica.

Repite en el libro, paso a paso, la tragedia del accidente en todos sus pequeños detalles: los esfuerzos del protagonista, sus esperanzas, las preguntas sin respuesta, el esfuerzo y el cariño de que se ve rodeado en los peores momentos.

Nunca se siente solo, aunque sí distinto, y con una vida que tiene que afrontar a partir de unos nuevos condicionantes.

INTERÉS DEL LIBRO. Andy, en el fondo, jamás se derrumba, aunque pase por momentos muy difíciles. Ese «¿por qué yo?», que le martillea de forma recurrente, no tiene más respuesta que una fe en sí mismo, en los que le rodean, que no le abandonan, y en un futuro, aunque sea incierto.

Son fundamentales el espíritu de lucha y la capacidad de sufrimiento del protagonista. Jamás se podría sospechar que el Andy normal, el adolescente un poco alocado, fuera capaz de enfrentarse con la energía con que lo hace a su durísimo problema.

En el fondo no acusa a nadie, ni a Dios ni a los hombres. Llega a la conclusión de que su situación es una posibilidad más de las que existen en la vida, y que le ha tocado a él vivirla.

92 *El apache blanco*

THOMAS JEIER

1989. 142 páginas

AUTOR. Nació en Minden, Alemania Federal, en 1947. Ha sido redactor jefe de una revista juvenil alemana de gran tirada. Trabaja como escritor y vive en Munich. Es socio de uno de los clubes más importantes de escritores norteamericanos.

En sus libros se da una clara tendencia por los temas históricos, en los que se documenta profundamente. Cultiva también la novela de aventuras.

Suele acompañar sus libros de ilustraciones, grabados, xilografías... de la época. Sus obras sobre el Oeste, de gran realismo, están en contradicción con las novelas románticas de Karl May.

Utiliza un lenguaje periodístico en el que introduce datos sobre la geografía, la naturaleza, la forma de vida y los problemas de los pioneros. Antes de escribir, se documenta escrupulosamente para demostrar que los blancos oprimen a los indios a lo largo de la historia americana.

ARGUMENTO. Manuel y Santiago son hermanos. Están guardando las ovejas de la granja de la familia. Es domingo y el día promete ser un domingo más: lectura de un pasaje de la Biblia por la mañana, pollo para comer y el trabajo de todos los días.

Jerónimo, el famoso indio apache, había huido de la reserva donde los blancos victoriosos habían confinado a los indios. Éstos, hartos de vejaciones, engaños y miserias, habían abandonado su residencia forzosa y se dedicaban a sembrar la muerte y la destrucción en la frontera de Texas y Nuevo México.

Los apaches, mandados por su jefe, convertido en mito y leyenda, mataron aquella mañana a Manuel e hicieron prisionero a Santiago. Éste se vio obligado a recorrer con los indios un camino, para él interminable, de refugio en refugio, hasta llegar al alcázar de los apaches en Sierra Madre. Allí se creen absolutamente seguros.

La vida en el refugio es dura. Los jefes apaches, entre ellos Jerónimo, saben que la situación no se puede mantener indefinidamente. Hay que prepararse para la guerra, y todos los hijos de la tribu, entre ellos Santiago, entraron en aquel juego durísimo. Rastreadores de su misma tribu estaban ayudando a los soldados a encontrar el refugio oculto de los apaches.

Durante unos seis meses Santiago vivió la misma vida de aquellos a los que en un principio, como los demás blancos y su padre mismo, consideró «salvajes».

Empezó por comprenderlos y luego asimiló sus costumbres, fue aceptado por ellos y llegó a convertirse en un guerrero apache. Él mismo lo grita a la cara de quienes se empeñan, después de la derrota de su nuevo pueblo, en que vuelva con sus verdaderos padres.

La suerte de los apaches fue triste, a pesar de tener entre los blancos defensores contra las tropelías que se cometían contra ellos.

INTERÉS DEL LIBRO. Es una novela histórica que se acerca bastante, en el tiempo, a nuestros días. El indio Jerónimo murió en 1909.

Tiene la fuerza testimonial del último intento serio de los indios por defender sus derechos. Se sienten acorralados, reaccionan violentamente y tienen que someterse, finalmente, a las exigencias de los blancos. En el libro se reivindican los derechos de los indios a vivir libremente, de acuerdo con su cultura, en los territorios de los que fueron despojados por los blancos.

Las aventuras de Santiago son, realmente, las de todo un pueblo: el apache. Se trata de una durísima cabalgada hacia un triste destino.

El apache blanco es algo más que una novela del Oeste americano. Historia, tragedia, ternura, valor, astucia y capacidad de supervivencia se combinan para hacer de esta obra un relato apasionante, escrito con un lenguaje muy cercano a cualquier lector.

Ofrece las precisiones históricas necesarias para que el lector pueda situar geográficamente los hechos. Pero es sobrio en detalles de ese tipo.

93 *Shakanjoisha*

JORDI SIERRA I FABRA

1989. 190 páginas

AUTOR. La biografía aparece en la página 103.

Jordi Sierra i Fabra nos habla de esta obra:

«*Shakanjoisha* fue primero una palabra. Sí. Me salió un día, sin más, del mismo fondo de mi ansiedad creativa, mientras estaba hablando con unos amigos. La anoté y después comencé a preguntarme qué podría ser Shakanjoisha.

La respuesta fue simple y natural, casi como si de la misma palabra surgiera la evidencia: un mundo mágico, especial, pero también real. Nada de monstruos ni personajes extraños. Sólo seres diferentes, capaces de generar su propia fantasía y de que ésta, a su vez, fuese siempre puesta en duda por las generaciones siguientes.

Por tal razón en la obra nunca se habla de su aspecto, y a través del conjunto de historias lo esencial es comprobar su evolución. Así, la magia está en los ojos de quien lee el libro, y la fantasía se desborda en la imaginación. Cada cual ve la obra bajo su propio océano de sentimientos.

Claro que para mí no fue tan fácil llegar a todas estas deducciones. Lo primero que hice fue dibujar una estrella de siete puntas que convertí en isla: Shakanjoisha. Puse nombres a todos los rincones de ella, bosques, desiertos, montañas, ciudades, pueblos.

Después la coloqué en su espacio natural e individual, aislada del resto del mundo por razones geográficas. Al norte quedaba Armonía, lo prohibido, el lugar al que nunca nadie podrá ir para no contaminarlo con su humanidad. Al este, las Tierras Cálidas, y al oeste, las Tierras Frías, inhóspitas para vivir en ellas. Al sur, el Inmenso Vacío, protegido por las Brumas, el lugar de donde Shakanjoisha recibe todos los peligros que tratan de destruirla. Parecía fácil continuar a partir de aquí, pero tardé varios años en decidirme a ello. Quería hacer un libro especial, diferente. Deseaba una especie de unidad conmigo mismo para lanzarme a la aventura. Shakanjoisha me impresionaba. Finalmente conseguí esa paz interior, esa seguridad, y, a lo largo de un verano, Shakanjoisha cobró vida a través de un conjunto de relatos que siguen una historia común.

Todo se inicia cuando la Nave se posa en la isla y la habitan sus doce tribus. Y termina cuando 1988 años después logran regresar a Eternidad, de donde tuvieron que marchar sin que se sepa el motivo.

Los relatos son independientes, pero, unidos entre sí, narran la historia de Shakanjoisha. Es un libro lleno de referencias y connotaciones, un viaje mágico por el confín de los sueños, una quimera, ¿una evasión? Para mí, Shakanjoisha es el niño que llevo dentro y que siempre seré. Ya es algo más que una palabra.»

ARGUMENTO. Una nave gigantesca, la Nave, desciende sobre una isla, Shakanjoisha. Trae un cargamento de hombres y mujeres con sus ilusiones, problemas y nostalgias. Vienen de Eternidad y tienen que volver a ella.

Forman doce tribus, con leves diferencias étnicas que se acentúan cuando cada una de ellas busca su acomodo en la isla. Nacen grandes ciudades, y la rivalidad entre ellas y sus jefes las ponen al borde de la destrucción.

Es lo que los obliga a pensar en la necesidad de la unidad. No es fácil renunciar a lo que cada una de las tribus considera como signos fundamentales de identidad. Pero, poco a poco, se va logrando. La necesidad de la unidad se hace más apremiante cuando fuerzas extrañas a Shakanjoisha y sus pueblos, las fuerzas de los Oscuros, intentan destruir toda vida humana y animal, helando el corazón de las gentes. Proceden del Inmenso Vacío, que históricamente se va a constituir en el gran enemigo de Shakanjoisha.

Va a lanzar tres ataques, que afectarán a generaciones muy diferentes en el espacio y en el tiempo. Y en los tres casos sólo el arrojo, la fe y la esperanza en las fuerzas del ser humano se sobrepondrán a esos ataques.

En el fondo de esos seres humanos alienta siempre la esperanza de volver algún día a Eternidad, de donde dicen las leyendas y los mitos que han partido. La historia de Shakanjoisha se va a convertir, así, en una búsqueda de Eternidad, casi siempre entre dudas, rechazos, desesperanzas y tragedias.

Solamente unos cuantos iluminados mantendrán el fuego de la esperanza en esa realidad que los sobrepasa, que no ven con claridad, pero que los abrasa interiormente. Son ellos los que lanzarán a los demás a luchar por un futuro mejor para la humanidad.

Shakanjoisha es una novela del género fantástico. Pero, como le ha sucedido a Jordi Sierra i Fabra en otras, como las que forman la *Trilogía de las Tierras,* no es una novela desencarnada. Cualquier lector encuentra modelos en esos personajes que vienen envueltos en los ropajes de la fantasía. Y unos modelos que, sin dejar de ser carismáticos, le van a resultar cordialmente cercanos.

El autor de *Shakanjoisha* no se queda solamente en la belleza y los oropeles de la fantasía. Detrás hay siempre una inquietud radical por el ser humano y sus problemas, su escala de valores y su conducta social.

Es lo que hace que esta novela, a la hora de ser leída, tenga muy pocas fronteras de espacio y tiempo. Nadie la ubicará en ningún lugar geográfico concreto. Expresamente no lo ha querido el autor, por lo que nadie tiene derecho a arrogarse ubicaciones de ningún tipo, ni geográficas ni ideológicas.

La obra está abierta fundamentalmente a los temas de la esperanza, la voluntad de vivir y las condiciones que posibilitan la convivencia.

94 *Historia de Ana*

URS M. FIECHTNER
1989. 153 páginas

AUTOR. Urs M. Fiechtner nació en Bonn en 1955. Su infancia transcurrió en Suramérica. Bastantes de sus libros, que en muchas ocasiones ha escrito con colegas suramericanos y alemanes del Colectivo de Autores 79, tratan de la historia de los países suramericanos.

Durante años ha colaborado en organizaciones en favor de los derechos humanos, lo que le ha permitido un gran conocimiento de la realidad diaria de los países latinoamericanos.

Actualmente vive en Ulm, Alemania Federal, dedicado fundamentalmente a su trabajo de escritor, que alterna en ocasiones con sus traducciones.

ARGUMENTO. Ana vive en una ciudad latinoamericana. No ha cumplido todavía veinte años. Es estudiante, con conciencia de todo lo que pasa a su alrededor, pero sin que en ella se despierte ningún sentido de compromiso social. Su madre, su hermana Claudia y Rodrigo están encuadrados en la oposición a la dictadura militar. Ana entra, finalmente, a formar parte de ese numeroso grupo de hombres y mujeres que no se resignan a la injusticia y tratan con todos los medios a su alcance, que no son muchos, de acabar por la opresión.

Ana se encuentra con Rodrigo, del que se enamora; se casa con él y queda embarazada. Para entonces ya vivía totalmente comprometida en la lucha de la oposición a la dictadura. Es lo que la lleva a prisión, juntamente con su hermana Claudia. En una horrible peregrinación de humillaciones y sufrimientos, pasan por una serie de cárceles, formando siempre parte del grupo de *desaparecidas.*

Ana da a luz en la cárcel en unas condiciones infrahumanas. El niño desaparece y Ana, cuando logra salir de la cárcel, empieza un nuevo calvario esperanzado: el de encontrarlo y recuperarlo. En la lucha no se va a encontrar sola.

INTERÉS DEL LIBRO. El problema que nos presenta *Historia de Ana* ha estado en las noticias de cada día en los medios hace muy poco tiempo. Y todavía no se han restañado las heridas de tanto sufrimiento físico y moral vivido en ciertos países latinoamericanos. En la novela se nos ofrece un testimonio realista sobre ese grupo al que genéricamente se le ha dado el nombre de *los desaparecidos.*

Ante la injusticia, la opresión, la tortura, el miedo a hablar... caben varias posturas: una de ellas, la del riesgo de enfrentarse a los poderosos del momento, a los que abusan del poder que ellos mismos se han arrogado. Es el camino lleno de sobresaltos, doloroso, que escoge Ana.

La visión que se nos da de los lugares destinados a los primeros interrogatorios y de las cárceles es espeluznante. Nos resistimos a creer que el hombre pueda llegar a semejantes crueldades. Pero, por desgracia, la obra es un reflejo de la realidad.

Justamente ese cúmulo de crueldades y sadismo despierta la conciencia de solidaridad de las víctimas, conciencia tan dormida a menudo en las condiciones de vida normales. Es lo que le pasa a Ana. Tiene una fuerza moral extraordinaria y trata de comunicarla a las que son más débiles. Siempre hay gente que se derrumba en unas situaciones tan duras. Su generosidad se verá correspondida en mil detalles, especialmente cuando le llega el momento de dar a luz en la cárcel.

Logra, al fin, salir de aquel infierno. La ayudan a conseguirlo una serie de circunstancias, especialmente el amor clarividente y emprendedor de su madre. Es el momento en que empieza para Ana el calvario de encontrar a su hijo, desaparecido en el mismo momento del nacimiento.

95 *Hubo una vez otra guerra*

LUIS ANTONIO PUENTE
FERNANDO LALANA
1989. 207 páginas

AUTORES. Luis Antonio Puente nació en Gurrea de Gállego, Huesca. Casado y con tres hijos, reside en Zaragoza. Es profesor de EGB, dedicado a las áreas de Educación Artística, Lengua y Sociales.

Actualmente está acabando los estudios para obtener un máster en Estudios Sociales Aplicados, en la especialidad de Relaciones Interpersonales.

Es dibujante, cartelista, muralista... Le encanta trabajar el hierro y la lectura. Escribe poesía y es un amante del paisaje, sin cuya visión, aunque sea a través del espacio limitado de una mínima ventana, se ahogaría en la ciudad.

«Escribí *Hubo una vez otra guerra* porque durante toda mi vida, al menos durante mi infancia y mi adolescencia, he estado oyendo hablar de la Guerra Civil española, no tanto en casa como en boca de mis parientes, sin saber a ciencia cierta quién tuvo razón.

Veo que no son ciertas, en absoluto, las historias de buenos y malos. Y que hay muy altos ideales que no justifican los medios empleados para llevarlos a cabo. Nadie está en posesión de la verdad absoluta.

El libro ha querido ser relativista, en el sentido de liberalismo, amplitud de miras, generosidad... Algo que ofrezco a los jóvenes en un momento en el que ciertos paradigmas sociales —actualmente vale más el tener que el ser— son de auténtica locura. He querido conseguir un cierto distanciamiento crítico de aquella tragedia.

La novela lleva implícita una señal de alerta: sed solidarios, buscad las raíces comunes, mimadlas, emprended obras que merezcan la pena. La torre que aparece en el libro es una metáfora de la solidaridad humana.»

La biografía de Fernando Lalana aparece en la página 185.

ARGUMENTO. En un pueblo del Somontano aragonés se encienden tradicionalmente unas hogueras la noche del día de San Sebastián. Con esta ocasión los chicos del pueblo se dividen en dos bandos rivales: Barrio Alto y Barrio Bajo. Al frente de ellos están, respectivamente, Julián y Santiago. ¿Quién logrará la hoguera más espectacular? Para conseguirlo, todo es lícito. En el año del que nos habla la obra la pugna entre los contendientes se hace durísima: lugares secretos para esconder el material de las hogueras, estrategias para robar el de los otros, secuestros, pedradas, palizas, contusiones... La tensión es tal que la autoridad se ve obligada a suprimir las hogueras. Pero los protagonistas no aceptan tan fácilmente dicha prohibición. Tendrán su hoguera, ¡y qué hoguera!

Los chicos de aquel pueblo están repitiendo con sus juegos lo que no hace muchos años representaron sus padres de una forma trágica. Éstos vivieron y sufrieron la Guerra Civil. En aquel pueblo fue una auténtica tragedia de odios y sangre.

En aquellos años tremendos los mayores estaban divididos también en dos bandos irreconciliables. Y se comportaron mutuamente con una ferocidad tan absurda como inaudita. Se llegó a la delación, las listas negras, el asesinato... Hay muchos que no quieren hablar de todo aquello. En el fondo se avergüenzan de aquella época de intransigencia, divisiones hasta la muerte, odio ciego. Comprenden que tienen que hacer algo en común que los libere de su mala conciencia, siempre que recuerdan los hechos vividos.

INTERÉS DEL LIBRO. *Hubo una vez otra guerra* es una obra en la que deliberadamente los autores juegan con dos acciones: la guerra de los chicos y la de los mayores. Éstos se asustan cuando la guerra de sus hijos por las dichosas hogueras adquiere proporciones de tragedia a escala del pequeño mundo en que se mueven. Julián y Santiago, los jefes rivales, personalizan toda la rivalidad que los coloca en una posición de total cerrazón ante el bando contrario. La oposición entre ellos se hace más ciega al mediar el amor de Clara, de la que los dos piensan estar enamorados.

El mundo de los chicos, sus intereses, su encuentro con el amor... están tratados con una gran fuerza y realismo. El mismo que logran los autores a la hora de describir lo que pueden ser bandas rivales de chicos.

Pero se hace evidente enseguida que los autores quieren hacer presente a los chicos que hubo una vez otra guerra, la de los mayores, aquella de la que la gente habla sólo con medias palabras, las pocas veces que lo hace. Consiguen, con eso, despertar la curiosidad de los más espabilados, que logran que los mayores se vayan confesando poco a poco con ellos y sientan una gran liberación del peso insoportable de su mala conciencia. Porque todos tuvieron algo que ver con aquella tragedia. Lo ven claramente con la distancia de los años.

Los autores abren una puerta a la esperanza: es posible la desintoxicación de odios, pesadillas a plena luz del día. Los muertos seguirán ahí, en el recuerdo de todos y en la tumba abierta en los terrenos de la estación. Sólo una obra en común los ayudará a liberar sus conciencias.

96 *La puerta*

RODRIGO RUBIO
1989. 136 páginas

AUTOR. «Nací en Montalves, un pueblo muy pequeño de la provincia de Albacete, el 13 de marzo de 1931. Mi familia era de labradores modestos, con muchos hijos, y ninguno pudimos realizar más que los estudios primarios en la escuela. Tuve que trabajar en la tierra hasta que a los diecisiete años me marché a Valencia para ayudar a una hermana mía que tenía una tienda.

En el pueblo, mientras trabajaba, realizaba estudios por correspondencia. En Valencia fui a una academia nocturna, pues yo quería "ser algo".

Me gustaba leer y escribir. En el pueblo había leído la Biblia y el *Quijote,* junto a unos pocos libros, de clásicos y de Blasco Ibáñez, que teníamos en casa. También leí tebeos y hasta novelas de vaqueros. Ya en Valencia, y cuando empezó a afectarme el artritismo, enfermedad que me dejaría con grandes deficiencias físicas, orientado por amigos que sabían más que yo, pude leer con cierto orden, conociendo la literatura clásica, la narrativa del siglo XIX y también a los principales autores del 98.

Ya escribía algo, narraciones con mi tierra manchega y sus gentes al fondo en el recuerdo. Descubría el mundo de la literatura viajando por páginas de Quevedo, Galdós, Dostoievsky, para adentrarme en otras de Baroja, Azorín, Valle-Inclán, Gabriel Miró, Antonio Machado, Juan Ramón Jiménez, etc. En muchos momentos casi agradecía el verme apartado del trabajo físico por la enfermedad, pues de esta forma podía leer más, y también, ya, escribir algo. Podía descubrir a los grandes narradores norteamericanos de la generación de entreguerras, como Faulkner, Hemingway, Dos Passos, Steinbeck, Caldwell... Y asimismo a los grandes maestros europeos, como Thomas Mann, Marcel Proust, además de los innovadores Joyce y Kafka. No hay mal que por bien no venga, me decía.

Escribí, por los años sesenta y setenta, muchas páginas, la mayoría con el fondo de realismo social, necesario entonces. Pero saqué también libros imaginativos y casi esperpénticos, como los cuentos de *Papeles amarillos en el arca*, premio Álvarez Quintero de la Real Academia, y *Cuarteto de máscaras*, novela que obtuvo el premio Novelas y Cuentos de Editorial Magisterio.

Por aquellos años gané el premio Planeta con la novela *Equipaje de amor para la tierra*, así como otros galardones que me gustaron mucho: el Gabriel Miró, el Ateneo de Valladolid y algunos otros, entre ellos los de cuentos Jauma, La Felguera, Biblioteca Gabriel Miró...

Me trasladé a vivir a Madrid el año 1968, cuando mi hijo mayor, Marcos, casi acababa de nacer. En 1972 nacería Germán, el segundo. Mi actividad literaria era grande por entonces, colaborando en muchos periódicos y revistas, así como en radio y televisión. Daba conferencias, asistía a coloquios y viajaba por el extranjero. La enfermedad artística todavía me permitía llevar a cabo una gran actividad, tanto física como intelectual.

Siempre tuve una preocupación por el hombre en su lucha por conseguir una mínima felicidad. Por eso mi literatura, aunque ama la estética, no se queda sólo en *fachada*, sino que procura ahondar en los temas humanos y existenciales. He publicado unos treinta libros, entre novelas, ensayos y relatos, y varios de ellos fueron traducidos a lenguas extranjeras. Mi incursión en la literatura juvenil supone un reto para mí. Siempre me gustó, pero le tenía tanto respeto que no penetraba en ella. Ahora, con la aparición de *La puerta*, en Gran Angular, y *Los sueños de Bruno*, en El Barco de Vapor, de Ediciones SM, puede decirse que inicio un nuevo camino. Camino que, os lo podéis creer, me ilusiona muchísimo.

Podría decir que *La puerta* es un relato de los que se escriben con facilidad, aunque no sin fatiga ni dolor. Se escribe con facilidad porque la historia *está ahí*, delante de nosotros, marcándonos el camino de la escritura. Todo fluye con facilidad, porque la arquitectura del relato no tiene casi nada de artificial: el autor cuenta algo que el personaje vive intensamente, y ese personaje, hombre maduro que busca a su hijo adolescente en las noches de Madrid, está muy próximo al autor.»

ARGUMENTO. En una familia se produce la huida del hogar

de un hijo, Jose. La puerta de aquella casa se cierra con violencia. No es la primera vez que se produce ese gesto de despecho. Pero en esta ocasión la escapada se prolonga mucho más que otras veces. Las horas se convierten en días. Son ya cinco los que Jose ha dejado una ausencia tremenda en casa y una angustia irrefrenable en todos.

El padre, que se considera relativamente culpable de la situación, comienza una peregrinación por el Madrid sórdido, parte del Madrid de nuestros días, en busca del hijo perdido.

Va acompañado por las reflexiones, los recuerdos de su vida y mil preguntas, la mayoría de las cuales no tiene respuesta.

En su peregrinación se encuentra con un extraño personaje, Isaac Bueno. Hace de conciencia refleja de angustias y abandonos, de desilusión ante la sociedad cruel en la que se cree ver envuelto el padre que busca. Y, al mismo tiempo, es de una enorme generosidad y desprendimiento de lo único que le queda: el tiempo. Acompaña al padre en su búsqueda. Las reflexiones de aquel remedo de Diógenes, su choque frontal contra la realidad de sentirse abandonado por los que más ha amado, hacen que, incapaz de luchar como un lobo carnicero para apoderarse de una porción sustanciosa en la presa material que ofrece la vida, busque en el alcohol el olvido.

El padre recuerda sus tiempos de joven, su trabajo en el campo, su salida hacia la ciudad en busca de una situación mejor, su penoso ascenso económico a base de dejar la piel en la lucha, y los problemas que van viviendo sus hijos, Tina y Jose. Es cierto que se siente maravillosamente acompañado por su mujer, una gallega dulce y comprensiva. Pero en muchas ocasiones no puede más.

Tina, independiente, inquieta, que aspira al todo o a nada, logra situarse. Estabiliza su vida afectiva. Pero Jose está en plena lucha por encontrarse a sí mismo, ante la angustia de sus padres, que asisten impotentes al drama de su hijo.

La solución que apunta finalmente Jose para su vida es la que menos se podría esperar su padre.

INTERÉS DEL LIBRO. Con una estructura sencilla, muy al alcance del lector al que se destina, el autor trata el drama de toda una generación de familias españolas.

No hace muchos años, montones de españoles emigraron del campo. A unos los desterraba la creciente mecanización; a otros, el deseo de que sus hijos gozaran de unas oportunidades mejores que las que ellos habían tenido.

Su entrada en la sociedad urbana fue durísima. Y los hijos no respondieron, al menos en muchos casos, a las expectativas que los padres pusieron en el empeño.

Y pasaron años de angustia, de auténtica desesperación, de la pregunta siempre quemándoles por dentro: «¿Hicimos bien viniendo a la ciudad? ¿Valió la pena?» Es la cuestión fundamental que tiene la virtud de plantear la novela de Rodrigo Rubio.

Es una obra de hoy, con problemas geográficamente localizados en Madrid, pero transferibles a cualquier ciudad, grande o pequeña. En todas ellas se plantean hoy problemas similares.

Es una obra abierta a la esperanza. Sí, ha valido la pena luchar. El grito de libertad de los hijos tiene a veces sus grandes riesgos. Pero es preciso que los corran. Como dice Tina, tenemos que vivir los problemas de nuestra generación. Si hay riesgos, los asumiremos. Algo que cuesta muchísimo asumir a la generación de sus padres.

La obra pone de manifiesto que la capacidad de amor y perdón de los padres es enorme. Y que el hijo ocupa siempre el centro de sus vidas.

97 *Pupila de águila*

ALFREDO GÓMEZ CERDÁ

1989. 188 páginas

AUTOR. La biografía del autor aparece en la página 191.

Alfredo Gómez Cerdá nos dice lo siguiente de esta obra: «*Pupila de águila* parte de una concepción totalmente distinta de *La casa de verano*. Pretendía ser un libro menos pasional y más elaborado. Hay, incluso, una estructura de novela negra para sustentar toda la narración; pero, como en otros libros míos, los personajes se han antepuesto a todo lo demás. Mi obra son mis personajes, y en *Pupila de águila* hay un personaje que de repente acaparó toda mi atención: Martina. Por tanto, *Pupila de águila* es, sobre todo, la historia de Martina, una joven de hoy moviéndose en un mundo brutal y despiadado casi siempre, al que ella sólo es capaz de oponer alegría, ternura, cariño, ingenuidad...

Creo que *Pupila de águila* es, además, muchas otras cosas: un homenaje a una ciudad, fácilmente reconocible, a pesar de que su nombre nunca se dice; es, también, un homenaje a una cantante chilena llamada Violeta Parra, de quien siempre me han sobrecogido sus canciones de amor acosado, mezcla de esperanza y desolación.

Pupila de águila es un libro importante para mí. Después de *La casa de verano* tenía que demostrarme que era capaz de escribir algo que no estuviese sacado directamente de mi experiencia más íntima. Tenía que demostrarme que era capaz de narrar, de fabular, de crear personajes, de levantar armazones novelescos...

Estoy contento con el resultado. Personalmente me gusta el libro, y aseguro que no es inmodestia. Me gusta a mí y esto me basta. Pero el hecho de que una editorial como Ediciones SM se interese por el libro supone una ratificación de mis pretensiones, una inyección de moral y confianza, un visión más clara de un camino que debo continuar.»

ARGUMENTO. Martina es una chica joven que, nacida en una zona geográfica montañosa —la obra localiza la aldea cerca de Aguilar de Campoo—, vive en Madrid por imperativos de su formación. Es deportista.

Se ve sometida a una pequeña intervención quirúrgica, y en el hospital se encuentra con Igor, un chico de su misma edad, lleno de problemas. Intenta resolverlos por medio del absurdo: el suicidio. Una sobredosis le lleva al borde de la muerte. La visión de Igor en un estado aparentemente comatoso produce en Martina una terrible impresión. Y es que, aparte del hecho en sí, le recuerda una tragedia sufrida en su propia carne: la muerte de su hermano Toni, a quien adoraba, en Madrid, en un misterioso accidente.

Nace una estrecha amistad entre Martina e Igor. Una serie de acontecimientos los van a ir empujando, casi fatalmente, a una doble vivencia: al descubrimiento de las motivaciones profundas de la muerte de Toni y a una estrecha amistad entre ellos, que terminará en un amor juvenil, donde la necesidad del otro tiene imperativos de encuentro por encima de todas las dificultades.

Al terminar el curso escolar, después de verse Martina ante la cruda verdad de los caminos de delincuencia seguidos por su hermano Toni, vuelve a su pequeño pueblo de la montaña. Parece que sus lazos con Igor se han roto para siempre. El reencuentro es prácticamente imposible. Igor sólo sabe que la aldea donde Martina está pasando el verano con sus padres está cerca de un pueblo que huele a galletas.

Empieza una peregrinación de enamorado para encontrarla. Con aquella elemental información y el fuego que ha puesto en su interior su amor a Martina, Igor empieza el camino del encuentro consigo mismo y la razón de su regeneración.

INTERÉS DEL LIBRO. *Pupila de águila* es una novela cuyo valor fundamental es la fuerza de los caracteres de los protagonistas.

Martina es una chica enormemente vital, llena de recursos físicos y espirituales. Contacta con la realidad inmediatamente, sabe enfrentarse a las exigencias del hoy y del ahora, y lo hace con una reacción fulgurante, rectilínea y que llega hasta las últimas consecuencias. Es como la personificación de la naturaleza, revestida de la gracia y la ternura de una chica joven.

Igor ha necesitado de Martina para arrancarse a sí mismo del abismo insondable de indiferencia vital en el que se encuentra a punto de autodestruirse.

Hay otros caracteres secundarios, pero todos ellos con un papel definido e importante dentro de la trama de la obra, en la que se entrecruzan armónicamente varios géneros literarios.

Pupila de águila es un canto al amor, a la fe profunda que tiene el autor en una verdad apodíctica: el amor lo puede todo, abre caminos nuevos e insospechados a la esperanza, cuando los normales parecen cerrados. Ese amor no es excluyente, selectivo, pero sí muy exigente.

98 *Jaque a la deuda*

EMILIO CARLOS FIANCES

1989. 222 páginas

AUTOR. Emilio Carlos Fiances nació en Cádiz en 1951. Sevilla centra su formación académica. Compagina su actividad literaria con su profesión de arquitecto y su trabajo de promotor inmobiliario. Es un gran deportista, apasionado durante muchos años por la práctica del rugby.

En el mundo profesional es un inquieto radical, siempre buscando nuevas fórmulas en el campo de la vivienda.

Casado, comparte sus afanes empresariales con su esposa y trata de que sus hijos se eduquen en un ambiente de raíces andaluzas, pero, al mismo tiempo, con proyección más amplia.

Su fructífera carrera literaria se ha centrado en la radio y en la prensa.

La poltrona, una novela de política-ficción, ha sido su primera obra importante, finalista en el Premio Ateneo de Sevilla.

«Se me pide que hable de *Jaque a la deuda.* Hace un par de años me encontraba en el hotel Marriott, de la ciudad de Panamá, por motivos profesionales y, sin saberlo, estaba coincidiendo con una especie de muestra comercial semiprivada de empresarios españoles, catalanes en su mayoría. Alguien, un empresario nicaragüense, se acercó a mí creyendo que yo pertenecía al grupo de vendedores españoles. Pude enterarme de que ellos sólo podrían comprar lo que les ofreciéramos a crédito. Necesitar lo necesitaban todo, pero estaban acostumbrados a comprar excedentes de producción y, a veces, cosas peores; lo triste es que, además, tienen que estar muy agradecidos a los que, al fin y al cabo, acceden a venderles a crédito.

Días más tarde, en Madrid, pude ver cómo se desmontaba de

un plumazo una importante operación comercial con trasvase de tecnología española, simplemente porque un pequeño país insular, fuertemente vinculado a España, no tenía crédito.

Concatenando estos dos *flashes*, pensé en la idea de escribir una novela relajante y casi *naif*, pero que reflejara una posible solución operativa, a nivel institucional, para los insalvables problemas de la deuda de los países en vías de desarrollo. El título de *Jaque a la deuda* pretende ser la síntesis de una idea que apenas logra esbozarse en la extensión del libro.»

ARGUMENTO. El Fondo Monetario Internacional, ante la insolvencia de los países del Tercer Mundo, decide suspender sus préstamos. La situación para Latinoamérica es angustiosa. Tiene que haber algún medio para que esos países encuentren una solución al problema de la deuda.

Entonces surge en el Ministerio de Asuntos Exteriores de España un puñado de hombres imaginativos, quijotescos, arriesgados, que creen haber encontrado la solución. Álvaro se pone al frente de ellos.

Poco a poco este grupo, en el que Álvaro, un joven diplomático, juega un papel fundamental, va perfilando las fórmulas que permitan romper el círculo vicioso de la pobreza. Se escoge un pequeño Estado, la República de Santo Domingo, como país en el que se ensayará la nueva formulación socioeconómica. Pero eso será sólo el primer paso, fermento revolucionario, para romper las estructuras del mundo actual, que hace tiempo son vistas como obsoletas.

Claro está que, teniendo en cuenta los intereses creados egoístas de particulares y de países en torno a esas estructuras, las resistencias al cambio tienen que ser enormes. Esas fuerzas se resisten y acuden al soborno y al asesinato para mantener el falso equilibrio, tan parecido a la muerte, en el que esas fuerzas, con nombres y apellidos bien concretos, se mueven como pez en el agua.

La tarea es utópica, pero sólo los visionarios pueden encontrar nuevas vías.

INTERÉS DEL LIBRO. *Jaque a la deuda* es una obra en la que se conjugan la imaginación, la acción rápida, el análisis psicológico certero de los personajes, siempre fieles a sí mismos, con una capacidad de ensoñación utópica, al estilo de las mejores obras de política-ficción.

El autor se muestra radicalmente inquieto por un problema que inmoviliza al mundo de finales del siglo XX. Pero no reduce su acción a lamentarse del problema: busca una solución imaginativa, arriesgada, difícil, pero no imposible.

Es consciente de que su solución va a encontrar enormes resistencias. Pero está convencido, e intenta transmitir al lector su propia seguridad, de que el problema tiene una solución. No hay en la obra pura utopía de optimista ingenuo, aunque, ante la tarea tan colosal que nos propone, la obra tiene que estar llena de utopías e idealismos. La fórmula, en sí sencilla: la vuelta de las antiguas colonias a las viejas metrópolis, es viable.

El autor va saliendo al paso de todas las dificultades que su tesis tiene necesariamente que suscitar.

El lenguaje es sencillo, propio para una narrativa de gran frescura, rápida, muy de hoy y al alcance de todos los lectores, y, seguramente, del gusto de la inmensa mayoría. Es soporte de una trama que tiene mucho de trepidante y de un mensaje vivo, operante.

99 *A veces soy un jaguar*

LIVA WILLENS

AUTOR. «Nací en 1933 en Amberes, una ciudad portuaria del norte de Bélgica.

Fui la mayor de nueve hermanos y no tuve una infancia feliz precisamente. Ahora, en retrospectiva, me gusta todo lo que pasó en ese tramo de mi vida. He llegado a ser escritora por todo aquello. Empecé a escribir para escapar de la realidad.

Muy joven todavía, a los ocho o nueve años, empecé a contar historias a mis hermanos.

Estábamos en plena guerra, la Segunda Guerra Mundial. No disponíamos de la radio, bien escondida, fuera de la vista de las tropas germanas de ocupación. Les contaba a mis hermanos la historia de un gigante perverso que se comía los brazos y las piernas de los padres. A veces, incluso, la nariz.

Yo era una chica triste, y no me importa decir que lo era, porque no tenía a nadie que me consolara. Por eso les contaba a mis hermanos la historia de una princesa que estaba tan triste que el país en el que vivía se ahogó en el lago de sus lágrimas.

Tenía continuamente miedo, un miedo que notaba en mi estómago. Por eso les contaba a mis hermanos la historia de los niños que se escondían en las montañas, lejos de sus padres.

Mientras vivía ese período de mi vida, no me daba cuenta de que me estaba preparando para escribir en un futuro. Escribir llegó a tener un sentido profundo para mí. Escribo como una persona mayor, aunque siempre está a mi lado la pequeña Liva. Escribe Gode-Liva, con la sensibilidad de la pequeña Liva. Siempre siguen viviendo las dos en mí.

Además fui al colegio muy poco tiempo. Hice solamente los siete años de la escuela primaria. Empecé a estudiar seriamente a los cuarenta años, para llegar a ser psicoterapeuta. Estos estudios también me han preparado para escribir. Lo mismo que inventar historias me ayuda en mi trabajo de psicoterapeuta.

Donde ahora vivo, en Flandes, en el norte de Bélgica, el premio más importante concedido a una obra de literatura infantil o juvenil es el Pequeño León de Oro. Lo he recibido cinco veces. Concretamente, se me ha concedido por *A veces soy un jaguar*, que ha sido traducido al danés, al sueco y al alemán.

Empecé a escribir *A veces soy un jaguar* por la enorme indignación que sentía ante las injusticias cometidas con los indios en América del Sur. Al mismo tiempo, el libro es autobiográfico en el sentido de que el proceso por el que Pedro llega a su autonomía personal y al encuentro y respeto por su padre es lo que en estos momentos estoy yo tratando de conseguir con mi terapia.

He traducido bastantes cosas del obispo Pedro Casaldáliga. Es un poeta.

Se evidencia también en el libro la hipocresía de la política internacional en relación con los indios de América del Sur, que tacha de comunismo todo movimiento de protesta. Existe una explotación evidente del Tercer Mundo, pero también, a nivel mundial, una solidaridad con los pueblos oprimidos de estas regiones.

Los indios siguen comunicándose de alguna manera con su padre Cosmos y su madre Tierra, con un sentido auténtica y profundamente religioso.»

ARGUMENTO. El libro relata la fuga de la familia de Pedro de la hacienda en la que trabajan. Pedro es hijo de unos peones indios que están empleados por los propietarios de la hacienda desde que éstos llegaron a la región del Matto Grosso y se adueñaron de las tierras que los indios cultivaban desde hacía generaciones, sometiéndolos a una auténtica esclavitud. Cuando Teresa, la hija menor de la familia, se pone enferma, la familia decide escapar de la hacienda para que los «padres» —los misioneros— intenten curarla.

A lo largo de la huida van muriendo casi todos, empezando por la misma Teresa. La familia vive la solidaridad de la mayor parte de la gente con que se van encontrando en su huida: los campesinos, los misioneros, los pescadores... Sin embargo, a pesar de toda la ayuda que reciben, la huida se hace cada vez más difícil. Los pistoleros, o la misma policía, acaban con los que huyen. Sufren la misma suerte quienes ayudan a los huidos. Al final de su huida, Pedro y Amara, una chica de trece años con la que Pedro se ha encontrado, deciden establecerse como campesinos. Amara es asesinada al ser descubierta la pareja de adolescentes.

INTERÉS DEL LIBRO. *A veces soy un jaguar* es una novela de denuncia, de una gran calidad literaria. El lector se ve envuelto enseguida en el ambiente que recrea la narración, percibe el sentimiento de opresión que atenaza a los personajes. Las frases cortas y los capítulos breves dan una gran agilidad a la obra. El lector sigue perfectamente todas las etapas del relato. La autora logra hacer ver con claridad cómo los personajes quedan marcados por la angustia, la opresión, la tensión de la huida, las ayudas que reciben de la gente de buena voluntad. Todo ese conjunto de amor y de odio es lo que va moldeando la personalidad de Pedro.

100 *La balada de Siglo XXI*

JORDI SIERRA I FABRA
189. 176 páginas

AUTOR. Su biografía aparece en la página 103.

El autor nos habla de su obra:

«Actualmente los nuevos héroes van armados con guitarras y se comunican mediante sus canciones. Es una realidad absoluta y que se constata en todo aquello que genera el *rock:* fantasía, entusiasmo, millones, energía... Miles de adolescentes sueñan con ser estrellas del mundo de la música, pero ese mundo oculta otro muy distinto, una trastienda que a veces es la de los horrores.

Muchos lo intentan, pocos lo consiguen, y aun los que lo logran suelen fracasar después en algo mucho más importante: el hecho de saber estar ahí. No es fácil triunfar, y menos digerirlo. En veinticinco años he visto nacer a muchos ídolos y he visto caer y morir a no pocos de ellos. Sin embargo, el premio, el éxito siguen siendo el reclamo. Por eso somos testigos a diario del intento musical de miles de jóvenes. La música, para todos, miembros activos o pasivos, es la vida.

Desde hacía años quería escribir una novela de ese universo, que es el que mejor conozco porque es aquel en el que he vivido y vivo: el de la música *rock.* Como historiador y experto en la materia, y por conocer en profundidad ese mundo mágico de las grandes estrellas, así como el submundo que lo rodea —el de la industria, los intereses y la ambición sin escrúpulos por la fama—, deseaba hacer una novela que sin llegar a ser "total", sí reflejara en buena medida qué se esconde detrás de un disco o de un artista. Y ello sin perder de vista lo esencial: que seguía tratándose, simplemente, de una novela. Podía haber hecho cien historias verídicas, y, finalmente, aglutiné mucho de todas ellas y creé mi propio grupo, Siglo XXI, con tipos y arquetipos de ambos lados: artistas e industria. Las principales dificultades fueron: 1) meter siete años de la vida de un grupo en 150 páginas; 2) para que fuese creíble, debía ubicarla en Estados Unidos, donde realmente todo es posible, y 3) no podía "cargarme" aquello que amo, la música, ni tampoco a los artistas —que cada vez son menos dueños de sus destinos, salvo raras excepciones—, pero quería hablar de "lo malo" del *rock* y, al mismo tiempo, hacer una historia creíble, real, humana. Por esta razón, al final, la obra parte de un extremismo —una máquina "crea" el grupo—, para acabar mostrando la humanidad de los personajes, porque en el fondo todos, incluso ellos, son humanos. Lo triste es que muchos tardan en darse cuenta y lo hacen cuando ya es demasiado tarde. Así pues, para ensalzar lo positivo no tenía más remedio que aumentar lo negativo y hacer una historia sobre ello, sobre el trasfondo del *rock*. Mi libro se resume en la última página, cuando la protagonista dice: "Nos lo dijeron todo, pero nadie nos dijo que un día acabaría". La principal dificultad, la primera, la solucioné haciendo que medio libro los presentara como personas, y el otro medio como lo que todos acaban siendo para nosotros: recortes de prensa, tras los cuales nada es como parece. Ignoro si ha terminado siendo una obra ambiciosa, pero cuanto hay en ella es cierto, y eso es lo grandioso y lo triste a la vez.»

ARGUMENTO. Una casa discográfica, la CEBSAW, se propone lanzar un nuevo grupo. Tiene que ser el mejor.

El ordenador Maxi, en el Silicon Valley, decide las características ideales de los miembros del grupo musical. Tienen que ser cuatro, y una chica entre ellos. Así se encuentran, en la aventura más apasionante del *rock* de nuestro tiempo, Ian, Alex, Brian y Lorna.

Los cuatro han sido extraídos de la miseria y la desesperanza. Cada uno de ellos tiene una categoría individual extraordinaria, pero, por diversas circunstancias personales, se encuentran con un futuro muy negro, si es que tienen alguno. Por eso, la elección de que han sido objeto los entusiasma. Firman los contratos, empiezan los ensayos, se meten en el mundo loco de grabaciones, giras mundiales, conciertos alucinantes... y empieza el cansancio. Van aflorando todos los problemas personales.

Brian, que es un genio loco y enloquecedor del público, ya era drogadicto. Ahora que dispone de todo el dinero que quiere, su problema se agrava hasta el extremo.

Algo parecido le pasa a Lorna, la «novia de América», con una personalidad arrolladora. Va convirtiéndose en alcohólica.

Alex, el músico por excelencia, formado en la Juilliard, la gran escuela de música de Nueva York, lucha contra la mediocridad de los que los están manipulando. Es el genio no reconocido por los que ven en el grupo sólo una fuente inagotable de dinero.

Ian, el batería negro, originario de Jamaica, es el que sabe conservar la calma en medio de aquella tormenta desatada. Sus tendencias homosexuales son claras, aunque suavemente sugeridas.

El final será para algunos la desintoxicación, para otro el suicidio, y para Ian, la vuelta al club de sus amigos en Londres.

Y para todos ellos, el olvido. Se han servido de ellos, han dado de sí todo lo que tenían que dar. Comercialmente ya no son rentables.

INTERÉS DE LA OBRA. En el mundo de la música los mitos son el pan de cada día. El autor de *La balada de Siglo XXI* nos lo hace ver con toda claridad. Hay unos intereses enormes que se están moviendo en ese campo. Y unas pocas personas, los miembros de los grupos, que normalmente son manipulados con descaro.

En un intento de llevar la conciencia de esa manipulación al extremo, Jordi Sierra i Fabra nos dice que en esta ocasión es un ordenador, Maxi, el que decide todo. Se impone la técnica impersonal por encima de ciertos valores individuales.

Es cierto que se cuenta con la personalidad individual de los miembros del grupo. Tienen que ser los mejores. Pero al mismo tiempo se nos hace ver que se encuentran hundidos en la desesperanza. Están preparados por las circunstancias para una fatal docilidad. La libertad soñada se vende por un plato de lentejas, en esta ocasión muy bien aderezadas por la riqueza y la gloria.

Los componentes del grupo son jóvenes. El mundo que los rodea los sobrepasa. Se ven sometidos a unas presiones insoportables. No pueden asimilar ni la gloria ni la riqueza.

La obra va avanzando con un ritmo rápido, el mismo con el que corren alocadamente hacia su autodestrucción tres miembros del conjunto: Lorna, por el alcohol; Brian, por las drogas, y Alex, por su genialidad incomprendida. Esa genialidad no cabe en los cálculos comerciales ni en los gustos de crítica y público. La fuerza de los medios es inmensa.

Todo ello nos introduce en un mundo materialista, donde los valores del *rock,* símbolo, expresión del deseo de cambio perpetuo que se debe dar en la juventud, se convierten en campo de intereses y tiranías.

La obra es realista, y dicen que la realidad es dura.

Pero en medio de este crudo realismo, el autor apuesta siempre por la esperanza. Es posible la recuperación física y psíquica de las personas, aun en sus peores circunstancias.

Incluso en el caso de Alex, el suicida, su vida ha valido la pena. Como la de los demás. Ellos mismos confiesan que repetirían la experiencia desde su ignorancia y entusiasmo iniciales, como lo harían millones de jóvenes en el mundo, a pesar de todo. Porque vale la pena.

TERCERA PARTE

Apéndices

1. Relación de los 100 primeros títulos por orden cronológico de aparición
2. Relación alfabética de títulos
3. Relación alfabética de autores
4. Temas
5. La colección Gran Angular en relación con los programas de BUP y COU

Apéndice 1

Relación de los 100 primeros títulos por orden cronológico de aparición

1 Jean-Claude Alain, *Los muchachos de Dublín*
2 Pierre Pelot, *El pan perdido*
3 Eve Desarre, *Danièle en la isla*
4 Serge Durousseau, *El mexicano*
5 Jacqueline Cervon, *La jarra rota*
6 Jacqueline Cervon, *Barril de pólvora*
7 Luce Fillol, *María de Amoreira*
8 Ch. Grenier-W. Camus, *Cheyenes 6112*
9 Pierre Pelot, *La jangada*
10 John R. Townsend, *El castillo de Noé*
11 William Camus, *Un hueso en la autopista*
12 Hélène Vallée, *El amo de Seijala*
13 Jacqueline Cervon, *El zarpazo de la fiera*
14 Jan Terlouw, *Invierno en tiempo de guerra*
15 María Halasi, *Primer reportaje*
16 André Massepain, *Los filibusteros del uranio*
17 Lucía Baquedano, *Cinco panes de cebada*
18 Rosemary Sutcliff, *Aquila, el último romano*
19 Jordi Sierra i Fabra, *El cazador*
20 Anke de Vries, *Belledonne, habitación 16*
21 Willi Fährmann, *Año de lobos*
22 Jacqueline Cervon, *Cosecha en el desierto*
23 María Gripe, *El abrigo verde*
24 W. Camus-Ch. Grenier, *Una india en las estrellas*
25 Peter Carter, *El «Sentinels»*
26 Willi Fährmann, *El largo camino de Lukas B.*
27 Juan Ignacio Herrera, *Embarque puerta 9*
28 Evert Hartman, *Guerra sin amigos*
29 Thea Beckman, *Cruzada en «jeans»*
30 Jaap ter Haar, *El mundo de Ben Lighthart*
31 María Gripe, *Los escarabajos vuelan al atardecer*
32 Jordi Sierra i Fabra, *... En un lugar llamado tierra*

33 Anke de Vries, *El pasado quedó atrás*
34 Carmen Kurtz, *Querido Tim*
35 Ivan Southall, *La locura de Finn*
36 Montserrat del Amo, *La piedra de toque*
37 Carmen Kurtz, *Los mochuelos*
38 María Gripe, *El rey y el cabeza de turco*
39 Ba Jin, *La familia Kao*
40 María Gripe, *Agnes Cecilia*
41 José León Delestal, *Tres veces Eleazar*
42 María Gripe, *El país de más allá*
43 Lensey Namioka, *El valle de los cerezos rotos*
44 Käthe Recheis, *El lobo blanco*
45 Isaac Bashevis Singer, *Krochmalna, n.º 10*
46 Kathryn Lasky, *La huida*
47 María Gripe, *La sombra sobre el banco de piedra*
48 Mollie Hunter, *La fortaleza*
49 María Gripe, *El túnel de cristal*
50 Erich Wustmann, *Hrenki*
51 Forrest Carter, *La estrella de los cheroquis*
52 Lensey Namioka, *En el pueblo del gato vampiro*
53 Sarah Allan Borisch, *El protocolo*
54 Fernando Lalana, *El zulo*
55 Carlos Guillermo Domínguez, *Atacayte*
56 Alfredo Gómez Cerdá, *La casa de verano*
57 Joan Aiken, *Vete a ensillar el mar*
58 Jordi Sierra i Fabra, *Regreso a un lugar llamado Tierra*
59 José Luis Olaizola, *Senén*
60 Joan Aiken, *Ponle bridas al viento*
61 Peter Carter, *Sangre en las murallas*
62 José Luis Martín Vigil, *Habla mi viejo*
63 Richard Ford, *En busca del Faradawn*
64 Albert Payson Terhune, *Lad, un perro*
65 Othmar Franz Lang, *El camino del arco iris*
66 Suzanne Sens, *Hijo de Meteco*
67 Montserrat del Amo, *La encrucijada*
68 Jordi Sierra i Fabra, *El testamento de un lugar llamado Tierra*
69 Helen Keiser, *La llamada del muecín*
70 Lene Mayer-Skumanz, *Barro entre las manos*
71 Alessandra Jesi Soligoni, *La herencia de los Bisnenti*
72 Sigrid Heuck, *El cazador de la luna*

73 Tilman Röhrig, *Quizá dentro de 300 años*
74 Leonor Mercado, *Cuaderno de bitácora*
75 Carlos Guillermo Domínguez, *Sosala*
76 Anke de Vries, *Cómplice*
77 Jordi Sierra i Fabra, *El último verano miwok*
78 Scott O'Dell, *El quinto real*
79 Jordi Sierra i Fabra, *El joven Lennon*
80 Bo Carpelan, *Delfines en la ciudad*
81 Isolde Heyne, *Cita en Berlín*
82 Juan M. San Miguel, *Alejo*
83 Federica de Cesco, *El caballo de oro*
84 María Gripe, *Aquellas blancas sombras en el bosque*
85 Tie Ning, *La blusa roja sin botones*
86 Jan Terlouw, *Barrotes de bambú*
87 John Hooker, *El capitán James Cook*
88 Carlos Villanes Cairo, *Destino: la plaza roja*
89 Alison Morgan, *Los ojos del ciego*
90 Miguela del Burgo, *Adiós, Álvaro*
91 Andy Tricker, *Voy a vivir*
92 Thomas Jeier, *El apache blanco*
93 Jordi Sierra i Fabra, *Shakanjoisha*
94 Urs M. Fiechtner, *Historia de Ana*
95 Fernando Lalana y Luis Antonio Puente, *Hubo una vez otra guerra*
96 Rodrigo Rubio, *La puerta*
97 Alfredo Gómez Cerdá, *Pupila de águila*
98 Emilio Carlos Fiances, *Jaque a la deuda*
99 Liva Willens, *A veces soy un jaguar*
100 Jordi Sierra i Fabra, *La balada de Siglo XXI*

Apéndice 2

Relación alfabética de títulos

Apéndice 3

Relación alfabética de autores

Apéndice 4

Temas

	PROBLEMAS PSICOLÓGICOS	AVENTURAS	PROBLEMAS SOCIOPOLÍTICOS	HISTORIA ANTIGUA	HISTORIA MODERNA	HISTORIA HOY: SIGLO XX	GUERRAS	PAÍSES/CIVILIZACIONES	CIENCIA FICCIÓN	ANTICIPACIÓN	FAMILIA	AMISTAD	POLICIACO	HUMOR	AMOR	FANTASÍA/MISTERIO	OESTE AMERICANO	ECOLOGÍA
1 Los muchachos de Dublín			★			★	★					★						
2 El pan perdido			★								★	★						
3 Danièle en la isla	★							★			★				★			
4 El mexicano			★															
5 La jarra rota			★		★			★										
6 Barril de pólvora			★				★	★				★						
7 María de Amoreira			★			★									★			
8 Cheyenes 6112			★						★									★
9 La jangada	★							★										
10 El castillo de Noé			★							★	★							

		PROBLEMAS PSICOLÓGICOS	AVENTURAS	PROBLEMAS SOCIOPOLÍTICOS	HISTORIA ANTIGUA	HISTORIA MODERNA	HISTORIA HOY: SIGLO XX	GUERRAS	PAÍSES/CIVILIZACIONES	CIENCIA FICCIÓN	ANTICIPACIÓN	FAMILIA	AMISTAD	POLICIACO	HUMOR	AMOR	FANTASÍA/MISTERIO	OESTE AMERICANO	ECOLOGÍA
11	Un hueso en la autopista			★					★									★	★
12	El amo de Seijala			★								★				★			★
13	El zarpazo de la fiera		★	★					★			★	★						
14	Invierno en tiempo de guerra			★			★	★											
15	Primer reportaje			★								★				★			
16	Los filibusteros del uranio		★	★			★						★						★
17	Cinco panes de cebada	★		★												★			
18	Aquila, el último romano	★	★		★				★			★							
19	El cazador	★	★	★															★
20	Belledonne, habitación 16	★	★											★					
21	Año de lobos						★	★											
22	Cosecha en el desierto	★		★					★										

23	El abrigo verde	★										★	★						
24	Una india en las estrellas									★		★							★
25	El «Sentinels»		★	★		★			★										
26	El largo camino de Lukas B.	★		★		★						★							
27	Embarque puerta 9	★	★	★															
28	Guerra sin amigos		★				★	★											
29	Cruzada en «jeans»																★		
30	El mundo de Ben Lighthart	★										★	★						
31	Los escarabajos vuelan al atardecer	★	★									★	★			★	★		
32	... en un lugar llamado Tierra		★							★									
33	El pasado quedo atrás	★		★												★			
34	Querido Tim	★		★									★		★		★		
35	La locura de Finn	★		★								★							
36	La piedra de toque	★		★								★							
37	Los mochuelos			★								★	★						
38	El rey y el cabeza de turco	★	★	★								★					★		
39	La familia Kao	★		★			★		★			★				★			
40	Agnes Cecilia	★										★				★			

	PROBLEMAS PSICOLÓGICOS	AVENTURAS	PROBLEMAS SOCIOPOLÍTICOS	HISTORIA ANTIGUA	HISTORIA MODERNA	HISTORIA HOY: SIGLO XX	GUERRAS	PAÍSES/CIVILIZACIONES	CIENCIA FICCIÓN	ANTICIPACIÓN	FAMILIA	AMISTAD	POLICIACO	HUMOR	AMOR	FANTASÍA/MISTERIO	OESTE AMERICANO	ECOLOGÍA
41 Tres veces Eleazar		★		★				★										
42 El país de más allá																★		
43 El valle de los cerezos rotos		★						★				★						★
44 El lobo blanco		★						★								★		★
45 Krochmalna, n.º 10	★	★	★			★	★	★			★							
46 La huida		★	★			★					★							
47 La sombra sobre el banco de piedra	★	★	★								★	★						
48 La fortaleza	★	★		★				★							★			
49 El túnel de cristal	★										★	★						
50 Hrenki		★	★					★			★							★
51 La estrella de los cheroquis			★		★			★			★						★	★
52 En el pueblo del gato vampiro		★						★				★						

53 El protocolo	★		★															
54 El zulo		★				★						★	★	★	★			
55 Atacayte		★					★	★			★	★						★
56 La casa de verano	★											★			★			
57 Vete a ensillar el mar		★											★					
58 Regreso a un lugar llamado Tierra		★							★									
59 Senén	★													★				
60 Ponle bridas al viento		★																
61 Sangre en las murallas		★	★		★		★	★							★			
62 Habla mi viejo	★										★				★			
63 En busca del Faradawn		★														★		★
64 Lad, un perro		★										★						
65 El camino del arco iris	★										★							
66 Hijo de meteco		★		★			★											
67 La encrucijada	★	★	★			★		★							★			
68 El testamento de un lugar llamado Tierra									★									
69 La llamada del muecín	★		★					★							★			
70 Barro entre las manos	★										★	★						

	PROBLEMAS PSICOLÓGICOS	AVENTURAS	PROBLEMAS SOCIOPOLÍTICOS	HISTORIA ANTIGUA	HISTORIA MODERNA	HISTORIA HOY: SIGLO XX	GUERRAS	PAÍSES/CIVILIZACIONES	CIENCIA FICCIÓN	ANTICIPACIÓN	FAMILIA	AMISTAD	POLICIACO	HUMOR	AMOR	FANTASÍA/MISTERIO	OESTE AMERICANO	ECOLOGÍA
71 La herencia de los Bisnenti	★										★							★
72 El cazador de la Luna		★						★										★
73 Quizá dentro de 300 años	★				★		★				★				★			
74 Cuaderno de bitácora	★										★	★						
75 Sosala		★		★			★	★				★						★
76 Cómplice	★										★		★		★			
77 El último verano miwok	★		★					★			★	★						★
78 El quinto real		★	★		★			★				★			★			
79 El joven Lennon	★										★	★						
80 Delfines en la ciudad	★											★						★
81 Cita en Berlín	★		★			★					★	★						
82 Alejo	★										★	★		★				

83 El caballo de oro		★											★			★		
84 Aquellas blancas sombras en el bosque	★	★										★	★			★		
85 La blusa roja sin botones	★		★		★			★			★				★			
86 Barrotes de bambú	★	★	★								★	★						
87 El capitán James Cook	★	★			★			★				★						★
88 Destino: la Plaza Roja	★	★				★					★							
89 Los ojos del ciego	★	★		★			★	★			★	★						
90 Adiós, Álvaro	★										★	★		★	★			★
91 ¡Voy a vivir!	★										★				★			
92 El apache blanco		★	★		★		★	★									★	
93 Shakanjoisha		★					★		★							★		
94 Historia de Ana			★			★					★	★			★			
95 Hubo una vez otra guerra																		
96 La puerta		★	★		★		★	★			★				★			
97 Pupila de Águila	★										★	★	★		★			
98 Jaque a la deuda																		
99 A veces soy un jaguar	★	★	★					★			★	★						★
100 La balada de Siglo XXI		★	★				★		★			★		★				

Apéndice 5

La colección Gran Angular en relación con los programas de BUP y COU

Se pretende en este apartado dar un lista, por temas, de la ayuda que puede representar la colección Gran Angular para los alumnos de Bachillerato y COU.

Se desglosan por cursos y materias.

HISTORIA (PRIMERO DE BUP)

GEOGRAFÍA E HISTORIA (TERCERO DE BUP)

RELIGIÓN (TERCERO DE BUP)

Índice

Colección GRAN ANGULAR

1 *Jean-Claude Alain,* LOS MUCHACHOS DE DUBLÍN
2 *Pierre Pelot,* EL PAN PERDIDO
3 *Eve Dessarre,* DANIÈLE EN LA ISLA
4 *Serge Durousseau,* EL MEXICANO
5 *Jacqueline Cervon,* LA JARRA ROTA
6 *Jacqueline Cervon,* BARRIL DE PÓLVORA
7 *Luce Fillol,* MARÍA DE AMOREIRA
8 *Ch. Grenier-W. Camus,* CHEYENES 6112
9 *Pierre Pelot,* LA JANGADA
10 *John R. Townsend,* EL CASTILLO DE NOÉ
11 *William Camus,* UN HUESO EN LA AUTOPISTA
12 *Hélène Vallée,* EL AMO DE SEIJALA
13 *Jacqueline Cervon,* EL ZARPAZO DE LA FIERA
14 *Jan Terlouw,* INVIERNO EN TIEMPO DE GUERRA
15 *María Halasi,* PRIMER REPORTAJE
16 *André Massepain,* LOS FILIBUSTEROS DEL URANIO
17 *Lucía Baquedano,* CINCO PANES DE CEBADA
18 *Rosemary Sutcliff,* AQUILA, EL ÚLTIMO ROMANO
19 *Jordi Sierra i Fabra,* EL CAZADOR
20 *Anke de Vries,* BELLEDONNE, HABITACIÓN 16
21 *Willi Fährmann,* AÑO DE LOBOS
22 *Jacqueline Cervon,* COSECHA EN EL DESIERTO
23 *María Gripe,* EL ABRIGO VERDE
24 *W. Camus-Ch. Grenier,* UNA INDIA EN LAS ESTRELLAS
25 *Peter Carter,* EL «SENTINELS»
26 *Willi Fährmann,* EL LARGO CAMINO DE LUCAS B.
27 *Juan Ignacio Herrera,* EMBARQUE PUERTA 9
28 *Evert Hartman,* GUERRA SIN AMIGOS
29 *Thea Beckman,* CRUZADA EN «JEANS»
30 *Jaap ter Haar,* EL MUNDO DE BEN LIGHTHART
31 *María Gripe,* LOS ESCARABAJOS VUELAN AL ATARDECER
32 *Jordi Sierra i Fabra,* ... EN UN LUGAR LLAMADO TIERRA
33 *Anke de Vries,* EL PASADO QUEDÓ ATRÁS
34 *Carmen Kurtz,* QUERIDO TIM
35 *Ivan Southall,* LA LOCURA DE FINN
36 *Montserrat del Amo,* LA PIEDRA DE TOQUE
37 *Carmen Kurtz,* LOS MOCHUELOS
38 *María Gripe,* EL REY Y EL CABEZA DE TURCO
39 *Ba Jin,* LA FAMILIA KAO
40 *María Gripe,* AGNES CECILIA
41 *José León Delestal,* TRES VECES ELEAZAR
42 *María Gripe,* EL PAÍS DE MÁS ALLÁ
43 *Lensey Namioka,* EL VALLE DE LOS CEREZOS ROTOS
44 *Käthe Recheis,* EL LOBO BLANCO
45 *Isaac Bashevis Singer,* KROCHMALNA N.º 10
46 *Kathryn Lasky,* LA HUIDA
47 *María Gripe,* LA SOMBRA SOBRE EL BANCO DE PIEDRA
48 *Mollie Hunter,* LA FORTALEZA
49 *María Gripe,* EL TÚNEL DE CRISTAL

50 *Erich Wustmann,* **HRENKI**
51 *Forrest Carter,* **LA ESTRELLA DE LOS CHEROQUIS**
52 *Lensey Namioka,* **EN EL PUEBLO DEL GATO VAMPIRO**
53 *Sarah Allan Borisch,* **EL PROTOCOLO**
54 *Fernando Lalana,* **EL ZULO**
55 *Carlos-Guillermo Domínguez,* **ATACAYTE**
56 *Alfredo Gómez Cerdá,* **LA CASA DE VERANO**
57 *Joan Aiken,* **VETE A ENSILLAR EL MAR**
58 *Jordi Sierra i Fabra,* **REGRESO A UN LUGAR LLAMADO TIERRA**
59 *José Luis Olaizola,* **SENÉN**
60 *Joan Aiken,* **PONLE BRIDAS AL VIENTO**
61 *Peter Carter,* **SANGRE EN LAS MURALLAS**
62 *José Luis Martín Vigil,* **HABLA MI VIEJO**
63 *Richard Ford,* **EN BUSCA DEL FARADAWN**
64 *Albert Payson Terhune,* **LAD, UN PERRO**
65 *Othmar Franz Lang,* **EL CAMINO DEL ARCO IRIS**
66 *Suzanne Sens,* **HIJO DE METECO**
67 *Montserrat del Amo,* **LA ENCRUCIJADA**
68 *Jordi Sierra i Fabra,* **EL TESTAMENTO DE UN LUGAR LLAMADO TIERRA**
69 *Helen Keiser,* **LA LLAMADA DEL MUECÍN**
70 *Lene Mayer-Skumanz,* **BARRO ENTRE LAS MANOS**
71 *Alessandra Jesi Soligoni,* **LA HERENCIA DE LOS BISNENTI**
72 *Sigrid Heuck,* **EL CAZADOR DE LA LUNA**
73 *Tilman Röhrig,* **QUIZÁ DENTRO DE 300 AÑOS**
74 *Leonor Mercado,* **CUADERNO DE BITÁCORA**
75 *Carlos-Guillermo Domínguez,* **SOSALA**
76 *Anke de Vries,* **CÓMPLICE**
77 *Jordi Sierra i Fabra,* **EL ÚLTIMO VERANO MIWOK**
78 *Scott O'Dell,* **EL QUINTO REAL**
79 *Jordi Sierra i Fabra,* **EL JOVEN LENNON**
80 *Bo Carpelan,* **DELFINES EN LA CIUDAD**
81 *Isolde Heyne,* **CITA EN BERLÍN**
82 *Juan M. San Miguel,* **ALEJO**
83 *Federica de Cesco,* **EL CABALLO DE ORO**
84 *María Gripe,* **AQUELLAS BLANCAS SOMBRAS EN EL BOSQUE**
85 *Tie Ning,* **LA BLUSA ROJA SIN BOTONES**
86 *Jan Terlouw,* **BARROTES DE BAMBÚ**
87 *John Hooker,* **EL CAPITÁN JAMES COOK**
88 *Carlos Villanes Cairo,* **DESTINO: LA PLAZA ROJA**
89 *Alison Morgan,* **LOS OJOS DEL CIEGO**
90 *Miguela del Burgo,* **ADIÓS, ÁLVARO**
91 *Andy Tricker,* **VOY A VIVIR**
92 *Thomas Jeier,* **EL APACHE BLANCO**
93 *Jordi Sierra i Fabra,* **SHAKANJOISHA**
94 *Urs M. Fiechtner,* **HISTORIA DE ANA**
95 *Fernando Lalana y Luis Puente,* **HUBO UNA VEZ OTRA GUERRA**
96 *Rodrigo Rubio,* **LA PUERTA**
97 *Alfredo Gómez Cerdá,* **PUPILA DE ÁGUILA**
98 *Carlos Fiances,* **JAQUE A LA DEUDA**
99 *Liva Willens,* **A VECES SOY UN JAGUAR**
100 *Jordi Sierra i Fabra,* **LA BALADA DE SIGLO XXI**